SAUERLÄNDER

Das Buch des Wisperns

Peter Schwindt

Roman

SAUERLÄNDER

Erschienen bei FISCHER Sauerländer

© 2021 Peter Schwindt
© 2021 Fischer Kinder- und Jugendbuch Verlag GmbH,
Hedderichstraße 114, 60596 Frankfurt am Main

Karte: Fiete Koch Illustration, Hamburg
Vignetten: © Kerstin Schürmann, formlabor, Hamburg
Satz: Dörlemann Satz, Lemförde
Druck und Bindung: CPI books GmbH, Leck
Printed in Germany
ISBN 978-3-7373-5403-5

 HAKIM

Die Nacht, so sagt man, ist kurz vor der Dämmerung am dunkelsten. Dann sind die Gedanken wie ein einsamer Hund, der kurz vor einer unbehausten Stadt bellt, weil er nicht weiß, wie er sonst seinem Leiden Ausdruck verleihen kann. Schlechte Gedanken brauchen die Angst wie einen nährenden Boden, um im verzagten Herz Wurzeln zu schlagen und schwarze Blüten zu treiben.

Hakim tastete in der Dunkelheit nach einem Becher Wasser, stieß ihn aber mit seiner zittrigen Hand um. Stöhnend sank er zurück auf sein hartes Lager. Sein Mund war ausgetrocknet, der Kopf dröhnte pulsierend. Er kannte die Symptome der Austrocknung, Hakim war in der Wüste aufgewachsen. Er wusste, wie es war, kurz vor der Erschöpfung zu sein, die Orientierung zu verlieren und Ziegelsteine zu scheißen. Wenn man überhaupt noch scheißen konnte.

Dieses verdammte *Miraa!*

Hakim hatte gedacht, dass das Kraut ihm helfen würde, auf den Beinen zu bleiben. Zwölf Tage war er jetzt in Sanaa gewesen. Er hatte den Bazar aufgesucht. Hatte Tage in der Bibliothek verbracht. Hatte mit Schriftgelehrten gesprochen. Man hatte ihn freundlich aufgenommen, den ehrbaren Kaufmannssohn aus Damaskus, der sich trotz seiner jungen Jahre alleine auf den beschwerlichen Weg gemacht hatte, die Wunder der Welt zu erkunden und ihre Geheimnisse zu erforschen. Sie alle hatten ihm bereitwillig Auskunft gegeben. Wie diese Stadt von Noahs Sohn Sem gegründet worden war. Von den Kämpfen zwischen Abessinien und Persien berichtet, die die größte Stadt des Universums – neben Damaskus natürlich, verzeiht, *Sayyid* – stets erobern wollten. Vergebens, der Jemen blieb unter den Zaiditen frei. Das Land war reich, in jeder Hinsicht. Die Turmhäuser von Shibam und Sanaa, Ihr müsst sie gesehen haben! Hoch in den Himmel gebaut, stets zur Ehre Allahs!

Doch wenn die Sprache auf die geheimnisvolle Stadt der Säulen gekommen war, verstummten sie. Alle. Und es machte in Sanaa die Runde, dass hier ein Fremder aus dem gottlosen Damaskus gekommen war und ungebührliche Fragen stellte. Türen, die sich Hakim geöffnet hatten, wurden nun wieder ängstlich geschlossen.

Iram. Untergegangen im Sand der Wüste, weil sich ihre Bewohner von Gott abgewandt hatten.

Viele haben diese Stadt in der Wüste namens Rub al-Chali gesucht. Die Schätze, die mit ihr untergingen, waren legendär. Die Aussicht auf Gold und Silber und Edelsteine lockte seit Jahrhunderten immer wieder unvorsichtige Seelen ins sichere Verderben. Denn Rub al-Chali war kein Ort, an dem das Leben willkommen war.

Nun, so hatte Hakim gedacht, wenn ihm schon die Gelehrten und Kaufleute, die angesehenen Stützen dieser ehrenwerten Gesellschaft, keine Hilfe waren, dann die *Miraa*-Kauer und Haschisch-Esser.

Es dauerte nicht lange, bis er die Orte gefunden hatte, an denen sich die Ausgestoßenen trafen. Die Gestrandeten.

Hakim fand sie in den engen Gassen der Altstadt. Und er war mittlerweile selbst so heruntergekommen, dass sie ihn als ihresgleichen aufnahmen.

»Komm her«, hatten sie gesagt. »Setz dich zu uns. Wir teilen unsere Träume, denn sie sind das Einzige, was uns geblieben ist.«

Und Hakim setzte sich zu ihnen. Aß mit ihnen, trank mit ihnen. Träumte mit ihnen. Die Tage wurden zu Nächten, die wieder zu Tagen wurden. Nichts war mehr von Wichtigkeit und alles hatte eine Bedeutung.

Iram.

In seinen Visionen näherte er sich dieser Stadt, die mit ihren hängenden Gärten und goldenen Säulen das irdische Eden war. Er trat durch das himmelhohe Tor, wurde mit Blumen umkränzt und willkommen geheißen. Wie, so fragte sich Hakim, konnte dieser Ort der Hölle näher sein als dem Paradies? Er durchstreifte die Gassen und Arkaden, trank aus Brunnen das erfrischendste Wasser, aß von Bäumen die süßesten Früchte. Die Menschen lachten und tanzten und sangen. Doch etwas fehlte. Hakim konnte es nicht benennen. Es war wie ein Wort, das auf seiner Zungenspitze tanzte, sich aber nicht enthüllte.

Die Sonne stieg hinauf in den Himmel und als sie ihren Zenit überschritten hatte, sank sie wieder herab. Die Schatten wurden länger, bis sie mit der Nacht verschmolzen. Lampen und Fackeln wurden auf den Plätzen entzündet, die Menschen luden ihn ein, das Brot mit ihnen zu brechen und den Wein mit ihnen zu trinken. Musik spielte auf, dumpfe Klänge zu treibenden Rhythmen. Die Luft war immer noch warm. Weihrauch und Sandelholz legten sich drückend auf den Atem, und die Stimmung wandelte sich. Und die Männer und Frauen taten das, was Männer und Frauen miteinander taten, wenn sie beieinanderlagen.

Kinder, fiel es Hakim auf. Es waren keine Kinder an diesem Ort. Man mochte alles hier finden, die Freuden des Fleisches und des Verlangens.

Aber keine Unschuld.

Hakim entzog sich den Händen, die erst zaghaft, dann immer wollüstiger nach ihm griffen. Er sprang erschrocken auf, dann rannte er um sein Leben hinaus in die Wüste.

In der Nacht war er nackt im Schmutz einer dunklen Hausecke erwacht. Seine neugefundenen Freunde, die noch am Abend ihre Träume mit ihm geteilt hatten, hatten ihn ausgeraubt und betäubt liegen lassen. Zu seinem Glück hatte er das Gold, das er für seine Reise benötigte, in seiner Herberge versteckt. Zusammen mit genügend Kleidung zum Wechseln.

Hakim wusste jetzt, wo Iram lag. Doch bevor er zu diesem unheiligen Ort aufbrechen konnte, musste er sich erholen und das Gift aus seinem Körper zwingen.

Er hatte vergessen, welchen Weg er durch das Gewirr dunkler Gassen nehmen musste, um zu seiner Herberge zu gelangen. Der zunehmende Mond stand hoch am Himmel und tauchte die Häuserschluchten in ein fahles, kaltes Licht. Es war still wie auf einem Friedhof. War Sanaa am Tag eine enge Stadt, in der sich die staubige Hitze zwischen den hochaufragenden Häusern staute, ließ ihn nun die Kälte der Nacht empfindlich frieren. Er hatte seit Tagen nichts gegessen, wenn er einmal von diesen unheilvollen grünen Blättern und dem Haschisch absah, die ihm eine Kraft vorgegaukelt hatten, die schon lange nicht mehr seinen ausgemergelten Körper beseelte.

Hakim taumelte frierend von einer Hauswand zur nächsten, blieb immer wieder keuchend stehen, weil er ruhen musste, bevor er den nächsten Schritt machen konnte. Er hatte sich hoffnungslos verlaufen. In seiner Verzweiflung wollte er an eine der Türen klopfen und um Hilfe bitten. Hakim hatte sich auch schon eine Geschichte zurechtgelegt: dass er unter Diebe und Haschisch-Esser gefallen sei (was ja auch stimmte, nur dass er freiwillig deren Gesellschaft gesucht hatte), die ihn ausgeraubt und nackt in den Straßengraben geworfen hatten.

Doch dann stand dieser Hund vor ihm.

Man hatte Hakim gewarnt. Am Tage, wenn das Leben durch die Straßen der Stadt pulsierte, hielten sich die Rudel herrenloser Tiere in dunklen Winkeln und Höhlen versteckt. Sie wussten, dass man Jagd auf sie machte. Als Wachhunde mochten sie Verwendung finden. Oder zum Hüten von Schafen oder Ziegen auf den Feldern leben. Aber sie waren unrein. Kein Engel des Herrn würde ein Haus betreten, das einen Hund beherbergte.

Doch in der Nacht gehörte die Stadt ihnen.

Es war ein gewaltiges Tier, das Hakim den Weg versperrte. Seine Augen glühten heiß und rot. Rauch stieg von ihnen auf. Wie bei einer erloschenen Kerze, deren Docht nur noch leise glomm.

9

Hakim sank auf die Knie. Er hatte keine Kraft mehr sich zu wehren. Mochte ihm das Tier in diesem Moment die Kehle zerfetzen und Fleisch aus seiner Seite reißen, es war Hakim einerlei.

Der Hund fletschte nicht die Zähne. Er legte auch nicht die Ohren an oder sträubte das Fell. Stattdessen gab das Tier nur ein verhaltenes Knurren von sich, das beinahe ein wenig mürrisch, gar ungeduldig klang. Es wandte sich zum Gehen ab und drehte sich noch einmal zu Hakim um, als wollte es ihn dazu auffordern, ihm zu folgen.

Hakim richtete sich auf und taumelte weiter. Und tatsächlich, der Höllenhund trottete zielstrebig vor ihm her, ging bald links, bald rechts durch die engen Straßen und Gassen, wartete geduldig, wenn Hakim keuchend nach Atem rang, und schlug am Ende den Weg in eine Straße ein, die Hakim kannte. Wenn er an ihrem Ende durch eine schmale Passage ging, stünde er vor seiner Herberge.

Als der Hund sah, dass Hakim wusste, wo er sich befand, verschwand er in der Schwärze der Nacht.

Jetzt spürte Hakim den brennenden Durst, den peinigenden Hunger. Er wankte zu der kleinen Zisterne, die im Hof der Herberge vergraben war, trank gierig, übergab sich, trank erneut und wusch sich. Zitternd brach er zusammen und lehnte sich erschöpft an die Umfriedung des Wasserbehälters.

»Junger Herr?«, flüsterte eine Stimme. Es war Dirar, der Eigentümer der Herberge, ein gedrungener Mann unbestimmbaren Alters. Und er hielt eine Laterne geradewegs in Hakims Gesicht, so dass er mürrisch die Augen schloss.

»Junger Herr, ist alles in Ordnung mit Euch?«

Hakim machte eine abwehrende Bewegung, und Dirar stellte die Laterne auf den Boden, um zurück ins Haus zu eilen. Einen kurzen Moment später kehrte er wieder und reichte Hakim ein Gewand. Nicht unbedingt frisch gewaschen, aber es bedeckte immerhin Hakims Blöße.

»Ihr jungen Leute«, sagte Dirar und schüttelte den Kopf wie ein Mann, der mit den Dummheiten des Lebens schon längst abgeschlossen hatte. Wahrscheinlich, weil er verheiratet war und seine Frau ihm sonst die Hölle heißgemacht hätte.

»Geht weg.« Hakims Stimme war so trocken wie der Staub des Straßengrabens, in dem er in dieser Nacht erwacht war.

Dirar ließ sich von den Worten nicht beeindrucken. »Ihr seht aus, als hätte Euch der Teufel ausgeschissen, Herr. Ihr solltet etwas essen. Der Morgen dämmert, und Mima backt schon das Brot für den Tag.«

Hakim ergriff nach langem Zögern die dargebotene Hand und ließ sich hochziehen, nur um sich erneut zu übergeben. Er fragte sich, was außer Galle überhaupt noch in seinem Magen sein konnte.

»Lasst es raus, junger Herr«, sagte Dirar väterlich und wartete ab, bis Hakim wieder zu Atem gekommen. Dann schob er ihn durch die niedrige Tür in die Küche der Herberge.

Mima blickte von ihrem Brotteig auf und gab ein missbilligendes Schnalzen von sich, knetete aber ungerührt weiter. Ihre Hände und Arme waren mit *Mehndi*-Ornamenten überzogen, die langsam verblassten. Die schwarzen Augen funkelten finster in einem Gesicht, das so runzelig wie eine vertrocknete Dattel war.

Dirar bugsierte Hakim auf einen Schemel und setzte sich ihm gegenüber. Mima brachte starken süßen Tee und Brot mit *Ful*, einer braunen Bohnenpaste, die Hakim schon kannte und die ihm langsam zu den Ohren herauskam. Er trank den Tee, und Mima schenkte nach.

»Esst«, sagte Dirar und zeigte auf das Brot. »Euer Magen muss sich beruhigen. Ihr werdet sehen, danach geht es Euch besser.«

Hakim war sich dessen nicht so sicher. Sein Bauch war noch immer ein finsteres Loch, und in den Eingeweiden gurgelte es, als würde ein wütendes Tier nicht wissen, wo der Ausgang war. Aber Dirar hatte recht. Der Brei tat gut, und Hakim stellte fest, dass er hungriger war, als er dachte. Dirar nickte zufrieden und wies seine Frau an, dem Gast einen Nachschlag zu geben.

Hakim trank einen Schluck Wasser. Diesmal aber vorsichtiger. »Ich brauche ein Kamel. Ich will mich einer Karawane Richtung Norden anschließen. Könnt Ihr jemanden empfehlen?« Er nickte Mima einen Dank zu, als sie ihm ein frisches, noch dampfendes Brot brachte.

Dirar strich sich mit der Hand über den grauen Bart und zuckte mit den Schultern. »Mein Bruder könnte Euch da weiterhelfen. Ihm gehört ein *Funduq*, eine Karawanserei. Ich vertraue ihm, denn er ist ...«

»Familie«, vollendete Hakim den Satz. Es war ihm egal, ob man ihm seine mangelnde Begeisterung anhörte oder nicht.

Dirar lächelte, als wollte er um Vergebung bitten. »Ihr

wisst doch, wie das ist. Da ist der Bruder, der Schwager, der Onkel, der Cousin. Ja, Familie! Man kann nicht ohne sie. Aber mit ihr ist es auch nicht einfacher. Habe ich recht?«

»Ja«, gab Hakim zu. »Gut. Also sei es Euer Bruder.«

»Er macht Euch bestimmt einen guten Preis.«

»Davon gehe ich aus«, sagte Hakim.

Mima nahm ihm den leeren Teller ab und schaute ihn fragend an.

Hakim schüttelte den Kopf. Er hatte genug.

Dirar beugte sich vor, als müsste er darauf achten, dass niemand seine nächste Frage hörte. »Also habt Ihr gefunden, wonach Ihr sucht?«, flüsterte er.

Mima verdrehte stumm die Augen und begann, das Geschirr zu spülen.

»Wovon redet Ihr?«, fragte Hakim.

»Ich bitte Euch! Ihr seid Stadtgespräch! Viele haben nach Iram gesucht, aber keiner ist dabei so hartnäckig vorgegangen wie Ihr.«

»Es gibt zwei Möglichkeiten«, sagte Hakim. »Entweder lüge ich Euch an oder ich sage die Wahrheit. In beiden Fällen ist meine Antwort die gleiche: Ich weiß nicht, wo Iram liegt.« Und wenn er ehrlich war, stimmte das auch. Wenn man ihm eine Karte vorgelegt hätte, hier und jetzt, hätte er es nicht sagen oder gar die Stelle zeigen können. Er wusste aber, dass er sich auf den Weg nach Norden durch die Wüste begeben musste. Seit diesem Traum sandte Iram ein Signal aus. Wie ein unsichtbares Leuchtfeuer. Hakim musste sich nur in dessen Richtung bewegen, und er würde finden, wonach seine Familie schon so lange suchte.

»Wann möchtet Ihr aufbrechen?«

»Heute«, sagte Hakim.

Dirar lachte. Doch dieses Lachen erstarb, als Hakim nicht mit einstimmte. »Heute?«, fragte er unsicher. »Ist das Euer Ernst?«

»Ich habe keine Zeit zu verlieren«, sagte Hakim bestimmt.

»Aha«, machte Dirar nur und warf seiner Frau, die die letzten Brote aus dem Ofen holte, einen Seitenblick zu. »Ihr werdet frühestens in vier Tagen aufbrechen können.«

»Das ist inakzeptabel«, sagte Hakim.

»Es wird nicht anders gehen«, sagte Dirar. »Vor drei Tagen ist eine große Reisegesellschaft nach Hajar aufgebrochen. In vier Tagen zieht die nächste Karawane nach Diriyya. So lange werdet Ihr Euch gedulden müssen.«

Hakim stöhnte auf.

»Nutzt die Zeit. Ruht Euch aus. Kommt zu Kräften. Solch eine Reise will gut vorbereitet sein. In Eurem Zustand werdet Ihr keinen Tag in der Hitze überleben.«

»Vier Tage?«, fragte Hakim erneut.

Dirar hob die Schultern. *Inschallah.* So Gott will.

Hakim erhob sich. »Dann werde ich jetzt schlafen.«

Und das tat er.

Zwei Tage und zwei Nächte.

Traumlos, wie ein Toter.

Als er am dritten Tag erwachte, war seine Kleidung gewaschen worden. Außerdem hatte Dirar zwei Säcke mit Proviant gefüllt, der für einen Monat reichen würde. Man konnte sich natürlich auch in eine Karawanserei einkaufen, aber das war unverhältnismäßig teuer und lohnte sich für Hakim nicht. Und auch wenn er aus einer reichen Familie stammte, würde sein Vater es begrüßen, wenn sein ältester Sohn achtsam mit dem ihm anvertrauten Geld umging. Deshalb tat Hakim, was die meisten Reisenden taten: Er übergab seine Vorräte dem *Karwan-Baschi*, der alles sammelte und verwaltete. Abends wurde gemeinsam gekocht. Man erzählte sich Geschichten, trank Tee und ging dann schlafen. Für viele war es die einzig erstrebenswerte Art zu reisen. Hakim konnte ihr nicht viel abgewinnen. Er war ein Einzelgänger. Deswegen sah er den kommenden Tagen mit einer gewissen Beklemmung entgegen.

Mima hatte ihm – wie immer stumm und mit wenig Herzlichkeit – das Frühstück zubereitet. Doch als er aufstehen und ihr danken wollte, sah sie ihn mit ihren schwarzen Käferaugen an.

»Bleibt sitzen«, sagte sie mit einer Stimme, die so warm und wohlklingend war, dass Hakim überrascht und ohne Widerworte innehielt.

»Legt Eure rechte Hand auf den Tisch«, sagte sie leise. Eine junge Seele, die in einem alten Körper gefangen war.

Hakim tat, was sie ihm sagte. Er legte die Hand auf den Tisch.

Doch Mima schüttelte den Kopf. »Umdrehen«, befahl sie. »Die Innenseite nach oben.«

Mima holte eine Schüssel mit Henna, und Hakim zog die Hand weg. »Was habt Ihr vor?«, fragte er.

»Ich will Euch schützen. Vor dem, was Euch auf Eurer Reise erwartet.«

»Ein *Mehndi* ist nur für Frauen«, sagte Hakim.

»Eine *Hamsa* aber nicht«, sagte Mima. Diese Stimme! So süß und tief und wohlklingend. Als sei die alte Frau ein *Mal-Ak*, ein Engel.

»Nein«, gab Hakim zu. »Das stimmt.«

Mima lächelte betrübt. »Ihr begebt Euch ohne Schutz in eine tödliche Gefahr. Eure jugendliche Eitelkeit wird Euch noch das Leben kosten.«

»Ihr habt keine Ahnung vom Tod. Und in welcher Gestalt er einem am Ende begegnet«, antwortete Hakim schroff. Er stand auf und wollte sich an Mima vorbeischieben, als sie ihn am Handgelenk festhielt. Sie gab ihm ein kleines Kästchen, das an einer langen Schnur baumelte. »Der achte Tag des *Dhul Qa'idah* im Jahr 253.«

»Was?« Hakim spürte, wie das Blut aus seinem Magen sackte. »Was sagt Ihr da?«

»Ihr begebt Euch auf eine Reise in das Herz der Finsternis, damit Ihr nicht an diesem Tag sterbt. Ihr braucht ein Licht, einen Schutz. Hier, tragt dies!«, sagte Mima, verknotete die Enden des Lederbandes miteinander und legte es Hakim um den Hals.

Hakim wollte etwas fragen. Woher Mima dieses Datum kannte. Was in der versiegelten schwarzen Kapsel war, die jetzt so schwer um seinen Hals über seinem Herzen hing. Und wer sie war. Er öffnete den Mund, aber dann wurde die Tür aufgestoßen. Dirar stand auf der Schwelle.

»Es ist alles vorbereitet«, sagte er zu Hakim, schaute dabei aber seine Frau an, die sich von dem misstrauischen Blick ihres Mannes nicht beeindrucken ließ.

»Ich komme«, sagte Hakim, umfasste die Kapsel und versteckte sie unter seinem Gewand.

Mima wandte sich wieder ihrem Tagwerk zu, stumm und verschlossen wie immer.

Hakim und Dira traten hinaus in den Hof, wo ein Eselskarren mit mehreren Bündeln und Säcken beladen war.

»Ihr müsst meiner Frau verzeihen«, sagte Dira unvermittelt. »Mima ist ein wenig sonderlich.« Er zog eine schwarze Kapsel unter seinem *Qamis* hervor. »Mir hat sie auch eines gegeben. Es sind die vier Suren gegen den bösen Blick. Sie sollen mich vor *Dschinn* beschützen.« Dirar setzte sich auf den Karren und zog Hakim zu sich hoch.

»Und? Hilft es?«, fragte Hakim.

»Offensichtlich. Ich bin jedenfalls noch nie von einem Feuerdämon belästigt worden.« Er gab dem Esel den Stock zu spüren, und das einachsige Gefährt setzte sich rumpelnd in Bewegung.

Die Karawanserei am nördlichen Rand der Stadt unterschied sich in jeder Hinsicht von den aus Lehm gebauten Häusern Sanaas. Bait Hanthal war eine Befestigungsanlage, die vor Zeiten einmal dem Schutz einer Armeeeinheit gedient haben musste. Das Mauerwerk bestand aus glatt behauenen Steinen. Alles stand in einem mathematisch genau berechneten rechten Winkel zueinander. Die Grundfläche Bait Hanthals war quadratisch, an der Nordseite gab es ein großes Tor. Der Innenhof, der dreißig mal dreißig Schritt umfasste, war von Arkaden gesäumt, hinter denen sich die Lagerräume befanden. Der umlaufende zweite Stock beherbergte die Räumlichkeiten für begüterte Reisende. Die Tiere – Kamele, Pferde und einige Esel – waren an der zentralen Tränke angebunden.

Dirar stieg ab und wurde von einem Mann begrüßt, der Adnan hieß und seinem Bruder wie aus dem Gesicht geschnitten war. Die beiden flüsterten miteinander, wobei Adnan Hakim immer wieder musterte. Erst nachdenklich, dann immer neugieriger. Und am Ende war er so überrascht, dass er Hakim unverhohlen anstarrte.

Hakim stieg vom Karren und schaute sich um. Kamele wurden beladen und gesattelt. Die Esel und Pferde blieben, wo sie waren, was bedeutete, dass die nächste Reisegesellschaft eine Route gewählt hatte, die nur die Kamele überleben würden.

»Junger Herr?«

Hakim drehte sich um.

»Ich begrüße Euch in Bait Hanthal«, sagte Adnan.

»Ich danke Euch«, erwiderte Hakim. »Euer Bruder lobt Euren Geschäftssinn in den höchsten Tönen.«

»Er ist der erfolgreichere Sohn in der Familie«, sagte Dirar. »Obwohl er vier Jahre jünger ist als ich.«

»Ihr wollt Euch der Karawane nach Diriyya anschließen und habt kein Reittier«, sagte Adnan.

»Ihr könnt mir helfen?«

Adnan nickte. »Folgt mir«, sagte er und ging voran zum Brunnen, wo drei Kamele mit Fußfesseln am Boden kauerten. Dirar machte sich unterdessen daran, den Karren zu entladen. »Normalerweise bin ich kein Kamelhändler. Aber ab und zu kommt es vor, dass ein Reisender seine Rechnungen nicht begleichen kann. Und dann muss ich leider seine Reittiere pfänden.«

Hakim begann, die Tiere zu untersuchen. Er wusste, woran man ein krankes Kamel erkannte, ob es fehlernährt oder zu alt war. Pocken waren weit verbreitet und konnten zu Blindheit und Ertaubung führen, auch wenn das Tier die Krankheit überlebte. Zecken waren eine echte Plage. Hakim war in eine Kaufmannsfamilie hineingeboren worden. Das Erste, was man lernte, war der Umgang mit Tieren. Und wenn man lange unterwegs war, musste man sich selbst zu helfen wissen. Egal, ob das Kamel Würmer oder eine Darmverschlingung hatte. Nachdem Hakim die Zähne, das Fell und alle Körperöffnungen sehr gründlich in Augenschein genommen hatte, zeigte er auf das linke Tier.

»Wie viel?«, fragte er.

Adnan nannte eine Summe, und Hakim musste lachen.

Dirars Bruder zuckte mit den Schultern. »Wie Ihr meint. Aber ich weiß, dass Eure Zeit drängt. Ihr könnt versuchen, woanders ein Reittier zu bekommen. Ihr werdet keinen Erfolg haben. Warum? Weil Ihr ein Mann des Teufels seid. Weil Ihr Iram sucht.«

Hakims Miene verfinsterte sich. Er wusste, dass Adnan recht hatte. Der Verhandlungsspielraum war klein, eigentlich war er gar nicht vorhanden. So gesehen war der Preis, den ihm Dirars Bruder gemacht hatte, sogar noch akzeptabel.

»Gut«, sagte Adnan und seufzte. »Mir ist es egal, was die Leute sagen. Ihr bekommt das Tier zu dem Preis, den ich Euch genannt habe. Außerdem gebe ich Euch noch einen Sattel und das nötige Zaumzeug dazu.«

Hakim streckte seine Hand aus, und Adnan schlug ein, obwohl er sich nicht über das Geschäft zu freuen schien. Sein Gesicht blieb verschlossen.

»Siehst du dort hinten den großgewachsenen Mann in dem blauen Gewand?«, fragte Adnan. »Das ist Gafar Shadi, der *Karwan-Baschi*. Er ist dafür verantwortlich, dass alle Reisenden wohlbehalten in Diriyya ankommen.«

Gafar Shadi war ein Mann in seinen frühen Fünfzigern. Die Wüste hatte ihre Spuren im Gesicht dieses Mannes hinterlassen und ihn vor seiner Zeit alt werden lassen. Daran konnte auch der akkurat gestutzte Kinnbart nichts ändern, der so grau wie das kurzgeschnittene Haar war, das sich am Hinterkopf bedenklich lichtete. Gafar beaufsichtigte das Beladen der Kamele, als sich sein Blick mit dem von Hakim kreuzte. Der *Karwan-Baschi* gab einige letzte Anweisungen und kam dann zu ihnen herüber. Er begrüßte Adnan mit einem knappen Nicken und musterte dann Hakim eingehend.

»Sechzehn Jahre sollst du alt sein«, sagte er. »Du siehst älter aus.«

Hakim kannte Männer wie Gafar. Sein Vater hatte sie zu Dutzenden eingestellt. Sie strotzten vor Selbstbewusstsein, waren aber loyal und zuverlässig, wenn man ihnen die nötige Entscheidungsfreiheit ließ.

»Dirar hat meinen Anteil am Proviant bereits abgeladen«, sagte Hakim.

Gafar betrachtete Hakim, als hätte er ein verzogenes Kind vor sich, das mit einem goldenen Löffel im Mund geboren worden war, während er selbst um alles hatte kämpfen müssen.

»Ich würde Euch gerne schon jetzt bezahlen«, fuhr Hakim fort. »Sagt mir, was ich Euch schuldig bin.«

»Adnan kümmert sich um solche Dinge, wenn ich auf Reisen bin.« Der *Karwan-Baschi* wartete Hakims Antwort nicht ab, sondern drehte sich um und ging.

»Mein Bruder kann ihn auch nicht leiden«, sagte Dirar, der seinen Esel am Zügel führte und sich auf den Heimweg machen wollte. »Gafar ist ein aufgeblasener Wichtigtuer. Aber er hat bis jetzt noch keinen Reisenden verloren. Es gibt kaum einen zuverlässigeren Karawanenführer als ihn. So viel kann ich Euch sagen.« Dirar setzte sich auf den Karren. »Ihr seid also gut aufgehoben.«

Hakim zögerte einen Moment, schließlich streckte er Dirar die Hand entgegen, die dieser mit einem warmen Lächeln ergriff.

»Habt Dank für alles.«

»Ich wünsche Euch eine gute Reise«, erwiderte Dirar. »Möget Ihr finden, wonach Euer Herz sucht.«

Dirar schnalzte mit der Zunge und gab dem Esel den Stecken zu spüren, dann rumpelte der kleine Karren davon.

Ein Ritt durch die Wüste lässt sich mit keiner anderen Erfahrung vergleichen. Noch nicht einmal mit einer Fahrt über das Weiße Meer hinüber nach Cordoba oder Byzanz, wo Stürme und Piraten das Leben der Passagiere bedrohen.

Auch wenn man zusammen reist, bleibt der Ritt durch die Wüste ein einsames Unternehmen. Man reitet hintereinander weg, nicht nebeneinander her, so dass keine Gespräche möglich sind. Hakim hatte für die Wüste ein schwarzes

Qamis erworben, das den ganzen Körper bedeckte, damit er nicht zu viel Schweiß verlor. Auf dem Kopf trug er eine tiefblaue *Kofia*, mit der er bei einem Sturm auch das Gesicht schützen konnte. Die dunkle Farbe verminderte die Gefahr eines Sonnenbrandes.

In einem Punkt konnte man eine Karawane dann doch mit einer Schiffsreise vergleichen: Es gab den Horizont, sonst nichts. Und manchmal noch nicht einmal die Linie, die den Beginn des Himmels markierte. Nämlich dann, wenn ein *Samum* von Westen heraufzog, die feinen Sandpartikel emporhob und jedes Leben erstickte, das nicht auf diesen Giftwind vorbereitet war. Man bewegte sich in einem Nichts. Die Kunst bestand darin, dieses Nichts mit seinen Gedanken zu füllen. Und zwar so, dass man nicht wahnsinnig wurde.

Es gab einige Regeln, die man befolgen musste, wollte man in der Wüste überleben. Hakim kannte sie, sein Vater hatte sie ihm regelrecht eingebläut. Die wichtigste war: Schätze deine Kräfte und die deiner Kamele richtig ein. Brechen sie zusammen, sterben sie innerhalb kürzester Zeit – und somit auch der Mensch, der auf sie angewiesen ist. Deswegen durfte man sie nicht zu schwer beladen. Mehr als das doppelte Gewicht eines Mannes brachte sie um. Unerfahrene Reisende konnten durch die Hitze bis zu zehn Liter Wasser am Tag verlieren. Gafar mochte zwar ein hochmütiger Mann sein, aber er verstand sein Geschäft. Die Wasservorräte, die von den Lastkamelen transportiert wurden, waren auf mehrere Dutzend Schläuche verteilt worden. Sie mussten lange, sehr lange reichen, denn die Brunnen, die wie Wegpunkte angesteuert wurden, waren mitunter bis zu zehn Sonnenaufgänge voneinander entfernt.

Deswegen war es wichtig, immer in Bewegung zu bleiben. Jeder Tag, den man unnötig in der Wüste verweilte, erhöhte das Risiko, die Reise nicht zu überleben.

Eine Aufgabe war die schwerste von allen: Man durfte der Wüste nicht geben, was sie einem nehmen konnte. Man trank also nicht in der Hitze des Tages, keinen Tropfen. Auch wenn der Durst mörderisch war. Die Kehle schwoll an, die Lippen, die Zunge. Das Atmen tat weh.

Zudem war der Weg durch die Wüste nie ein gerader Weg. Die Strecke musste für die Kamele so flach wie möglich bleiben, selbst wenn es bedeutete, dass sich dadurch die Entfernung mitunter verdreifachte. Aber das war egal. Das direkte Überwinden eines Dünenkammes kostete viel zu viel Kraft. Erst am Abend, wenn die Sonne hinter dem Horizont versank, rastete man – und erschaffte sich eine Insel des Lebens.

Doch das hieß nicht, dass der Durst sofort gelöscht werden konnte. Das streng rationierte Wasser in den Schläuchen war so heiß, dass man sich daran verbrühte. Es musste erst abkühlen, bevor man es trinken konnte.

Zelte wurden bei dieser Karawane, die durch das Herz Arabiens und der unwirtlichsten aller Wüsten führte, nicht mitgenommen. Man schlief unter freiem Himmel, behütet von den Sternen und von Gott, dem *Al-Muhaimin,* dem allmächtigen Bewahrer und Beschützer.

Hakim lag noch lange wach und schaute hinauf in den Himmel, die Hände hinter seinem Kopf verschränkt. Den ganzen Tag hatte er darauf gewartet, dass Iram, die Stadt der Säulen, erneut zu ihm sprach und ihm den Weg wies. Aber seit dieser Nacht in den Gassen von Sanaa war die Verbindung schwächer geworden, so dass er sich fragte, ob alles nur ein Traum gewesen war, hervorgerufen durch das *Miraa*, dem Haschisch und die Erschöpfung, die seinen Körper in den letzten Monaten ausgemergelt hatten.

Er kaute auf einem zähen Stück Dörrfleisch herum, trank einen Schluck Wasser, das noch immer viel zu warm war, als dass es wirklich erfrischte und dachte an seine Familie in Damaskus. An seine Schwester Aischa. An seine Mutter, *zu deren Füßen schon immer das Paradies gelegen hatte* und die sich seit Hakims Geburt, die seinen vorherbestimmten frühen Tod bedeutete, Nacht für Nacht in den Schlaf weinte. Und an seinen Vater, dessen ältester Bruder natürlich auch am siebzehnten Geburtstag gestorben war. Er vermisste sie, alle.

Seine Mitreisenden hatten sich wie Schatten um ein flackerndes Feuer versammelt und erzählten sich murmelnd jene Geschichten, die man sich immer erzählte, wenn man auf Reisen war. Ab und zu drehten sie sich zu ihm, dem Sonderling und Eigenbrötler, um. Dann steckten sie die Köpfe zusammen und tuschelten über ihn. Gafar war bestimmt eitel genug, dass er ihnen berichtet hatte, dass dieser sechzehnjährige Grünschnabel aus Damaskus auf der Suche nach der Stadt der Sünde war, die von Allah – Friede sei mit ihm – zu Recht vom Angesicht der Erde getilgt worden war.

Und so trank Hakim einen letzten Schluck Wasser, wickelte sich in seine Decke ein und wartete darauf, dass ihn der Schlaf zu sich holte.

»Du hast deinen Weg verloren, ein weiteres Mal«, sprach leise eine tief grollende Stimme, die so klang, als müsste sie sich unbedingt räuspern.

Hakim blinzelte und schaute in ein Paar rotleuchtende Augen, die zu einem gewaltigen Hund gehörten, von dem eine große Hitze ausging. Hakim richtete sich auf und das Tier wich ein Stück zurück.

»Wer bist du?«

»Ein Freund«, antwortete der Hund, und Hakim erkannte augenblicklich die Lüge in diesen zwei Worten.

Hakim stützte sich auf und drehte sich um. Das Feuer war erloschen. Die Reisenden schliefen. Selbst die von Gafar eingeteilten Wachen saßen mit verschränkten Beinen auf dem Boden und hatten den Kopf auf die Brust gesenkt.

»Du solltest gehen«, sagte der Hund.

»Wohin?«, fragte Hakim. Wieder wich das Tier ein Stück zurück.

»In die Wüste. Iram wartet auf dich.«

»Wer bist du?«, fragte Hakim aufgebracht. Es war ihm egal, ob er Gafar oder die anderen Mitreisenden weckte.

»Meine Art kennt keinen Namen«, sagte der Hund mit gespieltem Bedauern. »Aber du darfst mich Schabbar nennen.«

Eine Woge der Übelkeit ließ Hakim wieder auf sein Lager zurücksinken. Er stöhnte, als sich sein Magen zusammenzog und er bittere Galle hochwürgte. Hakim umklammerte die Kapsel, die ihm Mima gegeben hatte. Die vier Sprüche gegen den bösen Blick. Deswegen wich Schabbar vor Hakim zurück, natürlich! Er war ein *Ifrit*. Plötzlich schämte Hakim sich dafür, dass er die alte Frau so verlacht und nicht ernst genommen hatte. Er war der Narr gewesen, nicht sie. *Kibr*, Hochmut. Wenn es dereinst einen Grund gab, weshalb er nicht ins Paradies gelangte, dann deswegen.

»Warum willst du mir helfen?«, keuchte Hakim.

»Sagen wir mal so«, sagte Schabbar. »Wir beide verfolgen dasselbe Ziel.«

»Du möchtest mein Leben retten?«

Schabbar lachte. »Wir haben ein Interesse daran, dass der Fluch von deiner Familie genommen wird. Dein Leben ist uns eigentlich egal. Wenn du Iram finden willst, musst du dich der Wüste überantworten. Du musst loslassen.«

»Dann werde ich keinen Tag überleben«, sagte Hakim.

»Dein Todestag ist dir fest bestimmt«, fuhr Schabbar fort. »Der achte Tag des *Dhul Qa'idah* im Jahr 253. Nichts wird dich vorher töten können.«

»Woher weißt du das?«

Schabbar gab ein Geräusch von sich, als wüsste er viel mehr, als er zugeben wollte. »Es steht in dem Buch geschrieben, das du suchst. Es steht im *Kitab al-Azif*.«

Hakim riss die Augen auf. »Du kennst *Das Buch des Wisperns*?«

»Abdul al-Hazred hat es mit meiner Hilfe verfasst«, antwortete der *Ifrit*. »Es war mein Flüstern, das er niedergeschrieben hat.« Schabbar hielt inne, dachte einen Moment nach, dann korrigierte er sich. »Na ja, nicht nur. Aber zu einem großen Teil.«

Hakim brauchte einen Moment, bis er verstand, was Schabbar ihm da offenbarte.

»Warum?«, fragte er schließlich fassungslos. »Warum hast du das getan?«

»Damals hielten wir es für eine gute Idee«, seufzte der *Ifrit*. »Wir haben uns getäuscht. Es war ein Fehler, den wir korrigieren müssen. Das Dumme ist nur: Wir können den Ort nicht aufsuchen, an dem es verborgen ist. Iram, die Stadt der Säulen, befindet sich an der Grenze von Leben und Tod. Dieses Reich ist uns verschlossen. Wir leben nicht, nicht wie ihr Menschen. Und können deswegen auch nicht sterben.« Die Augen des *Ifrit* glühten plötzlich auf. »Du bist der einzige Mensch, der diese Stadt betreten kann! Und es ist dir schon einmal gelungen.«

»In den Straßen von Sanaa«, flüsterte Hakim. »Der Traum.«

Schabbar knurrte ungeduldig. »Es war kein Traum. Du warst mehr tot als lebendig. Aber du konntest nicht sterben. Und auch wenn du jetzt hinaus in die Wüste gehst, wird der Tod dich nicht finden.«

Hakim dachte nach. Er traute dem *Ifrit* nicht. Bei Allah, niemand, der auch nur einen Funken Verstand hatte, traute einem *Ifrit*! Und dennoch ergab das, was Schabbar sagte, Sinn! Hakims Lebensende war vorherbestimmt. Jeder Erstgeborene, der ein Nachkomme von Abdul al-Hazred war, starb an seinem siebzehnten Geburtstag. Das war eine Wahrheit, die sich seit zwei Generationen in aller Grausamkeit gezeigt hatte. Aber vielleicht bedeutete das umgekehrt auch, dass er, Hakim, tatsächlich an keinem anderen Tag sterben konnte!

Er stand auf.

Der Hund wich einen weiteren Schritt zurück, als ob von Hakim eine ansteckende und tödliche Krankheit ausging.

»Wirst du mich begleiten?«, fragte er Schabbar.

»Das ist dein Weg«, sagte der *Ifrit*. »Du musst ihn allein gehen.«

Hakim bückte sich nach seiner Wasserflasche, hielt dann aber inne. Er durfte nichts trinken. Und er würde auch sein Kamel nicht mitnehmen. Sein Weg in die Wüste war der eines Propheten, der in der Einsamkeit der Einödnis eine tiefere Wahrheit zu erkennen hoffte. Oder eine Erlösung.

»Wie wirst du mich dann erkennen?«, fragte Hakim. Doch die Antwort blieb aus. Hakim drehte sich um, der *Ifrit* war fort.

Es war egal, in welche Richtung Hakim ging. Sand gab es überall. Und die Hitze des Tages würde ihm sehr schnell jede Kraft rauben. Wenn alles gut ging, würde er am Abend in Iram sein. Wenn nicht … Nun ja, dann hatte er die letzten Monate seines Lebens einem *Ifrit* vor die Füße geworfen.

Obwohl er wusste, dass es eine Wanderung ohne Wiederkehr sein mochte, schritt Hakim erstaunlich leicht voran. Er spürte den Wind und den Sand auf seiner Haut. Die Stille beruhigte seinen aufgewühlten Geist, und er fühlte eine Lebendigkeit, die ihn mit einer tiefen Zufriedenheit erfüllte.

Die Sonne war nun über den Horizont gestiegen und kletterte den Himmel empor. Die angenehmen Temperaturen des Morgens wichen der Gluthitze des heraufziehenden Tages. Hakim öffnete sein Gewand. Der Schweiß lief ihm jetzt in Strömen hinab. Sein Atem ging schneller, und er schritt nicht mehr ganz so beherzt aus. Der Sand rutschte unter seinen Füßen weg, und jede Düne erschien ihm größer als die vorangegangene. Hakims Gedanken wanderten ziellos in seinem Kopf herum. Bilder tauchten wie Traumgebilde auf, zerstoben wie Staub im Wind, nur um sich neu zu manifestieren.

Und dann hielt Hakim inne, stockte stolpernd. Blieb stehen. Etwas hatte ihn aus diesem sanften Hinabgleiten ins Nichtbewusstsein gerissen. Eine Kleinigkeit, mehr nicht. Es war nur ein einziges Wort.

Wen hatte Schabbar mit diesem ›Wir‹ gemeint?

Hakims erste Idee war, dass Schabbar für die *Ifrit* gesprochen hatte. Das lag auf der Hand, aber nur auf den ersten Blick, denn die *Dschinn* waren eine in sich tief zerstrittene Gemeinschaft, die nur ihre Herkunft einte. Manche hielten sich von den Menschen fern, verfolgten und töteten sie sogar. Andere hatten den entgegengesetzten Weg eingeschlagen, verliebten sich und heirateten menschliche Frauen. Es gab tragische Geschichten, die man sich erzählte. Hakim wusste nicht, welche Schabbar erzählen konnte.

Es war ein gefährliches Unterfangen, nach diesem Buch zu suchen. Oder vielmehr: es zu finden. Das *Kitab al-Azif* war sehr machtvoll. Zu machtvoll für einen Menschen. Bei Allah, zu machtvoll für jedes Wesen, ob es nun im landläufigen Sinne lebte oder nicht.

Abdul al-Hazred, Hakims Großvater, hatte sich den wenig schmeichelhaften Beinamen *Der Wahnsinnige* erworben. Er hatte Gedichte geschrieben. Hakim hatte einige von ihnen gelesen, und er hatte lange gebraucht, um sich von dieser Lektüre zu erholen. Sie waren in Worte gegossenes Seelengift. Wer sie las, sah die Welt danach mit den Augen eines Mannes, der glaubte, dass die Welt ein vergessenswertes Staubkorn in einem Universum war, dessen Größe und Trostlosigkeit kein Mensch je erfassen würde. Das Leben war für Abdul al-Hazred ein sinnloses Leiden gewesen, aus dem Nichts geboren und ins Nichts vergehend. Ein Albtraum zwischen zwei leeren Ewigkeiten. Aber er hatte sich dieser dunklen Erkenntnis nicht einfach nur hingegeben und war an ihr verzweifelt. Hakims Großvater hatte eine geradezu kranke Freude daran entwickelt, die Geheimnisse dieses Albtraums zu enthüllen. Er war viel gereist, hatte alte, längst verfallene Kulturen erforscht und war dabei auf die Geschichten von Wesen gestoßen, die vor Jahrmillionen die Erde heimsuchten und wohl noch immer irgendwo versteckt ihr Dasein fristeten. Er hatte sogar ihre Namen erfahren, doch waren sie so schwierig auszusprechen, dass Hakim sie vergessen hatte.

Das *Kitab al-Azif* war nicht nur ein Buch über verborgenes Wissen. Sondern es öffnete auch Türen zu einem Reich, das der Menschheit verschlossen bleiben musste, sollte sie nicht dem Verderben anheimfallen.

Abdul al-Hazred hatte eine Macht angehäuft, die keinem Menschen zugestanden werden konnte. Und dafür hatte er einen hohen Preis bezahlt. *Iblis* hatte ihn geholt, in Damaskus, auf offener Straße. Ihn emporgehoben und verschlungen. Es muss ein denkwürdiger Anblick gewesen sein, denn man erzählte sich heute noch davon – natürlich mit der einen oder anderen Ausschmückung, die nicht der Wahrheit entsprach. Aber wen kümmerte das schon? Viel wichtiger war dieser verdammte Fluch, den *Iblis* aussprach. Jeder erstgeborene Nachkomme Abduls würde an seinem siebzehnten Geburtstag sterben, bis das *Kitab al-Azif* zerstört und damit auch all das unheilvolle Wissen dieser verborgenen, dunklen Welt den Lebenden entzogen wäre.

Abdul al-Hazred hatte natürlich gewusst, dass er sich mächtige Feinde gemacht hatte. Anstatt das Buch zu zerstören und so seiner Nachkommenschaft viel Leid zu ersparen, hatte er es versteckt. Mit seinem Tod schien das *Kitab al-Azif* endgültig verschollen. Es hatte Blut, Schweiß, Tränen und viel Geld, *sehr* viel Geld gekostet, um die Spur dieses Buchs wiederzufinden. Und jetzt war Hakim in der Wüste, wartete auf den Tod und hoffte, dass er nicht starb.

Es gab diese Geschichte aus der *Alf Layla*, die ein zentrales Werk in der Bibliothek seines Vaters war. Sie handelte von Schaddad und der Stadt Iram, die er in seinem Hochmut errichten ließ.

Der König Schaddad beherrschte die ganze Welt, und sein Volk, die älteren Aaditen, waren von Gott mit sehr großen und starken Körpern beschenkt worden, so dass sie sagten: »Wer ist stärker als wir?«

Drum heißt es auch im Koran: »Sahen sie denn nicht ein, dass Gott, der sie geschaffen, stärker war als sie?«

Gott schickte ihnen dann den Propheten Hud, der sie zum Gehorsam und zur Verehrung Gottes aufrief.

Schaddad sagte aber zu Hud: »Wenn ich an deinen Gott glaube, was werde ich davon haben?«

Hud (Der Friede Gottes sei mit ihm!) antwortete: »Er wird dir in der zukünftigen Welt ein Paradies schenken mit Schlössern von Gold, Hyazinthen, Perlen und allerlei Edelsteinen.«

Da sagte Schaddad: »Ich kann mir in dieser Welt schon ein solches Paradies schaffen und bedarf deiner Versprechungen nicht.«

Der Priester Kaab berichtet, Gott habe Moses in der Thora diese Geschichte erzählt und ihm über den Garten Iram, mit den Pfeilern, Folgendes mitgeteilt: Schaddad gab hundert seiner stärksten Emire den Befehl, ein weites, ebenes Land aufzusuchen, mit viel Wasser und gesunder Luft, um dort eine goldene Stadt zu bauen. Die Emire reisten weg, jeder von tausend Mann begleitet, und suchten im Lande Jemen, bis sie an den Berg Aden kamen; da fanden sie ein quellenreiches Land, wie es der König wünschte, in einer sehr gesunden Lage.

Sobald sie ihm Kunde davon gaben, schickte er Baumeister dahin, ließ eine viereckige Stadt bauen, die vierzig Parasangen im Umfange hatte; man legte sehr tiefe Grundpfeiler, auf denen die Stadt sich bis zum Himmel erheben konnte, man nahm Steine von Jenem bis zur Oberfläche der Erde, dann gebrauchte man rote Backsteine für die Mauern, die fünfhundert Ellen hoch und zwanzig Ellen breit waren.

Schaddad schickte dann aus nach allen Fundgruben und baute in der Stadt dreihunderttausend Schlösser, jedes ruhte auf tausend Pfeilern von verschiedenem Smaragd und Rubinen, mit Gold belegt, und die Pfeiler, auf denen die Schlösser mit ihren reichgeschmückten Gemächern ruhten, waren hundert Ellen hoch.

Er ließ dann Kanäle graben und die Ufer mit Datteln und anderen Bäumen bepflanzen; hernach wurden vier Tore an die Stadt gesetzt, jedes hundert Ellen hoch und zwanzig breit, alles aufs feinste ausgeschmückt, denn der Bau dauerte fünfhundert Jahre.

Als die Stadt vollendet dastand, ließ Schaddad von Osten und Westen allerlei Teppiche, Vorhänge und seidene Betten in die Schlösser bringen. Auch allerlei Speisen und Getränke, Früchte und Süßigkeiten, Wachslichter, Weihrauch, Aloe, Ambra und Kampfer. Dann ließ er zehntausend schöne und reichgeschmückte Mädchen in die Stadt ziehen, mit zahlreichem Gefolge und Dienerschaft.

Schaddad besah nun die Stadt, und sie gefiel ihm so gut, dass er sagte: »*Nun habe ich schon, was mir Hud erst nach dem Tode verhieß.*«

Aber als er sein Schloss beziehen wollte, da befahl Gott einem seiner Engel, sie zu vertilgen. Der Engel schrie sie grimmig an, und in einem Augenblick war ihr Leben ein Raub des Todesengels, wie es im Koran heißt: »*Und Gott vernichtete das alte Volk Aads.*«

Gott verbarg auch die Stadt vor den Augen aller Menschen; doch sieht man in jener Wüste bei Nacht noch Spuren davon. Einst ging einer der Gefährten des Propheten, sein Name war Abdallah, in jene Gegend, um ein verirrtes Kamel zu suchen, und er sah die Mauern der Stadt Iram mit den goldenen Schlössern und Pfeilern; er gab Moawiah Kunde davon, dieser ließ Nachsuchungen anstellen, aber man konnte nie etwas finden.

Hakim kannte die Geschichte auswendig. Sein Vater hatte schon lange vermutet, dass Abdul al-Hazred vor seinem unrühmlichen Tod *Das Buch des Wisperns* an diesem Ort versteckt hatte. Und die Geschichte war auch der Grund, weshalb Hakim sich auf eine so beschwerliche Reise gemacht hatte, die ihn irgendwo ins Nirgendwo führte.

Die Hitze brachte ihn jetzt um, im wahrsten Sinne des

Wortes. Hakims Blick verschwamm, und er hatte Mühe, einen Fuß vor den anderen zu setzen.

»Du hast keine andere Wahl«, sagte seine Mutter, die neben ihm einherging. Im Geist oder in der Realität, das konnte Hakim nicht mehr unterscheiden. Aber sie war in diesem Moment so wirklich wie die Sonne, die ihn zu verbrennen drohte. Und zu seiner Verwunderung sprach sie, war nicht stumm. »Glaubst du, ich habe dir das Leben geschenkt, nur um die Gewissheit zu haben, dass du, mein Erstgeborener, niemals zu einem Mann heranwachsen wirst?«

»Du verfluchst mich ein zweites Mal«, wisperte Hakim mit ausgetrockneten Lippen. Sein Verstand war noch klar genug, dass er die Ungeheuerlichkeit dessen, was er gerade gesagt hatte, tief in seinem Herzen spürte.

»Ich habe nie darum gebeten, dieses Leben zu leben. Es *so* zu leben.«

»Du hast eine Verantwortung«, sagte sein Vater, der rechts neben Hakim ging. Großgewachsen und mit einer unbeugsamen Haltung, die man auch für einen Ausdruck unerbittlicher Härte halten konnte. »Nicht nur dir gegenüber. Auch deiner Familie. Den Generationen, die nach dir kommen.«

»Dies ist der dritte Fluch«, flüsterte Hakim und schloss die Augen. Der Boden unter seinen Füßen verschwand, und er fiel. Hakim hoffte, dem Tode entgegen. Doch der *Ifrit* hatte recht behalten.

Als Hakim aufblickte, sah er das Tor von Iram. Ein offener Bogen ineinander verflochtener Ornamente, der jeden willkommen zu heißen schien, der etwas suchte, das sich nur am Rande des Lebens finden ließ.

Etwas war seit Hakims letztem Besuch geschehen. Es musste eine andere Zeit sein, denn Iram war verlassen, die Häuser eingestürzte Ruinen. Die Stille war ohrenbetäubend. Nicht einmal ein Wind umwehte die Säulen, die wie ein verwirrender Wald die unzähligen dunklen Arkaden stützten. Die Brunnen waren ausgetrocknet, der Marmor rissig und spröde. Die Plätze, auf denen sich die Menschen dereinst zum Feiern versammelt hatten, glichen öden Flächen, ohne Leben und ohne Zukunft.

Hakim durchstreifte mit vorsichtigen Schritten die Gassen und Straßen und blickte in dunkle Fensterhöhlen, stieß morsche Türen auf. Doch seine Schritte verhallten ungehört in diesem Irrgarten aus Stein und Staub.

Und dann stand er im Zentrum der Stadt vor dem, was einmal Schaddads Palast gewesen sein musste. Im Gegensatz zu den rechtwinklig errichteten profanen Gebäuden der Stadt war er rund und von einer Kuppel gekrönt, die im Zwielicht golden glänzte. Hakim stieg die Stufen zum umlaufenden Kolonnadengang hinauf. Die Säulen, die Iram ihren Beinamen gaben, waren hier anders gestaltet als in den Ruinen der Stadt. Basis, Schaft und Kapitell stellten nicht das übliche Prinzip eines Baumes dar, sondern waren ein Abbild der Welt, wie Schaddad sie gesehen hatte.

Die Basis war unstrukturiert, obwohl Hakim in Stein gemeißelte gequälte Körper zu sehen glaubte. Ob Mensch oder Fabelwesen war nicht auszumachen. Alles war ineinander verwachsen, miteinander verwoben und untrennbar verbunden. Wo hörte ein Mensch auf, wo begann eine Chimäre? Hakim vermochte es nicht zu erkennen oder zu deuten. Nur weit aufgerissene Augen waren wie dunkle Perlen oder Trauben zu erkennen. Augen, in denen sich Angst, Wahnsinn und unendliches Leid spiegelte.

Alle Schäfte waren über und über mit Symbolen versehen. Hieroglyphen, fremdartige Schriftzeichen, Buchstaben in Arabisch, Hebräisch und Latein. Hakim konnte nur einen Bruchteil von ihnen entziffern. Und wo es ihm gelang, erschloss sich ihm der Sinn des Geschriebenen nicht.

Die Kapitelle hingegen bestanden aus in Stein gemeißelten orchideengleichen Blüten, symmetrisch und endlose Kreise bildend, die ineinandergriffen. Ohne Anfang, ohne Ende. Das Große spiegelte sich im Kleinen, und das Kleine im Großen.

Hakim stand auf der Schwelle zur großen kreisförmigen Thronhalle, die komplett im Dunkeln lag. Er zögerte. Hier, an diesem fensterlosen Ort, kam er nicht weiter. Es hatte keinen Sinn, sich wie ein Blinder an den Wänden entlangzutasten. Die Gefahr, sich zu verletzen, war einfach zu groß. Hakim hatte auch nirgendwo eine Lampe, eine Kerze oder vielleicht ein Stück Holz gefunden, das er wie auch immer hätte entzünden können.

Dennoch: Er konnte nicht auf der Schwelle verharren. Er musste es wagen. Also tat er den Schritt in die Dunkelheit.

Feuerschalen entzündeten sich. Eine nach der anderen, ein Dutzend an der Zahl, und erfüllten die kreisrunde Halle mit einem unsteten Licht.

Es war, als hätte Schaddads Palast seinen Besucher erwartet.

Hakim zögerte erneut und schluckte trocken. Alles in ihm schrie ihn an, diesen Ort zu verlassen, nicht weiterzusuchen, sondern lieber zu sterben – wie es ihm vorherbestimmt war. Hier würde er mehr als nur sein Leben verlieren, denn in diesem unheilvollen Palast legte er auch seine Seele in die Waagschale.

Die außen mit Gold beschlagene Kuppel, die den Palast krönte, war von innen wie die Wände komplett schwarz ausgekleidet. Hakim dachte zunächst, dass es sich um glänzenden, blank polierten Marmor handelte, doch als er seine Hand ausstreckte, stellte er fest, dass es kaltes schwarzes Glas war. Glas, mit hellen, scheinbar ungeordneten Einsprengseln.

Wo versteckte man am besten ein Buch? Nun, die Frage ließ sich auch anders stellen: Wo versteckte man am besten einen Baum? Natürlich in einem Wald. Doch wo war hier eine Bibliothek? Hier gab es keine Tür. Die Wände und der Boden waren glatt, als wäre der Saal aus einem einzigen gigantischen Stück Obsidian geschnitzt worden.

Hakim stieg die drei Stufen zum Thron hinauf und ließ sich erschöpft in dem goldenen Stuhl nieder, der erstaunlich unbeschadet all die Zeiten überdauert hatte. Er beugte sich nach vorne und vergrub sein Gesicht in den Händen, brachte aber keine Tränen zustande. Schließlich richtete er sich wieder auf und holte zitternd tief Luft. Was sollte er jetzt tun? Er konnte den Rest seines Lebens an diesem Ort verbringen, ohne Hoffnung darauf, das Buch jemals zu finden. Der Fluch würde weiter auf seiner Familie ruhen. Sein Vater, seine Mutter, seine Schwester – er würde sie alle enttäuschen. Alle Erwartungen, alle Hoffnungen waren vergebens. Er stieß einen lauten, wütenden, heiseren Schrei aus.

»Ich verfluche dich, Abdul al-Hazred, Fleisch von meinem Fleisch, Blut von meinem Blut. Ich hoffe, dass deine Seele für immer an einem Ort der Finsternis gefangen ist!«

Und dann hielt er inne.

Die Einsprengsel im Obsidian. Sie sahen nur auf den ersten Blick so willkürlich und zufällig aus. Hakim erkannte Muster! Nicht Muster der Art, die sich wiederholten. Sondern andere, die tief in seinem Gedächtnis verschüttet waren.

Eine der wichtigsten Regeln beim Durchqueren einer Wüste lautete: Sei dir immer gewiss, wo du bist. Verliere niemals deinen Weg. Tagsüber war es nicht schwer, diese Regel zu befolgen. Da schien die Sonne. Sie ging im Osten auf, im Westen unter und hatte ihren höchsten Stand im Süden. Doch in der Nacht?

In der Nacht wiesen die Sterne den Reisenden den Weg. Die Griechen hatten den Himmel mit Bildern geordnet. Achtundvierzig gab es von ihnen, und nicht alle waren das ganze Jahr über zu sehen. Aber Hakim kannte sie alle: Kassiopeia und Orion, Draco und Gemini. Und zu allen gab es eine Geschichte, wie sie zu ihren Namen gekommen waren.

Hakim stand langsam auf. Alle diese Sternbilder waren an der Rotunde verewigt! Es war, als spräche der Nachthimmel zu ihm. Vorsichtig trat er näher. Fünf Sterne schienen ein wenig heller als die anderen zu leuchten. Es war das Bild der Lyra.

Orpheus und Eurydike!

Orpheus hatte versucht, seine Geliebte aus dem Reich der Toten zurückzuholen, indem er Hades mit seinem Spiel auf der Leier betörte. Was ihm letztlich auch gelang. Der Gott der Unterwelt gab Eurydike frei, doch nur unter einer Bedingung: Orpheus dürfe sich auf dem Heimweg nicht nach seiner Geliebten umschauen, bis er das Tageslicht erreicht hätte, sonst würde er Eurydike endgültig verlieren. Doch genau das hatte Orpheus getan und somit die Seele seiner Geliebten der ewigen Verdammnis anheimfallen lassen.

Vorsichtig strecke Hakim die zitternde Hand aus und berührte die tiefstehenden Sterne. Als wären sie zum Leben erwacht, leuchteten sie auf, glühten regelrecht und Hakim hörte hinter sich ein schweres Scharren. Der Thron hatte sich zur Seite bewegt und ein gähnendes Loch freigegeben. Hakims Herz begann wie wild zu schlagen.

Vorsichtig einen Fuß vor den anderen setzend stieg er die steinerne Treppe hinab in das finstere Nichts. Er wäre beinahe gestürzt, als er unten ankam und eine letzte Stufe vermutete, wo keine mehr war.

Diesmal entzündeten sich keine Feuerschalen. Kein Licht durchdrang die Schwärze, die sich schwer auf Hakims Brust legte. Wie ein Blinder ohne Stock streckte er beide Hände aus, kniff die Augen zusammen und hielt die Luft an, so als erwarte er jeden Moment, schmerzhaft gegen ein hartes Hindernis zu stoßen.

Die Luft hier unten war kühl, fast kalt, aber trocken. Seine Schritte wurden nicht von engen Wänden aufgefangen und zurückgeworfen, sondern verloren sich im Nichts, als wäre der Raum entweder unglaublich groß. Oder aber er war nicht leer.

Hakim tastete nach der rechten Wand und griff in einen Stapel zusammengerollter Pergamente. Und plötzlich verstand er, warum es hier unten keine Kerzen oder Öllampen gab. Er befand sich in Schaddads Bibliothek. All die Schriften und Bücher, die hier unten lagerten, würden bei der leisesten Unachtsamkeit in Flammen aufgehen.

Hakim hatte keine andere Wahl. Er musste die Schriften im Dunkeln durchsuchen. *Das Buch des Wisperns* war hier. Musste hier sein. Etwas hatte ihm den Weg gewiesen, sonst hätten sich im Thronsaal nicht die Feuerschalen entzündet! Sonst hätten die Sterne nicht für ihn geleuchtet!

Also löste Hakim sich von der Wand, richtete sich auf – und sprach ein *Duʿāʾ*. Es erschien ihm folgerichtig, ja geradezu erforderlich, ein Bittgebet zu sprechen. Wenn es je eine Zeit dafür gab, Gott um Hilfe zu ersuchen, dann jetzt. Hakim verdrängte die letzten Zweifel, auch wenn er das *Adab* nicht erfüllen konnte, und sprach: »Gott Allmächtiger. Ich bitte um Dein Licht in größter Not.«

Nichts geschah. Er hörte nur seinen Herzschlag, seinen Atem. Hatte er die Worte womöglich nicht eindringlich genug gesprochen?

»Gott Allmächtiger. Ich bitte um dein Licht in größter Not!«, rief er nachdrücklich

Wieder geschah nichts. Hakim warf sich verzweifelt auf den kalten Boden.

»Herr, ich bin verzweifelt. Ich habe mich in der Dunkelheit verloren und habe Angst, nie wieder Dein Licht zu erblicken! Ich bitte Dich, errette mich!«

Ein stechender Schmerz durchzuckte seine Brust, genau über seinem Herzen. Hakim schrie auf, riss sein Gewand auf und schaute an sich hinab. Aus den Ritzen des kleinen Kästchens, das Mima ihm gegeben hatte, drang ein Licht, das pulsierend an Intensität gewann.

Und dann offenbarte es sich ihm.

Das *Kitab al-Azif* lag auf einem steinernen Postament, der Einband eine hässlich verzerrte Fratze. Es lag in Ketten, wie ein wildes Tier, vor dem die Welt beschützt werden musste.

Hakim streckte die Hand aus. Er hatte es endlich gefunden. Nach all den Jahren, all den Entbehrungen. Nun, so sagte er sich, schloss sich endlich ein Kreis, als sich seine Finger dem Einband näherten. Er berührte das Leder, und die Ketten zersprangen. Ein vielstimmiger Schrei explodierte in seinem Kopf.

Frei! Endlich frei!

Dann nahm die Dunkelheit Hakim in die Arme, und er verlor das Bewusstsein.

 BERIT

»Vater?«

Thorulf Olavsson blickte vom Kopfende des langen Tisches auf. In der großen Halle, in der sonst gesungen und getrunken und gelacht wurde, roch es jetzt am frühen Morgen nach kalter Asche und vergossenem Met.

»Es ist kalt hier«, sagte Berit. »Du holst dir noch den Tod.«

Thorulf machte mit der linken Hand müde eine wegwerfende Bewegung.

Berit nahm einen Haken und schürte in der Herdstelle die wenige verbliebene Glut, bevor sie zwei Scheite Buchenholz auflegte.

Thorulf Olavsson lächelte schief. »Der Tod wird mich holen, wenn die Zeit dafür gekommen ist«, sagte er. Es klang ganz und gar nicht lustig. Thorulfs schütterer Bart hatte mehr graue als rote Haare. Die Haut war zwar altersfleckig, aber die Muskeln waren noch immer stark, wenn auch sehnig.

»Setz dich zu mir«, sagte er.

»Erst hole ich Brot und Käse«, entgegnete Berit.

»Ich habe keinen Hunger«, beharrte Thorulf. »Setz dich!«

Berit seufzte und tat, was ihr Vater wünschte.

»Harald wird kommen«, sagte er.

»Der König hat zugesagt«, gab Berit überrascht zurück.

»Ja«, sagte Thorulf. »Und du wirst an meiner Seite sitzen.«

Berit runzelte die Stirn. »Warum nicht Halldor?«

»Halldor mag zwar meine rechte Hand sein. Aber du bist es, die dereinst meinen Platz einnehmen wird.«

»Vier Jahre bin ich jetzt in Halldors Familie«, sagte Berit. »Er ist ein guter Mann. Und die ganze Familie ist dir treu ergeben.«

»Was hast du in der Zeit bei ihm gelernt?«

»Den Umgang mit Schwert, Axt und Bogen. Zu Fuß und zu Pferde. Den Kampf im Schildwall.«

Sie erinnerte sich mit Schaudern an die Übungen. Halldor hatte keine Rücksicht auf sie genommen. Die Narbe über ihrem linken Auge würde sie ihr ganzes Leben lang daran erinnern, dass sie als Tochter eines Jarls keinerlei Privilegien zu erwarten hatte.

Thorulf machte ein fragendes Gesicht und eine auffordernde Geste. Berit rollte mit den Augen.

»Ja, ich werde noch eine letzte Prüfung ablegen. Und wenn ich sie bestanden habe, bin ich eine Schildmaid.«

»Wie deine Mutter.«

»Wie meine Mutter«, sagte Berit nicht ohne Stolz.

»Meinst du, ich habe dich ohne wohlüberlegte Absicht zu einer Schildmaid ausbilden lassen? Du bist so viel wert wie jeder Junge in deinem Alter.«

»Ich bin erst fünfzehn.«

»Als ich mir den Thron genommen habe, war ich so alt, wie du es jetzt bist. Also sag mir einen Grund, weshalb du nicht meinen Platz einnehmen kannst!«

Auf diese Frage hatte Berit keine Antwort, außer der, dass es noch nie einen weiblichen Jarl gegeben hatte. Aber das war ein Argument, das ihr Vater nicht gelten lassen würde. Und dafür liebte sie ihn. Also schwieg sie.

Thorulf lächelte wieder. »Damit wäre alles geklärt.« Er machte mit der linken Hand eine wedelnde Geste. »Auf dich wartet eine letzte Prüfung. Und ich erwarte, dass du sie genauso bestehst wie alle anderen auch.

Berit seufzte und ging.

Die Bewohner Randabergs lebten zwei Leben. Zum einen waren sie Bauern und Kaufleute, die mit prachtvollen Langschiffen die Küste entlangfuhren, um mit Fellen und Stockfisch Handel zu treiben. Es war ein mühseliges, aber friedliches Geschäft. Das änderte sich zu Beginn des Sommers, wenn die Zeit der Raubzüge kam.

Dann setzten die Männer und Frauen den Drachenkopf auf den Bug ihrer Schiffe und gingen dem Piratenhandwerk nach. Maja hatte Halldors Respekt auf einer dieser Fahrten gewonnen, als sie ihm das Leben gerettet hatte. Oh, er war nicht in einem Zweikampf unterlegen gewesen. Nein, er war beim Fischen über Bord gegangen und wäre ertrunken, wenn Maja nicht geistesgegenwärtig hinter ihm hergesprungen wäre. Denn Halldor konnte nicht schwimmen, und das war bis zu diesem Zeitpunkt ein Geheimnis, von dem niemand wusste. Noch nicht einmal Thorulf hatte eine Ahnung davon, dass dieser Berserker, der seine Leibwache befehligte, nicht in der Lage war, drei Atemzüge lang zu schwimmen. Also rettete Maja ihn nicht nur, sondern brachte ihm in den kommenden Tagen und Wochen bei, wie man sich im Wasser bewegte, ohne gleich unterzugehen. So kam schließlich eins zum anderen. Noch im selben Jahr wurden sie Mann und Frau. Thorulf selbst hatte die beiden getraut. Damals, als Berit noch ein kleines Mädchen war. Da hatte ihre Mutter schon nicht mehr gelebt.

Thorulf Olavsson war ein einflussreicher Jarl. Die Grafschaft, über die er herrschte, war gut organisiert. Die Erträge der freien Bauern waren so hoch, dass es schon seit Jahren winters zu keiner Hungersnot gekommen war. Er hatte die alten, mit Gras bewachsenen Langhäuser abgerissen und sie durch Holzhäuser ersetzt, die auf steinernen Fundamenten ruhten. Die Feste, ein aus Granit errichteter Bergfried, war der sicherste Ort der gesamten Grafschaft. Der runde Turm ließ sich mühelos über Wochen und Monate halten, vorausgesetzt es waren genügend Vorräte eingelagert worden. Gleichwohl lebte Thorulf in einer kleinen Kammer bei der großen Halle, und das war durchaus ungewöhnlich, denn in der Regel war dieses Gebäude nur Versammlungen und Festlichkeiten vorbehalten. Doch hier war Thorulf seinen Gefolgsleuten nah, war er einer der ihren. Und folgte ihren Bräuchen. Dazu gehörte es auch, dass die eigenen Kinder bei anderen Familien aufwuchsen. Zumindest für eine gewisse Zeit.

So war Berit zu Halldor Graueisen und seiner Frau Maja gekommen. Halldor war ein Riese mit kahlrasiertem Schädel und einem geflochtenen Bart, der ihm bis zur Brust reichte. Zahllose Kämpfe hatten narbenreiche Spuren hinterlassen. Vor der Schlacht zog er das Bärenfell an, aß Bilsenkraut und scherte sich einen Dreck darum, wie stark der Feind war. Aber bei Maja war er ein anderer Mensch.

Dieser Mann, der seine Feinde mit der bloßen Hand erschlagen konnte, vergötterte seine Frau und liebte Berit wie seine eigene Tochter. Sie war das einzige Mädchen in ganz Randaberg, das unbedingt eine Schildmaid werden wollte und auf diese Weise in die Fußstapfen ihrer Mutter trat, damit sie später gemeinsam mit den anderen Kriegern auf Beutezug gehen konnte.

Das Haus der Graueisens befand sich ein gutes Stück den Berg hinauf. Es war jedes Mal ein sehr mühseliger Weg, doch am Ende wurde jeder, der ihn ging, mit einem atemberaubenden Blick aufs Meer belohnt. Wenn nicht gerade an einem Tag wie diesem alles in dichten Nebel gehüllt war.

Berit keuchte den schmalen Pfad hinauf. Durch den Regen der vergangenen Wochen war der Boden aufgeweicht wie ein nasser Schwamm. Die vorstehenden Wurzeln und der nackte Fels, den das tote Laub des vorangegangenen Herbstes nur unvollständig verdeckte, waren glatt wie die Seife, die Berit jeden Tag zum Waschen benutzte.

Sie liebte den Wald, er war ihre Heimat. Hier konnte sie den Tieren lauschen, dem Gesang der Vögel, dem Rauschen des Windes in den Kronen der Bäume. Das Einzige, was sie heute hörte, war jedoch die Feuchtigkeit, die von den Ästen der Bäume tropfte. Es war so früh im Jahr, dass die Vögel noch nicht sangen. Aber der Wald war nicht tot, er war noch nicht einmal verlassen.

Äste krachten. Laub raschelte. Etwas war da, dunkel, nicht grau. Kalt, aber gleichzeitig lebendig. Und es näherte sich. Berit sah das Wesen nicht, das ein wilder Eber sein konnte. Oder ein Wolf. Doch sie spürte die Präsenz einer beängstigenden Boshaftigkeit.

Obwohl Berit sich hier zu Hause fühlte, jeden Stein und jeden Stock kannte, war ihr der Weg plötzlich fremd, erschien ihr jede Biegung des Pfades bedrohlich. Sie legte den Kopf in den Nacken und schaute hinauf zu den Wipfeln der Bäume, der Buchen und Kiefern. Doch die verloren sich im zähen Dunst eines Winters, der dieser Tage so gar nicht weichen wollte.

Sie beschleunigte ihren Schritt, fiel sogar in einen leichten Trab, nur um dieses Niemandsland zwischen angstvoller Phantasie und farbloser Realität möglichst zügig hinter sich zu lassen. Je schneller sie sich den Berg hinaufkämpfte, umso deutlicher wurde die Gewissheit, dass sie nicht nur beobachtet, sondern auch verfolgt wurde.

Es war zwar schon lange her, dass Randaberg von anderen Wikingern überfallen worden war, aber die Angst vor Plünderung und Brandschatzungen steckte immer noch allen in den Knochen. Obwohl alle Fürsten eigentlich unter einem König in einem Reich geeint waren, gab es zwischen den verschiedenen Grafen unausrottbare Rivalitäten, die zuweilen in blutigen Kämpfen mündeten.

Doch es waren nicht die Menschen, vor denen Berit Angst hatte. Es waren die Dämonen, die Trolle und Zwerge, die die Wälder und Moore bevölkerten und manchmal, wenn es ihnen Freude bereitete, den Menschen nachstellten. Maja hatte einmal beim abendlichen Feuer von Wechselbälgern erzählt. Trollkindern, die morgens in den Wiegen argloser Familien lagen, während die menschlichen

Kinder eine willkommene Abwechslung auf dem Speisezettel dieser Kobolde waren. Maja hatte ein beängstigendes Talent, solche Geschichten unheimlich auszuschmücken, und Berit war sich bis heute nicht sicher, ob sie an diesem Abend einem Märchen oder einer wahren Geschichte gelauscht hatte.

Also schob Berit auch jetzt ihre Angst auf die Vorstellungskraft ihres Geistes. Es gelang ihr nicht besonders gut, denn das Geräusch von brechenden Zweigen und schweren Schritten drang immer deutlicher an ihr Ohr. Sie beschleunigte ihren eigenen Schritt. Die Luft brannte in ihren Lungen. Ihre Beine schmerzten, während sie versuchte, möglichst leichtfüßig von Stein zu Stein zu springen.

Die massige Gestalt des Mannes tauchte aus dem Nichts auf. Einen Schrei ausstoßend zog Berit das Messer aus der Scheide. Doch sie wurde am Handgelenk gepackt und ließ die Klinge vor Schmerz fallen.

»Was versetzt dich so in Angst?«, fragte Halldor Graueisen ruhig.

Berit atmete erleichtert aus, als sie die Stimme ihres Ziehvaters erkannte.

»Nichts«, log sie. »Es ist alles in Ordnung.«

»Was hast du gesehen?«, fragte Halldor.

Berit rieb sich das schmerzende Gelenk und bückte sich nach dem Messer. »Ich habe nichts gesehen«, sagte sie leise. Aber sie hatte etwas gespürt. Und spürte es immer noch.

Halldor gab ein Geräusch von sich, als würde ihn diese Antwort nicht zufriedenstellen. Noch weniger schien er aber Lust zu haben, das Thema zu vertiefen.

»Komm jetzt, lass uns gehen. Ich möchte Maja nicht warten lassen. Eine schlechtgelaunte Frau im Haus ist kein Vergnügen für einen Mann.«

Halldor Graueisen war ein mächtiger Krieger und die zahlreichen Silberringe an seinem Arm kündeten von erfolgreich geschlagenen Schlachten. Aber zu Hause war es ganz bestimmt sein Weib, das ihm sagte, was er zu tun und zu lassen hatte. Sie war eine sehr starke Frau mit einem sehr starken Willen, dem man sich besser nicht widersetzte. So streng sie mit ihrem Mann war, so freundlich und herzlich war sie zu Berit. Wie Berits Mutter war sie eine Schildmaid, die sich dem Kampf verschrieben hatte – nur dass sie im Gegensatz zu Halldor auf die Zauberkraft des Bilsenkrauts verzichtete. Die brauchte sie auch nicht, um Angst und Schrecken zu verbreiten. In der Schlacht von Bravalla hatte sie mehr als ein Dutzend Helden und Krieger niedergestreckt. Alle sagten, dass sie und Halldor füreinander geschaffen waren. Es war tragisch, dass aus dieser Verbindung kein Kind entsprungen war, das den Namen weitergeben konnte. Und so war Berit für Halldor und Maja Sohn und Tochter zugleich.

Der Giebel des Hauses schob sich wie der Bug eines gekenterten Schiffes durch das Grau des Nebels, als sie den Wald nach einer letzten Biegung hinter sich ließen. Maja hielt in zwei Gattern Ziegen und Schafe, aus deren Wolle sie Mäntel wob. Normalerweise hörte man das Blöken der Tiere schon von weitem. Jetzt waren sie still.

»Du spürst es auch, nicht wahr?«, flüsterte Berit.

Halldor umklammerte das Schwert fester und drehte sich

langsam einmal um sich selbst, wobei er lauschend den Kopf auf die Seite legte. Auch Berit strengte sich an, etwas zu hören, aber da war nichts mehr. Nur diese unnatürliche Stille, die einen unangenehmen Druck auf ihre Ohren ausübte.

Halldor gab ein missmutiges Knurren von sich. Schließlich steckte er widerwillig sein Schwert wieder weg. »Lass uns ins Haus gehen«, sagte er. »Was immer dort draußen war, es ist jetzt nicht mehr da.«

Er öffnete die Tür, und sie betraten einen Raum, der von einer Feuerstelle erwärmt wurde. Darüber hing an einem Haken ein großer Topf. Es roch nach Fischsuppe, frisch gebackenem Brot und brennendem Buchenholz. Maja saß an dem großen Webstuhl, der den ganzen Winter über nicht stillgestanden hatte.

Sie blickte von ihrer Arbeit auf, als Berit zusammen mit Halldor das Haus betrat. Geräuschvoll schloss er die Tür.

Maja sah ihren Mann fragend an, und als er ihren Blick mit einem Schulterzucken erwiderte, nickte sie.

Halldor hängte seine Axt an den Haken neben der Tür, nahm sich eine Schüssel und schöpfte eine Kelle der Fischsuppe hinein. »Von Anfang an war klar, warum er dich vor vier Jahren zu uns geschickt hat.«

Berit seufzte. »Halldor, erzähl mir etwas, dass ich noch nicht weiß.«

»Du wirst deinen Vater stolz machen«, sagte Maja.

»Worin besteht meine letzte Prüfung?«, wollte Berit wissen. »Was muss ich tun?«

»In drei Tagen findet in Randaberg die Große Ratsversammlung statt. Die Fürsten aus Noreg, Sverig und der dänischen Mark werden unter dem Vorsitz von König Harald beratschlagen, wie die Insel im Westen erobert werden kann.«

»Storbritannien«, sagte Berit.

Halldor nickte. »Und diese hohen Gäste wollen gut bewirtet werden.«

»Die Kornkammern und Speicher sind voll. Met gibt es im Überfluss«, sagte Berit, die nicht verstand, worauf Halldor hinauswollte. »Soll ich den Fürsten etwa aufwarten? Das wäre in der Tat eine ziemlich seltsame Prüfung.«

»Du sollst einen Eber erlegen«, sagte Halldor und schlürfte geräuschvoll den letzten Rest Brühe aus der Schüssel. »Allein.«

Maja fing das Schiffchen ihres Webstuhls ein und sah ihren Mann entgeistert an.

»Es war nicht meine Idee«, beeilte sich Halldor zu sagen.

»Die meines Vaters?«, fragte Berit ungläubig. »Das ist nicht sein Ernst.«

»Der Frühling ist noch nicht angebrochen! Die Tiere werden nach dem Winter ausgehungert sein!«, sagte Maja verständnislos. »Besonders die Wildschweine sind dann ziemlich gefährlich.«

Berit seufzte. »Wann breche ich auf?«, fragte sie.

»Morgen in der Frühe«, sagte Halldor. »Deine Sachen sind bereits gepackt.«

Die ganze Nacht über hatte es wieder ohne Unterlass geregnet, und auch jetzt am frühen Morgen verschwanden die Berge Vestlands im grauen Dunst eines feinen Nieselregens. Die Kühe von Snorri Arnthorrson standen wiederkäuend auf der Weide, seine Schweine hatten sich unter einen Baum gestellt, dessen Äste aber so kahl waren, dass sie keinen Schutz vor dem Wetter boten. Berit trug nur leichte Kleidung, sie musste beweglich sein. Auch wenn es bedeutete, dass sie bis auf die Knochen fror.

Also trottete sie los, über die sumpfigen Felder und Weiden, immer nach Osten von der Küste weg, hin zu den Wäldern, die sich über das ganze Reich erstreckten. Berit hatte ihren Jagdbogen aus Eibenholz zusammen mit dem Lederköcher in ein Wachstuch gewickelt und auf den Rücken geschnallt. In einem Beutel hatte Maja den Proviant verstaut: die Reste eines Huhns, Käse, ein halbes Brot und zwei Äpfel. Das würde reichen. Bis zum Abend wollte Berit wieder zurück sein, und dann hoffentlich mit reicher Beute.

Ihr Ziel war der Stokkalandsvatnet, an dessen seichten Ufern Halldor erst vor wenigen Tagen die Spuren einer ganzen Rotte von Wildschweinen entdeckt hatte.

Berit hangelte sich in dem unwegsamen Gelände weiter, von Baumstamm zu Baumstamm, von Fels zu Fels. Vorsichtig tastend setzte sie einen Fuß vor den anderen, vergewisserte sich, dass das Geröll trittfest war und die Äste, an denen sie sich festhielt, nicht morsch waren. Und dennoch rutschte sie immer wieder weg. Ihre Knie waren aufgeschürft, und der Schweiß lief ihr jetzt in Strömen den Körper hinab, so dass das Leder ihrer Hose an den Beinen klebte.

Das Wasser des Stokkalandsvatnet lag grau und trübe im fahlen Licht des regnerischen Spätwintertages. Alles war still, als Berit zum Ufer des träge dahinfließenden Gewässers hinabkletterte, um dort nach Spuren zu suchen. Doch kein Eber hatte an der flachen Böschung seine Abdrücke hinterlassen.

Jede Faser ihres durchgefrorenen Körpers bettelte darum, zu Maja heimzukehren, um sich am Feuer ihres Herdes aufzuwärmen. Eine große Portion heißen Haferbrei mit Honig zu essen. Und unter ein Fell zu kriechen, um zu schlafen, schlafen, schlafen.

Berit suchte den Boden etwas abseits am Saum des Waldes ab, und da sah sie die Fährte eines einzelnen Ebers. Sie stieß einen leisen Pfiff aus, als sie ihre Hand in die tiefe Spur legte. Es musste ein riesiges Tier sein. Dreihundert Pfund mindestens!

Berit blies die Backen auf. »Den bekomme ich nie nach Hause! Als Ganzes oder ausgenommen und abgezogen, entbeint und zerlegt.«

Sie hob den Kopf und sah sich um. Der Regen hatte nachgelassen. Es roch nach Harz und faulendem Holz. Kein Wind rauschte in den Wipfeln. Sie musste also nicht darauf achten, dass das Wildschwein die Witterung seiner Jägerin aufnehmen konnte.

Berit nahm den kurzen Jagdbogen von ihrer Schulter, wickelte ihn aus dem Wachstuch und spannte die Sehne auf. Geduckt schlich sie weiter.

Es gibt Wälder, die selbst an einem regnerischen Herbsttag einer geplagten Seele Ruhe und Frieden spenden. Freundlich sind sie, und umfangen ihre Besucher mit ihrer Stille wie mit einem schützenden Mantel.

Und dann gibt es Wälder, die abweisend sind, dornenreich und böse bis in ihren fauligen Kern. Die man meidet, wenn einem das Leben lieb ist, da sie von Wesen bevölkert sind, denen man noch nicht einmal in seinen Träumen begegnen möchte. Berit verspürte den Drang, sich aus Furcht irgendwo zu erleichtern. Sie hatte wieder das Gefühl massiven Unbehagens, das sie schon am Morgen auf dem Weg zu Halldor verspürt hatte. Sie vergewisserte sich, dass sie den Jagddolch noch an ihrem Gürtel trug. Bei jedem Zweig, der unter ihren Füßen brach, verzog sie das Gesicht, denn der aufsteigende Nebel verstärkte jedes Geräusch.

Und dann erreichte sie die Lichtung.

Berit duckte sich mit rasendem Herzen hinter eine umgestürzte Buche. Vor ihr, dreißig Schritte entfernt, stand kein Eber, sondern ein Rothirsch in einem See aus milchigem Dunst. Sein Geweih war riesig wie die Krone eines Baumes. Allein die Höhe des Widerrists überragte Berit um einen Kopf.

»*Eikthyrnir*«, flüsterte Berit. Es musste Eichdorn sein! Eichdorn der Große, der Mächtige! Der auf dem Giebel von Valhall stand und an den Blättern des Lärads nagte. Eichdorn, dessen vor Nässe tropfendes Geweih der Urquell aller Flüsse und Ströme dieser Welt war. Berit ließ beim Anblick dieser ehrfurchtgebietenden Majestät den Bogen sinken.

Eichdorn drehte sich schwerfällig zur Seite, und erst jetzt bemerkte Berit, dass das Tier von einem Pfeil getroffen aus der Flanke blutete.

Er atmete wie ein schwerverwundeter Krieger, der mit knapper Not eine Schlacht in einem mörderischen Schildwall überstanden hatte. Der ganze Körper dampfte in der kalten feuchten Luft, die Nüstern stießen immer wieder Schwaden aus, wie bei einem Drachen, dessen Feuer kurz vor dem Ersterben war.

Der Hirsch wandte seinen Blick in Berits Richtung, und ihre Blicke trafen sich.

Es war, als würde sie in einen tiefen dunklen Brunnen blicken. Das Wispern des Waldes schwoll an. Erst war es ein Durcheinander, ungeordnet und widerstreitend, bis sich ein Rhythmus aus dem Sirren und Summen und Knurren und Rauschen ergab. Wie ein vielstimmiger Gesang des Lebens, der sie mitten ins Herz traf. Schritt für Schritt, ganz langsam ging Berit auf Eichdorn zu, der sich nicht von der Stelle rührte. Schließlich standen sie einander gegenüber. Der Hirsch senkte seinen Kopf, behielt aber das Mädchen weiter im Blick.

»Was ist geschehen?«, flüsterte Berit.

Der Rhythmus der Stimmen in ihrem Kopf veränderte sich, Bilder formten sich, wurden klar, verschwammen, lösten sich auf, um sich wieder neu zusammenzufügen. Etwas hatte Eichdorn verletzt. Etwas Dunkles, das er nicht verstand. Berit streckte die Hand aus und berührte das nasse Fell. Das Tier wich nicht zurück, gab keinen Laut von sich.

»Darf ich?«, fragte Berit und ließ ihre Hand zu der Wunde in Eichdorns Flanke gleiten. Ein Gefühl der Scham durchflutete sie, als sie an ihre eigenen Absichten dachte. Berit war auf die Jagd gegangen, um zu töten. Um etwas zu beweisen. Dass sie kein kleines Mädchen war, sondern eine Schildmaid, die es mit allem und jedem aufnehmen konnte. Und hier stand dieses Wesen vor ihr, so sanftmütig und macht-voll, dass es ein Gefühl schmerzhafter Demut in ihr auslöste.

»Ich werde den Pfeil herausziehen müssen«, flüsterte Be-rit.

Eichdorns mächtiges Geweih berührte sie an der Schul-ter. Dann tat dieser Hirsch etwas ganz und gar Erstaunliches. Er ließ sich vorsichtig auf den Waldboden nieder. Es war kein Ausdruck der Schwäche, sondern des Vertrauens.

Berit streckte vorsichtig die Hand aus und umklammerte den Schaft. Dann zog sie das Jagdmesser aus der Scheide. Es war ein langer, schmaler Dolch – ein Hirschfänger, der das verwundete Tier mit einem Stich ins Herz augenblicklich töten konnte. Berit biss sich auf die Unterlippe. Eigentlich wollte sie die Wunde nicht vergrößern. Aber wenn sie den Pfeil herausdrehte, bestand die Gefahr, dass die Spitze ab-brach und stecken blieb. Sie atmete ein paarmal tief durch, um sich zu beruhigen.

»Das wird jetzt weh tun«, flüsterte sie und setzte zum Schnitt an. Eichdorn gab keinen Laut von sich, sondern schloss die Augen.

Glücklicherweise ging Berit immer pfleglich mit ihren Waffen um und schärfte sie täglich. Mit einer stumpfen Klinge hätte sie nicht so genau arbeiten können. Berit blin-zelte den Schweiß weg, der in ihre Augen rann. Eichdorn atmete schwer, als die Klinge ihres Messers auf einen Wider-stand stieß. Sie vergrößerte den Schnitt gerade so sehr wie unbedingt nötig und zog den Pfeil heraus, der das Leben des göttlichen Tieres bedrohte.

Er fiel zu Boden ins nasse Laub.

Eichdorns Atem beruhigte sich, die Anspannung wich aus seinem Körper. Jetzt musste Berit die Wunde verschließen. Sie sah sich um und entdeckte eine Fichte, deren Borke teilweise abgeschält war. Das heraustretende Harz war noch weich. Sie zupfte etwas davon mit den Fingern ab und verteilte die klebrige Substanz in Eichdorns Wunde, die sie mit etwas Moos verschloss. Der Hirsch zuckte kurz zusammen, hielt aber sonst ruhig. Berit strich über Eichdorns Flanke.

»Mehr kann ich leider nicht für dich tun.«

Aber das schien offensichtlich zu reichen. Der Hirsch hob den Kopf und richtete sich auf. Bei Odin, das Tier war wirklich gewaltig! Berit trat vorsichtig einen Schritt zurück. Dann griff sie, ohne nachzudenken, in ihre Proviantasche, die quer über ihre Brust hing und hielt ihm einen Apfel entgegen. »Vielleicht möchtest du dich stärken«, sagte sie unsicher. »Pferde mögen die.«

Eichdorn sah Berit tief in die Augen. Er beugte sich zu ihr hinab, seine Stirn berührte ihre Stirn.

Die Welt wandte sich Berit zu. Tausend Stimmen wurden zu einer Stimme, die zu ihr sang. Es gab keine Zeit, keine Vergangenheit, keine Zukunft. Nur eine Gegenwart, die alles erfüllte.

Dann kehrte Stille ein. Berit öffnete die Augen. Eichdorn war fort. Den Apfel hielt sie noch immer in der Hand. Zitternd setzte sie sich mit wackligen Beinen auf einen umgestürzten Baumstamm. Die Bilder in ihrem Kopf lösten sich auf. Wie ein intensiver Traum, der einem nach dem Aufwachen entglitt. Sie biss in den Apfel und spuckte das Stück augenblicklich aus. Angewidert verzog sie das Gesicht, als sie sah, dass er innen vollkommen verfault war. Berit warf ihn in weitem Bogen von sich. Warum war sie noch einmal in den Wald gezogen? Richtig. Sie hatte eine Prüfung zu bestehen. Die letzte, die sie endgültig zur Schildmaid machen würde. Aber irgendwie war alles zu spät, war ihr der Tag entglitten! Was hatte sie nur die ganze Zeit hier im Wald gemacht? Und wieso war sie über und über mit Blut besudelt? Sie hatte einen Eber erlegen wollen, das wusste sie noch. Sie erinnerte sich auch noch, wie Maja den Proviant eingepackt hatte und Berit dann im Regen von zu Hause aufgebrochen war. Doch ansonsten war die Erinnerung an den Tag wie ausradiert. Es hatte keinen Zweck. Bald würde die Sonne untergehen, und bis dahin musste sie zu Hause sein. Und trotzdem. Berit starrte auf ihre Hände, auf denen das Blut – es war Blut, ganz sicher – dunkel geronnen war.

Sie musste sich irgendwo die Hände waschen. In der Ferne hörte sie das Plätschern eines Baches. Berit wollte sich schon zum Gehen abwenden, als ihr Blick auf etwas Schwarzes, Glänzendes fiel. Der Pfeil – zumindest sah er so aus, obwohl er eigentlich viel zu kurz war – schimmerte. Die Spitze war an den Rändern mit Widerhaken versehen.

Langsam ging sie in die Hocke. Das Gefühl einer dunklen Bedrohung war auf einmal so stark, dass ihr Herz zu rasen begann. Jede Faser ihres Körpers schrie sie an, von hier zu verschwinden, dieses dunkle Etwas liegen zu lassen und zu vergessen. Doch ihre Neugier war zu groß. Und so nahm sie es in die Hand. Und berührte dabei aus Versehen die Spitze.

Die Wucht der Dunkelheit überwältigte sie sofort wie ein

Schlag in die Magengrube. Berit erblickte finstere Pforten, die kein Mensch durchschreiten durfte, weil sie in ein unermessliches Labyrinth aus geronnener Nacht führten. Ein vielstimmiger Chor der Verzweiflung hüllte sie ein. Tausend Augenpaare richteten sich auf sie. Für einen kurzen Moment verstand sie, warum ein Herz schlug. Woher das Leben kam, wohin es ging. Und dass es sich auf diesem Weg verirren konnte, wenn es auf dunkle, verschlungene Pfade geriet.

Dann verlor sie das Bewusstsein.

 FINN

Die Ohnmacht war wie ein süßer Schlaf, ein Vergessen all der Schwere und des Schmerzes und der Finsternis. Und man war sich dieser Ohnmacht nur bewusst, wenn man aus ihr erwachte. Wenn aus dem halben Tod ein halbes Leben wurde. Dann war man nicht mehr ein Teil der Dunkelheit, in ihr verwoben, mit ihr verschränkt, sondern sie umgab einen wie eine lebensfeindliche Hülle.

Das geöffnete Auge flackerte und versuchte, Halt zu finden, schloss sich wieder. Öffnete sich. Und erblickte einen Lichtkreis. Wie die Scheibe des vollen Mondes, rund und gleichmäßig.

Das andere Auge blieb geschlossen. Es war das linke.

Die rechte Hand wollte zum Gesicht fahren, es abtasten, um herauszufinden, warum sich dieses Auge nicht öffnen ließ. Der Schmerz jedoch ließ in der Brust einen Schrei aufsteigen, denn die Schulter – es musste die Schulter sein – war ein Bündel zerbrochener Messer, deren Klingen rostig aneinanderrieben.

Der linke Arm lag verdreht unter dem Körper und ließ sich nicht hervorziehen. Wasser lief ins Ohr. Das geöffnete Auge richtete sich wieder nach oben. Der keuchende Atem verdichtete sich, erst zu einem Stöhnen, dann zu einem weinenden Schrei. Der Mond, der keiner war, verlor seine Form, denn ein Schatten schob sich in das Rund.

»Hier!«, rief eine aufgeregte Stimme. »Hier ist er!«

Zwei weitere Schatten kamen hinzu.

»Finn! Verdammt, holt das Seil!«

Finn. Ein schöner Name. Der Name eines Jungen.

»Halt aus, hörst du? Ich komme runter zu dir!«

Langsam begann Finn auch etwas anderes außer dem Schmerz zu spüren. Da war Nässe unter ihm und um ihn herum. Und Kälte. Die Hose klebte an seinen Beinen, und er schien einen Stiefel verloren zu haben.

Etwas klatschte neben ihm ins Wasser, und das helle Runde verdunkelte sich.

»Ich bin gleich bei dir«, rief eine Stimme, die sich von oben näherte. Finn öffnete den Mund, um etwas zu sagen. Dass alles in Ordnung sei, die Schmerzen seinen Verstand zerrissen, er aber trotzdem froh war, an diesem Ort zu sein – wo immer das auch sein mochte. Stattdessen füllte sich sein Mund mit Wasser. Es musste schlammig sein, denn Sand und Dreck knirschten zwischen seinen Zähnen. Er hustete gurgelnd und zuckte wieder zusammen, als die Klingen in der Schulter ihn daran erinnerten, möglichst ruhig liegen zu bleiben, wenn er nicht in Ohnmacht fallen wollte. Und das wollte er auf keinen Fall. Er lebte. Und das war so ein unglaublich berauschendes Gefühl!

Ein Riese stand jetzt neben ihm, ging in die Knie und legte die Hand auf Finns Brust. »Kannst du sprechen? Sag nur einen Satz. Ein Wort! Und alles ist gut.«

»Wo bin ich?«

Der Mann schluchzte vor Erleichterung. »Er lebt!«, rief er noch oben. »Welch ein Segen, er lebt!«

Finn hustete erneut.

»Scht, es ist alles gut«, sagte die Stimme. »Ich lege das Seil um deine Brust, und dann ziehen wir dich hier heraus.«

Finn wollte den Kopf schütteln und sagen, dass das nicht so ohne weiteres ginge, denn da waren diese Messer. Rechts oben in seiner Schulter. Er hätte sie ja schon selbst untersucht, doch er lag auf dem linken Arm, der sich ziemlich taub anfühlte.

Der Mann versuchte, ihn aufzurichten. Und diesmal konnte Finn schreien. Es war herrlich.

»Um Himmels willen, was war das?«, rief eine andere Stimme von oben.

»Er muss sich was gebrochen haben«, kam es zur Antwort. Die Hand, die auf Finns Brust gelegen hatte, untersuchte jetzt den ganzen Körper. Begann unten bei den Füßen, wanderte die Beine hinauf. Als sie den rechten Arm beiseitelegen wollte, stöhnte Finn wieder auf.

»Die Schulter?«, fragte die Stimme.

Finn nickte. Und obwohl die Hand vorsichtig war, konnte sie den Schmerz nicht verhindern.

»Du hast Glück«, sagte die Stimme. »Sie ist nicht gebrochen. Sowieso scheinst du einen Schutzengel zu haben. Kein Mensch überlebt einen Sturz aus dieser Höhe. Beiß jetzt die Zähne zusammen.«

Finn wollte fragen, warum, als der Riese den Arm mit einem gewaltigen Ruck wieder einrenkte. Der Schmerz war unerträglich. Doch noch schlimmer war das Geräusch, das die verhakten Knochen machten, als sie ihre natürliche Verbindung wiederfanden. Finn würgte bittere Galle hoch und spuckte sie keuchend aus.

»Kannst du den Arm jetzt anheben?«, fragte der Mann. »Ich muss ein Seil um deine Brust binden, damit wir dich hochziehen können.«

Finn versuchte, sich aufzusetzen. Als das Blut von seinem Kopf in den Körper sackte, verlor er die Orientierung, wusste nicht mehr, wo oben und unten war und kippte zur Seite weg.

»Vorsicht«, sagte der Mann und strich Finn über den Rücken. »Mach langsam.«

Finn holte tief Luft, er atmete ein und aus.

»Bist du bereit?«

Finn nickte. Der Mann hantierte an etwas herum, Finn konnte nicht erkennen woran, denn dazu war es zu dunkel. Aber schließlich gab ihm der Mann einen Klaps auf die Schulter. »Zieht uns rauf!«, rief er nach oben.

Das Seil spannte an. Es war daumendick, dennoch schnitt es unter seinen Armen ein, und die rechte Schulter protestierte wieder. Finn kämpfte mit aller Kraft gegen die heraufziehende Ohnmacht. Er wollte nicht erneut das Bewusstsein verlieren. Er wollte leben. Atmen. Riechen. Schmecken. Sich seiner Sinne bewusst sein. Also biss er nun tatsächlich die Zähne zusammen und versuchte, den Schmerz zu ignorieren. Als er den nassen Grund nicht mehr spürte, seine Füße in der Luft baumelten, durchzuckte ihn die Gewissheit, etwas vergessen zu haben. Etwas, das von so einer enormen Wichtigkeit war, dass sein Herz zu rasen begann.

»Ganz ruhig«, sagte der Mann in Finns Ohr. »Wir haben es gleich geschafft. Gleich bist du in Sicherheit.«

»Ich kann noch nicht gehen.«

»Was soll das heißen: Du kannst noch nicht gehen?«, fragte der Mann ärgerlich. »Willst du hier unten in dem Loch bleiben? An diesem Ort?«

»Ich muss zurück«, sagte Finn unter Tränen. »Ich habe etwas vergessen!«

»Ist bei euch alles in Ordnung?«, kam es von oben.

»Ja«, antwortete der Mann ungeduldig. »Zieht uns weiter hoch.«

Finn wandte den Blick nach oben und musste die Augen schließen. Das Licht war einfach zu hell. Seine Augäpfel brannten und tränten. Er schluchzte laut auf.

Als sie den Rand des Schachtes erreichten, packten ihn kraftvolle Hände und legten ihn auf den Boden.

»Finn, öffne die Augen«, sagte der Mann.

Finn schüttelte den Kopf. »Ich kann nicht«, presste er hervor.

»Kennt ihr die Mine hinten bei den Bergen?«, brummte eine andere Stimme. »Da wurde mal einer verschüttet. Drei Wochen lang hat es gedauert, bis man ihn da rausgeholt hatte. Er war blind. Zumindest für die ersten Tage. Bis sich die Augen wieder ans Sonnenlicht gewöhnt hatten.«

»Finn war einen Tag und eine Nacht in diesem verdammten Brunnen.«

»Na ja«, sagte die andere Stimme nachdenklich. »Vielleicht hat er sich ja auch irgendwie den Kopf gestoßen. Ich meine, das ist schon ein ziemlich tiefer Schacht.«

»Ein Wunder, dass er den Sturz überlebt hat«, sagte eine dritte Stimme, die jünger als die beiden anderen klang. »Jedenfalls sollten wir sehen, dass wir von hier verschwinden.«

»Kannst du stehen?«, fragte der erste Mann, und Finn schüttelte den Kopf. Seine Beine fühlten sich wie Wachs an, das zu lange in der Sonne gelegen hatte. Nur dass ihm jetzt nicht warm, sondern schrecklich kalt war. Er zitterte so sehr, dass seine Zähne heftig aufeinanderschlugen.

Finn versuchte erneut, die Augen zu öffnen, aber es hatte keinen Sinn. Das fahle Licht des Tages stach wie eine Lanze aus Eis in sein Gehirn.

»Warte, ich binde dir die Augen zu«, sagte der Mann, der ihn aus dem Schacht geholt hatte. Stoff wurde zerrissen, und Finn spürte, wie jemand den Fetzen hinter seinem Kopf zusammenband. Dann half man ihm auf einen Karren.

Wie lang die Fahrt dauerte, konnte Finn nicht sagen. Ihm war jedes Zeitgefühl abhandengekommen. Und nicht nur das.

Er wusste nicht, ob Finn wirklich sein Name war. Er wusste nicht, wieso er in diesen Schacht gefallen war. Wo er herkam. Wie lange er dort gelegen hatte. Alles war weg. Als hätte in einer Winterlandschaft ein heftiger Schneefall seine Spuren verwischt. Er hatte sein Gedächtnis verloren.

Finn war zu Tode erschöpft, und er hätte trotz des Rumpelns und Holperns des Wagens auf der Stelle einschlafen können. Aber er hatte Angst. Angst, dass er nicht wieder erwachen würde. Die Furcht saß so tief in seinem Herzen, dass sie sogar den Schmerz in seiner Schulter vergessen ließ. Dennoch tat er so, als hätte ihn die Erschöpfung seiner Sinne beraubt, und bewegte sich nicht. Er wollte nicht sprechen, mit niemandem. Dazu war er zu verwirrt.

»Schläft er?«, fragte der erste Mann.

»Sieht so aus.«

»Ich frage mich, was den Burschen reitet!«, sagte der Erste ungeduldig. »Tausendmal habe ich ihm schon gesagt, dass er nicht allein in die Wälder gehen soll. Und schon gar nicht an diesen Ort.« Bei den letzten Worten spuckte er aus.

»Du weißt doch, wie Kinder sind«, versuchte ihn der andere zu beruhigen. »Erinnerst du dich, was wir alles angestellt haben?«

»Nicht so was!«, fuhr ihn der Mann an. »Wir haben immer gewusst, wo unsere Grenzen waren!«

»Ja, ja. Verlass nie das Dorf. Geh nie allein. Komm nicht vom Weg ab.«

»Du siehst doch, was passiert, wenn man sich nicht an die Regeln hält. Er hätte sich das Genick brechen können, als er in diesen Brunnenschacht gefallen ist!«

»Das war dumm, ich gebe es zu. Keiner, der noch bei Sinnen ist, geht nach Haspoire.«

»Schon gar nicht in der Nacht, Gott verdammt!«

»Schon gar nicht in der Nacht«, gab der andere zu. »Sei trotzdem nicht zu hart zu deinem Sohn.«

Zu deinem Sohn? Finn hielt keuchend den Atem an. Der Mann, der ihn aus dem Brunnen geholt hatte, war sein Vater? Der Druck in seiner Brust wurde immer stärker. Wieso konnte er sich nicht daran erinnern, wer er war und wo er herkam? Und wieso hatte er stattdessen die nicht in Worte zu fassende Gewissheit, dass er etwas in dem Schacht zurückgelassen hatte? Etwas, das eng mit der Erinnerung an sein altes Leben verbunden war.

Wenn er gekonnt hätte, wäre er aufgesprungen und zurückgerannt. Wäre noch mal in den Schacht hinabgeklettert!

Aber er konnte es nicht.

Seine jungen Knochen fühlten sich an, als wäre ein falsches altes Leben in ihnen. Die Muskeln brannten und waren hart wie Stein. Und sein Kopf pulste im Rhythmus eines Herzschlages, der unregelmäßig und holprig war.

Finn mochte nicht mehr nachdenken. Und er mochte auch keine Angst mehr haben. Eine Angst, die sein Herz rasen ließ und seinen Geist marterte, ohne dass er auch nur eine Ahnung hatte, was ihn solchen Schrecken verspüren ließ. Als wäre er einer mörderischen, sich von Seelen nährenden Bestie in allerletzter Not entkommen.

Seine Gedanken verloren den Halt. Wie ein Fluss, dessen Delta sich langsam in einem weiten grauen Meer verlor. Finn durfte nicht einschlafen. Denn wenn er es tat, würde er nie wieder erwachen. Der Schrecken der Träume würde ihn zu sich in eine ewige Finsternis zerren, aus der es kein Entrinnen mehr geben würde.

Mit diesem letzten Gedanken dämmerte er weg.

Als er erwachte, stellte er drei Dinge fest: Er lag in einem sauberen Bett, die Sonne schien durch ein Fenster genau auf sein Gesicht, und er hatte Hunger. Und zwar einen gewaltigen. Einen von der Sorte, wie man ihn hatte, wenn man nach einer langen anstrengenden Wanderschaft endlich in eine Herberge einkehren konnte, wo ein saftiger Braten, frisch gebackenes Brot und ein Krug mit kühlem Bier auf einen wartete.

Finn wollte sich auf die Ellbogen stützen, sank aber mit einem scharf gezischten Fluch wieder in die Kissen zurück. Die Schulter fühlte sich noch immer an, als steckte zerbrochenes Glas darin. Er rollte sich auf die gesunde Seite und drückte sich mit dem anderen Arm hoch. Die Welt kippte nach vorne, und kurz darauf schlug er mit einem dumpfen Poltern auf dem Dielenboden auf.

Die Tür wurde aufgerissen, und hastige Schritte näherten sich ihm. Finn sah nackte Füße, ein wenig schmutzig, sie gehörten keinem Mann.

Dann packten ihn zwei Hände unter den Schultern, und er schrie auf, als sie ihn auf die Beine heben wollten.

»Oh, entschuldige!«, sagte eine feste Stimme.

Finn öffnete die Augen und blinzelte. Ein Mädchen stand über ihm. Sein Haar glänzte golden im Licht der Sonne, deren Schein durch das Fenster fiel. Erst als es sich niederkniete und ihn in einer seltsam widerstreitenden Mischung aus Sorge und Erleichterung anschaute, konnte er ein sommersprossiges Gesicht erkennen, das von sicher schwer zu bändigenden roten Locken umrahmt war. Das Mädchen mochte fünfzehn oder sechzehn sein. Aber der Blick seiner grünen Augen ließ in eine Seele blicken, die viel erwachsener war.

»Du weißt nicht mehr, wer ich bin«, sagte es. Es war eher eine Feststellung als eine Frage.

Finn schüttelte müde den Kopf.

Tränen traten in die Augen des Mädchens. »Dein Vater hat so etwas schon befürchtet.«

»Wie lange habe ich geschlafen?«, fragte Finn. Er rutschte auf dem Boden zur Wand, an die er sich jetzt erschöpft lehnte. Sein Kopf fühlte sich wie ein verstimmtes Glockenspiel an. Jede Bewegung rief einen anderen zersprungenen Klang in seinem malträtierten Schädel hervor.

»Drei Tage«, sagte das Mädchen.

Finn stöhnte und schloss die Augen. »Habe ich geträumt?«

»Wie meinst du das?« Das Mädchen sah ihn irritiert an. »Du bist der Einzige, der wissen kann, ob er geträumt hat.«

»Habe ich im Schlaf gesprochen?«

»Nein«, sagte das Mädchen.

»Warst du die ganze Zeit bei mir?«, fragte Finn.

Ein kurzes Zögern. »Ja. Das war ich.«

»Wie heißt du?«

Das Mädchen holte tief Luft und rang sich ein Lächeln ab. »Alrun.«

»Und wir kennen uns schon länger?«, fragte Finn vorsichtig.

Alrun presste die Lippen aufeinander und nickte. »Unser ganzes Leben lang. Und nein, wir sind keine Geschwister.« Sie ergriff jetzt seine Hand. »Erzähl mir, was geschehen ist! Bitte! Du kannst mir vertrauen!«

Finn wollte seine Hand zurückziehen. Aber er brachte es nicht übers Herz, denn er ahnte, dass sie das zutiefst verletzen würde. Sie und Finn hatte wohl mehr als eine simple Freundschaft verbunden. Alrun mochte erleichtert sein, dass Finn lebte. Aber ob sie tatsächlich ihre große Liebe wiederbekommen hatte, dessen schien auch sie nicht sicher zu sein.

»Ich kann dir nichts erzählen«, sagte Finn und erwiderte den Druck ihrer Hand. »Ich habe keine Ahnung, was geschehen ist. Ich weiß nur, dass ich einen mörderischen Hunger habe.«

Auf einmal strahlte Alrun über das ganze Gesicht und gab ihm einen Kuss auf die Stirn. Eine Wärme durchflutete seinen Körper, die sich irgendwie falsch anfühlte.

»Dann werde ich dir etwas bringen. Kat hat eine Suppe gemacht, die schon den ganzen Tag vor sich hinköchelt.«

»Kat?«

»Deine Großmutter. Die Mutter deines Vaters.«

»Meines Vaters … Wie rede ich ihn an, wenn er mit mir spricht?«

»Nun … mit *Vater*? Wie jeder andere Sohn?«

»Ich werde deine Hilfe brauchen, Alrun. Ohne dich finde ich mich nicht zurecht. Ich kenne nicht mal die Namen der Menschen, mit denen ich verwandt bin. Ich weiß nicht, was mich mit ihnen verbindet.« Finn hielt inne. »Ist alles in Ordnung? Habe ich etwas Falsches gesagt?«

Sie lächelte. »Ich hol dir erst mal was zu essen. Mach dich aber darauf gefasst, dass es mit deiner Ruhe jetzt vorbei ist.«

Finn wollte fragen, was Alrun damit meinte. Aber da

hatte sie schon die Tür geöffnet. »Er ist wach. Und er hat Hunger.«

Jetzt sah er, dass in der angrenzenden Kammer, es musste die Küche sein, etliche ältere Herrschaften saßen und sich nach vorne beugten, um durch die Tür einen Blick auf den verloren geglaubten Sohn zu werfen, der sich langsam von einem zwanzig Fuß tiefen Sturz erholte und außer einer verrenkten Schulter keinen körperlichen Schaden davongetragen hatte.

Nur zu dumm, dass Finn nicht mehr Finn war. Vielmehr hatten sie es jetzt mit einer unbeschriebenen Tafel zu tun.

… einer Tabula rasa …

Ein stechender Schmerz durchbohrte seinen Kopf. Tabula rasa. Woher kannte er diesen Begriff? Er war in einer Bauernfamilie aufgewachsen. Offensichtlich. Also unter Leuten, die wenig vom Lesen und noch weniger vom Schreiben verstanden.

Eine alte Frau betrat die Kammer, schwarz gekleidet und mit faltigem Gesicht. Und doch blitzten ihre Augen wach und klug und lebenslustig, obwohl ihr Rücken gebeugt wie der Stamm einer Sturmweide war.

»Es ist gut, dass du aufgewacht bist, mein Junge«, sagte sie. In den knotigen, blaugeäderten Händen hielt sie eine Schüssel mit dampfender Suppe. »Iss was, damit du wieder zu Kräften kommst.«

»Danke, Kat«, sagte Finn, denn es musste Kat sein. Die alte Frau, die Alrun erwähnt hatte. Er stemmte sich auf die Füße, nur um sich gleich wieder auf die Bettkante zu setzen. »Du glaubst nicht, was ich für einen Hunger habe.«

Die Männer und Frauen, die Finn zum ersten Mal in seinem Leben zu sehen glaubte, hielten die Luft an und blieben stehen. Es war so still, dass man in der Küche den Ofen bullern hörte.

Dann lachte Kat und zeigte dabei zwei zahnlose Kiefer. »Jehan, ich muss schon sagen: Dein Sohn hat sich wirklich mächtig den Kopf gestoßen. Er redet mich mit meinem Vornamen an und sagt nicht Großmutter zu mir.«

Finn versuchte, Alruns Blick einzufangen, doch die tat, als sei nichts geschehen. Nur sein Vater, der Jehan hieß, runzelte die Stirn.

»Es tut mir leid, Großmutter«, beeilte sich Finn zu sagen. »Ich wollte nicht respektlos sein.«

»Es ist alles gut, mein Junge«, sagte sie. »Sag, wie geht es dir?« Ihr Blick war freundlich. Doch Finn wusste, dass sie eine Lüge erkannte, noch bevor sie über seine Lippen kam.

»Finn hat sein Gedächtnis verloren«, sagte Alrun.

Alle Blicke richteten sich auf das Mädchen mit den roten Haaren, das zwar selbstbewusst das Kinn vorreckte, aber dennoch nervös die schmalen Hände knetete.

»Ist das so?«, fragte Kat. »Und er erinnert sich auch nicht mehr an dich?«

Alrun schüttelte den Kopf und sah beschämt zu Boden. Langsam bekam Finn den Eindruck, dass die Suppe, die Großmutter Kat in der Hand hielt, nur ein Vorwand war, um ihn befragen zu können. Etwas hing in der Luft, dass er nicht greifen konnte. Ein Hauch von Misstrauen. Das ganze sorgsame Wohlwollen, das Finn entgegengebracht wurde, war nur eine Fassade, hinter der sich die nackte Angst der

Männer und Frauen verbarg, die in der Kammer standen und die den Raum noch kleiner wirken ließen, als er ohnehin schon war.

»Du solltest etwas essen«, sagte Kat und lächelte wieder ihr zahnloses Lächeln. »Die Suppe wird dir guttun.«

Finn zögerte einen Moment. Es war eine Prüfung, daran konnte es keinen Zweifel geben. Er musste diese Suppe essen. Wenn er sich weigerte, würde man ihn vermutlich dazu zwingen. Wehren konnte er sich nicht, dazu war er zu schwach.

»Danke«, sagte er und nahm die Schüssel in die linke Hand.

Die Brühe war klar und roch bitter. Er führte sie an den Mund, nahm einen Schluck und hätte sie beinahe wieder ausgespuckt.

»Trink, mein Junge«, sagte Kat beschwichtigend. »Am besten in einem Zug.«

Finn schloss die Augen und leerte die Schüssel mit drei tiefen Schlucken. Er versuchte, den bitteren Geschmack zu ignorieren und sich nicht die Frage zu stellen, was das für zähe kleine Stückchen waren, die in dem Sud herumschwammen. Sein Magen rebellierte augenblicklich.

»Du musst es bei dir behalten«, sagte Kat eindringlich. Ihre Stimme klang erstaunlich weit weg. Und auch die Tonlage schien sich zu verändern. Wieder krampfte sich Finns Magen zusammen. Sein Gesicht fühlte sich auf einmal taub an. Ihm war übel. Irgendwie hatte er das Gefühl, wieder in dem Brunnenschacht zu sein, in dem er ohne Erinnerung aufgewacht war. Nur stand diesmal das Wasser höher und reichte ihm bis zur Brust. Eine Kugel lag auf dem Grund des Brunnens und leuchtete so grell, dass sich Finns Gesicht auf der Wasseroberfläche spiegelte. Seine Augen waren groß und schienen wie im Fieber zu glühen. Finn erschrak, denn diese Züge waren ihm vollkommen fremd, und er hätte sie liebend gerne weiter untersucht, wenn er nicht gespürt hätte, dass ihm die Zeit davonlief. Etwas drängte ihn, sich zu beeilen. Keine Worte, die zu ihm sprachen. Eher eine zwingende Erkenntnis, die ihm aber gerade nicht einfallen wollte.

Finn tauchte unter und hob die Kugel hoch. Sie verstrahlte ein kaltes Licht, ähnlich dem des Vollmondes, wenn er in einer klaren Sternennacht über einer Schneelandschaft aufging. Der Beutel hing noch an seinem Gürtel, und so steckte Finn die Kugel hinein.

Es war kalt, geradezu eisig. Seine Finger waren taub und kraftlos. Es half nichts, er musste irgendwie den Schacht hinaufklettern, auch wenn dessen Wand glatt war. Finn presste den Rücken gegen die Mauer und stemmte einen Fuß gegen die gegenüberliegende Seite, während er das andere Bein anwinkelte, so dass es aussah, als machte er einen großen Schritt in der Luft. So schob er sich Handbreit für Handbreit nach oben. Zweimal rutschte er dabei ab und musste wieder von vorne beginnen. Finn fluchte. Beim dritten Mal gelang es ihm, sich bis nach oben zu schieben und über den Rand zu rollen. Keuchend drehte er sich auf den Rücken. Er bewegte seinen rechten Arm. Kein Schmerz. Finn konnte die Schulter frei bewegen.

Verdammt nochmal, wie war er hierhergekommen? Er

war schon einmal in einen Brunnen gefallen, oder trog ihn diese Erinnerung? Der Sturz in den Brunnen? Das Erwachen in der Hütte? Alrun. Die alte Frau und dieser Sud. Hatte er sich das alles nur eingebildet? Und wenn es so war, blieb das eigentliche Problem ungelöst: Er konnte sich noch immer nicht daran erinnern, wer er war.

Als sich sein Atem beruhigt hatte, stand er schwankend auf. Ein Horn ertönte in der Ferne. Das Signal wurde von einem zweiten Horn aufgenommen, an ein drittes weitergereicht und wanderte so zu den Ruinen einer alten Stadt, die von einer Festung beherrscht wurde. Finn rappelte sich hoch, wischte sich mit dem Handrücken die tropfende Nase ab und lauschte. Der Wind rauschte in den Bäumen und bewegte das hüfthohe Gras, in dem er stand. Das Hemd klebte nass an seinem Körper, und die lederne Hose fühlte sich unangenehm auf der nackten Haut an.

Wieder erklangen die Hörner. Und diesmal wurden sie von einem Rauschen begleitet, das nicht vom Wind herrührte. Dazu war es zu unharmonisch. Es war Kriegsgeschrei, erkannte er und lief los. Erst langsam einen Schritt vor den anderen setzend. Dann hastete er immer schneller durch das Unterholz eines frühjahrsgrünen Laubwaldes, bis er plötzlich vor einer halbzerstörten Festung stand.

Zwei Armeen standen einander gegenüber, schwerbewaffnet mit Schilden, Äxten, Speeren und Schwertern. Nur dass die rechte Partei, die sich hinter den zerstörten Mauern unter dem Banner eines goldenen Drachen verbarrikadiert hatte, hoffnungslos unterlegen war. Ihr Anführer war ein König, der ebendiesen Drachen auf der Brust seines Waffenrocks trug. Ihm zur Seite standen ein Mädchen und ein Junge, die beide überhaupt nicht dorthin zu gehören schienen. Sie waren fast noch Kinder, nicht älter als Finn. Das Mädchen trug ein Schwert in der Hand, dessen leuchtende Klinge aus blauem Kristall zu sein schien. Der Junge war schlank und fremdländisch. Ein Sarazene, fiel es Finn ein, obwohl er nicht wusste, woher die Erinnerung an dieses Wort auf einmal kam.

Als das Mädchen ihn sah, stieß es den Sarazenenjungen an und zeigte auf Finn. Auch der König drehte sich jetzt zu ihm um. Das Mädchen und der Sarazene riefen und winkten, Finn solle sich beeilen.

Und Finn lief los.

Er rannte, bis seine Lunge Feuer fing, die Beine schmerzten und das Blut in seinen Ohren wie ein Sturmwind brauste.

Es war eine entfesselte Horde, die axtschwingend gegen die Festung anstürmte. Die anderen, die sich um das Drachenbanner geschart hatten, waren deutlich in der Unterzahl.

Doch sie durften nicht untergehen! Sie durften auf keinen Fall überrannt werden. Auch wenn es zweitausend gegen fünfhundert waren.

Also lief Finn weiter, immer schneller, in der Hoffnung, vor den Angreifern das Banner zu erreichen. Denn dort waren seine Freunde. Nur er konnte ihr Leben retten. Das war der Grund, warum er in den Brunnen gesprungen war.

Aber so sehr er sich auch anstrengte, er kam ihnen nicht näher. Der Abstand zwischen ihm und der Bresche in der Festung blieb nicht nur gleich, er vergrößerte sich sogar wieder. Schließlich blieb er keuchend stehen und sank verzweifelt auf die Knie.

Dann wurde es dunkel. Und Finn erwachte.

Mit einem Ruck richtete er sich in seinem Bett auf. Die Kammer schien leer zu sein. Bis auf eine brennende Kerze war es dunkel.

»Hier, trink das«, sagte die Stimme der alten Frau, die sich jetzt aus dem Schatten einer Ecke löste und ihm einen Becher entgegenhielt. »Und keine Angst, es ist nur Wasser.«

Finn trank gierig und ließ sich wieder ins Kissen zurückfallen.

»Was hast du gesehen?«

»Es war nur ein Traum«, sagte Finn.

»Nein, das war es nicht«, sagte Kat. »Dazu war es zu real, nicht wahr?«

»Wer bin ich?«, fragte Finn.

»Du bist eine verlorene Seele«, sagte die alte Frau. »Eine verlorene Seele, die der Dunkelheit entronnen ist.«

»Ich verstehe nicht, was du meinst«, sagte Finn verwirrt.

»Wir verstehen es auch nicht so ganz. Aber Haspoire ist verflucht.«

Der Ausdruck auf Finns Gesicht musste deutlich gewesen sein, denn Kat sah ihn ernst an. »Das sind keine Ammenmärchen: Wer vom Weg abkommt und sich dort verirrt, verliert mehr als sein Leben. Er verliert seine Seele und wird zu einem rasenden Tier. Aber du bist anders.«

»Weil ich meinen Verstand noch habe?«

Die alte Frau nickte. »Du hast den Übergang besser überstanden.«

»Welchen Übergang?«

»Du bist nicht Finn«, sagte Kat. »Jehans Sohn ist bei dem Sturz in den Brunnen verlorengegangen. Und da du nicht dem Wahnsinn anheimgefallen bist, sollten wir bei der Geschichte bleiben, dass du das Gedächtnis verloren hast.«

Sie nahm einen Krug, schenkte den Becher noch einmal voll und forderte Finn auf, ihn zu leeren.

»Was war in dem Sud?«, fragte er.

»Pilze und ein Extrakt aus Weidenrinde gegen die Schmerzen«, sagte Kat. »Meine eigene Mischung. Weißt du, bei den anderen kämpften zwei Seelen in einem Körper. Der Sud hilft, diesen Kampf zumindest für eine Zeit zu schlichten. Aber du hast anders reagiert.«

»Ich habe mich erinnert«, sagte Finn.

»Sag mir, was du gesehen hast.«

Finn runzelte die Stirn. »Da war eine Schlacht. Eine riesige Armee, vielleicht zweitausend Mann, stürmte einen Hügel. Die anderen waren Freunde. Verbündete. Und ich wusste, wenn sie sterben, geht die Welt unter.«

»Wo bist du erwacht? Hatte es etwas mit Wasser zu tun?«

»Ich bin in einem Brunnen zu mir gekommen«, sagte Finn. »Und habe mein Ebenbild im Wasser gesehen. Ich hatte eine Kugel in der Hand, die hell leuchtete.«

Die alte Frau stand mit einem Ächzen auf und schlurfte hinüber zu einer kleinen Anrichte, von der sie einen Spiegel nahm. »Hast du dieses Gesicht gesehen?«

»Ja«, sagte Finn. Und stutzte. »Dann war es keine Erinnerung. Sonst hätte ich in ein anderes Gesicht geschaut.« Er schaute die alte Frau ängstlich an. »Wer bin ich?«

»Diese Frage kannst du nur beantworten, wenn du deine Reise fortsetzt«, sagte Kat. »Doch noch bist du zu schwach. Du solltest schlafen und dich erholen.«

»Ich habe Angst«, flüsterte Finn.

»Die Dunkelheit wird dir hier nichts mehr anhaben können«, sagte Kat. »Schlaf jetzt. Und wenn du dich ausgeruht hast, werden wir weitersehen.«

HAKIM

»Du bist ein Narr. Wolltest du dich umbringen?«, flüsterte jemand in sein Ohr.

Die aufgebrachte Stimme klang vertraut, irgendwie, aber Hakim fiel beim besten Willen nicht ein, wem sie gehören mochte. Die seines Vaters hatte einen anderen Tonfall. Sie war beherrschter, obwohl sie in unangenehmen Momenten eine schneidende Schärfe haben konnte.

»Trink«, unterbrach der Mann Hakims Gedanken und führte einen Wasserschlauch an Hakims rissige Lippen. Das Wasser war noch kühl von der Nacht.

»Wer bist du?«, krächzte Hakim.

»Ein Freund«, kam es zur Antwort, und Hakim musste lachen.

»Das letzte Mal, als ich diese Antwort bekam, sprach ich mit einem *Ifrit*.«

»Du warst zu lange in der Sonne, mein Junge.«

»Vielleicht war ich das, Gafar.«

»Schön«, brummte der *Karwan-Baschi*. »Du erinnerst dich noch an mich.«

»Wer sollte Euch jemals vergessen«, sagte Hakim und streckte seine Hand nach dem Wasserschlauch aus, als er plötzlich innehielt. Er spürte einen Schwindel. Als wäre ihm das alles hier auf eine unerklärliche Weise vertraut.

»Trink vorsichtig, Junge!«

Hakim nahm einen kleinen Schluck und spuckte ihn wieder aus. Den zweiten behielt er bei sich.

Gafar setzte sich jetzt bequemer in den Sand und zog sein *Qamis* zurecht. »Du kannst von Glück reden, dass ich viel davon halte, meine Reisegesellschaft lebend an ihr Ziel zu bringen. Und zwar jeden Einzelnen. Mein Ruf hängt davon ab. Und damit meine Einkünfte.«

Im Osten begann die Sonne über den Horizont zu kriechen. Ein leichter Morgenwind kam auf, um den Tag zu begrüßen. In einer Stunde würde es so heiß sein, dass man auf dem Sand nicht mehr sitzen konnte. Hakim leerte den Schlauch und gab ihn Gafar zurück.

»Nun? Hast du Iram gefunden?«, fragte der *Karwan-Baschi* spöttisch. »Ich sehe kein Gold, keine Reichtümer.«

»Wo ist es?«, flüsterte Hakim. »Wo ist es? Wo ist es?« Die letzten Worte schrie er verzweifelt heraus.

Das Buch! Das *Kitab al-Azif*! Seine Hand durchwühlte den Sand, und da war es.

Im Licht des heranbrechenden Tages sah *Das Buch des Wisperns* noch schrecklicher aus. Der lederne Einband war eine verzerrte Fratze. Auge und Mund waren geschlossen. Die Schließe war aus Silber, wies aber keinen Mechanismus auf, mit dem sie sich öffnen ließ.

»Es ist ein böses Buch«, fuhr Gafar fort. »Es macht schlechte Gefühle.« Er stand auf. »Wir sollten gehen.«

Sie holten die Karawane nach zwei Tagen bei Ash Shalfa ein. In dieser Zeit wechselten die beiden kein Wort miteinander, und das war Hakim nur recht. Er hatte Iram zwar verlassen können, doch war die Stadt jetzt ein Teil von ihm. Er hatte ihr dunkel schlagendes Herz mitgenommen. Gafar irrte sich nicht. Es war ein böses Buch. Hakim hatte sich in den vorangegangenen Wochen erschöpft und ausgelaugt gefühlt, doch nun spürte er, wie auch der letzte Rest Lebensfreude aus ihm heraussickerte. Das *Kitab al-Azif* war eine Last und wog schwer auf seiner Seele. Also hatte er es in den tiefsten Winkel seiner Tasche versteckt und versuchte, nicht mehr daran zu denken, bis er Damaskus erreichte.

Die Mitreisenden, die anfangs von Hakims Verhalten eher belustigt waren, ansonsten aber seinen Wunsch nach Zurückgezogenheit respektierten, gingen jetzt aus Angst vor ihm auf Abstand. Und für Hakim war auch das in Ordnung. Das Leben der anderen interessierte ihn nicht. Er war an einem Ort gewesen, den selbst der Tod vergessen hatte. Wer konnte schon seine Erfahrungen teilen?

»Ich könnte es«, knurrte eine Stimme hinter ihm.

Hakim schlug die Augen auf. Es war tiefe Nacht. Das kalte Licht der Sterne tauchte die Wüste in ein gläsernes Licht.

»Schabbar«, flüsterte Hakim.

»Wie ich sehe, hast du gefunden, wonach du gesucht hast«, sagte der *Ifrit*.

Hakim drehte sich um und sah den Schatten des Hundes ein Dutzend Schritte von ihm entfernt im Sand liegen.

»Hast du das *Kitab al-Azif* öffnen können?«

»Nein«, sagte Hakim.

Schabbar gab ein Geräusch von sich, das ein wenig nach wissender Genugtuung klang. »Ich könnte es für dich verbrennen«, sagte er.

»Dazu müsste ich es dir geben.«

»Das müsstest du wohl, ja.«

Hakim lachte leise, und Schabbar stimmte in das Lachen mit ein, so als hätten beide einen Scherz gemacht, auf den man besser nicht mehr einging, weil er so absurd war.

»Was wirst du jetzt tun?«, fragte der *Ifrit*.

»Ich reise zu meiner Familie nach Damaskus.«

»Und dort wirst du das Buch öffnen.«

»Wenn es erforderlich ist, ja.«

»Natürlich ist es erforderlich«, entgegnete Schabbar kühl. »Lass mich dir ein Wort der Warnung sagen: Wenn du liest, was im *Kitab al-Azif* geschrieben steht, wirst du dieses Wissen auch anwenden.«

»Vielleicht«, sagte Hakim.

Schabbar seufzte. »Ihr Menschen wisst nicht, womit ihr es zu tun habt. Worauf ihr euch einlasst. Dieses Buch ist ein Schlüssel. Es öffnet die Tore zu einer Welt, die besser verschlossen bleiben.«

Der Hund erhob sich. Seine Augen leuchteten rot. »Auch wenn du es nicht glauben magst, aber ich bin nicht dein Feind. Deswegen gebe ich dir einen Rat. Dieses Buch ist wie ein schwarzer Fluss, gegen den du nicht anschwimmen kannst. Wärst du ein normal sterblicher Mensch, würde dir nur eine Frist von wenigen Wochen bleiben. Dann hätte dich das Buch verzehrt, und der Tod würde dich finden. Du jedoch musst das Buch als einen Teil deiner selbst akzeptieren, dann wird die Last leichter.« Dann drehte er sich um und verschmolz mit den Schatten.

Schabbar war fort. Aber nicht für immer.

Zwei Tage später erreichten sie Diriyya. Der Abschied war kurz und wenig herzlich. Gafar stellte ihm das Kamel in Rechnung, auf dem er die letzte Etappe geritten war und Hakim befand, dass diese Forderung nur gerecht war. Er legte sogar noch einige Dinar obendrauf, denn hätte Gafar nicht so eine strenge Vorstellung von ehrhaftem Verhalten gehabt, wäre Hakim vermutlich für sehr lange Zeit, vermutlich sogar auf ewig, auf der Schwelle zum Tod gefangen gewesen.

Nachdem er Gafar bezahlt hatte, schulterte Hakim seine Taschen und atmete durch. Er befand sich in Freundesland. Sozusagen.

Diriyya mochte im Vergleich zu Sanaa langweilig und farblos sein. Und gäbe es nicht die Oase in der Nähe des Wadi Hanifa, kein Mensch hätte einen Gedanken daran verschwendet, hier auch nur ein Erdloch zu graben. So aber war Diriyya einer der wichtigsten Kreuzungspunkte des Gazirat al-Arab. Von Mekka nach Dammam, von Damaskus nach Sanaa: Wer die Karawanenwege bereiste, machte halt in dieser Oasenstadt, tränkte seine Kamele und tauschte hier schon einen Teil seiner Waren. Wenn man die arabische Halbinsel wie ein Rad betrachtete, in dessen Küstenregionen die wichtigsten Städte lagen, so konnte man Diriyya als dessen Nabe betrachten. Ein Zentrum. Eine Achse, um die sich alles drehte.

Hakims Vater hatte schon früh die Bedeutung der ansonsten trostlosen Wüstenstadt erkannt und mit Ridwan al-Saleh einen Mann dorthin entsandt, der zu seinen engsten Vertrauten und damit zur Familie gehörte.

Ridwan war ein *Sleb* und wurde somit von den *Hadar*,

den Seßhaften, verachtet. Über die *Sleb* wurde eine Herkunftsgeschichte erzählt, die so unrein war, dass sie einer Beleidigung gleichkam, und so sollte sie auch verstanden werden. *Slebs* lebten am Rand der Gesellschaft. Ehrbare Berufe jenseits der Viehzucht blieben ihnen verwehrt, so dass viele von ihnen aus bitterer Armut Karawanen überfielen.

Not schafft Loyalität, hatte Hakims Vater immer gesagt. Behandle einen Menschen ungeachtet seines Standes mit dem nötigen Respekt, so wird er dir immer in Treue verbunden sein.

Und da Ridwan kein *Hadar* war, lebte er mit seiner Frau und drei kleinen Kindern in einem Zelt auf einer kleinen Anhöhe in der Oase, umgeben von Feigen, Granatäpfeln und Dattelpalmen. Das Paradies erschließt sich dem Menschen erst dann, wenn er von der Wüste umgeben ist.

»Im Spiel verraten wir, wes Geistes Kind wir sind«, sagte Hakim, als er seine Tasche vor Ridwans Zelt absetzte. Shahira hatte ihrem Mann Drillinge geschenkt. Mädchen im Alter von vier Jahren, die Ridwan stolz *seine Wüstenblumen* nannte und die für ein Lächeln alles von ihm haben konnten. Und heute brauchten sie ein Reittier, das sie striegeln, füttern und am Zügel führen durften.

Ridwan drehte sich um und erstarrte. »Hakim?«, fragte er mit ungläubigem Erschrecken. Er stand auf. Die Drillinge hielten inne. Sie wussten, dass das Spiel jetzt zu Ende war. »Geht zu eurer Mutter.«

Hakim konnte sich noch an die Namen der Mädchen erinncrn, sie begannen alle mit *Alif.* Doch sahen die Mädchen einander so ähnlich, dass Hakim nicht wusste, wer auf welchen Namen hörte. Selbst Ridwan hatte manchmal Probleme damit, Alina, Amina und Azra auseinanderzuhalten. Manchmal machten sie sich einen Spaß daraus, die Kleider untereinander auszutauschen und so alle zu verwirren.

Die drei Mädchen verließen das Zelt, wobei sie Hakim erschrocken anschauten. Sie kannten ihn. Er hatte mit ihnen gespielt, als er auf dem Weg nach Sanaa war und eine wunderbare Zeit mit Ridwans Familie verbracht hatte. Er und seine Frau kannten Hakims Geschichte, hatten aber ihr Mitleid stets im Zaum gehalten, da es bei einem so stolzen jungen Mann wie Hakim nicht angemessen war. Und Hakim war ihnen stets dankbar dafür gewesen. Sein Schicksal war ihm präsent genug, da musste er nicht auch noch durch falsche Rücksichtnahme daran erinnert werden, dass seine Tage gezählt waren. Doch das Entsetzen, das sich jetzt auf Ridwans bärtigem Gesicht zeigte, ließ Hakim zusammenzucken.

»Ich habe bisher noch keine Gelegenheit gefunden, in einen Spiegel zu schauen«, sagte Hakim mit einem bitteren Lächeln.

Ridwan sagte nichts, sondern nahm ihn wie einen Sohn in den Arm. »Komm, setz dich«, sagte er schließlich und schenkte aus einer kleinen Messingkanne zwei Gläser mit starkem, süßem Tee ein.

»Hast du Hunger? Shahira kann uns etwas zu essen machen!«

Hakim wog den Kopf hin und her. Obwohl er seit zwei Tagen nichts gegessen hatte, war es unhöflich, das Angebot sofort anzunehmen.

»Lass den Unsinn. Ich sehe doch, wie schlecht es dir geht.« Ridwan stand auf. »Shahira? Shahira!«

Seine Frau erschien, die drei kleinen Mädchen im Schlepp. Die Kinder mussten ihr bereits berichtet haben, dass Hakim zurückgekehrt war. Und dass er sich in einem erbärmlichen Zustand befand. Sie trug eine große Schüssel mit *Kabsa* und stellte sie auf den Boden. Plötzlich roch es im Zelt nach Ingwer, Kardamom und Zimt. *Kabsa* gab es zu jeder Gelegenheit. Zur Geburt oder zur Beerdigung, zur Hochzeit und zum Fastenbrechen. Jede Familie hatte ihr eigenes Rezept, ihre eigenen Gewürze. Aber einige Dinge gehörten immer dazu: Fleisch, Reis, Mandeln und Rosinen. Gegessen wurde es mit frischem Fladenbrot. Normalerweise nahmen Männer und Frauen ihre Mahlzeiten voneinander getrennt ein, aber wenn die Familie alleine war, bestand Ridwan darauf, dass diese Regel für sie nicht galt.

Sie versammelten sich im Kreis, und Ridwan sprach einen Segen. Dann aßen sie, und die Kinder lachten. Erzählten ihre Geschichten und freuten sich, dass ihr Vater sie wieder einmal nicht auseinanderhalten konnte.

Hakim schloss schwelgerisch die Augen, als er sich über den Bauch strich, der sich nun tatsächlich ein wenig vorwölbte. »Das war hervorragend, Shahira. Ridwan kann sich glücklich schätzen, eine so gute Köchin geheiratet zu haben.«

Shahira lachte. »Warte es ab. Eines Tages wirst auch du eine Frau kennenlernen, die dir …« Sie verstummte schlagartig und errötete. »Entschuldige«, flüsterte sie.

»Nein, es ist alles gut«, sagte Hakim vergnügt. »Wirklich.«

Shahira sah von Hakim zu ihrem Mann, der die Schultern

zuckte, und wieder zurück zu Hakim, der den letzten Rest Tee aus seinem Glas trank.

»Du hast das Buch gefunden?«, fragte Ridwan nervös, als er Hakim nachschenkte.

»Ja.«

»Wo ist es?«

»Hier bei mir.«

Ridwan sah Hakim an, als hätte er den Verstand verloren. »Geh mit den Kindern raus«, sagte er knapp. Shahira wollte nach der Schüssel greifen, doch ihr Mann herrschte sie an. »Sofort!«

Hakim, der einen Fleischrest zwischen seinen Zähnen hervorpulte, hielt verwirrt inne.

»Hast du den Verstand verloren?«, zischte Ridwan. »Bringst dieses Buch nicht nur in mein Heim, sondern setzt meine Familie einer Gefahr aus, die niemand kontrollieren kann!« Er schielte auf die Tasche, die neben Hakim auf dem Boden lag. »Ist es da drin?«

Hakim nickte und reichte ihm den Beutel. »Es tut mir leid. Ich habe nicht daran gedacht ...«

»Du siehst zwar mittlerweile aus, als hättest du schon zweimal gelebt. Aber in dir steckt immer noch der sechzehnjährige Junge, der nicht weiter denkt, als er scheißen kann.« Ohne das Buch auszupacken warf er es mit der Tasche ins Feuer.

»Nein!« Hakim wollte aufspringen, aber Ridwan hielt ihn fest.

»Du wolltest das Buch vernichten, um dich und deine Familie von dem Fluch zu befreien. Nun soll es brennen.«

Hakim schrie auf, als wäre er es, den Ridwan ins Feuer geworfen hatte. Er riss sich das Gewand vom Leib, strampelte und schlug um sich, als wäre er es, der brannte.

Ridwan reagierte schnell. Er packte einen Schürhaken und schob das Buch aus dem Feuer. Qualmend blieb es im Sand liegen.

»Du hast dich verbrannt«, wisperte Ridwan, korrigierte sich dann aber kopfschüttelnd. »Nein, das Buch hat dich verbrannt.«

Hakim zog die Reste des Gewandes zitternd über die Schultern, um seine Blöße zu bedecken.

Ridwan stand auf und sah sich suchend um. »Du rührst das Buch nicht an, hörst du?«, sagte er zu Hakim.

Er verließ das Zelt, nur um kurz darauf mit einer Ledertasche zurückzukehren. »Verflucht sei dein Großvater«, zischte er, als er sich hinabbeugte, um das Buch in sein neues Behältnis zu bugsieren, ohne es dabei mit seinen Händen zu berühren. Als er es nach mehreren Versuchen geschafft hatte, verschloss er die Klappe und stieß die Tasche mit dem Fuß von sich fort.

»Hast du es angefasst?«, fragte er Hakim. »Das Buch! Hast du es mit deinen Händen berührt?«

»Natürlich habe ich das.«

Ridwan schnaubte. »Hast du eine Ahnung, wie es vernichtet werden kann, ohne dass es dich vernichtet?«

Hakim schüttelte müde den Kopf. »So oder so werde ich sterben.«

»Nein, das wirst du nicht. Nicht wenn deine Familie und ich es verhindern können«, sagte Ridwan.

»Wenn wir dem *Kitab al-Azif* seine Geheimnisse entrei-
ßen wollen, müssen wir es öffnen.«

»Und somit die Pforten zur Hölle aufstoßen?«, fragte
Ridwan.

Hakim zuckte mit den Schultern. »Welche Wahl bleibt
mir? Dass die Familie meines Vaters ausstirbt? Niemand
mehr Kinder bekommt? Das Buch würde weiterhin existieren und jeden verfluchen, der sich sein Wissen aneignet.«

Ridwan rang mit sich, wägte in seinem Kopf das Für und
Wider ab. Schließlich fasste er einen Entschluss. »Ich werde
dich nach Damaskus begleiten.«

Hakim schüttelte den Kopf. »Shahira und die Kinder
brauchen dich. Hier.«

Ridwan sah Hakim an. »Junge, das ist meine Entscheidung. Ich helfe meiner Familie und jedem anderen Menschen am besten, wenn ich dir dabei helfe, das *Kitab al-
Azif* zu zerstören.« Er stand auf, wobei seine Gelenke sehr
vernehmlich knackten. »Du wirst essen. Du wirst schlafen.
Und morgen brechen wir auf.«

Die Nacht war traumlos. Wie all die Nächte seit seiner
Rückkehr aus Iram. Eigentlich war dieser Umstand nicht
erwähnenswert, es hatte immer mal wieder Tage gegeben,
an denen er sich nicht an seine Träume erinnern konnte.
Aber das Vergessen von Träumen war etwas anderes als deren Abwesenheit. Es wirkte sich körperlich aus, dessen war
sich Hakim sicher. Der Schlaf war nicht mehr erholsam, ihm
fehlte eine wichtige Zutat. Wie das Salz im Brot. Es dauerte
morgens länger, bis Hakim die Kraft fand aufzustehen. Und

nach zwei Stunden war er erneut so müde, dass er sich nach einem Bett sehnte. Nach weichen Kissen und einer Decke, in die er sich einwickeln konnte. Doch wenn er sich dann abends endlich hinlegte, war er wach und konnte die Augen nicht schließen.

An diesem Morgen erging es ihm nicht anders. Noch bevor die Sonne über den Horizont stieg, war er wach und seine Glieder schmerzten, als hätte er am Tag zuvor einen Marsch absolviert, der ihn an die Grenzen der Belastbarkeit geführt hatte. Am schlimmsten waren die tauben Hände und verkrampften Finger.

Schließlich stand er mit wackligen Beinen auf und wankte aus dem Zelt. Ridwan, Shahira und die Drillinge schliefen noch. Das Paar hatte sich in der Nacht noch lange unterhalten, und es war ganz gewiss kein einvernehmliches Gespräch gewesen. Das Flüstern war mitunter sehr laut geworden. Ridwan musste seine Frau immer wieder daran gemahnen, dass Hakim alles hören konnte, wenn er wach wäre. Am Ende hatte sich Ridwans Frau wütend umgedreht und so getan, als würde sie schlafen.

Hakim trat hinaus in das Licht des heraufziehenden Morgens. Die Lerchen und Finken, die man nur in Oasen antraf, sangen ihr Lied und feierten das Leben. Diriyya war eine Quellwasseroase. Eine grüne Insel in einem Meer aus Sand, Fels und schroffen Bergen, eine tief in die Seele reichende Wohltat für das hungrige Auge. Hakim entledigte sich seines *Qamis* und stieg langsam ins Wasser, bis es ihm an die Brust reichte, und ließ sich mit geschlossenen Augen treiben. Der Schmerz schwand aus seinem Körper, und er fühlte sich in diesem Moment erlöst von all der Last und Angst der vergangenen Tage und Wochen.

Er hatte viel darüber nachgedacht, wie es sein würde, wenn er sich nicht bis zu seinem siebzehnten Geburtstag von diesem Fluch befreien konnte. Wie würde er sterben? Sein Großvater Abdul al-Hazred wurde mitten in Damaskus von einem Dämon geholt. Der älteste Bruder seines Vaters war am Tag seines angekündigten Todes plötzlich in Flammen aufgegangen, bis nichts von ihm übrig geblieben war, das sich beisetzen ließ, denn die verbliebene Asche wurde von einem plötzlich heraufgezogenen Wind verweht. Die anwesende Familie hatte sich von diesem Schrecken nie erholt. Man erzählte sich, dass Hakims Vater nach diesem Tag schwor, nie ein Kind in die Welt zu setzen. Dass er diesem Vorsatz untreu wurde, war eines der vielen Geheimnisse, über die man nicht sprach, sondern lieber unter den sprichwörtlichen Teppich kehrte.

Wie also würde Hakim aus dem Leben scheiden? Würde er auch in Flammen aufgehen, ohne irgendwelche Spuren seiner irdischen Existenz zu hinterlassen? Und was würde mit seiner Seele geschehen? Würde seine Seele an einem anderen Ort weiter bestraft? Er wusste, dass sie der Teil war, der nie sterben würde. Und er kannte die Geschichten über die Hölle, jenem Ort unendlicher Qualen, der an keine Vorstellung von Zeit gebunden war. Das war es, wovor er sich fürchtete. Nicht vor dem Tod in irgendeiner Form. Und auch nicht vor dem Wissen um den genauen Zeitpunkt seines Ablebens. Nein, es war die Seele, um die er sich sorgte. Dass seine Lebensspanne knapp bemessen war, damit hatte er sich schon sehr früh abgefunden. Doch was geschah mit seiner Seele? Was war, wenn das leibliche Ende nur der Beginn von etwas viel Unangenehmerem war? Etwas, das jenseits seiner Vorstellungskraft lag?

»Hakim?« rief eine Stimme.

Er drehte sich um. Ridwan stand am Ufer, die Arme vor der Brust verschränkt.

»Was tust du?«

»Schwimmen?«, antwortete Hakim.

»Komm raus. Wir frühstücken. Und dann brechen wir auf.«

Hakim schwamm zurück. In dem Moment, als seine Füße festen Grund hatten, spürte er auch wieder das Gewicht des eigenen Körpers. Die Leichtigkeit, die ihn im Wasser hatte schweben lassen, war dahin.

Sie hatten beschlossen, zu zweit zu reisen, er und Ridwan. Hakim hatte zunächst gedacht, sie würden sich der Karawane anschließen, die in wenigen Tagen nach Damaskus aufbrach. Doch Ridwan wollte so früh wie möglich aufbrechen. Je schneller das *Kitab al-Azif* vernichtet wurde, desto besser war es für alle.

Shahira hatte sich kühl von ihrem Mann verabschiedet. Die Drillinge winkten zwar erst mit gespielter Fröhlichkeit, brachen dann aber in Tränen aus, als sie den Schein nicht mehr wahren konnten. Shahira führte sie in das Zelt zurück und drehte sich nicht mehr um.

Ridwan seufzte. »Ehen werden im Himmel geschlossen, aber auf Erden gelebt. Merk dir das, wenn du mal ein

Mädchen triffst, in das du dich verliebst. Manchmal denke ich, meine Eltern hätten sich damals durchsetzen und auf die Hochzeit mit der Tochter eines Beduinenfürsten bestehen sollen.« Ridwan lachte, doch das Lachen erstarb, als er merkte, dass Hakim nicht einstimmte. »Entschuldigung«, brummte er. »Das war nicht besonders taktvoll.«

Hakim wusste nicht, was er sagen sollte. Seine knapp bemessene Zukunft mochte alles Mögliche für ihn bereithalten, aber ganz bestimmt nichts, was mit der Gründung einer eigenen Familie zu tun hatte. Diesen Teil seines Herzens hatte er aus seiner Brust gerissen und in der Wüste der Unmöglichkeiten begraben. Die in ihm wohnende Traurigkeit hatte natürlich seine Wirkung auf viele Mädchen, doch keine wohlmeinende Tat und kein Gefühl würde ihn retten können. In seinem Fall war Liebe unweigerlich an die Gewissheit des Verlusts gebunden. Deswegen ging er auch keine Freundschaften ein. Er wollte nicht, dass jemand um ihn trauerte. Außerdem kannte jeder in Damaskus seine Geschichte. Er hätte auch die Beulenpest, Lepra oder die Pocken haben können, es wäre aufs selbe hinausgelaufen. Sein Fluch, so befürchtete man, könnte ja auch ansteckend sein. Wer sich mit Dämonen einließ, musste mit den Folgen leben. Und wer sich mit Menschen einließ, die sich mit Dämonen einließen, denen war auch nicht mehr zu helfen.

Das, was Hakims Familie vor der endgültigen Ausgrenzung schützte, war ihr unermesslicher Reichtum. Natürlich hielt sich auch hier das hartnäckige Gerücht, dass all das Gold das Seelengeld war, das Abdul al-Hazred bekommen hatte, weil er das Böse in die Welt ließ. Dumm war nur, dass die Familie von Hakims Vater schon seit mehreren Generationen durch klugen Handel und überlegtes Wirtschaften vermögend geworden war. Aber das vergaß man schnell, wenn es darum ging, aus einer Lüge einen eigenen Vorteil zu ziehen.

Ridwan war da aus einem anderen Holz geschnitzt. Er gab nichts darauf, was die Leute sagten und welche Gerüchte sie in die Welt setzten. Die Beduinen selbst waren immer unterdrückt und verfolgt worden. Ridwan hatte also am eigenen Leib erfahren, worauf es wirklich ankam: Verlässlichkeit, Loyalität und eine Ehrlichkeit, die auch durchaus einmal schmerzen konnte.

Ridwan war in seinem früheren Leben ein Wüstenräuber gewesen. *Slebs* standen außerhalb des Gesetzes, so oder so. Kein Gericht verhandelte einen Fall zugunsten der Beduinen. Sie waren Verstoßene am Rand einer Gesellschaft, die sich einen Dreck um sie scherte. Wenn also die allgemeinen Gesetze keine Anwendung für sie fanden, warum nicht nach eigenen Regeln leben?

Ridwan hatte Karawanen überfallen. Das an sich war nicht einzigartig. Viele Clans bestritten ihren Lebensunterhalt mit solchen räuberischen Unternehmungen. Nur dass die anderen dabei über Leichen gingen. Das hatte Ridwan nie getan. Er schnappte sich zwar alles, was sich zu Gold machen ließ, tötete aber niemanden und setzte keinen in der Wüste aus, sondern ließ der Karawane alle Reittiere. Was er erbeutete, verteilte er nach Abzug seines Anteils an bedürftige Familien. Und dabei schaute er nicht auf die Religion oder die Volkszugehörigkeit. Armut und Hunger kannten keinen Gott und keinen Fürsten. Das war die Lektion, die er in seinem Leben gelernt hatte.

»Der Reichtum deines Vaters war damals schon legendär«, erzählte Ridwan, als sie Diriyya schon weit hinter sich gelassen hatten. Die Sonne brannte unerbittlich von einem Himmel, der so gut wie nie Wolken sah. »Er handelte mit Schätzen, von denen andere *Karwan-Baschi* die Finger ließen, weil sie Männer wie mich anlockten.«

»Gold und Silber«, sagte Hakim, und Ridwan lachte.

»Das sind die ersten Dinge, die einem einfallen, wenn man an Reichtum denkt.«

»Diamanten.«

»Es gibt Minen in Borobodur und Champa, in denen nach Edelsteinen geschürft wird, die um ein Vielfaches wertvoller sind als Diamanten. Auf die hatte sich dein Vater spezialisiert.«

»Im Tausch gegen Waffen.«

»O ja, Damaszener Stahl wird von manchen seiner Kunden in Gold aufgewogen. Das lohnt sich dann schon.«

»Sind die Karawanen meines Vaters nicht gut bewacht?«

»Es sind keine Karawanen im eigentlichen Sinne«, erwiderte Ridwan. »Sechs gut bewaffnete Männer, achtzehn Kamele. Mehr nicht.« Von den achtzehn Lasttieren trugen zwölf Wasser und Proviant. Die restlichen sechs trugen die Waren.

»Je größer eine Karawane ist, desto schwerer ist es, sie zu überfallen«, sagte Hakim.

»In der Regel stimmt das auch. Aber nicht bei deinem Vater. Er verfolgt eine andere Strategie. Er denkt militärischer. Die Männer, die er anheuert, sind alles erfahrene Krieger. Bisher war es niemandem gelungen, solch eine Karawane auszurauben, denn sie nahmen Routen, die kein Mensch bei gesundem Verstand wählen würde. Dein Vater Ahmad bin-Abdul ist eine Legende, weißt du das?«

Hakim schüttelte den Kopf. Er kannte seinen Vater nur als strengen Mann, der seine Prinzipien immer über sein Herz stellte. Wenn er denn eines hatte.

»Ich war ehrgeizig«, fuhr Ridwan fort. »Und eigentlich bin ich es immer noch. Aber ohne diesen unvorsichtigen Anteil, den man hat, wenn man von seiner eigenen Unsterblichkeit überzeugt ist.« Er lächelte in sich hinein, als würde er sich noch einmal all seine Fehler vor Augen führen. »Da war also dieser Mann, der mit allem durchkam, im wahrsten Sinne des Wortes. Egal, wie absurd seine Pläne und seine Vorgehensweisen auf den ersten Blick auch waren. Ich kannte seine Geschichte. Den Fluch, der dich und deine Familie heimsucht. Ahmad hat viele Feinde, musst du wissen. Er hat sich nie mit seinem Schicksal abgefunden. Demut ist ein Wort, das er nicht kennt. Da kann die ganze Welt gegen einen stehen, er sagt: Ich lasse mich nicht von der Mittelmäßigkeit der Ängstlichen beeindrucken. Und ich dachte mir: Wenn ich diesem Kerl den Schneid abkaufe, wird sein Ruhm auf mich übergehen.«

»Die Rechnung ist nicht aufgegangen«, sagte Hakim.

»Zumindest anders als gedacht«, sagte Ridwan. »Weißt du, wir hatten einmal eine Karawane aus Alsiyn überfallen. Seide und Safran, nichts Besonderes. Mit Ausnahme einiger Stäbe, die ich nicht kannte. Man zündet sie an, und sie fliegen! Es ist unglaublich. Ich hatte so etwas noch nie gesehen. Der *Karwan-Baschi* nannte sie *Yanhuan*. Er hatte kein anderes Wort davor. Die Stäbe steigen zischend hinauf in den Nachthimmel und erblühen mit einem lauten Knall wie Feuerblumen. Wir brauchten den ganzen Morgen, um die Kamele wieder einzusammeln.«

»Ihr habt sie als Waffe eingesetzt.«

Ridwan nickte. »Ich habe mir das Rezept für das Pulver geben lassen, das diese Stäbe antreibt. Dafür habe ich die Karawane weiterziehen lassen.«

»Mit der Seide und dem Safran.«

Ridwan machte eine wegwerfende Handbewegung. »Die haben mich nicht mehr interessiert. Aber dieses Pulver war mächtig! Wir haben es selber hergestellt, es war ganz einfach. Salpeter, Schwefel und Holzkohle. Es dauerte, bis wir das richtige Mischungsverhältnis fanden. Dann gewöhnten wir unsere Kamele an den Lärm, bis sie sich nicht mehr davon beeindrucken ließen. Der Rest, so dachten wir, wäre ein Kinderspiel. Wir wussten, dass dein Vater seine Karawanen in der Nacht durch die Wüste schickte. Er war im Besitz eines *Astrolab*, mit dem sich nachts die genaue Position und damit auch der richtige Weg bestimmen ließ. Anhand einer Karte, auf der alle Wasserlöcher im Umkreis von fünf Tagesreisen verzeichnet waren, versuchte ich, die wahrscheinlichste Route zu berechnen, die er nehmen würde. Es dauerte lange, bis wir eine seiner Karawanen abfangen konnten, weil es so viele Wege nach Diriyya gab, die Ahmad nehmen konnte. Die Zahl meiner Gefolgsleute verringerte sich immer mehr, bis wir zum Schluss nur noch zu dritt waren. Meine zwei Brüder und ich. Alle anderen ziehen mich der Besessenheit. Dass ich vom rechten Wege abgekommen sei.«

»Aber du hast die Karawane meines Vaters doch noch gefunden.«

»Es war ein Glücksfall, der sich schnell in eine Katastrophe verwandelte. Ich war berauscht von meinem eigenen Scharfsinn. Und deswegen blind für meine Fehler. Wir hatten Gestelle für das *Yanhuan* gebaut und wollten es auf die Karawane abfeuern. Der erste Schuss war ein Treffer, und Ahmads Kamele scheuten, gingen aber keinesfalls durch. Der zweite Abschuss zeigte noch immer nicht die gewünschte Wirkung, verriet uns jedoch. Der dritte flog uns dann selbst um die Ohren und entzündete alle anderen Stäbe. Die Hölle wurde auf Erden entfesselt, und meine beiden Brüder kamen in den Flammen um. So war das.«

Hakim schaute Ridwan entsetzt an. Es war das erste Mal, dass er diese Geschichte hörte. Ridwan gab sich einen Ruck und zwang sich zu einem Lächeln.

»Nun hätte mich dein Vater in der Wüste zurücklassen können. Tat er aber nicht. Er wusste genau, wer ich war. Unser Plan war bis zu ihm vorgedrungen. Ich hätte es wissen müssen. Ein Mann wie er konnte nur erfolgreich sein, wenn er überall seine Ohren hatte. Ahmad war beeindruckt von meiner Hartnäckigkeit. Und so machte er mir einen Vorschlag: Ich sollte ihm gegenüber einen Treueeid leisten und den Raubzügen abschwören. Im Gegenzug würde er mich und meine Familie unter seinen Schutz stellen. Zwei meiner Brüder hatte ich bereits verloren. Hätte man mich in

Diriyya vor Gericht gestellt, wäre mein Schicksal besiegelt gewesen.«

»Du hast eingeschlagen.«

»Natürlich habe ich eingeschlagen, ich bin doch kein Idiot! Und Ahmad hielt sein Versprechen. Meine Brüder wurden nach Diriyya gebracht und dort bestattet. Nicht heimlich, nicht versteckt. Sondern im hellen Tageslicht auf dem Friedhof der Stadt, der uns, den *Sleb*, den Unreinen, immer vorenthalten war. Da wusste ich, dass dein Vater reinen Herzens ist. Bis zum heutigen Tag habe ich meinen Treueeid nicht bereut. Ich bin stolz, ihn meinen Freund nennen zu dürfen. Und seine Kinder sind deshalb für mich auch meine Kinder.«

Hakim errötete tatsächlich. »Ich danke dir. Mein Leben liegt in deiner Hand.«

»Ich weiß«, sagte Ridwan und grinste. »Ich weiß.«

BERIT

»Berit? Berit, wach auf.«

Eine warme Hand strich über ihre Stirn. Berit versuchte, die Augen zu öffnen, aber die Lider waren schwer wie Blei.

»Du musst aufwachen.«

Doch genau das wollte sie nicht. Es war so schön, dieser Zustand des Nicht-Fühlens, die Abwesenheit von Schwere. Berit lag unter einer Decke, die genau wie das Kissen nach ihrem Vater roch.

»Was ist geschehen?«, wisperte sie.

»Dein Vater und ich haben dich gefunden. Wir waren verrückt. Du hättest niemals alleine auf die Jagd gehen dürfen.«

»Ich weiß nicht mehr, was mit mir geschehen ist«, flüsterte sie.

»Scht«, beruhigte sie Halldor. »Es ist alles gut.«

Jetzt gelang es ihr, die Augen zu öffnen. Die Fenster standen weit auf, und sie konnte hinausschauen. Der Nebel hatte sich verzogen. Die Sonne stieg landeinwärts über die Berge und tauchte die Gipfel in ein frühlingshaftes Licht. Der Himmel war von einem so intensiven Blau, wie es man es wohl nur an der Küste erleben konnte. Doch die Leichtigkeit, die dieser Tag versprach, erreichte nicht Berits Herz.

»Du verstehst nicht«, sagte sie mit schwacher Stimme. »Etwas Schreckliches ist geschehen, und ich kann mich nicht mehr daran erinnern.« Ein Schreck durchfuhr sie. »Der Pfeil! Habt ihr ihn gefunden?«

»Dein Vater hat ihn«, sagte Halldor ernst.

Berit schlug mit einem Ruck die Decke beiseite. »Ich muss zu ihm, sofort.«

»Du bist zu schwach.«

Sie stand auf, knickte kurz ein und hielt sich an Halldor fest. »Du verstehst nicht! Er darf die Spitze auf keinen Fall berühren.«

Sie wankte an ihm vorbei und taumelte in die Halle.

Ihr Vater saß am Kopfende der langen Tafel und betrachtete nachdenklich den kurzen Pfeil, der auf einem Stück Tuch lag, als wäre er eine ganz besondere Kostbarkeit.

»Fass ihn nicht an!«, rief Berit.

Thorulf blickte nicht auf. Berit packte ihn an der Schulter und erst jetzt sah sie, dass ihr Vater dicke Lederhandschuhe trug. Atemlos setzte sie sich zu ihm.

»Wo hast du das gefunden?«, fragte er kaum hörbar.

Berit schüttelte langsam den Kopf, als würde das ihren Erinnerungen auf die Sprünge helfen. »Ich kann es dir nicht genau sagen.«

»An deinen Händen war Blut«, sagte er.

Berit betrachtete ihre Finger. Ihr Vater hatte recht. Da waren dunkle Flecken und die Fingernägel waren schwarz, als hätte sie im Dreck gewühlt und sich die Hände danach nicht gründlich genug gewaschen.

Für einen kurzen Moment hatte sie den vielstimmigen Chor wieder in ihrem Kopf, der von einem anderen Ort gesungen hatte. Doch dann löste sich der Gesang wie ein

Nebel im Morgenwind auf, und es blieb nur das Gefühl eines unerträglichen Verlustes.

»Ich weiß nicht, was geschehen ist«, flüsterte sie mit Tränen in den Augen. »Aber es war schrecklich.«

Thorulf gab Halldor ein Zeichen, der daraufhin nickte und in der Kammer des Jarls verschwand.

»Das, was du einen Pfeil nennst, ist ein Bolzen. Er wird mit einer Armbrust verschossen.«

»Was ist eine Armbrust?« Berit hatte davon noch nie gehört.

»Man nennt sie auch einen Kreuzbogen. Das ist eine Vorrichtung, die die Sehne gespannt hält und durch die Betätigung eines Griffs einen kurzen Pfeil verschießt. Die Treffgenauigkeit ist sehr hoch. Höher als bei einem Bogen.«

»Wenn sie so wirkungsvoll ist, warum haben wir solche Waffen nicht?«, fragte Berit.

»Weil sie unehrenhaft sind«, sagte Thorulf. »Man setzt sie aus einem Hinterhalt ein, nicht auf dem freien Feld. Und weil deine Mutter auf diese Weise getötet wurde.«

Berit riss die Augen auf. »Mit so einer Waffe?«

»Der Bolzen besteht aus Ebenholz und hat eine Spitze aus einer besonderen Metalllegierung.«

Berit verstand kein einziges Wort. »Du willst sagen, dass der Mörder meiner Mutter zurückgekehrt ist?«

»Ich weiß es nicht«, sagte Thorulf ernst.

Halldor stand hinter dem Jarl. In seinen Armen hielt er jetzt ein anderes Bündel. Größer und schwerer. Er legte es auf den Tisch. Thorulf öffnete den Knoten und schlug das Tuch auf.

Das Schwert steckte in einer Scheide aus schwarzem Leder. Silberne Ornamente zeigten Bestien und Untiere, die in einem ewigen Kampf ineinander verschlungen waren. Knauf und Parierstangen waren aus einem Metall, das wie Silber aussah, aber viel matter glänzte. Das Heft hatte eine kunstvolle Griffwicklung, die ein komplexes Rautenmuster ergab. Halldor zog langsam das Schwert aus der Scheide. Berit hielt die Luft an.

»Die Klinge ist nicht aus Metall!«

»Nein, ist sie offensichtlich nicht«, sagte Thorulf. »Deine Großmutter hat das Schwert *Traumsplitter* genannt.«

»Meine Großmutter?«, fragte Berit.

»Dieses Schwert wird immer von der Mutter zur Tochter gereicht. Du bist die Dritte in dieser Linie.«

Die Klinge von *Traumsplitter* sah wie ein langes, kristallenes Bruchstück aus. Es glich gefrorenem Quellwasser, frisch und lebendig. Jedoch zweifelte Berit nicht daran, dass das Schwert eine absolut tödliche Waffe war.

Thorulf legte die Klinge neben den Bolzen, und plötzlich leuchtete sie auf. Erst nur flackernd, doch als er sie näher an den kurzen Pfeil schob, glühte sie kalt.

»Bei Hel«, zischte Halldor.

Thorulf verzog grimmig das Gesicht. »Ja, bei Hel.«

»Was hat das zu bedeuten?«, fragte Berit verzweifelt. »Redet mit mir! Was geschieht hier?«

Thorulf und Halldor sahen sich kurz an. Schließlich holte Thorulf tief Luft, als hätte es keinen Sinn mehr, mit einer schmerzhaften Wahrheit hinter dem Berg zu halten.

»Berit, du hast Glück, dass du die Spitze nicht berührt

hast. Oder gar von ihr verletzt wurdest. Ich weiß nicht, mit welchem Gift sie präpariert ist. Aber wir wissen, wie es wirkt. Es verändert den Geist. Benebelt ihn. Nimmt ihn in Besitz, bis von dem Menschen, der man einst war, nichts mehr übrig bleibt.«

»Wie ist meine Mutter gestorben?«, fragte Berit.

»Sie hat sich selbst getötet. In einem ihrer letzten lichten Momente. Ich konnte nichts für sie tun. Als sie das erkannte, bereitete sie ihrem Leben ein Ende.«

»Aber …«

»Berit, sie hat versucht, dich umzubringen«, schnitt ihr Thorulf das Wort ab. »Halldor konnte es im letzten Moment verhindern. Nur ihm hast du es zu verdanken, dass du noch am Leben bist.«

Thorulf schlug den Bolzen in das schmale Tuch ein und schob ihn beiseite.

»Das Schwert.« Er zog die Handschuhe aus und strich mit dem Finger über das Heft. »Seine Klinge ist hart wie Diamant und wird nie stumpf«, erklärte Thorulf. »Und glaub mir, sie ist scharf. Berühre sie nie mit deinem Finger. Lass das Schwert in der Scheide. Es sei denn, du musst kämpfen. Dann wird dich *Traumsplitter* nicht im Stich lassen.«

»Was meinst du damit?«

»Das Schwert gehört dir. Du hast die Prüfung bestanden.«

Berit nahm die Waffe in die Hand. Sie hatte ein angenehmes Gewicht und war perfekt ausbalanciert, obwohl die Klinge nicht geschmiedet war und somit keine gleichmäßige Form hatte.

»In zwei Tagen findet die große Ratsversammlung statt«,

sagte Thorulf. »Am Abend des Gastmahls werde ich dich zur Schildmaid ausrufen.«

Es war eine Unterhaltung, die Berit eigentlich nicht führen wollte. Sie mochte nicht daran denken, wie es wäre, wenn ihr Vater eines Tages nicht mehr lebte – welche Umstände auch immer zu seinem Ableben führen würden. Aber warum wollte er ausgerechnet jetzt seine Nachfolge regeln? Nun, die Antwort lag auf der Hand: Weil er jetzt noch die Möglichkeit dazu hatte! Die Dinge liefen gut. Er war angesehen. So sehr, dass die Ratsversammlung mit König Harald hier in Randaberg stattfand. Und nicht in Heiðabýr, nicht in Paviken und auch nicht Kaupang, Helsingborg oder Ribe, die allesamt wichtiger und reicher waren als Randaberg. Thorulf war unantastbar, denn er hatte den König auf seiner Seite. Und Berit kannte die Geschichten der Jarlkinder anderer Reiche. Wenn das Oberhaupt einer Wikingergemeinschaft starb, überlebte die Nachkommenschaft ebenfalls nicht lange. Ein frei gewordener Thron lockte viele ehrgeizige Krieger an, und die wollten keine Diskussion über eine rechtmäßige Nachfolge im Sinne der Blutlinie führen.

Plötzlich ahnte Berit, was ihr Vater vorhatte. »Halldor wird mir bei der Versammlung, auf der du mich vor König Harald zur Schildmaid ausrufst, den Treueeid schwören.«

»Es gibt Tage, da sprichst du mit dem Verstand deiner Mutter.« Thorulf zog Berit zu sich heran und drückte ihr einen Kuss auf die Stirn. »Ja, es stimmt. Er hat mir das feierliche Versprechen geben müssen, dir so treu zu dienen wie mir. Es wird ein Zeichen sein. Ein Zeichen, das dich besser schützen wird als jede Rüstung. Schau, du wirst an diesem Tag Männer kennenlernen, die du nicht zum Feind haben möchtest. Die, ohne mit der Wimper zu zucken, Frauen und Kinder töten, wenn ihnen der Sinn danach steht. Und dabei muss noch nicht einmal eine Machtfrage gestellt worden sein.«

»Warum leckt sich ein Hund die Eier«, murmelte Halldor.

»Genau. Weil er es kann. Es gibt zwei Brüder, vor denen musst du dich besonders in Acht nehmen. Urho der Hemdlose und Grimar Wolfsbalg sind Söhne von Orvar Nidhogg.«

»Nidhogg? Der hasserfüllt Schlagende?«

»Ja. Nicht umsonst trug er diesen Beinamen. Und die Söhne stehen ihm in Sachen Grausamkeit nicht nach. Sie haben an ihm den *Blutaar* vollzogen. Wahrscheinlich, um sich für all die Quälereien zu rächen, unter denen sie als Kinder hatten leiden müssen. Geh ihnen also aus dem Weg. Lass dich durch sie nicht reizen, hörst du?«

»Ich werde versuchen, daran zu denken.«

»Du bist mir eine gute Tochter, Berit. Du trägst dein Herz auf dem rechten Fleck und manchmal auch auf deiner Zunge. Ich schätze das sehr.«

»Hast du eine andere Wahl?«, lachte Berit. »Ich bin schließlich auch das Kind meiner Mutter. Und nach allem, was mir Maja über sie erzählt, hast du genau diese Eigenschaft besonders an ihr geliebt.«

»Ja, Ingrid Yngvildsdóttir hatte ihren eigenen Kopf. Sie war klug und selbständig. Es gab etliche Männer, die sie besitzen wollten. Am Ende kamen wir zusammen, weil ich genau das nicht wollte. Ich habe sie nie festgehalten. Also kam sie aus freien Stücken immer wieder. Und blieb schließlich.«

Es war das erste Mal seit einer langen Zeit, das Thorulf

den Namen seiner großen Liebe aussprach. Seine grauen Augen füllten sich mit Tränen. Berit legte ihre Hand in seine, und er drückte sie sanft.

»Wie kam das Schwert in den Besitz ihrer Familie?«

»Diese Geschichte verschwieg sie«, sagte Thorulf. »Als ob ein Unheil auf ihr lastete, das auf alle überging, denen sie davon erzählte.«

»Dann war sie auf der Flucht«, sagte Berit.

Thorulf nickte. »Wie deine Großmutter. Alles muss mit diesem fremdartigen Schwert begonnen haben.«

»Und trotzdem gibst du es mir.«

»Wie sollte ich dem letzten Wunsch deiner Mutter widersprechen?«, antwortete Thorulf.

»War dieser Wunsch mit einer Aufforderung verbunden? Hat sie gesagt, was ich mit dem Schwert machen soll?«

»Sie sagte, es gäbe drei Relikte, die eines Tages wiedervereinigt werden. Wann dies geschehen würde, wusste sie nicht. Aber die Zeit würde kommen. Wenn der Schlüssel zur Dunkelheit dem Vergessen entrissen worden sei, würden sich die Tore zur Unterwelt öffnen. Davor hatte sie am meisten Angst.«

»Hel.«

Thorulf nickte. »Der Ort der Finsternis, an dem alle verlorenen Seelen gefangen sind, die nicht mit dem Schwert in der Hand starben. Sie alle würden zurückkehren.«

»Aber wie könnten diese Seelen in unserer Welt existieren?«, fragte Berit. Doch die Antwort konnte sie sich selbst geben. »Sie bräuchten einen Körper! Die Toten würden wiederauferstehen!«

»Nein«, erwiderte Thorulf. »Das glaube ich nicht. Was nicht mehr lebensfähig ist, wird tot bleiben. Ich rede von Besessenheit.«

»Der Zustand, in dem Halldor ist, wenn er in die Schlacht zieht?«

»Halldor isst Bilsenkraut und trinkt Met, um sich zu berauschen. Besessen wäre er, wenn eine fremde Seele in seinen Körper eindringen würde.«

»Ist das schon einmal jemandem passiert?«, fragte Berit – und stockte. »Meiner Mutter! Als sie von diesem Pfeil getroffen wurde.«

»Deswegen hat sie den Tod gesucht«, sagte ihr Vater und legte die Hand auf das Bündel, in das der Bolzen eingewickelt war. »Sie war eine starke Frau. Aber dieser dunkle Geist gewann nach und nach die Oberhand. Beten wir zu den Göttern, dass das nie wieder geschieht.«

 FINN

Kat hatte recht gehabt. Finn schlief in jener Nacht tief und traumlos. Als er am nächsten Morgen erwachte, fühlte er sich ausgeruht, kraftvoll und abgesehen von den Schmerzen in seiner Schulter frei von körperlichen Beschwerden. Er reckte seine Beine, spannte den Rücken an und gähnte.

Dann öffnete er die Augen.

Auf einer viel zu kleinen Ofenbank schlief Alrun zusammengerollt wie eine Katze. Sie holte tief Luft und öffnete mit flatternden Lidern nun ihrerseits die Augen.

»Guten Morgen, Finn«, flüsterte sie.

»Hast du die ganze Nacht auf der Bank gelegen?«

»Ich muss wohl eingeschlafen sein«, sagte sie und rieb sich die Augen. Sie setzte sich auf, strich eine wirre Haarsträhne aus der Stirn und lächelte. »Dir geht es besser.«

Finn ließ vorsichtig die rechte Schulter kreisen. Der Schmerz, so stellte er fest, war erträglich. Jedenfalls schränkte er seine Beweglichkeit nicht ein, so lange keine schweren Tätigkeiten verrichtet werden mussten.

Er wollte die Decke beiseiteschlagen, als er plötzlich bemerkte, dass er nackt war.

Alrun fing seinen Blick auf und grinste herausfordernd. Sie stand auf, nahm Hose und Hemd von einem Schemel und hielt ihm beide Kleidungsstücke entgegen. Er wollte sie greifen, aber im letzten Moment zog sie sie zurück.

»Und du kannst dich wirklich nicht mehr an mich erinnern?«, fragte sie.

Finn zuckte bedauernd mit den Schultern und schüttelte den Kopf.

Alrun seufzte und gab ihm die Sachen.

»Könntest du dich bitte umdrehen?«, fragte er vorsichtig.

Sie verschränkte die Arme vor der Brust und machte eine halbe Drehung. »Du bist schüchtern geworden«, sagte sie.

Finn stand auf und zog seine Hose an, die er vor dem Bauch verschnürte. »Bin ich das?«, murmelte er. Dann schlüpfte er in das Hemd. Es war frisch und sauber und roch nach Blumen. »Du kannst dich wieder umdrehen.«

Alrun sah über ihre Schulter und lächelte. »Hast du Hunger?«

»Wie ein Bär.« Tatsächlich knurrte sein Magen wie ein jammerndes Tier.

Sie betraten die Küche, einen erstaunlich hellen weißgekalkten Raum, dessen niedrige Decke von dunklen Eichenbalken gestützt wurde. Der Boden war mit Steinplatten ausgelegt, die so glattgeschliffen waren, dass sie keine Unebenheiten aufwiesen. Eine zweite Tür öffnete sich zur Lohdiele, von der wiederum der Rossstall und weitere Schlafkammern abgingen. Alles war sauber, aufgeräumt und zeugte von perfekter Handwerkskunst.

»Setz dich«, wies Alrun ihn an.

Finn schaute sich um und nahm schließlich auf einer Bank unter einem Fenster Platz.

Alrun schenkte aus einem Krug rahmige Milch ein und stellte Brot, Käse und Speck auf den Tisch. Finn sprach kein

Wort, während er aß. Hatte er überhaupt jemals etwas so Gutes gegessen? Gott, er konnte sich überhaupt nicht mehr dran erinnern, überhaupt etwas zu sich genommen zu haben. Der Geschmack der Milch löste einen Sinnesrausch in ihm aus. Der Käse, der Speck – das Gefühl der Lebendigkeit, mit dem er heute Morgen aufgewacht war, bekam im wahrsten Sinne des Wortes Nahrung, erfüllte ihn mit Zufriedenheit, ja tiefem Glück.

Satt schob er den Teller von sich.

»Wo sind die anderen?«, fragte er.

»Auf dem Feld, kümmern sich um das Vieh oder waschen die Wäsche.«

Die ganze Dorfgemeinschaft war beschäftigt. Keiner würde ihn also aufhalten. »Wie weit ist es zu dem Ort, an dem Jehan mich gefunden hat?«, fragte Finn.

Alrun wurde bleich. »Haspoire? Was willst du da? Das ist kein guter Ort!«

»Ich muss dort noch mal hin.« Finn stand auf.

»Lernst du nie aus deinen Fehlern?«, fragte ihn Alrun entgeistert. »Es ist ein verlorenes Dorf. Geister gehen dort um, steigen aus dem Brunnenschacht. Jeder, der dort nur eine Nacht bleibt, fällt dem Wahnsinn anheim.«

»Nun, ich bin nicht verrückt geworden«, sagte Finn.

»Nein, aber du hast dein Gedächtnis verloren!«, fuhr ihn Alrun an.

»Vielleicht kommt meine Erinnerung wieder, wenn ich an diesen Ort zurückkehre. Willst du mir dabei helfen?«

Alrun trat an Finn heran und legte ihre Hände auf seine Brust. Finn widerstand dem Reflex, einen Schritt zurückzutreten und diese Geste ins Leere laufen zu lassen. Er fühlte sich nicht wohl. So wie sie ihn berührte. So wie sie ihn ansah. So wie sie nicht von seiner Seite wich. Es bedurfte keiner weiteren Erklärung: Alrun war in ihn verliebt, mit allen Kammern ihres Herzens. Und vermutlich hatten beide vor diesem tragischen Tag eine glückliche Zeit miteinander verbracht. Er fühlte sich schäbig. Eigentlich musste er mit ihr reden und ihr sagen, dass er leider nichts für sie empfand. Das Gegenteil war der Fall: Wenn er ehrlich war, fühlte er sich belagert.

Und trotzdem war er auf ihre Hilfe angewiesen. Also blieb er stehen, als sich Alrun auf die Zehenspitzen stellte und ihn zart küsste.

»Siehst du«, flüsterte sie. »War doch gar nicht so schlimm.«

Finn zwang sich zu einem Lächeln, von dem er hoffte, dass es nicht ganz so bemüht aussah.

»Zeigst du mir den Weg?«, fragte er.

Alrun sah ihn wie eine Mutter an, die abwägte, den Launen ihres Kindes nachzugeben. Schließlich strich sie ihm über den Arm und nickte. »Vielleicht hilft es ja wirklich. Wann möchtest du gehen?«

»Jetzt. Sofort.«

Sie brachen nach der Mahlzeit auf. Je weiter sie gingen, desto mehr wurde aus dem winterlichen Grau des Waldes die letzte Farbe, das letzte Leben herausgezwungen. Es war kalt, und zwar auf jene bedrängende Art, die warme Kleidung ignorierte und in alle Glieder kroch, um sich dort festzusetzen.

Finn hatte eine dicke Felljacke und schwere Stiefel angezogen. Quer über seine Brust war ein dickes Seil geschlungen, das lang genug sein musste, damit er hinab zum Grund des Brunnens klettern konnte. In der rechten Hand hielt er eine Laterne, die er brauchte, um den Schacht auszuleuchten.

Die linke Hand wiederum wurde von Alrun umklammert. Sie sagte kaum ein Wort, ging aber stolz lächelnd neben ihm her und schaute ihn immer wieder mit einem warmen Lächeln an.

Das schlechte Gewissen nagte in Finns Brust. Er wusste nicht, was ihn mit Alrun verband, mit Ausnahme der uneingeschränkten und kindlichen Zuneigung, die das Mädchen ihm gegenüber zeigte. Er mochte sie, fand aber den Wunsch nach Nähe, den sie in seiner Gegenwart zeigte, anstrengend.

»Erzähl mir, wer ich bin.«

»Du bist Finn, Sohn des Jehan und der Aveza«, antwortete sie, als hätte sie die entsprechenden Auszüge einer Chronik auswendig gelernt. »Du bist vor fünfzehn Jahren geboren worden, deine Mutter verschwand im vergangenen Winter. Seit dieser Zeit herrscht ein Ungleichgewicht in unserer Gemeinschaft.«

»Was für ein Ungleichgewicht?«, fragte Finn verwirrt.

»Ein Zirkel wie unserer besteht aus jeweils sechs eingeweihten Frauen und Männern. Hinzu kommt Kat, sie ist unser Oberhaupt. Ich bin nicht eingeweiht. Ich bin zu jung. Genau wie du.«

»Eingeweiht in was?«, fragte Finn, der überhaupt nichts verstand.

»In die Geheimnisse unserer Gemeinschaft«, antwortete Alrun, als läge das auf der Hand.

»Warum lebt ihr ...«, Finn korrigierte sich, »... warum leben *wir* so abgeschieden im Wald?«

Alrun bedachte Finn mit einem Blick, der Unglaube und Belustigung auf einmal ausdrückte. »Weil man uns verfolgt?«, sagte Alrun. »Die Menschen haben Angst vor uns, weil wir nach eigenen Regeln leben. Deswegen macht man uns für jedes Unglück verantwortlich. Ein Kind verschwindet? Wir haben es ermordet, weil unser Glauben es angeblich verlangt. Das Vieh stirbt? Der Zirkel hat die Brunnen vergiftet. Ohnehin sind wir für alle erdenklichen Krankheiten und Plagen verantwortlich. Pest, Lepra, such es dir aus. In den Städten dürfen wir weder Handel treiben noch ein Handwerk ausüben, denn man verweigert uns das Bürgerrecht. Also, wovon sollen wir leben?«

Finn schwieg betroffen. »Und was ist mit Haspoire?«

»Man erzählt sich viele Legenden über den Ort. Er ist alt, sehr alt. Vor Hunderten von Jahren hatte man dort in einem Bach Gold gefunden, doch die Quelle war schnell versiegt. Also trieb man tiefe Schächte in den Grund. Man fand auch immer wieder etwas, aber nur so viel, dass Haspoire nicht aufgegeben wurde. Eines Tages, so die Legende, war man bis zur Hölle vorgedrungen. Das Böse kam hervor und nahm von den Menschen Besitz. Sie wurden wahnsinnig, fielen übereinander her und brachten sich schließlich um. Eines Nachts brannte Haspoire nieder. Nur die Grundmauern der Häuser blieben stehen. Mit dem Schutt füllte man die Schächte auf und versiegelte sie.«

»Bis auf den Brunnen«, sagte Finn. »Warum?«

»Auch er wurde aufgefüllt«, sagte Alrun. »Immer und immer wieder. Am anderen Tag war er stets wieder frei.«

»Wer sollte so etwas tun?«, fragte Finn.

»Ich habe keine Ahnung. Aber für die Bürger der umgebenden Städte lag die Antwort auf der Hand: Es waren die Brunnenvergifter und Kindsmörder, die dafür sorgten, dass das Böse immer wiederkehrte. Kat führte damals den Zirkel in den Wald. Deswegen sind wir hier. Seit dieser Zeit nehmen wir, was die Natur uns schenkt.«

»Warum war ich in Haspoire?«

»Weil du nach deiner Mutter gesucht hast. Du bist von der Idee besessen, dass sie vom rechten Weg abgekommen und dort verschwunden ist.«

»Aber warum ist sie überhaupt gegangen?«, fragte Finn.

»Man erzählt sich viel hinter vorgehaltener Hand. Wenn du mehr erfahren möchtest, musst du deinen Vater fragen.«

»Oder Kat.«

Alrun machte eine abwägende Geste. »Ich weiß nicht, ob sie die Antwort weiß. Oder wissen will.«

»Warum?«

»Weil es sie nichts angeht? Finn, wenn eine Frau ihren Mann verlässt, gibt es meist Gründe, die nichts mit einem Fluch zu tun haben. Eher im Gegenteil. Dann spricht das Herz.«

Alrun drückte wieder Finns Hand und zuckte mit den Schultern, als bedürfe es keiner anderen Antwort.

»Wie habe ich reagiert?«, fragte er vorsichtig.

Alrun lachte auf. »Wie es keiner erwartet hatte: Du hast

deinem Vater ganz schön die Hölle heißgemacht. Jehan kann ein sehr jähzorniger Mann sein, weißt du, aber du hast dich nicht davon beeindrucken lassen. Du bist gegen ihn aufgestanden, o ja. Du hattest Angst, das konnte man sehen. Aber du bist nicht zurückgewichen. Also hast du deine Sachen gepackt und hast dich allein auf den Weg gemacht, um nach deiner Mutter zu suchen. Obwohl sie dich ohne ein Wort verlassen hat.«

»Aber …«

»Aber du hattest Glück, dass man dich in Haspoire gesucht hat.« Sie blieb stehen und sah Finn in die Augen. »Dein Vater ist kein schlechter Mensch. Ich hoffe, das weißt du.«

»Ob ich das weiß?« Finn lachte bitter. »Im Moment weiß ich noch nicht einmal, wer *ich* bin. Wie soll ich mich dann an meine Familie erinnern? An meine Freunde? Und an dich?«

»Es wird alles wiederkommen«, beruhigte ihn Alrun. »Glaub mir. Ich bin fest davon überzeugt.«

»Ich hoffe nur, dass du keine Enttäuschung erleben wirst.« Finn seufzte. Alrun würde die Wahrheit nicht sehen wollen, wenn sie eines Tages auf der Hand liegen würde. Er würde ihr Herz brechen müssen, und davor graute es ihm.

Sie hatten bei Sonnenaufgang das Dorf verlassen, und langsam erreichte die bleiche Sonne ihren umnebelten Zenit. Ihre Sinne hungerten nach Nahrung, aber die Bäume – Fichten, Buchen und Eichen – waren winterkahl und streckten ihre dünnen holzigen Finger in den Himmel. Der Wald hatte keinerlei Geruch, machte keinerlei Geräusche.

Alles war grau und braun und ohne Leben. Sie kamen an eine unbeschilderte Wegscheide, die sich erst bei genauerem Hinsehen als solche enthüllte, denn die linke Gabelung war zugewuchert. Das trockene gelbe Gras des vergangenen Jahres war kniehoch und nur von den langsam verschwindenden Spuren durchbrochen, die der Suchtrupp mit seinem Karren hinterlassen hatte.

»Rechts geht es in die Stadt«, sagte Alrun.

»Wie konnte meine Mutter nur den falschen Weg einschlagen? Wie konnte sie sich hier verirren?«, fragte Finn.

»So verlassen Haspoire auch sein mag, das Dorf ist auf eine faulige und verwesende Art lebendig«, sagte Alrun. Ihre Stimme zitterte jetzt. »Wir sollten keine Zeit verlieren. Bei Einbruch der Dunkelheit sollten wir wieder zu Hause sein.«

Alrun wollte den zugewucherten Pfad einschlagen, aber Finn hielt sie fest.

»Warum tust du das für mich?«, fragte er sie.

»Weil ich dich wiederhaben möchte«, sagte sie mit leiser Stimme. »Nichts auf der Welt ist mir wichtiger als du.«

»Alrun, ich muss dir etwas sagen ...«

»Scht«, machte sie und legte ihren Zeigefinger auf seine Lippen. »Das kannst du tun, wenn du gefunden hast, wonach du suchst. Jetzt müssen wir uns beeilen.«

Nach einer halben Stunde ließen sie das Dickicht hinter sich und traten hinaus auf ein freies Feld. Finn stockte der Atem.

Von den Häusern, die hier einst standen, waren nur noch die Fundamente übrig geblieben. Da gab es Stufen, die hinab ins Nichts führten und eingestürzte Kellergewölbe wie aufgegebene Verliese. Straßen und Wege waren wie auf einem Schachbrett rechtwinklig angeordnet. Man konnte den Grundriss von Haspoire deutlich erkennen, denn in einem Umkreis von fünfhundert Schritt war jede Vegetation verschwunden. So als hätte man nach einem Krieg Salz ausgebracht, damit über Generationen an diesem verfluchten Ort nichts mehr wachsen konnte.

»Der Schacht ist hinter der ehemaligen Eisenhütte«, flüsterte Alrun.

Der ganze Ort fühlte sich irgendwie falsch an. Zu groß, zu geordnet. Die Perfektion, mit der diese kleine Stadt geplant und gebaut war, passte einfach nicht in diesen gottverlassenen Wald mit seinen versprengten, unter armseligsten Bedingungen lebenden Bewohnern. Allein das, was Alrun *die Eisenhütte* nannte, hatte die Abmessungen eines ausgewachsenen Herrscherpalastes. Wie hoch das Gebäude dereinst in den Himmel geragt haben musste und welche Form es gehabt hatte, konnte Finn nur erahnen.

Der Schacht war ein gähnendes Loch mit einem Durchmesser von gut sechs Fuß, dessen Grund von oben nicht zu sehen war. Es gab keine gemauerte Umfriedung, keine hölzerne Überdachung, von einer Seilwinde oder anderen Hilfsmitteln ganz zu schweigen. Neben der Öffnung lag eine runde steinerne Abdeckung, zwei Handbreit dick und in der Mitte mit einem rostigen Ring versehen.

Finn trat einen Schritt zurück, sein Herz raste. Er hatte auf einmal eine panische Angst davor, sich in die Dunkelheit hinabzuseilen. Jener Dunkelheit, die ihn erst vor ein paar Tagen ausgespuckt hatte.

Finn band das Seil an dem eisernen Ring fest und ließ das andere Ende in die Finsternis fallen. Alrun entzündete mit einem Flintstein die Lampe. Er zog seine Jacke aus, damit er größere Bewegungsfreiheit hatte und atmete dreimal tief durch. Dann befestigte er die Lampe an seinem Gürtel, da er beide Hände für den Abstieg brauchte.

Alrun gab ihm einen Kuss auf die Wange.

Schließlich setzte Finn sich auf den Rand des Schachtes und seilte sich ab.

Der Schein der Laterne wurde von der spiegelglatten Oberfläche des Wassers reflektiert. Keine fünf Minuten später spürte er unter seinen Stiefeln festen Grund. Die Sohle war nicht tief, bestenfalls knöchelhoch reichte ihm das Wasser.

Er sah nach oben, und Alrun winkte zu ihm hinab.

Finn schüttelte beide Hände, um die Verkrampfung zu lösen, nahm die Lampe von seinem Gürtel und hielt sie hoch, damit der Lichtschein sich besser verteilte. Der Schacht war erstaunlich ebenmäßig, fast fugenlos ummauert. Nur eine Stelle fiel ihm ins Auge. Ein hochkantiges, halbversunkenes Rechteck, das man nur erkennen konnte, wenn das Licht schräg von der Seite kam. Finn zeichnete die Kontur mit dem Finger nach und spürte augenblicklich ein leises Kribbeln, das bis hinauf in den Ellbogen kroch. Etwas sang in seinem Kopf. Ein vielstimmiger Chor der Wut und Verzweiflung und Angst und Einsamkeit. Ein Chor, den er kannte, auch wenn er nicht wusste, woher. Er zog die Hand zurück, und die Stimmen erstarben.

»Ist alles in Ordnung bei dir?«, rief Alrun. Ihre Stimme klang weiter entfernt, als sie tatsächlich war.

»Alles ist in Ordnung«, rief er hoch. Finn begann jetzt vorsichtig, den Grund abzutasten. Er befürchtete, auf etwas Unappetitliches zu stoßen. Etwas, das in den Schacht gestürzt und hier unten verwest war. Als er etwas Rundes ertastete, das sich wie ein Schädel anfühlte, stieß er einen Schrei aus.

»Finn!«, rief Alrun.

»Schon gut! Ich suche gerade den Grund ab!« Er überwand seinen Ekel und tauchte die Hand erneut in das dunkle, schlammige Wasser. Da war es wieder! Aber es war kein Totenschädel. Dazu war es zu perfekt, zu rund. Eine Kugel, schoss es ihm durch den Kopf. Eine faustgroße Kugel in einem ledernen Beutel.

Er zog den tropfnassen Beutel heraus und betrachtete ihn im Schein der Laterne genauer. Das verzierte Leder war schwarz und fühlte sich aufgequollen an. Die punzierten Muster glänzten im Schein der Laterne, die er in der anderen Hand hielt. Er hätte die Kugel gerne herausgeholt, sie genauer in Augenschein genommen, sie auf sich wirken lassen. Aber er konnte die Lampe nicht abstellen und hatte somit nur eine Hand frei, die er dazu benutzte, sich die Tasche über die Schulter zu hängen. Dann hakte er die Lampe wieder in seinen Gürtel und machte sich an den Aufstieg.

Als er oben keuchend den Rand erreichte, packte ihn Alrun am Hosenbund und zog ihn hoch. Die Lampe erlosch. Schwer atmend drehte sich Finn auf den Rücken und umklammerte die Ledertasche, als hinge sein Leben davon ab.

»Hast du es gefunden?«, fragte sie aufgeregt.

Finn setzte sich auf, wischte sich mit dem Handrücken einen Schweißtropfen von der Nase.

»Ja«, sagte er und holte eine dunkle Kugel hervor. Aber nichts geschah mit ihm, als er sie berührte.

Und nichts geschah mit der Kugel. Sie war aus schwarzem Glas oder Kristall und erinnerte an Obsidian.

»Was ist das?«, fragte Alrun und nahm sie ihm aus der Hand.

»Ich habe keine Ahnung«, sagte Finn enttäuscht.

Alrun hielt die Sphäre ins Licht. »Ich habe mal von Kristallkugeln gehört, die einem angeblich die Zukunft voraussagen. Kat hat gesagt, das sei ausgemachter Unsinn. Kein Kristall sei in der Lage, das Kommende oder das Vergangene zu zeigen.« Sie schüttelte den Kopf und gab Finn das runde Ding zurück. »Da ist nichts.«

Es war niederschmetternd. Sie hatten sich all die Mühe gemacht, um diesen verwunschenen Ort aufzusuchen, hatten sich in Gefahr gebracht, Alrun dazu völlig ohne Not. Und was war dabei herumgekommen? Nichts. Finn war der Erkenntnis, wer er war und woher er kam, keinen Schritt näher. Und die Kugel sah aus, als hätte man sie für ein paar Groschen auf jedem Jahrmarkt erwerben können.

»Wir sollten uns auf den Heimweg machen.« Alrun schaute sich unbehaglich um, als würden tausend Augenpaare sie beobachten. »Ich möchte hier nicht länger bleiben.«

Finn teilte ihr Unbehagen. Er hasste diesen Ort, der ihm erst sein Gedächtnis und nun seine Hoffnung geraubt hatte. Haspoire war eine Totenstadt.

Eine *Nekropole.*

Ein kalter Stich durchbohrte seine Stirn, und Finn griff sich ans Herz, das für einen kurzen Moment stoppte, nur um dann in einem wild galoppierenden Rhythmus weiterzuschlagen, als wäre ihm vollkommen unvorbereitet ein lähmender Schrecken tief ins Mark gefahren. Er krümmte sich würgend nach vorne und rang nach Luft.

Alrun sprang ihm entsetzt bei, doch Finn hob abwehrend die Hand. Er stützte sich auf seine Beine. Langsam löste sich der Schmerz in seiner Brust auf.

»Finn, was ist los? Und mach mir nichts vor! Ich sehe doch, wie schlecht es dir geht.« Alruns Stimme zitterte vor Angst. »Du bist blass wie eine Leiche.«

Ich bin ja auch von den Toten aufgestanden, dachte er und lachte. Aus der Dunkelheit ins Licht emporgestiegen.

Anastasis.

Der Schmerz riss ihm beinahe das Herz aus der Brust. Finn sank mit einem gurgelnden Stöhnen auf die Knie. Und plötzlich musste er wieder lachen. Erst war es ein Kichern, das er nicht unterdrücken konnte. So als hätte jemand einen raffinierten Witz gemacht, der sich einem erst erschließt, wenn man lange genug nachdachte. Und allein das war schon komisch genug. Dann platzte ein verzweifeltes Lachen aus ihm heraus, das in heftiges Schluchzen umschlug.

»Es ist alles gut«, flüsterte Alrun. Sie nahm Finn in den Arm und wiegte ihn wie ein kleines Kind. »Ich bin bei dir und lass dich nicht allein. Aber wir sollten jetzt wirklich gehen!«

 BERIT

Halldor war nervös, denn Randaberg war in den nächsten Tagen wie ein Ententeich. Jeder, der auf einen Schlag den König und seine Jarle beseitigen wollte, brauchte nur einen gezielten Schlag ausführen und das Reich wäre führungslos. Das Hinterland mit seinen hohen Bergen war sicher, doch die zerklüftete Küste hatte eine Vielzahl kleiner Fjorde und Buchten, die nur schwer einsehbar waren. Seine Männer hatten zwar gemurrt, da sie nicht an dem Gelage teilnehmen konnten, das man mit Sicherheit noch lange besingen würde. Doch jeder wusste, was auf dem Spiel stand. Das *Thing* durfte nicht scheitern, es war mehr als eine Frage der Ehre.

Randabergs Frauen bereiteten alles für das Festmahl vor, mit dem die große Ratsversammlung ihren feierlichen Anfang nehmen sollte. Thorulf hatte in Ermangelung des nicht erlegten Wildschweins einen Mastochsen schlachten lassen, und der schon vor einigen Tagen angesetzte Met wurde auf große Krüge verteilt.

Am Nachmittag erklang schließlich lang und klagend das Signalhorn des Ausgucks, der auf einer westlich vorgelagerten Landzunge die Einfahrt in die Bucht überblickte. Im Süden, die Küste entlang, erschien an der Horizontlinie eine Vielzahl von Segeln. Eines von ihnen war rot und mit einem weit ausladenden Baum geschmückt. Yggdrasil war Haralds Wappenzeichen. Kein Drache, kein Wolf, kein Bär, sondern der Weltenbaum. Entweder ehrte er auf diese ungewöhnliche Art die Götter, oder aber Harald sah sich selbst in einer Art göttlicher Nachkommenschaft. Eskortiert wurde das Langschiff von einem halben Dutzend weiterer *Karfi*, was ungewöhnlich genug war. Meist kamen die kleineren Schiffe zum Einsatz, wenn man in einen Krieg zog, der im Binnenland ausgefochten wurde. Durch den niedrigen Tiefgang und die leichte Bauweise waren sie wendiger und konnten Flüsse befahren. Berit fragte sich, ob der Hafen groß genug war, um die ganze Flotte aufzunehmen. Doch der Landungssteg war nur für Harald freigehalten worden. Seine Gefolgsleute mussten die anderen Schiffe den flachen Strand hochziehen, und das erklärte dann auch den Einsatz der kleinen Schiffsklasse.

Berit kannte sich ein wenig mit dem Bau von Langschiffen aus. Nie waren sie das Werk eines einzigen Schiffbauers. Es gab Spezialisten für den Steven, den Kiel, die Beplankung, den Mast und das Segel. Gutes Holz zu finden war immer schwierig, und das beste war stets den Fürsten vorbehalten. Das Schiff des Königs, die *Nordir*, war perfekt und gleichzeitig eines der ungewöhnlichsten Langschiffe, das Berit jemals gesehen hatte. Es war ein Fünfunddreißiger mit siebzig Riemen, erhöhter Bordwand und einem aufgesetzten Bugkastell. Damit war es nur schwer zu entern. Doch diese Bauweise erhöhte auch den Tiefgang und machte es schwerfälliger.

Das Signalhorn ertönte ein zweites Mal. Männer und Frauen und Kinder versammelten sich jetzt am Steg, um den König und sein Gefolge willkommen zu heißen.

»Bist du bereit?«, fragte Thorulf. Er hatte seinen Mantel aus Zobel angelegt. An beiden Armen trug er Dutzende von Silberreifen, die seinen Rang als Jarl offenbarten. Nur auf seinen Stirnreif hatte er verzichtet, da er als Krone und somit als Anmaßung interpretiert werden konnte. Thorulf mochte der Gastgeber sein, aber Harald war immer noch der König.

Als die *Nordir* anlegte, wurden die Ruderschäfte eingezogen und vier Männer sprangen auf den Steg, um sie zu vertäuen. Berit hatte sich keine Vorstellung davon gemacht, wie der König der Wikinger aussehen mochte. Sie war stillschweigend davon ausgegangen, dass er so alt wie ihr Vater sein musste. Doch sie täuschte sich, denn der Mann, der mit weit ausgebreiteten Armen und strahlendem Lächeln auf Thorulf zuging, war so alt wie Halldor und verzichtete auf jeden Prunk und jedes Gepränge. Sein einziger Schmuck war ein eng vernietetes Kettenhemd, das ein Vermögen gekostet haben musste. Haralds helle Augen funkelten wach, das Lächeln war offen, gutgelaunt und selbstbewusst.

»Ich freue mich, dich bei solch guter Gesundheit anzutreffen«, sagte der König.

»Und ich freue mich, dass Ihr die Überfahrt so gut überstanden habt«, erwiderte Thorulf.

Erst jetzt fiel Haralds Blick auf Berit. Er trat einen Schritt zurück und musterte überrascht das Mädchen. »Ist das deine Tochter?«

Thorulf legte seinen Arm um Berits Schulter und lächelte.

»Unglaublich«, murmelte der König. »Sie ist Ingrid wie aus dem Gesicht geschnitten.«

Berit merkte, wie ihr das Blut ins Gesicht schoss, aber sie hielt dem Blick des Königs stand, reckte sogar herausfordernd ihr Kinn nach vorne.

Harald lachte. »Du wirst dich gut im Schildwall machen«, sagte er. »Was ist deine bevorzugte Waffe?«

»Das Schwert«, erwiderte Berit.

»Gut, gut«, sagte Harald und gab ihr einen Klaps auf die Schulter. Dann drehte er sich zu Thorulf und ließ sie stehen.

Berit wusste nicht, was sie von Harald halten sollte. Auf den ersten Blick wirkte er freundlich, geradezu verbindlich. Aber da gab es einen Zug an ihm, der sie misstrauisch machte. Die Jovialität, mit der er sie begrüßt hatte, wirkte aufgesetzt. Das war das eine. Und dann kannte sie auch seine Geschichte. Ihr Vater hatte ihr erzählt, wie er nach und nach jeden, der ihm gefährlich werden konnte, aus dem Weg geräumt hatte. Und dabei war er wenig zimperlich vorgegangen. Viele bewunderten ihn wegen dieser Stärke. Andere, zu denen auch Berits Vater gehörte, zogen es vor, Haralds Nähe nicht zu suchen, denn der König war ein unberechenbarer Mann, dessen wechselnde Launen Einfluss auf seine Entscheidungen hatten.

Thorulfs Gefolgsleute halfen Haralds Männern, die *Nordir* und deren Begleitschiffe zu entladen. Und sie verrichteten diese Arbeit stumm. Man traute einander nicht von hier bis zur nächsten Streitaxt. Ein falscher Blick, ein falsches Wort und die Fäuste würden fliegen. Erst am Abend, wenn man sich mit Met betrank und es zu ersten Zweikämpfen kam, würde die Spannung nachlassen und – vielleicht – würden sogar Freundschaften entstehen. Die Unterkunft im Langhaus war nur dem Adel vorbehalten, den Grafen und dem König. Alle anderen wurden in Zelten untergebracht, die sie selber errichten mussten.

Haralds Leute waren damit beschäftigt, ihr eigenes Lager aufzuschlagen, als schließlich zwei weitere Schiffe in die kleine Bucht gerudert wurden. Auch sie mussten auf den flachen Strand gezogen werden, da der Steg der *Nordir* vorbehalten war.

Das erste Schiff gehörte Urho dem Hemdlosen. Berit erkannte den Mann anhand der Beschreibung, die ihr ihr Vater gegeben hatte. Er war großgewachsen und so dürr wie ein Skelett, das geradewegs aus seinem dunklen Grab gekrochen war. Das schlohweiße Haar war dünn und strähnig. Die roten Augen flackerten unstet hin und her, die gelben Zähne waren zu groß für dieses schmale Gesicht. Unter dem langen Pelzmantel schaute nur ein Fuß hervor. Das rechte Bein mündete in einem runden, hölzernen Stumpf.

Der Mann neben ihm war sein Bruder Grimar. Seine Statur war so gedrungen, dass sie eine erstaunliche Ähnlichkeit mit einem gemästeten Wildschwein aufwies. Der schwarze Bart war dicht, die dunklen Augen funkelten vor Boshaftigkeit. Trotz seines dicken Bauches bewegte Grimar sich behände und flink, beinahe anmutig. Unter dem angefressenen Speck mussten sich kräftige Muskeln verbergen.

Die Gespräche wurden zu einem Flüstern, als er seinem ungleichen Bruder folgte, über die Reling sprang und den Strand hinaufkam. Sie beide schienen den angstvollen Respekt, der ihnen entgegenschlug, zu genießen. Selbst ihre eigenen Gefolgsleute hielten Abstand.

»He, Thorulf!«, rief Grimar. Schlagartig verstummte auch das letzte Gespräch. »Was ist los, ihr Stockfische? Wo ist der Graf von diesem verkackten Nest?«

Urho sagte kein Wort, sondern pfiff nur tonlos vor sich hin. Bei all seinen großen Zähnen, die er in diesem viel zu breiten Mund hatte, wirkte das Pfeifen wie der hilflose Versuch, ungewollte Küsse zu verteilen. Berit fragte sich, woher Urho den Beinamen *der Hemdlose* hatte. Das Gewand, das er trug, war einwandfrei. Helles Leinen, umsäumt von einem Muster, in dem Goldfäden eingewirkt waren.

Berit spürte, wie sich die Blicke auf sie richteten. Sie war die Tochter des Jarls. Und auch wenn sie kein Schwert mit sich führte, nahm sie all ihren Mut zusammen und trat den beiden Männern entgegen. Berit hatte keine Ahnung, wie man sich in solch einer Situation verhalten musste, aber sie fand es statthaft, Gäste mit dem nötigen Respekt zu begrüßen. Auch wenn sie ihn wie diese beiden offensichtlich nicht verdienten.

»Seid willkommen in Randaberg«, sagte Berit.

»Wer bist du?«, fragte Urho mit einer Stimme, die so wohlklingend war, dass sie seiner äußeren Erscheinung auf eine geradezu absurde Weise widersprach. Sie war tief und warm. Man fühlte sich wohl, wenn man sie hörte. Aber, das war Berit von Anfang an klar, dieser Eindruck war trügerisch. Sie hatte die Warnung ihres Vaters noch immer im Ohr.

»Mein Name ist Berit Ingridsdóttir«, sagte Berit. »Ich bin die Tochter von Thorulf Olavsson, dem Jarl von Randaberg.«

Grimar sah seinen Bruder überrascht an. »Ich wusste gar nicht, dass dieser *Arsling* ein Kind zustande gebracht hat.« Er baute sich mit verschränkten Armen vor Berit auf. Er war nicht viel größer als das Mädchen, er überragte es vielleicht um einen halben Kopf, mehr mochte es nicht sein. Berit hielt die Luft an, denn ein unerträglicher Gestank nach Fisch und vergorener Milch ging von dem Mann aus, der sie jetzt mit einer geradezu provozierenden Herablassung musterte. Schließlich gab er Berit einen Stoß, so dass sie hintenüberfiel.

»Tochter des Jarls. Aha.«

Urho hielt Berit die Hand entgegen, die sich kalt und feucht anfühlte.

»Geh und hol deinen Vater, ja? Und beeile dich.«

Berit ließ sich auf die Beine ziehen. »Ihr werdet euch noch ein wenig gedulden müssen, denn mein Vater heißt gerade König Harald willkommen.«

Sie sah die Ohrfeige nicht kommen, die ihr Urho ansatzlos verpasste.

»Beeile dich,« wiederholte er mit seiner schmeichelnden Stimme.

Berit biss die Zähne zusammen. Tränen schossen ihr in die Augen. Weniger wegen der schmerzhaften Ohrfeige als wegen der Demütigung, die ihr vor allen widerfahren war. Sie wischte sich die Nase am Handrücken ab und griff nach ihrem Jagdmesser, das sie stets mit sich führte, als sich plötzlich ein Mann neben sie stellte.

Es war Halldor.

Er sagte nichts, sondern starrte die beiden Brüder mit

einem Blick an, der ängstlicheren Naturen den Schließmuskel öffnete.

»Ihr könnt von Glück reden, dass in Randaberg die Gesetze der Gastfreundschaft großgeschrieben werden«, sagte Halldor so leise, dass nur Urho und Grimar ihn hören konnten. »Die Klinge von Berit Ingridsdóttir ist scharf. Und wenn sie euch nicht zeigt, wie scharf sie ist, dann liegt es daran, dass sie genau diese Gesetze der Gastfreundschaft nicht brechen will.«

Halldor stand den beiden Männern entschlossen gegenüber. Seine rechte Hand ruhte auf dem Knauf seines Schwertes. Es war eine beiläufig wirkende Geste, die dennoch sehr absichtsvoll war.

Grimar trat einen Schritt auf Halldor zu und sagte mit einer Mischung aus Geringschätzung, Verachtung und Hass: »Du kannst von Glück reden, dass wir uns nicht an einem anderen Ort begegnet sind. Denn sonst würdest du dich wundern, wie unappetitlich dein Innerstes aussieht, wenn es erst einmal vor deinen Füßen liegt.«

Halldor wollte gerade etwas erwidern, als ein halbes Dutzend weiterer Schiffe anlandete. Er beschloss, die Beleidigung zu ignorieren. »Thorulf Olavsson befindet sich mit König Harald im Langhaus«, sagte er. »Ihr werdet schon erwartet. Und ihr wisst bestimmt selbst, wie schnell ein König ungeduldig werden kann.«

»Ich kann meinem Bruder nur beipflichten«, sagte Urho mit seiner wohltönenden Stimme. »Dein Innerstes wird dir vor die Füße fallen, glaub mir. Nicht jetzt. Nicht heute. Aber es wird mir eine Freude sein, wenn wir uns unter anderen Umständen wieder begegnen.« Urho lächelte und entblößte dabei sein Pferdegebiss. Dann humpelte er den kleinen Hügel hinauf zum Langhaus.

Grimar blieb noch einen Moment stehen, spuckte Halldor auf die Stiefel und sagte fröhlich: »Du bist tot.« Dann folgte er seinem Bruder.

Es herrschte eine ernste Stimmung, als sich alle Grafen in der langen Halle versammelt hatten. Die Einzigen, die ihr Vergnügen hatten, waren Urho und Grimar. Sie führten sich auf, als wären sie die Herren von Randaberg und nicht Thorulf, der mit dem König in ein Gespräch versunken war und dabei immer wieder den Blick auf die beiden Brüder richtete. Außer den Grafen waren nur noch die Anführer ihrer Gefolgsleute zugegen, die einander argwöhnisch musterten.

»Das liegt daran, dass sich die meisten noch vor Jahren in einer Schlacht gegenübergestanden haben«, sagte Halldor. »Der Blutzoll, der seinerzeit entrichtet wurde, war sehr hoch.« Er zeigte auf die Brüder. »Grimar ist kein Jarl. Er hat kein Interesse an Regierungsgeschäften, die überlässt er seinem Bruder. Er führt Urhos Heer an, jeder fürchtet ihn als Feldherrn. Man erzählt sich, dass er sich nur im Schildwall zu Hause fühlt.«

Schließlich nickte Harald und setzte sich auf den Thron, der normalerweise Thorulf vorbehalten war. Stille kehrte ein. Der Jarl von Randaberg gab Halldor ein Zeichen. Alle anderen Grafen nahmen Platz. Die große Flügeltür der langen Halle wurde geöffnet, und die Bewohner Randabergs betraten die Halle.

Bevor die Ratsversammlung ihre Beschlüsse fasste, wurde Gericht gehalten. Thorulf hatte das Hausrecht, aber König Harald war höhergestellt. Also war er der Richter. Thorulf saß zu seiner Rechten und informierte den König flüsternd über die Fälle, die zur Verhandlung anstanden.

Es waren kleinliche Dinge, um die es ging. Streitigkeiten um Abgaben, uneingelöste Eheversprechen und ein angeblicher Betrug beim Handel mit Schweinen. Kein Mord, kein Totschlag, kein Diebstahl, keine Ehrverletzung.

Berit, die wie versprochen nicht von der Seite ihres Vaters wich, hörte, wie der König ihrem Vater zumurmelte: »Ganz ehrlich? Ich wünschte, dass meine Gerichtstage alle so ereignislos wären wie deine.«

»Es gibt auch andere Tage«, erwiderte Thorulf.

»Ihr führt eure Grafschaft gut«, brummte Harald anerkennend. »Viele sind neidisch auf dich.« Er schaute in Richtung der Nidhogg-Brüder. »Wie die beiden dort.«

»Ich weiß«, erwiderte Thorulf und warf Berit einen kurzen, aber sehr deutlichen Seitenblick zu, der sagte: *Du weißt Bescheid. Behalte sie im Auge.* Berit nickte knapp, um zu zeigen, dass sie verstanden hatte.

Dann stand Harald auf. »Berit Ingridsdóttir, tritt vor.«

Das Gemurmel in der Halle verklang. Stille machte sich breit, als sich alle Blicke auf sie richteten. Die Fürsten von Noreg, Sverig und der dänischen Mark drehten sich zu ihnen um und setzten sich aufrecht hin.

Thorulf sah seine Tochter eindringlich an. Erst wusste sie nicht, was ihr Vater wollte, dann verstand sie und beugte das Knie vor König Harald. Thorulf winkte Halldor heran.

»Berit, ich kannte deine Mutter gut. Wir haben Seite an Seite gekämpft«, fuhr Harald fort. »In Jotric. In Reading. Und in Mercia. Sie stand neben mir im Schildwall, zusammen mit deinem Vater, Halldor und Maja. Ingrid hat die Angelsachsen zu Dutzenden ins Jenseits geschickt. Oder wohin auch immer diese *Arslinge* gehen, wenn sie sterben. Sie schimpften deine Mutter *Billgoelstre*, die Schwerthexe. Denn sie hatte eine Waffe, die Angst und Schrecken verbreitete. Sie nannte sie *Traumsplitter*. Ein sehr schmeichelhafter Name für ein Schwert, das mühelos jede Rüstung durchdringt.«

Jetzt trat Halldor vor und überreichte Harald das Schwert in seiner Scheide. Ein Raunen war zu hören. Natürlich war jedem in der Halle *Traumsplitter* bekannt. Jeder, der Ingrid gekannt hatte, wusste Geschichten zu erzählen und Lieder zu singen, die geradezu sagenhaft waren. Doch seit ihrem Tod hatte niemand mehr das Schwert zu Gesicht bekommen.

Harald betrachtete *Traumsplitter* von allen Seiten. »Ich muss zugeben, dass ich viel dafür geben würde, diese Waffe in meinem Besitz zu sehen, denn sie macht einen so gut wie unbesiegbar.« Er sah Berit jetzt an. »Wenn man damit umgehen kann. Dass du dazu in der Lage bist, hast du bewiesen, Berit Ingridsdóttir. Mit dem heutigen Tag trittst du die Nachfolge deiner Mutter an. Du wirst ihrem Namen, deinem Vater und diesem Schwert Ehre machen.«

Damit übergab er ihr *Traumsplitter*.

Die Stille in der Halle war fast mit Händen zu greifen. Keiner schien genau zu fassen, was gerade geschah. Dass ein

Mädchen – selten genug – zu einer Schildmaid ausgerufen wurde, geschah meist auf dem Schlachtfeld und nicht bei einer Ratsversammlung.

Und dann trat Halldor vor Berit und tat das, was sie zuvor bei Harald getan hatte. Er beugte das Knie.

Ein Flüstern war zu hören, und es wurde zu einem Gemurmel, einem Geraune und schließlich zu einem Rufen, in dem endlich das Erstaunen seinen Ausdruck fand. Harald hob die Hand, und die Halle verstummte. Doch die Anspannung war deutlich zu spüren.

»Ich, Halldor Graueisen, Gefolgsmann von Thorulf Olavsson, gelobe, seine Tochter zu schützen und ihr Leben zu verteidigen. Ihr Treue zu schwören. Bis in den Tod.«

Berits Herz schlug schneller. Sie mochte es nicht, im Mittelpunkt der Dinge zu stehen. Besonders, wenn sie wie in diesem Moment die Gedanken aller Anwesenden lesen konnte: *Sie ist noch ein Kind!* Sie war die Tochter eines Jarls und damit in einer ganz besonderen Vorzugsstellung, die keiner der Männer aufzuweisen hatte, als diese in ihrem Alter waren. Sie hielten sie für eine Hochstaplerin. Am liebsten wäre sie jetzt unsichtbar, würde im Boden versinken oder sich in Luft auflösen. Aber das alles geschah natürlich nicht, so sehr sie es sich auch wünschte. Stattdessen waren alle Augen auf sie gerichtet und warteten auf eine Reaktion von ihr, die der Situation angemessen war. Doch was sollte sie sagen oder gar tun? Was erwartete man von ihr? Allen voran ihr Vater. Sie konnte nur eines machen: ihrem Herzen folgen. Also reichte sie Halldor die Hand, zog ihn auf die Füße und umarmte ihn.

»Danke«, flüsterte sie in sein Ohr. »Für dein Versprechen. Und für alles, was du für mich getan hast.«

Halldor errötete. Der Mann, der in der Schlacht das Bärenhemd anzog und den Feind mit bloßen Händen töten konnte, war verlegen wie ein schüchternes Mädchen.

Es war Maja, die den Bann brach. Sie stand auf, reckte die Faust in die Höhe und rief: »Seid ihr Männer oder Mäuse? Wir haben eine neue Schildmaid! Berit, Tochter der Ingrid!«

Halldors Männer standen auf, und schließlich auch alle Freien von Randaberg. Auch sie hoben ihre Fäuste in die Höhe!

»Berit, Tochter der Ingrid!«

Dann brachen sie in lauten Jubel aus.

Die anwesenden Jarle erwachten. Sven von Birka schlug als Erstes rhythmisch mit der Faust auf den Tisch und johlte. Dann stimmten nach und nach die anderen Grafen mit ein, bis die ganze Halle erbebte. Nur die Nidhogg-Brüder verzogen kein Gesicht und tuschelten miteinander.

Maja gab Snorri Arnthorrson ein Zeichen, und dieser stellte einen Stuhl neben Thorulf, der seine Tochter mit einer Geste anwies, Platz zu nehmen. Halldor trat beiseite und setzte sich zu seinen Männern.

Harald erhob sich. »Es gibt einen Grund, warum wir uns heute hier versammelt haben. Jeder erinnert sich an die Jahre der großen Hungersnot. Die Winter waren lang. Die Sommer kalt und verregnet. Das Getreide verfaulte an den Halmen. Viele starben in dieser Zeit. Ganze Familien verhungerten.«

Und damals, dachte Berit, *seid ihr alle über Randaberg hergefallen, um unsere Vorräte und unser Silber zu rauben. Hätte mein Vater nicht bereitwillig mit euch geteilt, würde kaum einer von euch hier sitzen.*

»Dies hier ist kein Land für Bauern. Die Böden sind zu mager, um Ackerbau zu betreiben.«

»Deswegen treiben wir Handel«, sagte Knut von Hedeby, ein beleibter Mann mit rotgeäderten Wangen.

Die meiste Zeit des Jahres arbeiteten die Familien auf dem Felde, brachten im Frühling die Saat aus und ernteten im Herbst das Getreide – wenn das Wetter mitspielte. Doch im Sommer, wenn die Stürme seltener waren und das Wetter eine gefahrlose Überfahrt erlaubte, zogen die Langschiffe gegen den Wind kreuzend nach Westen. Raub und Plünderungen wurden nicht zum Zeitvertreib betrieben. Die Überfälle sicherten vielen Familien ein zusätzliches Einkommen. Erst vor zehn Jahren war das einer Besatzung zum ersten Mal gelungen. Mit einem neu konstruierten hochseetüchtigem Langschiff hatten sie die Sicherheit der küstennahen Gewässer verlassen. Der Überfall auf ein Kloster an der storbritannischen Küste hatte eine Zeitenwende eingeläutet. Es war so einfach gewesen. Die Mönche hatten nicht damit gerechnet, dass ihnen vom Meer eine Gefahr drohen konnte. Es war wie die Einladung an einen reichgedeckten Tisch. Die Reichtümer, die die Dänen erbeutet hatten, waren sagenhaft gewesen. Gold, Silber und Edelsteine hatten die Männer und ihre Familien reich gemacht. Die Mönche hingegen wurden getötet oder versklavt. Seit dieser Zeit war die Ostküste Britanniens nicht mehr vor den Wikingern sicher.

»Oh, ich kenne eure Sorgen«, beschwichtigte Harald. »Die Überfälle und Raubzüge ruinieren euer Geschäft. Wer möchte schon mit jemandem Handel treiben, von dem man nicht weiß, ob er im nächsten Moment nicht das Schwert sprechen lässt und sich einfach nimmt, was er haben will.«

»Ja«, antwortete Knut.

Harald nickte, als habe er verstanden. »Deswegen schlage ich vor, dass wir unsere Strategie ändern. Wir überfallen Storbritannien nicht. Wir erobern es.«

»Hochfliegende Pläne!«, rief ein Jarl aus der dänischen Mark. »Und wer soll diese Unternehmung bezahlen?«

»Wir. Und die Kaufleute aus Ribe, Hedeby, Visby, Roskilde, Birka und Lund.«

Sven von Birka lachte laut auf und schüttelte ungläubig den Kopf. »Meinst du etwa, wir können Silber scheißen?«

»Nein, nein. Lass ihn ausreden. Ablehnen können wir immer noch.« Knut wandte sich an Harald. »Wie viel ist für uns drin?«

»Ein Viertel.«

»Ein Viertel?«, fragte Sven, als habe er nicht richtig gehört. Berit wusste, dass der Anteil bei Handelsfahrten für die Schiffsbauer ein Fünftel betrug.

»Ein Viertel«, wiederholte Harald. »Und das alleinige Recht, Handel treiben zu dürfen. Hinzu kommt die Befreiung vom Zehnten für fünf Jahre.«

»Was für Sicherheiten bekommen wir?«, fragte Knut. Er klang noch immer misstrauisch, doch Berit konnte bereits das Glitzern in seinen Augen sehen.

»Keine. Außer der, dass uns die Angelsachsen in keiner Hinsicht gewachsen sind.«

Ein Jarl stand auf. Es war ein alter Mann mit grauem Bart und Dutzenden von Goldreifen an seinem Arm, die ihn als großen Krieger auszeichneten. »Ich habe kein Problem, auch weiterhin allein auf Beutezüge zu gehen. Wie du sagst: Die Sachsen sind schwach, genauso schwach wie ihr Gott. Ein einziges Schiff, besetzt mit guten Männern, reicht aus, um die Flüsse hinaufzusegeln und ihre Städte zu plündern.«

»Es ist nur eine Frage der Zeit, bis die Sachsen einen Weg finden, unseren Angriffen zu widerstehen«, sagte Harald. »Sie sind vielleicht schwach, dumm sind sie ganz bestimmt nicht. Irgendwann werden sie sich zusammenschließen, genauso wie wir es planen. Wenn dies geschieht, werden wir es ungleich schwerer haben, reiche Beute zu machen.«

Tatsächlich waren die Schiffe der Angelsachsen nicht hochseetüchtig. Die Raubzüge waren ein Kinderspiel, immer noch. Doch die Frage stellte sich: wie lange?

Haralds Tonlage änderte sich. Seine Haltung war jetzt die eines Mannes, der eine Vision hatte.

»Solange sich die vier Königreiche Northumbrien, Mercia, Ostanglien und Wessex nicht vereint haben, wird es ein Leichtes sein, Britannien zu erobern. Der König Northumbriens hat sich bereits von uns kaufen lassen. Viele seiner Entscheidungen fällt er in unserem Interesse. Der König von Mercia ist schwach.«

»Und Wessex?«, fragte der alte Graf.

»Das Königreich Wessex wird zusammen mit Ostanglien unser stärkster Gegner sein. Wenn Wessex fällt, gehört Storbritannien uns. Und damit all seine Reichtümer. Aber das wird uns nur gelingen, wenn wir vereint zuschlagen. Die Zeiten, in denen jeder Graf allein auf Beutezug geht, müssen ein Ende finden. Wenn jeder nur an sich denkt, werden wir keinen Erfolg haben.«

Harald setzte sich wieder.

»Was bietet Ihr uns noch an?«, fragte der Jarl mit dem langen grauen Bart.

»Wir teilen die englischen Königreiche unter uns auf. Wir setzen Herrscher ein, die in unseren Diensten stehen. Was Rurik im Südosten gelungen ist, sollte unser Ziel für Britannien sein.«

»Rurik hatte ein anderes Ziel als wir. Ihm ging es darum, Handelswege zu sichern. Er wurde mit offenen Armen empfangen. Kiew ist ihm praktisch in den Schoß gefallen. Was wir planen, ist die Eroberung eines Reiches, das uns feindlich gesinnt ist.«

»Die sächsischen Bauern selbst werden keine Gefahr für uns darstellen«, sagte Harald. »Ob sie ihren Zehnten einem englischen König entrichten oder uns, wird für sie keinen großen Unterschied machen.«

»Gerede, heiße Luft«, rief Urho, der bis dahin geschwiegen hatte. »Sagt uns lieber, wer das Heer anführen soll!«

»Thorulf«, erwiderte Harald und gab einem seiner Männer ein Zeichen. Der brachte daraufhin eine Pergamentrolle, die auf dem Tisch ausgebreitet wurde. »Dies ist eine Karte der Ostküste Storbritanniens.« Er tippte auf einen Punkt, der eine Stadt in der Nähe einer Flussmündung bezeichnete. »Dies ist Lundenwic. Unsere Flotte wird diese Stadt erobern und zu unserem Brückenkopf machen. Von da aus werden wir alle weiteren Feldzüge in Angriff nehmen. Nebenbei, alles, was ihr bei dieser Eroberung erbeutet, gehört euch.«

Urhos Gesicht hellte sich nicht auf, ganz im Gegenteil. Und auch Berit dämmerte, was dieses Angebot bedeutete. König Harald hatte nicht nur Thorulf zum Befehlshaber über den Feldzug gemacht, sondern Berits Vater damit auch gleichzeitig zu seinem Stellvertreter ernannt.

Der alte Jarl schüttelte energisch den Kopf. »Ich werde mich niemals unter irgendein Kommando stellen.« Er stand auf und gab seinen Gefolgsleuten ein Zeichen. Ohne auch nur eine Antwort abzuwarten, verließ er die große Halle und warf die Tür hinter sich zu.

Doch alle anderen blieben.

Harald schaute von einem Jarl zum anderen. »Also sind wir uns einig?«

»Noch nicht ganz«, sagte Knut. »Woher nehmen wir die Flotte, die wir für dieses Vorhaben brauchen?«

»Wir bauen sie«, sagte Thorulf. »Hier in Randaberg. Unsere Wälder werden das nötige Holz liefern. Und ihr schickt die Männer, die wir dafür brauchen. Wie gesagt, euer Anteil beträgt ein Viertel. Das eroberte Land gehört euch. Ihr werdet den Handel kontrollieren und eine Stimme im Kronrat haben, wenn Storbritannien erobert ist.«

Urho und Grimar hatten den Ausführungen die ganze Zeit zugehört. Die Grafen der Handelsstädte schauten sich jetzt jedoch kurz an und nickten dann.

Harald grinste über beide Ohren und klatschte in die Hände. »Wo ist der Met?«

Neben den Grafen waren nur die Freien beim Gelage in der großen Halle zugegen. Männer, die ein doppeltes Leben als Bauern und Krieger führten. Viele von ihnen dienten in der Leibwache ihrer jeweiligen Herren. Ihnen gegenüber hatten sie sich zur Treue verpflichtet. Alle behandelten einander mit Respekt. Egal, ob sie Harald, Thorulf oder den Jarlen aus Noreg, Sverig oder der dänischen Mark dienten.

Das konnte man von den Männern, die Urho um sich geschart hatte, nicht sagen.

Etwas Dunkles ging von ihnen aus, etwas Bösartiges. Kaltes. Sie tranken keinen Met und aßen stumm und mit aufreizender Langsamkeit von dem Fleisch, das man ihnen aufgetragen hatte. Beides war ein Frevel, denn wer bei einem Gelage, das den Rang eines Trinkopfers hatte, keinen Becher anrührte, beleidigte die Götter und ganz bestimmt den Gastgeber. Doch niemand wagte es, Urhos Männer in die Schranken zu weisen und sie der Unhöflichkeit zu bezichtigen. Es waren Riesen. Keiner von ihnen maß weniger als sechseinhalb Fuß. Selbst der kleinste überragte Halldor um eine Handbreit. Und Halldor war der größte Mann in Randaberg. Zudem schien es, als wären Urhos Männer des gesprochenen Wortes nicht mächtig. Berit fragte sich, wo der Hemdlose diese Kerle aufgetrieben hatte, und wie es ihm gelungen war, sie an sich zu binden. Nun, vermutlich war die Antwort darauf ganz einfach. Sie lautete: mit Gold, mit Silber.

Der Respekt, dem man einem Jarl erwies, stieg mit den Reichtümern, die er bei seinen Beutezügen anhäufte. Und je größer diese Reichtümer waren, desto mehr fiel natürlich für die Gefolgsleute ab. Wäre Urho nicht so erfolgreich, so hätten sich seine Krieger ganz bestimmt einen neuen Auftraggeber gesucht. Persönliche Treue spielte bei Söldnern wie diesen keine Rolle. Was sie mit ihrem Auftraggeber verband, war die Gier nach Reichtum.

Dennoch floss das Bier in Strömen. Der Mastochse sah schon nach einer Stunde aus, als sei er unter die Wölfe gefallen. Die Männer versuchten, sich in ihrer Trinkfestigkeit zu überbieten, und wer als Erster betrunken zu Boden ging, war ein Schwächling und unwürdig, dereinst an der Tafel von Valhall mit den Göttern zu zechen. Nur wer es schaffte, mehrere volle Becher in sich hineinzuschütten, ohne sich dabei wankend zu übergeben, galt als besonders ehrbar. So gesehen war Grimar aus einem ganz besonderen Holz geschnitzt. Soviel er auch trank, es zeigte keine Wirkung. Sein Blick war klar, die Bewegungen kontrolliert und die Stimme fest.

Auch Berits Vater trank. Aber nicht so viel, wie sie es von ihm kannte. Stattdessen sah er seine Tochter mit einem Blick an, der sie verunsicherte. Und diese Verunsicherung wuchs, als er seine Hand auf *Traumsplitter* legte und das Schwert ein Stück in ihre Richtung schob.

»Geh vor die Tür«, sagte er leise in ihr Ohr. »Schau, ob draußen alles in Ordnung ist.«

Berit schaute zu Halldor, der ihr durch eine ungeduldige Geste zu verstehen gab, dass sie sich beeilen solle.

Berit trat hinaus an die frische Luft und legte dabei das Schwert an. Die Kälte war wie eine Ohrfeige und weckte ihre Lebensgeister. Der volle Mond zauberte einen silbernen

Rand an die Wolken. Das Meer lag ruhig im fahlen Licht der Nacht. Aus den Kaminen der umliegenden Häuser stieg kerzengerade Rauch auf. Die Mütter lagen zusammen mit den Kindern im Bett und schliefen. Sofern das bei diesem Lärm überhaupt möglich war.

Berit runzelte die Stirn.

Einige Männer kamen schwankend und taumelnd aus dem Langhaus, um sich in den Büschen zu erleichtern. Sie schienen Berit nicht zu bemerken und kehrten, nachdem sie ihr Geschäft erledigt hatten, zum Gelage zurück.

Berit entschied sich, den Weg hinunter zum Hafen zu schleichen, wo die Langschiffe der Grafen vertäut waren. Ein gutes Dutzend Feuer brannte im Abstand von fünfzig Schritten, um das jeweils drei Männer saßen, die auf ihre Speere gestützt Wache hielten. Alles schien in friedlicher Ordnung zu sein. Dennoch konnte Berit das Gefühl nicht abschütteln, dass auf eine ganz schreckliche Art etwas nicht stimmte.

Einer Vorahnung folgend kletterte Berit auf die *Nordir*, das Langschiff von König Harald – und rutschte augenblicklich aus. Der Boden war nass und schlüpfrig. Es roch nach Eisen. Rostigem Eisen. Berit hob die Hand. Ihre Innenfläche war schwarz. Oder rot, wenn man bedachte, dass das Mondlicht alle Farben aus den Dingen bleichte.

»Das ist Blut«, flüsterte eine Stimme neben ihr.

Berit wirbelte herum. Es war Maja, die mahnend einen Finger auf die Lippen legte.

»Geh in Deckung«, wisperte sie.

Ein Schatten auf dem Steg. Zwei. Nein, drei! Sie schienen aus dem Wasser zu steigen und bewegten sich fließend, fast körperlos in der Dunkelheit. Der volle Mond brach jetzt durch die Wolken, und Berit erkannte, dass es nicht nur diese drei Schattengänger waren. Es war eine ganze Armee, die sich aus der Dunkelheit löste und hinauf nach Randaberg zog, wo im Langhaus noch immer gezecht und getrunken wurde.

»Was ist mit den Wachen?«, fragte Berit. »Warum rühren sie sich nicht? Warum schlagen sie keinen Alarm?«

»Weil sie alle tot sind«, erwiderte Maja.

»Aber sie sitzen doch bei den Feuern!«

»Man hat die Speere in den Boden gerammt und die Körper daran festgebunden.«

Berit sprang auf, aber Maja zog sie mit einem groben Ruck zurück. »Verdammt, was hast du vor?«

Berit riss sich los. »Ich muss die anderen warnen!«, zischte sie

»Du kannst nicht zurück!«, sagte Maja. »Urhos Leute werden dich augenblicklich töten.«

»Ich will Alarm schlagen!« Berit zeigte auf den Turm am anderen Ende des Stegs.

Man schlug die Glocke nur, wenn allergrößte Gefahr für das Leben von Mensch und Vieh bestand. Jahrelang war sie stumm geblieben, Berit kannte ihren Klang nicht. Aber das sollte sich heute ändern.

»Gut«, sagte Maja. »Dann werde ich die Frauen wecken. Sie sollen sich mit den Kindern im Bergfried verschanzen.«

»Nein!«, entfuhr es Berit. »Auf gar keinen Fall!«

»Es ist der sicherste Ort!«

»Randaberg ist verloren.«

»Woher willst du das wissen?«, fragte Maja.

»Ich kann es dir nicht sagen«, erwiderte Berit. »Du musst sie hier auf die *Nordir* bringen und dann mit ihnen in See stechen.«

»Das ist Unsinn!«, sagte Maja nachdrücklich. »Hier sind so viele Krieger. Haralds Leute, die der anderen Jarle.« Sie schüttelte den Kopf. »Wir bleiben hier und verteidigen uns im Turm!«

Berit zeigte auf das Langhaus. »Unsere Männer sind alle da drin! Sie sitzen in der Falle. Es muss die *Nordir* sein. Sie ist das schnellste Schiff.«

Maja presste die Lippen aufeinander und ballte die Fäuste. »Also gut«, sagte sie schließlich.

Die Schatten hatten sich jetzt um das Langhaus versammelt und schienen auf etwas zu warten. Plötzlich sah Berit, wie in der Dunkelheit am Rande des Waldes ein Feuer entfacht wurde. Und dieser eine große Lichtpunkt gebar viele kleinere, die sich verteilten und in einer Linie anordneten.

In dem Moment, als die Feuerpfeile abgeschossen wurden und sie das Dach des Langhauses in Brand setzten, läutete Berit die Glocke.

Die Schattengänger drehten sich zum Turm um. Drei von ihnen lösten sich aus der Dunkelheit und liefen darauf zu. Einer von ihnen schoss im Laufen einen Pfeil ab. Die Spitze schlug knirschend keine Handbreit entfernt in den Balken neben ihr ein und spaltete ihn regelrecht.

Berit riss erschrocken die Augen auf, zog aber weiter am Seil. Der Klang der genieteten Eisenglocke war schrill und durchdringend.

Ein zweiter Pfeil streifte knapp Berits Wange. Ein feines Blutrinnsal lief ihren Hals hinab.

Maja, die ihre Deckung verlassen musste und nur noch wenige Schritte vom Langhaus entfernt war, wurde augenblicklich von zwei Schattengängern angegriffen. Halldors Frau zog ihre Axt aus dem Gürtel und benutzte einen Fassdeckel als Schild. Dann drosch sie, ohne zu zögern, auf die Angreifer ein. Die Männer, groß wie Urhos Gefolgsleute, waren schnell auf den Beinen, doch Maja tanzte. Ihre Bewegungen waren so fließend, ihre Hiebe so tödlich, dass Berit einen Moment mit offenem Mund stehen blieb. Dann schlug ein dritter Pfeil neben ihr ein und sie konzentrierte sich wieder auf das eigene Überleben.

Wähend sie voller Verzweiflung läute und läutete, beobachtete Berit, wie Snorris Frau und die Kinder hinten aus dem Fenster kletterten und zum Steg liefen, wo sich schon andere Mütter eingefunden hatten. Maja hatte ihnen zugerufen, dass sie nicht kämpfen sollten. Dennoch waren die Frauen bewaffnet.

Verdammt, warum öffnete sich das Tor zum Langhaus nicht? Das Dach brannte … Die Männer hätten längst herausstürmen müssen, um sich den Angreifern zu stellen. Hatten sie ihr Läuten denn nicht gehört?

Berit drehte sich um und sah die Frauen und Kinder zum Hafen laufen, als eine zweite Salve von Feuerpfeilen die Dächer der Bauernhäuser traf und sie in Brand setzte. Nun stand Randaberg fast vollständig in Flammen, ein einziges loderndes Inferno. Berit schrie vor Verzweiflung auf.

Der Wind drehte und wehte den Rauch in ihr Gesicht.

Sie hustete, Tränen füllten ihre Augen, und sie wollte vom Turm klettern, als sie unter sich auf der Leiter einen der Schatten sah. Berit trat mit ihren Stiefeln zu. Der ganz in Schwarz gekleidete Mann verlor seinen Halt, fiel zu Boden und verschmolz mit der Dunkelheit.

Berit sprang die letzten Sprossen hinab und zog *Traumsplitter*. Das Langhaus brannte jetzt lichterloh. Es war wie das Ende der Welt.

»Vater!«, flüsterte sie. Es war nicht der Rauch, der in den Augen brannte. Es war die Wut, die Verzweiflung und der Hass, die sie zum Weinen brachten. Doch warum stürmten die Männer nicht ins Freie? Warum brachten sie sich nicht in Sicherheit und attackierten die Angreifer, die Randaberg dem Erdboden gleichmachten?

Mittlerweile war das Reet ein Raub der Flammen, die jetzt auf das Dachgebälk übergriffen. Dann endlich öffnete sich die Tür. Urho trat zusammen mit seinem Bruder und dessen Männern ins Freie. Jeder von ihnen hielt eine Axt in Händen. Hinter ihnen, im Schein der Flammen, die jetzt auf das Innere der Halle erleuchteten, konnte Berit die gefallenen Jarle sehen. Niemand hatte überlebt.

Berit umklammerte den Griff ihres Schwertes und wollte losstürzen, doch sie hielt inne.

Ein Rabe war aus der Schwärze der Nacht herangeflattert und hatte sich auf einem Felsen niedergelassen. Seine Augen schimmerten im Widerschein der brennenden Häuser wie zwei schwarze Perlen. Das Summen, der Gesang, den Berit im Wald gehört hatte, als sie Eichdorns Wunde versorgt hatte, erfüllte wieder ihren Kopf. Plötzlich erinnerte sie sich wieder an alles und fühlte, wie stark das Leben in ihr war! Ihr Herz schlug kraftvoll, aber nicht ängstlich.

Es musste einer von Odins Raben sein, der ihr in dieser Stunde der Entscheidung beistand. Ob Hugin oder Munin, ob Gedanke oder Erinnerung, das wusste Berit nicht. Aber die Kraft des Lebens, die sie nun durchströmte, machte sie unverletzlich.

Sie hob das Schwert und stieß einen lauten Schrei aus. Was dann geschah, daran konnte sie sich auch Jahre später nicht erinnern. Es war wie ein Traum, wie die Durchquerung eines finsteren Tales. Die Zeit umfloss sie wie zäher Honig. Jede Bewegung ihrer Feinde vollzog sich mit einer Langsamkeit, die ihr genügend Zeit ließ, alle Angriffe in einer einzigen fließenden Bewegung abzuwehren, bis sie vor Urho stand. Sie wollte die Klinge niedersausen lassen, als sich der sirupartige Fluss der Zeit ruckartig beschleunigte und sie regelrecht von den Füßen gerissen wurde.

Urho hatte ihre Schwerthand gepackt.

In seinen Augen spiegelte sich belustigte Überraschung.

»Die Schildmaid!«, sagte er und lachte.

Erst jetzt bemerkte Berit die roten Spritzer in seinem Gesicht. Urho verdrehte ihre Hand so sehr, dass sie das Schwert fallen ließ. Grimar hob es auf und betrachtete es stirnrunzelnd. Urho nahm ihm *Traumsplitter* aus der Hand, ohne den Blick von Berit abzuwenden.

»Du siehst mich beeindruckt«, sagte er zu ihr. »Meine Männer hatten tatsächlich keine Chance. Du hattest einen guten Lehrer. Leider ist er jetzt tot.« Urho wog das Schwert in seiner Hand. »Zeit, dass du ihm folgst.«

Berit schrie auf. Thorulf richtete sich hinter Urho wie ein blutüberströmter *Fylgja* auf und rammte dem Hemdlosen etwas in den Hals. Grimar schwang seine Axt, doch Berit war schneller. Sie ergriff *Traumsplitter*, bevor das Schwert zu Boden fiel und stieß es Urhos Bruder in die Seite. Der zähe Honig umfloss Berit wieder. Alles wurde langsamer. Nur sie schien sich mit normaler Geschwindigkeit zu bewegen. Urho sank grotesk langsam auf die Knie und schnappte mit weit aufgerissenen Augen nach Luft. Thorulf hielt den Bolzen noch immer umklammert. Die Spitze war abgebrochen, doch anstatt zu verbluten, schloss sich Urhos Wunde, als würde sein Körper den Fremdkörper gierig in sich aufnehmen.

Berit stürzte auf ihren Vater zu, der aus unzähligen Wunden blutete. Es war ein Wunder, dass er überhaupt noch lebte. Sie drückte ihn schluchzend an sich. Der Honig der Zeit wurde immer zäher, und sie wünschte sich, er würde ihren Vater umschließen, sich in Bernstein verwandeln und ihn so für immer am Leben erhalten. Doch die Zeit tat ihnen nicht den Gefallen. Tränen benetzten das Gesicht ihres Vaters, der seine Hand hob und das Gesicht seiner Tochter zu sich hinabzog.

»Eoferwic …«, flüsterte Thorulf. »Eoferwic! Verstehst du?« Seine Finger verkrampften sich und krallten sich in ihren Arm.

Berit schüttelte verzweifelt den Kopf. »Nein, ich verstehe nicht.«

Thorulf wollte noch etwas sagen, aber seine Lippen bebten nur. Dann brach sein Blick, und der Griff lockerte sich.

»Nein!«, schrie Berit. »Nein, nein, nein! Du kannst mich nicht einfach allein lassen! Hörst du?«

Ihr Vater antwortete nicht.

Berit stand auf. Überall um sie herum war nur Tod und Chaos und Verwüstung. Randaberg brannte. Die ersten Häuser stürzten ein und sandten Funken in den sternlosen Nachthimmel. Hasserfüllt schaute sie auf den leblosen Körper von Urho Nidhogg.

»Ich verfluche dich!«, brach es unter Tränen aus ihr hervor. »Ich verfluche dich und deinen Bruder und eure schwarzen Seelen! Ich hoffe, Hel quält dich bis in alle Ewigkeit.«

Was sollte sie tun? Sie konnte ihren Vater nicht einfach unbestattet hier liegen lassen. Hinter ihr gab der Dachstuhl des Langhauses mit einem langgezogenen Krachen nach, stürzte aber noch nicht ein. In wenigen Minuten würden nur noch die Grundmauern stehen.

Es hatte keinen Zweck, sie musste zur *Nordir*. Die Söldnerarmee, die sich oben auf dem Berg am Waldesrand versammelt hatte, preschte jetzt die Hügelflanke hinab. Berit musste sich beeilen. Sie gab ihrem Vater einen letzten Kuss auf die Stirn, richtete sich auf und drehte sich um.

Urho stand vor ihr. Bevor sie schreien konnte, packte er sie beim Hals, hob sie in die Höhe und drückte zu.

Etwas war mit ihm geschehen. Seine Augen hatten ihre Farbe verändert. Waren sie vorher von einem hellen Grau gewesen, waren sie jetzt zwei weiße Kugeln.

Berit spürte, wie sich das Blut in ihrem Kopf staute. Sie schnappte verzweifelt seine Handgelenke, um den Griff zu lockern. Aber vergebens.

Urho sagte etwas. Es waren kehlige, hasserfüllte Worte in einer fremden Sprache und gesprochen mit einer Stimme, die ihm nicht gehörte. Sein Blick fiel auf *Traumsplitter* und er lachte mit entblößten Zähnen. Die freie Hand langte nach Berits Waffe, als plötzlich die Spitze einer Lanze aus seiner Brust drang. Er schaute an sich hinab, die Stirn gerunzelt, so dass sein Gesicht einen Ausdruck grenzenlosen Erstaunens hatte. Er ließ Berit los, und sie sank zu Boden.

»Lauf!«, schrie Maja.

Berit gab ein würgendes, schmerzhaftes Husten von sich.

»Lauf endlich!« Majas Stimme überschlug sich fast.

Doch Berit konnte sich nicht bewegen, denn was sie sah, ließ ihre Beine weich werden.

Urho hatte die Spitze der Lanze gefasst und zog sie jetzt Stück für Stück aus seiner Brust, bis er sie in beiden Händen hielt. Die Wunde, die jeden anderen Menschen getötet hätte, schloss sich wieder. Kein Blut war aus ihr herausgesickert.

Jetzt erst fand Berit die Kraft loszurennen. Maja hatte sie am Arm gepackt und einfach hinter sich hergezogen.

Urho stand noch immer vor dem Langhaus, in dem all die Wikinger gestorben waren und dessen Dachstuhl jetzt mit einem lauten Stöhnen zusammenbrach. Für einen kurzen Moment loderte es taghell auf.

»Sie sind alle tot!«, krächzte Berit.

»Ja, ich weiß«, entgegnete Maja. »Doch wir leben noch. Und wenn es nach mir geht, wird sich daran nichts ändern.«

Sie rannten den Steg hinunter und sprangen über die Reling der *Nordir*. Urhos Armee berittener Bogenschützen hatte nun Randaberg erreicht. Ein halbes Dutzend von ihnen riss die Pferde herum und hielt schon auf den kleinen Hafen zu.

Die Frauen stießen sich mit dem Ruder vom Steg ab. Kinder schrien. Das Hufgetrappel donnerte auf den hölzernen Bohlen. Eine der Frauen – Berit glaubte, Gudrun zu erkennen, die Frau des Schiffbauers – stand auf, spannte ihren kurzen Jagdbogen und schoss einen Pfeil ab, der nicht den Reiter, sondern das Pferd traf. Es strauchelte laut wiehernd, kippte zur Seite und stürzte ins Wasser, wo es augenblicklich mit seinem Reiter unterging.

Mittlerweile hatte die *Nordir* genügend Abstand gewonnen, dass keiner der Angreifer aufs Boot springen konnte, ohne dabei Gefahr zu laufen, von seiner schweren Rüstung unter Wasser gezogen zu werden. Sie kehrten um.

Berit vermutete, dass sie ein anderes Boot nehmen wollten.

»Hilf mir!«, rief Maja, und zusammen setzten sie mit zwei anderen Frauen das Segel. Der Wind wehte an diesem Tag ablandig, wenigstens dieser Stern leuchtete zu ihren Gunsten. Nach einer halben Stunde war die Küste von Randaberg in der Dunkelheit der Nacht verschwunden, die Feuer waren nicht mehr zu sehen. Nacht umfing sie, und Berit glaubte nicht daran, dass die Sonne jemals wieder für sie aufgehen würde.

 HAKIM

Sie hatten die alte Weihrauchstraße genommen, die sie über Yatrib, Petra und Bosra nach Damaskus führte – eine Handelsroute, die seit Generationen das südliche Arabien mit den Hafenstädten am Mittelmeer verband. Von da aus wurde das Harz des Weihrauchbaums in alle Welt verschifft. Seit Jahrhunderten war es eines der begehrtesten und teuersten Handelsgüter. Ein Räucherwerk, dem man heilende Kräfte bei Rheuma und Darmerkrankungen zusprach. Aber es waren vor allen Dingen die Nazarener an den nördlichen Gestaden des Weißen Meeres, die nicht genug von dem Harz bekommen konnten. Sie verbrannten es bei Ritualen, die Hakim nicht verstand und die ihm bis heute fremd waren.

Er und Ridwan hatten sich schon früh einer größeren Reisegruppe angeschlossen, die ihnen den nötigen Schutz vor Überfällen versprach. Im Gegensatz zu Hakim war Ridwan ein leutseliger Mann, der sich, wann immer er konnte, mit anderen Reisenden unterhielt und so viel Wissenswertes sammelte. Er hielt alles in einem kleinen Buch fest, das er stets mit sich führte. Dabei war er durch und durch ein Geschäftsmann, denn manchmal brachten Informationen mehr Geld ein als jede andere Ware, die über endlos lange Wege von den Kamelen durch die Wüste getragen wurden. Hakim war froh, dass er diesen väterlichen Freund an seiner

Seite hatte. Er konnte nur schwer mit Menschen umgehen, schon gar nicht mit Fremden. Ihm fehlte ganz und gar das Talent zum belanglosen Gespräch, und er hatte Angst, in seiner Unsicherheit Dinge zu sagen, die ihn oder – noch schlimmer – andere beschämen konnten. Ridwan hatte Hakim nie dazu gedrängt, gegen seine Natur zu handeln, und dafür war ihm Hakim sehr dankbar. Ihm genügte es, die Rolle des stummen, jugendlichen Reisenden zu spielen, den eine gewisse Aura des Geheimnisvollen umgab.

Je näher sie Damaskus kamen, desto stärker war die Karawanenroute in beide Richtungen bevölkert. Und als sie in der Ferne endlich den Turm des *Bab Sharqi* sahen, dem östlichen Sonnentor, spürte Hakim einen Stich in seinem Herzen.

»Willkommen daheim«, sagte Ridwan. »Nach all den Monaten der Entbehrungen wirst du heute Abend im Kreis der Familie deine Rückkehr feiern.«

»Zum Feiern gibt es keinen Grund«, antwortete Hakim schmallippig.

»Ich glaube, das werden deine Mutter und deine Schwester anders sehen.«

Hakim fiel sehr wohl auf, dass Ridwan seinen Vater dabei nicht erwähnte. »Ja, wahrscheinlich. Aber mir wäre es recht, wenn wir uns sofort mit dem Buch beschäftigen könnten.«

Sie hielten auf eine der vielen Karawansereien an der Stadtmauer zu, wobei Ridwan einen ganz bestimmten *Funduq* ansteuerte. Hakim erkannte ihn, natürlich. Es war der seines Vaters. Von hier aus war er vor wenigen Monaten nach Süden aufgebrochen, obwohl ihm die Zeit, die er in der Wüste verbracht hatte, wie ein ganzes Lebensalter erschien. Auch wenn er an seinem siebzehnten Geburtstag sterben würde, so hatte er einmal bitter gedacht, hätte er auf die eine oder andere Art ein volles Leben gelebt.

Ridwan gab die Kamele in die Obhut des *Sabi Mustaqira* und beauftragte einen Burschen, der Familie die Rückkehr ihres Sohnes anzukündigen. Hakim sah dem Jungen, der wie ein geölter Blitz durch das Sonnentor rannte, stirnrunzelnd hinterher. Dann hängte er sich die Tasche mit dem Buch um. Die restlichen Habseligkeiten würden Bedienstete mit einem Karren zum Haus seines Vaters bringen.

Ridwan sprach kein Wort, als sie sich durch den *Souk* der Geraden Straße zum Westende der Stadt drängten. Gewürzhändler boten lautstark ihre Ware feil. Es roch nach Kurkuma und Anis, Koriander und Kreuzkümmel, Nelken und Piment. Wohlriechende Seife wurde angepriesen, Seide, Teppiche und edle Tücher. Mit Pistazien und Nüssen gefüllte Süßigkeiten türmten sich in den Auslagen. Teeverkäufer, die große Kannen auf dem Rücken trugen, schenkten ihre süßen Getränke in kleinen Gläsern aus. Riesige Tabletts mit frisch gebackenem Fladenbrot wurden durch die Menge getragen, und es war ein Wunder, dass nichts zu Boden fiel. Mancher erkannte Hakim und trat respektvoll beiseite. »*Sabah el nour*«, sagten sie zu ihm. Habt einen Morgen im hellen Licht. Und Hakim nickte zurück, erwiderte den Gruß. Andere wiederum tuschelten untereinander, warfen Hakim Seitenblicke zu und machten das Zeichen gegen den bösen Blick.

Südlich der Zitadelle bogen sie in eine Seitenstraße und blieben vor einem Haus stehen, das abweisend wie eine kleine Festung war. Nur einige wenige schmale Fenster waren in die Außenwand eingelassen. Das große zweiflügelige Tor bestand aus massiven, mit schweren Beschlägen versehenen Eichendielen, die sein Vater aus Kleinasien hatte kommen lassen. Das Tor selbst hatte eine kleine Klappe, die sich jetzt öffnete, als Ridwan klopfte.

Dunkle Augen erschienen, dann wurde von innen der schwere Riegel beiseitegeschoben, und seine Mutter flog Hakim entgegen.

Hakim schämte sich. Er war ungewaschen und stank wie das falsche Ende eines Dromedars. Doch er erwiderte die Umarmung und hielt seine Mutter fest. Über ihre Schulter hinweg sah er beim Brunnen ein Mädchen stehen, das einen spitzen Schrei ausstieß.

»Hakim«, rief es, stürzte auf ihn zu und schlang seine Arme um seine Hüfte. Allen standen die Tränen in den Augen. Selbst Ridwan wischte sich mit dem Handrücken über das Gesicht. Nur Hakim fühlte sich von allem seltsam unberührt. Als wäre er nur ein Besucher, bestenfalls ein entfernter Cousin oder Freund der Familie, der nicht im eigentlichen Sinne dazugehörte.

»Wo ist Vater?«, fragte er schließlich.

Seine Mutter löste sich von ihm und sah ihren Sohn traurig an. Sie legte ihre flache Hand auf seine Brust und seufzte.

»Er ist in der Bibliothek«, antwortete seine Schwester Aischa. »Ich bringe dich zu ihm.«

»Nicht nötig. Ich kenne den Weg noch.«

»Hakim!«, rief Aischa ihm hinterher, als er sich zum Gehen abgewandt hatte.

Hakim drehte sich um.

»Schön, dass du lebst«, sagte sie.

Die Mutter blieb stumm, natürlich.

»Ja«, sagte Hakim und ließ seine Familie stehen.

Das Haus befand sich seit Generationen im Besitz der Familie seines Vaters. Es wurde immer vom Erstgeborenen zum Erstgeborenen vererbt. Diese Linie war erst mit dem Frevel von Abdul al-Hazred unterbrochen worden. Danach hatte Hakims Vater das Anwesen von seinem älteren Bruder geerbt. Und wenn er, Hakim, Opfer des Fluchs wurde, stünde seine Schwester in der Erbfolge ganz vorn. Ahmad bin-Abdul hatte Aischa schon sehr früh in alle Geschäfte mit einbezogen. Natürlich war Hakim derjenige, der irgendwann einmal die Geschäfte übernehmen würde – wenn Gott es wollte, wonach es aber im Moment nicht aussah. So gesehen war es nicht falsch, beiden Kindern Einblick in die Bücher zu gewähren, sie auf Reisen mitzunehmen und in der Kunst des Handels zu unterrichten. Hakim war seinem Vater deswegen nicht böse. An seiner Stelle hätte er genauso gehandelt.

Der Sitz der Familie war ein *Domus italica* aus der Zeit, als die Römer noch über Damaskus geherrscht hatten. Es bot allen Komfort, der den meisten anderen Häusern der Stadt fehlte: Es gab fließendes Wasser und ein *Hypokaustum*, das im Winter alle Räume auf eine angenehme Temperatur bringen konnte.

Wenn die kalten Winde vom Dschabal Qasyun herab-
wehten, konnte es in Damaskus sogar schneien. Dann freuten sich die Kinder, und die Erwachsenen fluchten, weil die
Waren verdarben und die Familien sich um die wenigen
Kamine versammeln mussten. Viele halfen sich mit Feuerschalen, aber das war gefährlich. Wenn sie umstürzten,
konnten sie in kürzester Zeit das Haus oder die ganze Straße
in Brand setzen.

Neun Räume gruppierten sich in Hakims Haus um einen
Innenhof, in dessen Zentrum ein Seerosenteich blühte. Er
war der ganze Stolz seiner Mutter, die sich um alle häus-
lichen Angelegenheiten kümmerte. Von der Zuteilung
der Bediensteten bis zur Pflege des kleinen Gartens an der
Südseite, in dem Orangen, Zitronen, Feigen und Pfirsiche
wuchsen. Es war ein Ort der Stille und der inneren Einkehr,
den Hakim liebte, da er ihn mit einer lebendigen Natur
verband, die es in der Wüste nicht gab.

Hakims Vater hatte seine Bibliothek im ehemaligen *Taber-
nae*, direkt neben dem Tor. Er musste also gehört haben, dass
sein Sohn heimgekehrt war. Und trotzdem hatte er Hakim
nicht begrüßt.

Ahmad bin-Abdul saß an einem Tisch und studierte eine
Reihe von Pergamenten, die er vor sich ausgebreitet hatte.
Er war ein schlanker, fast sehnig gewachsener Mann, der
die Askese liebte. Sein Haupthaar wie auch der sorgsam
gestutzte Bart waren grau, die braunen Augen lagen tief
in ihren dunklen Höhlen. Er trank immer noch zu wenig
Wasser, stellte Hakim fest, und wunderte sich über diesen
Gedanken. Normalerweise machte er sich keine Sorgen um

seinen Vater. Aber wenn er ehrlich war, hatte dieser Gedanke nichts Fürsorgliches. Eher war es die Feststellung, dass sein Vater halsstarrig war und sich niemals wohlmeinenden Ratschlägen öffnen würde.

Die gepflegten Hände waren schmal und feingliedrig wie die einer Frau. Es war schon lange her, dass Ahmad selbst ein Kamel aufgezäumt oder schwere Lasten getragen hatte.

»Wie war deine Reise?«, fragte er, ohne von seinen Papieren aufzuschauen.

Hakim sagte nichts, sondern holte das Buch aus dem Beutel und warf es auf den Tisch.

Die Fratze des Einbandes schickte einen stummen Schrei durch den Raum, der sich plötzlich verdunkelte.

Ahmad hielt inne. Noch immer sah er seinem Sohn nicht in die Augen. Aber Hakim konnte spüren, dass sein Vater erschrocken war. Vorsichtig schob Ahmad die Papiere beiseite, wobei seine Hand leicht zitterte.

»War es in Iram?«

»In der Bibliothek des Königs«, sagte Hakim. »Es lag in Ketten.«

Jetzt erst sah Ahmad zu seinem Sohn auf.

»Ein *Ifrit* hat mir geholfen«, fuhr Hakim fort.

Ahmad streckte die Hand nach dem *Kitab al-Azif* aus.

»Das würde ich an deiner Stelle nicht tun«, sagte Hakim hastig. Er warf ihm den Beutel zu. »Nimm das.«

Ahmad benutzte die Tasche wie einen Handschuh. »Es lässt sich nicht öffnen«, sagte er.

Hakim nahm seinem Vater das Buch aus der Hand. »Der Riemen der Schließe ist mit dem Einband verwachsen.«

»Dann sollten wir es aufschneiden.« Er griff nach einem kleinen Messer, das er stets zum Schälen von Orangen benutzte.

»Auf gar keinen Fall«, entfuhr es Hakim. »Ridwan hat das *Kitab* in ein Feuer geworfen. Ich wäre beinahe verbrannt. Deswegen möchte ich nicht herausfinden, was geschieht, wenn eine Klinge den Einband verletzt.« Er spürte, wie etwas seinen Atem einschnürte und seine Glieder schwer wurden.

»Leg es wieder hin«, sagte sein Vater.

»Ja«, keuchte Hakim. Der Schwindel, der sich seiner bemächtigt hatte, ließ augenblicklich nach.

»Es braucht deine Lebenskraft«, stellte Ahmad fest.

»Was du nicht sagst«, entgegnete Hakim.

»Ich meine das im wörtlichen Sinne«, erwiderte sein Vater und reichte ihm das Messer.

»Was soll ich damit? Mich umbringen?«

»Sei kein Narr! Das Buch braucht Blut. Dein Blut. Also wirst du es ihm geben.«

Hakim glaubte, seinen Vater nicht richtig verstanden zu haben.

Ahmad packte die Hand seines Sohnes, und bevor dieser etwas sagen konnte, hatte sein Vater ihn geschnitten.

Hakim schrie auf.

»Sei still und sieh her!«

Einige Tropfen fielen auf die Lippen des Buchdeckels. Die Verwandlung geschah augenblicklich. Das Gesicht erhielt Fülle und Farbe und bewegte sich, wenn auch nur sehr subtil.

»Mehr!«, forderte Ahmad. Als sein Sohn nicht sofort reagierte, packte er dessen verletzte Hand und drückte fest zu.

Aus den Tropfen wurde ein feines Rinnsal. Das Buch schlug die blinden, milchigen Augen auf und streckte dem Spender auffordernd eine Zunge entgegen, die gespalten wie die einer Schlange war.

Hakim wollte die Hand zurückziehen, doch der Griff seines Vaters war stärker. Erst als sich die Schließe aus dem Leder löste und das Buch aufklappte, ließ er los.

»Bei Gott«, flüsterte Hakim. »Was haben wir getan?«

»Um das Buch vernichten zu können, müssen wir es lesen, es verstehen. Wir müssen wissen, wie es entstanden ist. Und welches Wissen auf seinen Seiten festgehalten wurde.«

»Es ist ein Wissen, das nicht für uns Menschen bestimmt ist!«, schrie Hakim seinen Vater an. Er zeigte auf das Buch. »Das ist der Schlüssel zum Untergang der Welt. Abdul hat es gewusst und es deswegen in Iram versteckt.«

»Wenn er es gewusst hat, warum hat er es dann überhaupt geschrieben? Er wusste, wie man es zerstören kann. Aber er hat es nicht getan!«

»Und warum hat er es nicht getan?«, antwortete Hakim hilflos.

»Weil er wahnsinnig war!«, schrie ihn sein Vater an. »Und du weißt, was man sich über den Wahnsinn erzählt.«

»Er vererbt sich«, antwortete er.

»Richtig! Dieses Buch muss zerstört werden, da gebe ich dir vollkommen recht.« Ahmad bohrte seinen Zeigefinger in Hakims Brust. »Und wenn du einen Weg findest, der meinem ältesten Sohn nicht das Leben kostet, bist du eingeladen, dieses Wissen mit mir zu teilen. Solange das aber nicht der Fall ist, bestimme ich, was geschieht. Hast du mich verstanden?«

Hakim nickte stockend.

Ahmad setzte sich wieder auf den Stuhl. Sein Atem verlangsamte sich, und seine Stimme gewann wieder jene Ruhe, die seine Autorität so wirksam machte. »Ich kann das *Kitab* nicht anfassen. Du musst es tun.«

Also schlug Hakim es auf. Fast erwartete er, dass das Gesicht auf dem Deckel einen lauten, schrillen Schrei von sich geben würde. Doch es blieb still.

Hakim erkannte sofort, dass der Buchblock nicht einheitlich war. Die Seiten waren zwar sauber beschnitten, aber aus unterschiedlichen Materialien gefertigt. Der Einbandspiegel, der den Block am Rücken mit dem ledernen Buchdeckel verband, war nicht aus Papier, sondern hatte die Struktur eines feingewebten Stoffs.

»Es ist ein Meisterwerk«, sagte Ahmad. »In jeder Hinsicht. Schau dir die Seiten an. Zu Beginn muss es eine Sammlung loser Blätter gewesen sein. Notizen vielleicht, die erst viel später miteinander verbunden wurden. Aber es ist kein Papier. Schlag bitte die erste Seite um. Da! Siehst du?«

»Es sind unterschiedliche Arten von Pergament.«

Ahmad nickte. »Ja.« Er fuhr sich mit Hand über den stoppeligen Kopf. »Aber ich kann nicht bestimmen, woraus es gemacht ist. Pergament wird aus Tierhäuten hergestellt.« Er ging zu einem Regal, holte einen ganzen Stapel von Dokumenten hervor und breitete sie aus. »Rind. Schaf. Ziege. Tatsächlich Dromedar. Schwein …«

»Schwein?«, entfuhr es Hakim.

»Die Nazarener haben andere Sitten«, sagte Ahmad nur und deutete auf das Buch. »Das hier jedoch ist etwas anderes.« Er forderte Hakim auf, die Seiten umzuschlagen. »Welche Sprachen erkennst du?«

»Arabisch. Griechisch. Latein. Aramäisch.« Er blätterte weiter um. »Die anderen Schriftzeichen kann ich nicht entziffern.«

»Einige kommen aus dem Osten. Hier, Sanskrit. Andere stammen aus dem Westen. Das hier zum Beispiel ist Iberisch. Die nächste Seite ist auf Phönizisch verfasst.«

Hakim ging weiter durch das Buch. Seine Finger kribbelten jetzt, und der Arm wurde schwer. »Und das hier?«

Ahmad schüttelte den Kopf. »Ich habe keine Ahnung.«

Hakim schlug das Buch zu und drehte es so, dass er die Fratze auf dem Einband nicht sehen musste.

»Es gibt Schriftgelehrte hier in Damaskus. Die werden wir zu Rate ziehen.«

Ahmad zog den Beutel wieder über das Buch und legte es in eine eiserne Kiste, die in einer Ecke stand und mit einem komplizierten Schloss gesichert war. Den Schlüssel dazu trug er stets wie einen Talisman seines Reichtums um den Hals.

»Ich werde Mutter sagen, dass sie das Essen vorbereiten soll. In der Zwischenzeit kümmerst du dich um deinen Schnitt.«

Damaskus war eine laute, unruhige Stadt. Händler priesen ihre Waren an, Karren rumpelten über das Pflaster und Kinder spielten in den engen Gassen. Doch hier, im Garten hinter den Mauern seines Elternhauses, war von dem Lärm so gut wie nichts zu hören. Nur die Meisen und Sperlinge zwitscherten ihr ewiges Lied.

»Vater hat mich geschickt«, sagte Aischa. »Ich soll deine Hand versorgen.«

Hakim blickte auf. Aischa stand neben einem blühenden Rosenstrauch. In der Hand hielt sie eine Schale mit heißem Wasser.

»Du hast dich verändert, Schwester«, sagte Hakim.

Aischa lachte bitter. Sie stellte die Schüssel ab und öffnete einen Beutel, der von ihrer schmalen Schulter hing. »Hast du in der letzten Zeit einmal in den Spiegel geschaut?«

Hakim öffnete die Handfläche. Seine Schwester tauchte ein Stück Stoff in das Wasser und begann, die Wunde zu säubern.

»Du hast das Buch nicht zerstören können«, sagte sie.

Hakim schüttelte den Kopf.

»Mutter ist außer sich. Sie will dieses Werk des Teufels nicht hier im Haus haben.«

»Das kann ich verstehen.« Er sog scharf die Luft ein, als Aischa den Schnitt berührte.

»Entschuldigung«, sagte sie leise.

»Schon in Ordnung«, sagte Hakim. Tatsächlich fühlte es sich in diesem Moment wie eine Erleichterung an, den Schmerz zu spüren. »Behandelt Vater dich gut?«

»O ja«, sagte sie trocken. »Ich könnte morgen die Geschäfte übernehmen und hätte auch schon eine Idee, wie wir Kosten einsparen.«

»Er ist ein guter Lehrer«, sagte Hakim.

»Wenn man davon absieht, dass in seiner Brust kein empfindsames Herz schlägt, hast du recht. Halt still.« Plötzlich hielt sie inne und schaute ihrem Bruder zum ersten Mal in die Augen. »Wie kann er dir das nur antun?«

»Was genau?«

»Na, das hier!« Sie deutete auf seine Hand.

»Es war notwendig«, antwortete Hakim.

Aischa schnaubte verächtlich und fuhr fort, den Schnitt zu säubern. »Erstaunlicherweise entscheidet nur er, was notwendig ist.«

»Würdest du dich anders entscheiden?«

»Ich weiß nicht, was du meinst.«

»Nur ich konnte das Buch finden. Ich bin derjenige, auf dem der Fluch ruht.«

»Und das ist der Denkfehler!«, brauste Aischa auf. »Er ruht auf uns allen! Unsere Mutter weint sich jede Nacht in den Schlaf. Und was tut unser Vater? Er zieht in die Bibliothek um.«

»Ja, er löst alle Probleme auf seine sehr spezielle Art«, sagte Hakim.

»Manchmal wünschte ich mir, wir beide wären niemals geboren worden. Dann würde unsere Familie aussterben.«

»Ich glaube, unser Vater hat diese Entscheidung tatsächlich in Erwägung gezogen. Aber du kannst ihn ja mal fragen. Vielleicht gibt er dir eine ehrliche Antwort.«

Aischa sah ihren Bruder an, als hätte er seinen Verstand verloren.

Hakim lächelte jetzt und strich seiner Schwester mit der

gesunden Hand über die Wange. »Ich bin froh, dass es dich gibt.«

Aischa seufzte. »An den guten Tagen will ich glauben, dass unser Vater nur deswegen so herzlos ist, weil er Angst vor dem Verlust hat.«

»Das kann sein«, gab Hakim zu. Er drehte seine Hand um, damit Aischa den Verband anlegen konnte.

»Aber was für ein Leben ist das? Erklär es mir!«

»Es ist ein Leben ohne Angst. Kannst du es ihm verdenken?«

»Aber es ist auch eines ohne Liebe«, sagte Aischa nachdrücklich. »Es ist ungelebt.«

»Ja«, sagte Hakim leise. »Das ist es wohl.«

Das Essen wurde im alten *Triclinium* eingenommen. Ahmad hatte es wieder in seinen alten römischen Zustand zurückversetzen lassen. Die Fresken und Wandmalereien waren aufgefrischt worden, obwohl sie in ihren Darstellungen nicht mehr den gängigen Sitten entsprachen. Hakims Mutter hatte sie nie gemocht, ohne aber ihr Unbehagen in Worte zu fassen. Sie hatte nie viel gesprochen. Doch als sie dem Willen ihrer Eltern gefolgt war und Hakims Vater wegen seines Reichtums heiraten musste, war sie verstummt. Sie hatte stets ihre Pflichten erfüllt und war eine treusorgende Mutter. Aber sie sagte kein Wort.

Irgendwann hatte der junge Hakim erkannt, dass der Zustand seiner Mutter alles andere als normal war – viele Mütter waren ein nie versiegender Quell wohlmeinender Ratschläge und scharfzüngiger Urteile –, und versucht, mit ihr zu reden. Er erzählte ihr, was ihn den Tag über beschäftigt hatte, wie schön es im Garten war und wie sehr ihm dennoch die Wüste gefiel. Doch seine Mutter hatte nur gelächelt, ihm über den Kopf gestrichen und süßes Gebäck gegeben. Also hatte er irgendwann die Strategie gewechselt und versucht, ihr Fragen zu stellen. Doch die Stille, die er als Antwort bekam, war für ihn peinigender als für seine Mutter. Irgendwann war Hakim aufgefallen, dass niemand sie mit ihrem Namen anredete. Und auch er, als ältester Sohn, todgeweiht hin oder her, kannte ihn nicht. Aischa erging es ebenso. Genau das war vielleicht der Punkt: Niemand rief nach seiner Mutter, weil sie immer da war. Sagte man sich, jetzt wäre es schön, einen süßen Tee zu trinken oder einige gefüllte Weinblätter zu essen, dann stand sie schon mit einem Tablett hinter einem. So, als könne sie Gedanken lesen, war sie stets bereit zu dienen. Die Kinder hatten sich daran gewöhnt, auch wenn es manchmal unheimlich war. Hakim kam mit der Zeit zu der Überzeugung, dass sein Vater froh war, keine Frau zu haben, die Widerworte gab oder Dinge aushandeln wollte.

Diese wenig liebenswerten Züge hatte Ridwan stets seiner Frau zugeschrieben. Halb im Scherz natürlich. Aber Hakim hatte den wenig belustigten Unterton seiner Worte nicht überhört.

Trotzdem war Ahmads Frau nicht ohne Gefühle, auch wenn sie sich weigerte, diese in Worten auszudrücken. Sie lachte, was selten vorkam. Und sie weinte, was wiederum jede Nacht geschah. Wütend war sie nie. Traurig, aber nie wütend. Ridwan, der sie offensichtlich besser verstand als ihr eigener Ehemann, hatte sie einmal als Geist bezeichnet. Als jemand, der zwischen zwei Welten lebt. Nicht richtig lebendig, aber auch nicht tot.

Hakim hatte viel an Ridwans Worte denken müssen, als er Iram betreten und das *Kitab al-Azif* in die diesseitige Welt geholt hatte. Es war Hakim in den Sinn gekommen, dass auch er so etwas wie ein Geist sein musste. Heimatlos. Ungebunden.

Seine Mutter hatte gekocht und den Tisch gedeckt. *Falafel, Hummus* und *Kibbe* wurden als Vorspeisen gereicht, *Shish Kebab* und *Shish Tavuk* waren die Fleischgerichte. Jetzt kniete sie vor dem niedrigen Tisch, die Hände auf die Knie gelegt und aß nichts von dem, was sie zubereitet hatte. Stattdessen sah sie ihren Sohn mit einem durchdringenden Blick an, der jedoch nichts Prüfendes oder Abwägendes hatte.

Aischa hatte einmal versucht, das passende Wort für das zu finden, was ihre Mutter da tat, bis sie irgendwann begriff, was es war: Sie wartete.

Hakim hatte schon lange aufgehört, sich zu fragen, worauf sie wartete. Er war mit diesem Blick aufgewachsen und hatte beschlossen, sich nicht mehr von ihm aus der Ruhe bringen zu lassen. Das Wort *Warum* hatte er schon längst aus seinem Wortschatz gestrichen. Hakim blickte nie zurück. Er beurteilte einen Menschen auch nicht nach seinen Worten oder Taten, so lange beides nichts mit ihm zu tun hatte. Das machte ihn unabhängig in seinen Entscheidungen. Und diese Haltung half ihm, das Verhalten seiner Mutter nicht als Belastung zu empfinden.

Sie war eine Frau, die sich aus Pflichtgefühl nicht dem Wunsch ihrer Familie widersetzt hatte, obwohl es nur um Geld gegangen war. Hakim kannte die Eltern seiner Mutter nicht. Sie waren aus Damaskus fortgezogen, nachdem ihre Tochter Ahmad bin-Abdul in einer wenig feierlichen Zeremonie geheiratet hatte, und die geschäftliche Seite erfüllt worden war.

Hakim stellte sich vor, wie diese Familie durch das Westtor Damaskus' zog. Doch waren die Straßen nicht von Menschen gesäumt, sondern von aufgebrachten, hasserfüllten *Dschinn* und *Ghuls* und anderen Fabelwesen, die von Schabbar, dem *Ifrit*, angeführt wurden. Als Hakim seinen Blick traf, grinste der riesige Hund und ging in Flammen auf. Hakim wollte davonlaufen. Er drehte sich um, kippte jedoch zur Seite und wurde von seiner Schwester aufgefangen.

»Ich bringe dich ins Bett«, flüsterte sie.

Hakim öffnete die Augen.

Seine Mutter starrte ihn noch immer an, aber ihr Blick flackerte, als hätte etwas sie tief im Herzen berührt. Eine Träne lief ihre Wange hinab. Nur Hakims Vater zeigte keine Regung. Er sah seinen Sohn an, als wäre er Zeuge eines bestenfalls leidlich interessanten Vorfalls geworden.

Ridwan stand auf. »Ich helfe dir, Aischa.«

»Mir geht es gut«, murmelte Hakim, obwohl er wusste, dass er in diesem Moment kein besonders guter Lügner war.

Sie legten Hakims Arme über ihre Schultern, und noch bevor sie ihn in sein Bett legen konnten, war er eingeschlafen.

Am anderen Tag wurde Hakim von seinem Vater geweckt, und das war überraschend, denn er hatte dergleichen noch nie getan.

»Steh auf und zieh dich an«, sagte er. »Ich habe nach den Schriftgelehrten schicken lassen. Sie werden gleich da sein.«

Hakim rieb sich die Augen. Die letzten Reste eines Traumes lösten sich auf und wehten davon. »Ich komme«, stöhnte er.

Aber sein Vater hatte den Raum schon verlassen. Hakim schlug die Decke beiseite und stand auf.

Als er die Bibliothek seines Vaters betrat, war eine hitzige Diskussion zwischen drei Männern in vollem Gange, die jedoch erstarb, als sie seine Anwesenheit bemerkten.

»Mein Sohn Hakim«, sagte sein Vater nur.

Die drei Schriftgelehrten nahmen eine respektvolle Haltung an und verneigten sich knapp.

»Menahem ben Simon, Gottfried von Montbard und Hunain ibn Ishaq.«

»Wir freuen uns, den Sohn von Ahmad bin-Abdul kennenzulernen«, sagte Menahem, ein alter Mann mit einem langen grauen Bart und gebeugter Haltung.

Hakim wusste nicht, worin genau diese Freude bestand, und so ließ er die Höflichkeit, nichts anderes war es wohl, unerwidert stehen und setzte sich. Die drei Gelehrten warfen einander irritierte Blicke zu.

»Sollen wir beginnen?«, sagte Hakim. Er war immer noch müde und er hatte Hunger.

Ahmad zog den Schlüssel unter seinem Gewand hervor, als die Tür geöffnet wurde. Hakims Mutter trug ein Tablett mit Speisen herein, stellte es auf den Tisch und ging, ohne die Männer eines Blickes zu würdigen.

Hakim musste lächeln. Er nahm sich ein Stück Fladenbrot, trank einen Schluck Tee und machte eine einladende Geste.

»Bedient Euch«, sagte er. »Es ist früh am Morgen, und ich vermute, Ihr habt ebenfalls noch nicht gefrühstückt.«

Die drei Gelehrten sahen zu Ahmad herüber, und erst als dieser nickte, machten auch sie sich über das Essen her.

»Iram«, sagte Hunain, ein junger Mann mit lebendigen Augen. »Ihr seid wirklich in der verschollenen Stadt der Säulen gewesen?«

»Ja, das war ich«, sagte Hakim.

»Wie habt Ihr sie betreten können?«

»Ich ehre Euren Wissensdurst, Hunain«, schnitt ihm Ahmad das Wort ab. »Aber ich denke, Ihr müsst dieses Gespräch auf einen späteren Zeitpunkt verschieben.«

»Verzeiht mir, Herr, sehr wahrscheinlich jedoch wird dieser Punkt noch eine herausragende Bedeutung haben.«

»Dann werden wir ihn erörtern, wenn es so weit ist.« Ahmad öffnete die Kiste. »Hakim?«

Er stand auf und zögerte einen Moment. Das Buch mochte zwar im Moment von seinem Blut gesättigt sein, aber es fühlte sich noch immer so an, als würde er versuchen, einem tollwütigen Hund zu nahe zu treten. Wenn es etwas gab, das man mit dem absolut Bösen gleichsetzen konnte, dann war es dieses verfluchte *Kitab al-Azif.*

Die drei Weisen hielten merklich die Luft an, als er es ihnen enthüllte.

»Mein Gott«, ächzte Gottfried von Montbard.

Den Narben nach zu urteilen, musste er zahlreiche Schlachten geschlagen haben, und Hakim fragte sich, was ein Gelehrter mit dem Schwert zu schaffen hatte.

»Lebt es?« In Gottfrieds Gesicht mischten sich ängstlicher Ekel und grenzenlose Wissbegierde.

»O ja«, sagte Hakim. »Vermutlich nicht so wie ein Mensch. Aber es nimmt in seiner Boshaftigkeit alles wahr und trachtet danach, sein Wissen zu schützen.«

»Also müssen wir diesen Dämon überwinden, um in dem Buch lesen zu können«, sagte Hunain.

»Das ist bereits geschehen«, sagte Ahmad.

»Wie?«, fragte Menahem.

»Durch das Blut meines Sohnes.«

Die drei Männer sahen ihn entsetzt an.

»Das ist nicht Euer Ernst«, entfuhr es Gottfried. »Euch ist klar, dass Ihr damit seine Seele verwirkt habt.«

»Eurer Überzeugung nach vielleicht«, sagte Ahmad.

»Die Erstgeborenen unserer Familie sind an das *Kitab al-Azif* gebunden«, sagte Hakim. »Ich bin jedoch der Erste, der diese Bindung angenommen hat.«

»Oder annehmen konnte«, sagte Hunain. »Würde es Euch etwas ausmachen, es für uns zu öffnen?«

Die Gelehrten rückten näher zusammen, als Hakim es aufschlug. Das Leder des Einbandes fühlte sich feucht und klebrig an.

»Dürfen wir uns Notizen machen?«, fragte Gottfried.

»Natürlich«, sagte Ahmad. »Aber sie werden diesen Raum nicht verlassen. Solange wir nicht wissen, ob nicht auch in den Worten selbst eine unselige Macht schlummert, muss ich darauf bestehen.«

»Das ist ein verständlicher Einwand«, gab Hunain zu und holte aus seiner mitgebrachten Tasche einen Stapel neuer Pergamente und ein Tintenfass samt Feder. Er wollte sich hinsetzen, aber Hakim schüttelte den Kopf.

Ahmads Sohn hatte eine plötzliche Eingebung. Ein Gefühl, dies schon einmal durchlebt zu haben, drängte mit der Klarheit einer Erinnerung in sein Bewusstsein.

»Ihr schreibt«, sagte Hakim zu Gottfried. »In Eurer Sprache.«

»Warum das?«, fragte Menahem. »Das wird unsere Arbeit unnötig erschweren.«

Ahmad wollte etwas sagen, doch dann hielt er inne, als lauschte er einer Stimme, die nur er hören konnte.

»Tut, was mein Sohn sagt.«

»Wie stark ist Eure Verbindung zu dem Buch, Hakim?«

»Wenn Ihr es ins Feuer werft, brenne ich an seiner statt«, sagte Hakim.

»Aber Ihr sterbt nicht«, stellte Menahem fest.

»Ihr brennt innerlich und werdet wahnsinnig über den Schmerz«, sagte Hunain und sah Hakim mitleidig an. »Ist es nicht so?«

Hakim nickte.

»Was steht auf der ersten Seite?«, fragte Ahmad.

»Eine Warnung. Oder ein Versprechen. Je nachdem, wie man es betrachtet.« Menahem streckte seinen Finger aus, um mit ihm die Schrift entlangzufahren, doch Gottfried packte ihn am Handgelenk und schüttelte den Kopf.

Menahem räusperte sich entschuldigend. »*Wer immer sich dieses Buch zu eigen macht, wird über die Tore zu* Gehinom *gebieten.*«

»*Gehinom?*«, fragte Ahmad.

»Die Hölle«, sagte Gottfried.

»Abdul al-Hazred hat versucht, diese Macht zu erlangen«, sagte Hunain. »Den Preis, den er dafür zahlen musste, kennt Ihr.«

»Aber ich verstehe das nicht«, sagte Hakim. »Was habe ich davon, wenn ich über die Tore zur Hölle gebiete?«

»Ihr könnt all das Übel, das dort gefangen ist, entfesseln«, sagte Gottfried.

»Und dann?«, fragte Hakim. »Ich meine: Was für eine Macht ist das, die mir die Möglichkeit gibt, die Welt, in der ich lebe, zu zerstören? Was für einen Sinn hat sie?«

»Die Frage ist falsch gestellt«, sagte Ahmad. »Sie müsste lauten: Wie kann ich das Buch zerstören? Die Antwort steht auf diesen Seiten. Wenn wir sein Wesen erkennen, werden wir auch wissen, wie es zu vernichten ist. Wenn ich alles über meinen Feind weiß, kenne ich auch seine Schwächen.«

»Dessen bin ich mir nicht so sicher«, sagte Hakim. »Dieses Buch ist ein Schlüssel. Mehr nicht. Ich weiß nicht, ob Abdul wirklich so verrückt war, wie man sich immer erzählt. Soviel ich weiß, war er dem Leben zugewandt und nicht dem Tod.«

»Oder vielleicht ist er erst beim Verfassen des Buches dem Irrsinn anheimgefallen und hat Dinge gesehen, die seinen Verstand vergifteten«, sagte Gottfried.

Ahmad sah die Gelehrten sehr ernst an. »Dann solltet Ihr Euch in Acht nehmen, wenn Ihr das *Kitab al-Azif* übersetzt.«

Den ganzen Tag und die halbe Nacht verbrachten sie damit, die Zeichen und Buchstaben auf den verschiedenen Seiten zu entziffern. Entsetzen wechselte sich mit Überraschung ab, verwandelte sich in Staunen, nur um in fassungsloses Schweigen umzuschlagen. Es war eine anstrengende Arbeit, die die Männer geistig erschöpfte, ja geradezu auslaugte. Man stritt sich um Worte und Formulierungen, korrigierte bereits Übersetztes oder schrieb verschiedene Deutungen eines Symbols auf, wenn man sich nicht sicher war, auf was es sich genau bezog. Am Ende war das *Kitab al-Azif* weitestgehend übersetzt.

»Einige Dinge bleiben unklar«, sagte Hunain, der um Jahre gealtert schien. »Doch so viel ist sicher: Dies hier ist ein Buch der toten und verlorenen Seelen.«

»Es scheint tatsächlich einen Ort zu geben, der den Vorstellungen unseres Limbus entspricht«, sagte Gottfried.

»Und dann wiederum auch nicht«, fuhr Menahem fort. »Im Jüdischen sprechen wir vom *Tanach*, dem Ende allen Seins.«

Gottfried nickte zustimmend. Er schien, wie die beiden anderen Männer auch, in den Grundfesten seines Glaubens erschüttert zu sein.

»Abdul hat diesen Ort *Abyssos* genannt«, sagte Hunain. »Den Abgrund.«

»Wobei man sich dieses Reich nicht als tiefen, bodenlosen Schlund vorstellen darf«, sagte Menahem. »Es ist eher ein Ort ewiger Finsternis. Ganz im wörtlichen Sinne.«

»Jenes Reich ist von Seelen bevölkert, die nicht ins Licht gegangen sind«, sagte Hunain.

»Nicht erlöst wurden«, sagte Menahem.

»Ja, so könnte man es auch nennen«, sagte Gottfried.

»Manche dieser Seelen befinden sich seit Tausenden von Jahren an jenem dunklen Ort, andere sind dort erst seit kurzer Zeit«, sagte Menahem. »Wie sie dorthin gelangten, warum sie nicht ins Licht gingen, wird im Buch nicht erklärt.«

»Vielleicht könnte man sagen, sie waren noch nicht bereit für den Tod«, sagte Gottfried. »Aber das ist nur eine Vermutung.«

»Und diese Seelen wollte Abdul in unsere Welt holen?«, fragte Ahmad.

»Nein«, sagte Menahem. »Erstaunlicherweise nicht. Ihm ging es vielmehr darum, diese Seelen zu bannen.«

»Zu bannen?«, fragte Hakim.

»Er wollte sie sich vom Leib halten«, sagte Gottfried. »Sein Ziel war es, den Abgrund zu durchqueren. Er suchte dort etwas von solch herausragender Bedeutung, dass er bereit war, seine eigene Seele aufs Spiel zu setzen.«

»Schreibt er davon, welches Ziel das war?«, fragte Hakim.

»Nein«, sagte Menahem. »Aber an einer Stelle erklärt er, dass er diese Reise nicht alleine angetreten hat. Sie waren zu dritt.«

»Die wichtigste Frage bleibt jedoch unbeantwortet«, unterbrach ihn Ahmad. »Wie kann das Buch zerstört werden?«

»Darauf gibt das *Kitab al-Azif* keine Antwort«, sagte Menahem.

»Dann sind wir keinen Schritt weitergekommen!«, entfuhr es Hakim. Es war wie die Überquerung eines Gebirges. Hinter jedem überwundenen Berg türmte sich ein neuer, noch größerer auf.

»Das würde ich nicht sagen«, entgegnete Menahem. »Immerhin haben wir herausgefunden, welchen Zweck das Buch hat. Und dass es Teil einer größeren Sache war.«

»Einer viel größeren Sache«, sagte Hunain.

»So groß, dass die Frage nach Leben und Tod im Vergleich dazu nachgerade lächerlich erscheint.«

»Aber was kann das sein?«, fragte Hakim verzweifelt.

»Wir wissen es nicht. Doch manchmal hilft es, alte Spuren zurückzuverfolgen.« Gottfried forderte Hakim auf, eine bestimmte Seite aufzuschlagen. »Hier. Seht Ihr diese Notiz? Abdul hat eine Reise unternommen, die für ihn sehr wichtig gewesen sein muss. Er suchte nach Antworten auf ganz bestimmte Fragen. Und er hoffte, sie an genau diesem Ort zu finden.«

»Ich hatte bis zu diesem Zeitpunkt noch nie von ihm gehört«, gab Hunain zu.

»Von welchem Ort redet Ihr?«, fragte Ahmad.

»Ich kenne ihn«, sagte Gottfried. »Die Stadt gibt auf den ersten Blick nicht viel her. Aber dort befindet sich eine Abtei mit einer herausragenden Bibliothek. Die Angelsachsen nennen sie die *Stadt der Eber*. Eoferwic.«

Hakim hatte wie sein Vater noch nie etwas von dieser Stadt gehört, obwohl die Familie schon seit langer Zeit Handelsbeziehungen mit Cornwallis pflegte, der südwestlichen Halbinsel Britanniens. Das Zinn, das dort geschürft wurde, hatte eine außerordentliche Qualität.

Mit dem Wissen, das Ahmad nun hatte, konnte er die nächsten Schritte planen, natürlich ohne seinen Sohn in diese Planungen mit einzubeziehen – was Hakim eigentlich recht war, denn so konnte er sich um seine eigenen Angelegenheiten kümmern.

Die drei Schriftgelehrten, die Ahmad bei allem, was ihnen heilig war, schwören mussten, niemandem etwas von der Zusammenkunft der letzten Tage zu berichten, waren gegangen. Das Entsetzen, das sie nach der Arbeit mit dem *Kitab al-Azif* erfüllte, hatte sich tief in ihre Seele gegraben. *Das Buch des Wisperns* hatte ihnen den Einblick in ein verstörendes Weltgefüge gegeben, das auf Wahnsinn, Boshaftigkeit und Verzweiflung ruhte. Nun verstanden sie, wie groß Abdul al-Hazreds Frevel gewesen war.

Und es hatte sie in der Überzeugung bestärkt, dass es allein für das Seelenheil wichtig war, nicht vom rechten Weg abzukommen und der Macht – oder zumindest ihrem Missbrauch – zu entsagen. Nein, sie würden bestimmt nichts verraten. Und wenn, dann um die Gerüchte verstummen zu lassen, die man sich wegen des Fluchs noch immer hinter vorgehaltener Hand erzählte.

Also nutzte Hakim die Zeit, kopierte die Zeichnungen, die im *Kitab* enthalten waren, und fügte sie der Übersetzung der drei Weisen hinzu.

Abyssos war ein irritierender Begriff, denn er ließ vermuten, dass es sich bei diesem dunklen Reich um eine Kluft handelte, einen Abgrund, der wie ein Trichter in sieben Kreisen einem Nullpunkt zustrebte. Aber das Gegenteil war der Fall.

Die Unterwelt strebte in die Höhe, Abdul hatte eine sehr genaue Skizze angefertigt, die keinen Zweifel aufkommen ließ. Die unterste Ebene war, wie alle anderen, die auf ihr aufbauten, kreisrund. Ihren Durchmesser hatte Abdul auf siebenhundert Meilen geschätzt, die nächste hatte sechshundert, die dritte fünfhundert. Die Spitze des Berges, auf dem ein Licht leuchtete, musste demnach einen Durchmesser von hundert Meilen haben. Ob die letzte Stufe flach oder ein steil aufragender Berg war, darüber machte Abdul keine Angaben. Auch über die Höhe der Steilwände, die hinauf zur jeweils nächsten Ebene führten, hatte er nichts geschrieben. Dafür war er in der Beschreibung der Wesen, die dieses Reich der Finsternis bevölkerten, sehr genau.

Das Bestiarium des *Abyssos* war so groß wie erschreckend. Manche der gigantischen Wesen hatten die Flügel einer Fledermaus und den Kopf eines Tintenfisches. Andere waren ein Haufen sich bewegender Augen in einem Körper, der wie vergorener Brotteig aussah. Ein anderer sah wie ein Fischmensch aus, mit Kiemen und Schwimmhäuten an Händen und Füßen. Sie alle, fünfundfünfzig waren es an der Zahl, repräsentierten die vier Elemente Erde, Wasser, Feuer und Luft. Beim Versuch, ihre Namen auszusprechen, versagte Hakims Zunge ihren Dienst.

Und dann gab es noch die Seelen, die in der Finsternis

gestrandet waren. Wohl weil sie vom Übergang vom Leben in den Tod das Licht auf dem Berg mit dem Licht der Erlösung verwechselt hatten. Manche, wie Abdul, hatten mit Absicht diesen Ort der Verzweiflung aufgesucht, weil sie dort etwas zu finden hofften, das der Verfasser der Schriften nicht genauer beschrieb. Aber es musste etwas Bedeutendes sein. Etwas, das den Einsatz von Leib und Seele rechtfertigte, weil am Ende etwas gewonnen wurde, das größer als die Welt und das Universum war.

Eine Woche brauchte Hakim, um die Kopie des *Kitab* zu vollenden. Er nummerierte die einzelnen Blätter und band sie zu einem Buch zusammen, das er getrennt vom *Kitab* in einer zweiten Tasche aufbewahrte.

Hakim saß in der Bibliothek seines Vaters, und gemeinsam betrachteten sie eine Karte des Frankenreichs und des angrenzenden Al Andaluz.

»Werde ich den Landweg nehmen?«, fragte Hakim.

»Nein«, sagte Ahmad. »Das wäre zu gefährlich. Die Reiche auf diesem Kontinent zerfallen und ordnen sich gerade neu. Überall herrscht Krieg. Du wirst den Seeweg nehmen, vorbei an den Säulen des Herkules hinauf nach Norden.«

»Das ist ein Umweg von mehreren Wochen«, sagte Hakim.

»Ja. Ich hatte überlegt, dir einige Männer unter der Führung Ridwans zur Seite zu stellen, um den Landweg zu nehmen. Aber das würde nur zu viel Aufmerksamkeit erregen. Eine Gruppe von Arabern, die durchs Frankenreich reist, würde sich sehr schnell Anfeindungen ausgesetzt sehen. Wahrscheinlich würdet ihr schon in Massilia den Tod finden. Man hat uns die Eroberung Iberiens bis heute nicht verziehen. Nein, du wirst allein unter falschem Namen reisen. Bis zu deinem vorbestimmten Tod wirst du nicht sterben können. In der Hinsicht hatte der *Ifrit* recht. Obwohl ich ihm sonst nicht trauen würde.«

»Dann kann Ridwan zu seiner Familie zurückkehren, das wird sie freuen«, sagte Hakim, der den bitteren Zynismus in seiner Stimme nicht gänzlich unterdrücken konnte.

»Du wirst dich in fünf Tagen auf der *Arete* einschiffen«, sagte Ahmad. »Ihr Heimathafen ist Tyros, der Eigner ist Demetrios Nikolaidis. Du wirst dich als sykelischer Kaufmann ausgeben, der in den Bernsteinhandel einsteigen möchte.« Hakims Vater tippte auf die Karte. »Demetrios wird dich nach Dorestad bringen. Von da aus setzt du deine Reise fort.«

»Und das *Kitab*?«

»Ich habe lange nachgedacht. Am liebsten würde ich es hier in der Kiste verschließen. Aber wir dürfen keine Zeit verlieren und können nicht auf deine Rückkehr warten. Du wirst es mitnehmen.«

»Wenn die *Arete* in fünf Tagen ablegt, muss ich morgen aufbrechen.«

»So ist es geplant«, sagte Ahmad. »Du hast also noch genügend Zeit, Abschied zu nehmen.«

Sie saßen zu dritt im Garten und schwiegen sich an. Ridwan hatte anfangs versucht, mit einer Reihe heiterer Geschichten die Stimmung aufzulockern. Aber das Bemühen war so hilflos gewesen, dass auch er schließlich verstummte.

»Ich verstehe nicht, warum Vater dir nicht Ridwan zur Seite stellt«, platzte es aus Aischa heraus. »Diese Reise ist gefährlich!«

»Jede seiner Reisen bisher war gefährlich«, sagte Ridwan. Er hatte sich gegen die Mauer gelehnt, die Arme vor der Brust verschränkt.

»Mir wird nichts passieren«, sagte Hakim.

»Wer sagt das?« Aischa konnte ihre Wut nur schwer bezähmen.

»Mein Schicksal«, sagte Hakim. »Und die Logik. Ich werde erst am mir vorherbestimmten Tag sterben. Solange bin ich sicher. Der Einzige, der sich in Gefahr begeben würde, ist Ridwan. Nein, es war die richtige Entscheidung.«

»Man kann über deinen Vater sagen, was man will – dass er gefühllos und hartherzig ist – aber er ist in keinem Fall dumm«, sagte Ridwan. »Und vielleicht ist es richtig, in diesem Spiel alle Gefühle aus der Gleichung herauszunehmen. Mir tut es nur leid für dich.«

Hakim zuckte mit den Schultern. »Ich muss meine eigene Reise antreten. Wie jeder von uns.« Er lächelte seine Schwester an. »Du wirst irgendwann das Oberhaupt dieser Familie sein. Ich hoffe, du wirst sehr viele Kinder haben. Und dass keines von ihnen vor seiner Zeit sterben muss.«

Tränen schossen Aischa in die Augen. »Wir werden uns nicht mehr wiedersehen«, sagte sie. »Ist es nicht so?«

»Ich weiß es nicht«, sagte Hakim.

Wie oft hatte er sich gefragt, ob es nicht besser wäre, die letzten Wochen und Monate im Angesicht des sicheren Endes einfach zu leben. Zu genießen. Der Welt mit offenem Blick zu begegnen. Niemand hätte Erwartungen an ihn. Er könnte tun und lassen, wonach immer ihm der Sinn stünde. Aber was würde das für seine Familie bedeuten? Ganz besonders für seine Schwester, denn sie würde Kinder haben wollen. Das war es, was ihn antrieb. Er tat es nicht für seinen Vater oder für seine Mutter oder für sich. Hakim tat es für seine Schwester. Er wollte ihr die Angst um das erstgeborene Kind nehmen. Und um die Kindeskinder, die danach kommen würden. Man sagt immer, dass Angst nur da wachsen kann, wo Dinge einen unsicheren Ausgang haben. Das war falsch. Man konnte auch Angst vor einem unentrinnbaren Schicksal haben, das nicht nur einen selbst betraf, sondern all die Menschen, die man liebte. Er erhob sich.

»Ich breche jetzt auf.«

Ridwan umarmte ihn lang und ohne Worte. Auch er, der alte Wüstenpirat, hatte Tränen in den Augen.

»Sagst du Mutter noch Lebwohl?«, fragte Aischa. »Sie sitzt in der Küche.«

Der Schmerz schnitt tief in Hakims Herz. Für sie, die keine Worte mehr für das Elend fand, in dem ihre Familie lebte, musste Hakims Abschied besonders leidvoll sein.

»Ich rede mit ihr«, sagte er, gab seiner Schwester einen Kuss auf die Stirn und verließ den Garten.

Als Hakim in die Küche kam, war seine Mutter nicht mehr dort. Er klopfte an ihre verschlossene Tür, aber sie blieb verschlossen. Also ging er in sein Zimmer, schulterte die beiden Taschen und öffnete das Tor. Er atmete tief durch und trat hinaus auf die Straße. Hakim versagte sich einen letzten Blick auf das Haus, in dem er aufgewachsen war.

So sah er nicht seinen Vater, der die Hand zum Abschiedsgruß erhoben hatte und dann, als Hakim in der Menge verschwunden war, das Tor wieder verriegelte.

 BERIT

Maja hatte in dem kleinen Stauraum vorne am Bug einige muffig riechende Felle und Decken gefunden, die sie den vollkommen verstörten und verängstigten Kindern gegeben hatte. Alle anderen waren dem Wetter und den kalten Temperaturen schutzlos ausgeliefert. Sie hatten kein Trinkwasser, und der Proviant beschränkte sich auf einige klägliche Reste Stockfisch, die von der letzten Fahrt noch übrig geblieben waren. Aber sie hatten Glück, denn achtern fanden sie drei Äxte und ein halbes Dutzend Jagdbögen mit den passenden Pfeilen.

Als sie weit genug auf offener See waren, setzten sie das große Segel. Der Wind war nicht kräftig, doch reichte er aus, das Schiff durch die sanften Wellen zu schieben. Die Ruder wurden eingezogen, die Löcher wieder mit Holzpfropfen verschlossen.

»Wohin segeln wir?«, fragte Berit.

»Es gibt weiter nördlich genügend Inseln, die groß genug für eine Quelle sind«, sagte ihre Ziehmutter müde. »Dort können wir uns in einer Bucht verstecken, jagen und beratschlagen, wie wir weiter vorgehen.«

Die Inseln, von denen Maja gesprochen hatte, kamen kurz nach Sonnenaufgang in Sicht. Maja deutete auf die westlichste von ihnen und legte einen neuen Kurs fest. Fünfhundert Schritt vor dem Ufer holten sie das Segel ein und führen die Ruder aus. Das Schiff wurde an Land gezogen und für die Kinder eine Zeltplane an Deck aufgespannt, die am Mast befestigt wurde, damit sie eine trockene Schlafstatt hatten.

Die Frauen wussten, was zu tun war. Sie machten sich auf die Suche nach Brennholz und achteten darauf, dabei immer in Sichtweite der anderen zu bleiben. Schließlich, so hatte Maja gesagt, wisse man nicht, wer oder was nur auf eine Gelegenheit wartete, über sie herzufallen.

»Ein seltsamer Ort«, sagte Gudrun und verzog missmutig das Gesicht. Sie schaute sich um, als würde hinter den umgestürzten Bäumen am Waldrand etwas auf sie lauern. Berit musste der Frau des Schiffbauers recht geben. Dies hier war ein befremdlicher Ort. Schon als sie sich der Insel genähert hatten, war ihnen der alles umhüllende Dunst aufgefallen. Es war kein richtiger Nebel, doch verschluckte der graue Schleier das Licht der Sonne. Ein bedrückendes Gefühl der Verlassenheit kroch in Berits Herz. Und auch den anderen schien es nicht besser zu gehen.

»Ich hoffe, dass die Insel mehr als Kaninchen zu bieten hat«, sagte Maja, als sie die Sehne auf den Bogen spannte und den Köcher anlegte. »Komm mit, Berit.«

Sie kletterten über einige große Felsen und näherten sich dem Waldrand. Maja blieb stehen.

»Das sind Brombeersträucher«, stellte sie ungläubig fest. »Mit reifen Früchten. Unmöglich zu dieser Jahreszeit.«

Berit streckte die Finger nach ihnen aus, doch Maja hielt sie zurück.

»Ich würde hier an deiner Stelle nichts anrühren.«

Sie zog die Axt aus ihrem Gürtel und hieb auf das Strauchwerk ein, doch es war einfach zu dicht und die Zweige zu nachgiebig. Sie seufzte.

»Rechts oder links?«, fragte Berit.

»Wie meinst du das?«

»Gehen wir rechts oder links entlang? Irgendwo gibt es bestimmt einen Durchgang.« Berit hielt inne. »Die Insel macht dir Angst.«

»Dir nicht?«, fragte Maja. Sie sah sich unbehaglich um. »Wir müssen auf der Hut sein. Und dürfen uns auf keinen Fall aus den Augen verlieren.«

Berit nickte. Sie hielt das für eine außerordentlich vernünftige Idee.

Keine zweihundert Schritte waren sie gegangen, als sie das Rauschen eines kleinen Flusses vernahmen. Maja schöpfte etwas Wasser mit der hohlen Hand und roch daran, ohne davon zu trinken.

Sie folgten dem knöcheltiefen Bach in einen Wald, der so tief und dunkel war, dass er jedes Geräusch verschluckte.

Berit sah aus den Augenwinkeln, dass Maja die Axt noch immer nicht weggesteckt hatte. Nun zog auch sie das Schwert aus seiner Scheide und umklammerte den Griff mit beiden schweißnassen Händen.

Schließlich betraten sie eine Lichtung, und der Dunst hob sich wie ein feiner Schleier und löste sich schließlich auf. Über ihnen wölbte sich ein blauer, wolkenloser Himmel.

Berit ließ das Schwert sinken und riss die Augen auf.

»Eichdorn!«, flüsterte sie.

Inmitten der Lichtung stand ein gewaltiger Hirsch, der ohne Scheu zu ihnen herüberblickte.

»Was sagst du da?«, wisperte Maja. »Du siehst Eikthyrnir?«

»Ja!« Berit zeigte in die Richtung, wo das riesige Tier stand. »Siehst du ihn nicht?«

»Nein«, antwortete Maja.

»Aber er steht keine zehn Schritte von uns entfernt!« Berit steckte *Traumsplitter* weg und trat auf den Hirsch zu. Sie streckte ihre Hand aus und berührte ihn an der Flanke, wo ihn der Pfeil getroffen hatte. Die Wunde war gut verheilt.

»Es ist schön, dich wiederzusehen, Eichdorn«, sagte sie.

Der Hirsch senkte seinen Kopf, so dass sich ihre Blicke auf Augenhöhe treffen konnten.

»Ich bin nicht Eichdorn«, sagte er mit einer Stimme, die einem heranwachsenden Burschen zu gehören schien. »Ich bin dein *Fylgja*.«

»Mein Folgegeist!«, flüsterte Berit.

»Ja.«

»Hast du einen Namen?«, fragte Berit.

»Nein. Aber wenn du möchtest, kannst du mir einen geben.«

Berit dachte kurz nach. »Eyvindr würde passen. Gefällt er dir?«

»Ja. Er ist angemessen.«

»Berit! Verdammt noch mal, mit wem redest du da?«, rief Maja.

»Mit meinem *Fylgja*.«

»Dein *Fylgja*? Aha. Was du nicht sagst. Dann frag ihn mal,

wo wir hier sind. Das würde mich dann doch mal interessieren«

»Wir haben die Insel hierherbewegt«, sagte Eyvindr. »Sie ist eure Zuflucht. Zumindest für eine gewisse Zeit. Der Pfeil, der mich verletzte, galt eigentlich dir.«

»Was?«, entfuhr es Berit.

»Es gibt eine Macht, die versucht, die Grenze zwischen den Welten durchlässiger zu machen. Und das schon seit einiger Zeit. Deine Mutter war das erste Opfer. Die Dunkelheit breitet sich immer mehr aus und hat einen Weg in deine Welt gefunden.«

»Urho!«

»Die Seele, die in ihn gefahren ist, sucht dich. Das ist das Einzige, was ich dir sagen kann. Hier auf der Insel seid ihr in Sicherheit. Doch diese Sicherheit hat ihren Preis.«

»Welchen?«, fragte Berit.

»Wie ich bereits sagte, haben wir die Insel hierherbewegt. Ihre Wurzeln befinden sich aber noch immer in unserer Welt. Die Zeit folgt … anderen Regeln. Sie vergeht langsamer.«

»Wie langsam?«

»Ein Tag hier kostet euch sieben Tage in eurer Welt«, sagte Eyvindr. »Es tut mir leid. Aber wir haben nur diesen einen Weg gesehen, dich zu retten.«

»Also sollten wir uns hier nicht allzu lange aufhalten«, sagte Berit.

»Es zählt nicht jede Stunde. Doch wenn euer Proviant aufgefüllt ist und ihr wieder zu Kräften gekommen seid, solltet ihr aufbrechen.«

Berit nickte.

»Es gibt Regeln, die ihr beachten müsst, solange ihr unsere Gäste seid«, sagte Eyvindr nachdrücklich. »Ihr dürft nicht auf die Jagd gehen. Kein Tier darf getötet werden! Kein Baum ohne unsere Erlaubnis gefällt werden. Hast du mich verstanden?«

»Ich habe dich verstanden. Aber wovon sollen wir leben? Wie sollen wir unseren Proviant auffüllen, wenn wir nicht jagen dürfen?«

»Mach dir keine Sorgen. Wir werden uns um euch kümmern. Der Blick der Menschen ist begrenzt. Ihr glaubt, ihr seid allein und deswegen gehört alles euch. Doch das ist ein Irrtum.«

»Alles ist mit allem verbunden«, sagte Berit leise.

»Deine Reise hat gerade erst begonnen. Du wirst lernen, was es heißt, dass alles mit allem verbunden ist.« Eyvindr trat einen Schritt zurück. »Ich muss jetzt gehen. Es gibt Dinge, die meiner Aufmerksamkeit bedürfen.«

»Ich kann auf deine Hilfe bauen?«

»Wenn es darauf ankommt, stehe ich an deiner Seite.« Mit diesen Worten drehte sich der *Fylgja* um und verschwand im Wald.

Berit sah Maja an. »Er ist fort.«

»Aha«, machte Maja nur. »Schön. Und was essen wir jetzt?«

Berit zeigte auf eine Stelle hinter Maja. Vier große Körbe standen da. Und sie waren bis an den Rand gefüllt mit Käse, Butter, Äpfeln, Nüssen und Beeren. Maja öffnete einen tönernen Krug.

»Honig!« Sie steckte zwei Finger hinein und leckte sie ab. Berit schaute in zwei Beutel. »Und hier sind Brote. Riechst du es? Sie sind frisch gebacken.«

»Was hat dir dein Folgegeist gesagt?«

»Das erzähle ich dir, wenn wir den Proviant zu den anderen an den Strand gebracht haben.«

Als sie alle beieinandersaßen und sich am Feuer wärmten, berichtete Berit von ihrer Begegnung mit Eyvindr. Sie ließ nichts aus und begann ihre Geschichte mit dem Tod ihrer Mutter. Die Frauen und Kinder hörten stumm zu.

»Urho ist also besessen«, sagte Bera. »Oder wie darf ich das verstehen?«

»Ich glaube, dass alles mit dem Pfeil zu tun hat«, sagte Berit nachdenklich. »Meine Mutter hat sich deswegen das Leben genommen.«

»Aber es war kein Gift«, sagte Maja.

»Nein, auch wenn mein Vater das glaubte«, sagte Berit.

»Du glaubst, in der Spitze war ein … ein böser Geist, der einen neuen Körper suchte?«, fragte Gudrun. Sie hatte ihre kleine Tochter an die Brust gelegt, doch das Kind war nach wenigen Schlucken leise schnarchend eingeschlafen.

»Ja«, sagte Berit.

»Aber wie kam der Pfeil in unsere Welt?«, fragte Maja.

»Und wer hat ihn abgeschossen?«, ergänzte Bera lautstark. Gudrun bedeutete ihr, etwas leiser zu sein, um das Kind nicht zu wecken, und Bera hob entschuldigend die Hände. »Es muss jemand sein, der diese Mission schon sehr lange verfolgt.«

»Aber warum war meine Mutter das Ziel? Warum ich?«

Maja deutete auf Berits Schwert, das neben ihr im Kies lag. »Vielleicht wegen *Traumsplitter*?«

»Ja. Vielleicht«, gab Berit zu. Sie dachte nach. »Mein Vater wusste mehr über die Geschichte dieses Schwertes. Seine Herkunft, seine Fähigkeiten. Und warum es nun mir gehört. Aber er starb, bevor er mir alles erzählen konnte. Nur ein Wort brachte er noch hervor: Eoferwic.«

»Das ist eine Stadt in Storbritannien«, sagte Maja.

»Du kennst sie?«, fragte Berit.

»Ob ich sie kenne?« Maja lachte. »Ich habe sie zweimal überfallen und ausgeplündert.«

»Was ist an ihr so besonders?«, fragte Gudrun.

»Sie ist die Hauptstadt des Königreichs Northumbrien. Halldor hat einmal gesagt: ›Wenn man diese Scheißinsel erobern will, muss man zwei Städte einnehmen: Eoforic und Lundenburgh.‹«

»Dann sollten wir nach Westen reisen«, sagte Berit.

»Zu den Angelsachsen?«, fragte Maja. »Hast du den Verstand verloren? Eoferwic ist von uns so oft heimgesucht worden, dass man uns ganz bestimmt nicht mit offenen Armen aufnehmen wird.«

»Da wäre ich mir nicht so sicher«, sagte Berit. »Wir werden die Angelsachsen vor einem Eroberungszug der Wikinger warnen. Und nicht nur das. Wir werden ihre Flotte auf Vordermann bringen.«

»Woher willst du wissen, dass die Pläne nicht abgesagt wurden? König Harald ist tot. Und mit ihm sind alle Jarle gefallen.«

»Urho wird mich holen wollen«, sagte Berit. »Und ich werde ganz bestimmt nicht den Rest meines Lebens auf der Flucht verbringen. Der sicherste Ort ist Storbritannien.«

»Aha. Und wie willst du die angelsächsische Flotte auf Vordermann bringen?«, fragte Maja.

Berit zeigte auf Gudrun. »Wir haben eine Schiffbauerin unter uns.«

»Gudruns Mann war Schiffbauer, nicht sie«, korrigierte sie Bera.

»Hey, hey, hey«, empörte sich Gudrun. »Du glaubst doch nicht im Ernst, dass Einar allein gearbeitet hat? An der Dechsel war ich besser als er.«

»Wir könnten natürlich auch dänische Häfen anlaufen«, sagte Berit. »Und dann? Wir haben kein Silber, um uns irgendwo niederzulassen. Kein Mann nimmt eine Frau, die bereits Mutter ist. Wir haben, außer leeren Bäuchen, nicht viel anzubieten.«

»Außerdem sollten wir davon ausgehen, dass man ein Kopfgeld auf uns ausgesetzt hat«, warf Maja ein. »Ich sage: Berit hat recht. Wir segeln nach Eoferwic. Wer ist derselben Meinung?«

Nach und nach hoben alle Frauen ihre Hand.

»Dann ist es abgemacht«, sagte Berit.

Unzählige Sterne funkelten am wolkenlosen Himmel. Ein fremder Mond hob sein bleiches Antlitz über den Horizont. Sie hatten gegessen und waren satt, als Gudrun plötzlich ein leises Klagelied sang, in das die anderen Frauen nach und nach einstimmten. Sie betrauerten den Verlust ihrer Männer, ihrer Heimat. Die Klageworte waren so alt, dass Berit sie kaum verstand, dennoch hatte der Klang der Stimmen für sie etwas Trauriges und gleichzeitig Tröstendes.

Sie nahmen Abschied.

Vier Tage und drei Nächte blieben sie auf der Insel, füllten ihren Proviant auf und hofften, dass Urho in dieser Zeit die Suche nach ihnen abbrechen würde. Die Kinder schliefen unter der Zeltplane an Bord des Drachenboots. Für die Frauen reichte der Platz jedoch nicht aus. Die meisten von ihnen mussten am Strand schlafen.

Obwohl Berit davon überzeugt war, dass sie in Sicherheit waren, teilte Maja Nachtwachen ein. Und während sie sich ausruhten, trauerten und ihre Kräfte neu sammelten, saßen die Schicksalsfrauen Urd, Verdandi und Skuld am Fuß der Weltesche Yggdrasil und spannen ihre Fäden. Es geschah, was geschehen mochte.

Nach einem kurzen Frühstück setzte das Schiff mit seiner seltsamen Besatzung am vierten Tag die Reise fort. Die Frauen mussten nicht lange rudern. Als sie die Untiefen der küstennahen Gewässer verlassen hatten, setzten sie das Segel. Die Ruder wurden eingeholt und die Löcher wieder mit Holzpfropfen verschlossen, so dass kein Wasser eindringen konnte, wenn sich das Schiff im Wind schräg legte.

Der Himmel war bedeckt, die Sonne nicht zu sehen. Normalerweise führten Wikinger bei ihren Fahrten über die Nordsee Raben mit sich, die sie frei ließen. Kehrten sie nicht wieder zurück, so war das Ende der Reise in Sicht.

Nun, sie hatten keine Raben an Bord. Also tat Maja das, was sie bereits angekündigt hatte: Sie verließ sich auf ihr

Bauchgefühl. Ein halbes Dutzend Mal hatte sie die Nordsee in beide Richtungen überquert. Doch dieses Mal schien sie die Intuition im Stich zu lassen. Sie wurde unruhig und drückte Berit das Steuerruder in die Hand.

»Habt ihr die beiden Verschläge am Bug und achtern genau durchsucht?«, fragte Maja Gudrun.

»Ich denke schon. Suchst du etwas Bestimmtes?«

»Das sage ich dir, wenn ich es gefunden habe.« Sie begab sich auf die Knie, und Berit hob die Füße, damit Maja den kleinen Verschlag öffnen konnte. Sie tastete ihn ab, fand aber nicht das, wonach sie suchte.

Maja wankte nach vorne, an den Ruderbänken vorbei.

Wenn die Frauen nicht die Riemen pullten, kümmerten sie sich um die Kinder. Man hatte die Kleinen mit langen Seilen an den Mast gebunden, damit sie bei schwerer See nicht über Bord gingen.

Im Bugverschlag wurde Maja fündig.

»Damit werden wir unseren Kurs bestimmen«, sagte sie und hielt ein kleines, in Teerzeug eingeschlagenes Kistchen in die Höhe.

»Was ist es?«, fragte Berit.

»Der größte Schatz, den ein Jarl besitzen kann. Und da dies das Schiff des Königs ist, war ich mir sicher, dass hier irgendwo ein Silfurburg-Kristall versteckt sein muss.«

»Ein was?«

»Ein Silfurburg-Kristall.« Maja öffnete die Kiste.

Es war ein Stein, wie Berit ihn schon das ein oder andere Mal gesehen hatte. Ein Stück Feldspat, der je nach Reinheit ein sehr teures Schmuckstück sein konnte. Dieses Exemplar musste etwas Besonderes sein, denn es war zu einer dünnen runden Scheibe geschliffen worden, die man in Silber gefasst hatte.

»Man nennt ihn auch den Sonnenstein«, erklärte Maja. »Er bricht das Licht der Welt. Ist der Himmel bewölkt, so dreht und wendet man diesen Stein so lange, bis die beiden Regenbogenstrahlen, die man in seiner Oberfläche sieht, gleich stark leuchten. Auf die Weise lässt sich die Position der Sonne bestimmen, obwohl man sie nicht sehen kann. Halldor schwor auf diese Navigationshilfe.«

Berit blickte durch den Stein hindurch und riss überrascht die Augen auf. »Die Sonne müsste backbord sein.« Berit blickte noch einmal durch den Kristall und zeigte auf eine bestimmte Stelle am Himmel.

Maja lächelte nur. »Dann sind wir auf dem richtigen Kurs.«

Drei Tage und zwei Nächte dauerte die Überfahrt. Besonders die Stunden der Dunkelheit waren für die Kinder am schwersten zu ertragen. Dabei hatten sie noch Glück. Der Wind blies stetig und vertrieb die Wolken, so dass sie kein Problem mehr hatten, den Kurs zu halten. Am Vormittag des dritten Tages erblickten sie endlich Land.

»Northumbrien«, sagte Maja nur.

Vor ihnen erstreckte sich eine leicht hügelige, grüne Küste. Kein Berg, keine tiefe Bucht bot dem Auge Abwechslung. Berits Herz schlug schneller. Dieser Anblick war etwas, wovon sie eigentlich immer geträumt hatte. Wie viele Stunden hatte sie damit verbracht, hinaus aufs Meer zu schauen. Wie oft hatte sie sich gefragt, welche Länder und Königreiche hinter dem Horizont lagen und auf sie warteten, um von ihr bereist und entdeckt zu werden. Endlich war dieser Wunsch in Erfüllung gegangen!

Doch unter was für Umständen? Zu welchem Preis!

Maja ging zurück zum Steuer, das Berit ihr bereitwillig überließ.

Sie segelten so nah wie möglich an die Küste heran, bevor sie Kurs nach Süden einschlugen. Maja schien zu wissen, was sie tat. Plötzlich öffnete sich auf der Steuerbordseite eine weite Mündung, die tief ins Land hineinführte.

»Wir müssen den Drachenkopf vom Steven nehmen, sonst glauben die Sachsen noch, wir wollen sie überfallen.« Gudrun holte das Segel ein, und die Frauen begannen wieder zu rudern.

Es war ein mühseliges Unterfangen, denn sie mussten gegen eine Strömung ankämpfen, die sich aus zwei Flüssen speiste. Maja wählte den nördlichen Fluss, den sie Ouse nannte und der unter zahlreichen Windungen hinauf nach Norden führte.

Schützen tauchten am Flussufer auf, spannten beim Anblick des Drachenbootes ihre Bögen, ließen die Waffen aber ungläubig sinken, als sie sahen, wer an den Riemen saß. Einer der Männer ritt davon, wohl um Bericht zu erstatten.

Berit sog alle Eindrücke begierig in sich auf. Sachsen, so stellte sie mit Erstaunen fest, unterschieden sich kaum von den Dänen. Ihre Tracht war ähnlich. Die Kinder sahen aus wie Kinder, die Frauen wie Frauen, die Männer wie Männer. Sie waren nicht die Ungeheuer, von denen Halldor erzählt hatte, wenn er von seinen Beutezügen nach Hause zurückgekehrt war.

Nur die Boote, die am Ufer festgetäut waren, konnten sich nicht mit der *Nordir* messen. Sie waren bei weitem nicht so elegant und hatten einen größeren Tiefgang. Auch schienen sie aus einem anderen Holz gefertigt zu sein.

Gudrun schnaubte. »Armselig.«

»Verstehst du jetzt, warum die Sachsen nie bei uns eingefallen sind?«, sagte Maja zu Berit. »Ihre Boote sind nicht hochseetüchtig. Beim leichtesten Wellengang kentern sie und saufen ab.«

Als einige Männer die Besatzung des Drachenbootes sahen, brachen sie in schallendes Gelächter aus und überschütteten die Frauen mit Hohn und Spott.

»Oh, und ich vergaß zu erwähnen: Frauen stehen hier nicht hoch im Kurs«, knurrte Maja und zeigte auf die ersten Befestigungen am rechten Ufer.

»Eoferwic.«

Die Stadt, der sie sich auf dem Fluss dahingleitend näherten, war groß. Größer als jede Wikingersiedlung, die Berit kannte. Doch trotzdem schien Eoferwic nichts zu haben, das sich mit Worten wie Pracht oder Glanz beschreiben ließ.

Die Frauen zogen die Ruder ein, als sie den Steg des Hafens erreichten, der mitten in der Stadt lag. Maja sprang von Bord und vertäute das Schiff.

»Ihr wartet hier«, sagte sie zu Gudrun. »Berit, du kommst mit.«

Eoferwic war eine Stadt, in der viele Eroberer ihre Spuren hinterlassen hatten. Steinerne Ruinen, die Zeugen einer längst vergangenen, ruhmreicheren Zeit waren, standen neben gedrungenen heruntergekommenen Häusern aus Lehm und Fachwerk. Berit musste immer wieder stinkenden Pfützen ausweichen, es roch nach Kohl und Ausscheidungen, wobei sie sich nicht sicher war, ob sie menschlicher oder tierischer Natur waren.

»Die Römer haben diese Stadt gegründet«, sagte Maja. »Und zwar zu einer Zeit, als selbst die Sachsen noch auf der anderen Seite des nördlichen Meeres in ihren Erdlöchern hausten.« Maja wandte sich an Berit. »Du weißt, wer die Römer sind?«

Berit schüttelte den Kopf.

»Ist auch nicht wichtig«, brummte Maja. »Sie sind ohnehin schon lange fort.«

Randaberg mochte im Vergleich zu Eoferwic ein Dorf gewesen sein. Aber jenes Dorf war in keiner Hinsicht so heruntergekommen wie dieser Ort, der von seinen Bewohnern auf eine beleidigende Weise vernachlässigt wurde. Unrat und Fäkalien wurden aus den heruntergekommenen Hütten und Häusern einfach auf die unbefestigten Straßen gekippt. Verlauste, räudige Hunde stromerten umher und balgten sich um die Abfälle. Spielende Kinder, denen der Rotz aus der Nase lief, waren so schmutzig, dass sie aussahen, als arbeiteten sie in einer Kohlengrube.

Auch der Palast, dem sie sich jetzt näherten, musste im Kern auf eine alte römische Festung zurückgehen, die nun so verfallen war, dass man ihre Mauern teilweise als Steinbruch, teilweise als Fundamente für andere Gebäude nutzte, die längst nicht so prächtig wie ihre Vorläufer waren. Es machte den Eindruck, als wäre dieses Land vor langer Zeit Opfer einer Katastrophe geworden, von der es sich bis heute nicht erholt hatte. Den Menschen waren über die Jahrhunderte nicht nur die handwerklichen Fähigkeiten abhandengekommen, sondern auch jeder Sinn für Sauberkeit.

»Wir scheinen für Abwechslung zu sorgen«, sagte Berit.

Die halbe Bevölkerung Eoferwics war auf den Beinen, um zu schauen, was diese beiden fremden Frauen in Männerkleidung hier verloren hatten.

»Wie ich bereits sagte: Frauen stehen hier nicht besonders hoch im Kurs. Sie haben häuslich zu sein und müssen sich um die Kinder kümmern. Alles andere ist bei den Sachsen gegen die Ordnung der Dinge. Immerhin haben sie Respekt vor uns, auch wenn sie lachen.«

»Weil wir bewaffnet sind.«

»Und wissen, wie mit diesen Waffen umzugehen ist. Insgeheim bewundern sie uns.«

Als Berit und Maja den Palast erreichten, wobei sie halb Eoferwic im Schlepp hatten, stellte sich ihnen ein großgewachsener Sachse in den Weg. Der rote Bart war dicht, und grüne Augen funkelten klug unter struppigen Brauen.

»Was ist mit euch? Was wollt ihr?«, fragte er.

Berit wollte vortreten, als Maja sie festhielt. »Wir müssen mit Osbert reden.«

»Warum?«

»Wir fordern …« Sie hielt inne und korrigierte sich. »Wir *bitten* um Asyl.«

»Was?« Berit riss die Augen auf und starrte Maja an, als hätte sie den Verstand verloren.

»Halt die Klappe«, erwiderte Maja ruhig.

»Seid ihr von euren Männern vor die Tür gesetzt worden?«

»Unsere Männer sind tot«, sagte Berit kalt.

Der Mann zuckte mit den Schultern. »Und?«

Berit trat einen Schritt vor, die Hand am Griff ihres Schwertes.

Der Mann grinste.

»Nur zu«, sagte er vergnügt. »Gib mir einen Grund, dich zu deinen Göttern zu schicken.«

Maja packte Berit an der Schulter und zog sie zurück. »Wie ist dein Name?«, fragte sie den riesenhaften Sachsen.

»Godric von Thresk.«

»Ich kenne dich, Godric von Thresk.«

»Ach ja?«

»Du hast bei Gyruum gut gekämpft.«

Godrics ganze Körperhaltung veränderte sich jetzt. »Du warst dabei?«

»Nein, sonst wäre die Schlacht anders ausgegangen.«

Godric lachte.

»Es war ein Kinderspiel für euch«, fuhr Maja fort. »Mein Mann hat mir erzählt, dass der Stockfisch, den sie an Bord hatten, wohl schlecht gewesen sein muss.«

»Sie hatten sich den Magen verdorben? Und das hast du geglaubt?«

»Nein, nicht wirklich«, sagte Maja. »Der Überfall damals war einfach schlecht geplant. Der nächste wird es nicht sein.«

»Was du nicht sagst.«

»Jetzt, in diesem Moment, stellt Urho der Hemdlose eine Flotte zusammen, wie ihr sie noch nie gesehen habt.«

»Soll er tun«, sagte Godric. »Unsere Küste ist gesichert.«

»Das haben wir gemerkt«, sagte Berit. »Entweder bist du dumm, Godric von Thresk, oder ziemlich schlecht informiert. Bis auf eine Handvoll Bogenschützen ist uns auf der Ouse niemand begegnet. Was mag erst geschehen, wenn eine ganze Flotte den Fluss heraufgerudert kommt? Es gibt keine Wehrtürme an der Flussmündung, die das Hinterland vor einem Überfall warnen könnten.«

Jetzt hatte Maja Godrics Aufmerksamkeit geweckt. »Und ihr wollt uns großzügigerweise helfen.«

»Urho ist unser gemeinsamer Feind«, sagte Berit. »Er hat meinen Vater getötet.«

Godric musterte die beiden lange und nachdenklich. Berit konnte förmlich sehen, wie das Räderwerk seines Verstandes arbeitete. Der Mann machte keinen dummen Eindruck, aber er schien sich von Frauen nur wenig sagen lassen zu wollen. Schließlich fasste er seufzend einen Entschluss.

»Gebt mir eure Schwerter.«

»Niemals«, sagte Berit.

»Ihr werdet nicht bewaffnet vor den König treten!«, sagte Godric.

Maja zögerte keinen Moment und legte ihre Klinge ab. Berit holte tief Luft, dann tat sie es ihr gleich.

»Wenn wir unsere Waffen nicht wiederbekommen«, sagte Maja zu Godric, »werde ich dich finden und dafür sorgen, dass du nur noch im Sitzen pissen kannst.«

Das Innere der quadratisch angelegten Festung war genauso heruntergekommen wie die ganze Stadt. Lücken im Mauerwerk waren durch aufgeschüttete Erdwälle ausgebessert worden. Es musste einmal eine ganze Reihe langgezogener Häuser gegeben haben, von denen jetzt aber nur noch die von Unkraut überwucherten Grundmauern existierten. Einzig ein Gebäude, das in der Mitte der Einfriedung stand, ließ noch seinen alten Charakter erkennen.

Godric führte Maja und Berit durch ein säulenbewehrtes Tor in einen ebenfalls quadratischen Hof, der ringsum von zweistöckigen Bauten umgeben war. Wenn man davon absah, dass der helle Putz weitgehend abgeblättert war, wirkte die ganze Anlage intakt und bewohnbar. Trotzdem löste die Befestigung in Berit ein leises Unbehagen aus.

Alles war zu gerade, zu rechtwinklig. Als hätten ihre Erbauer sagen wollen, dass der Mensch nicht wichtig war, sondern dass es um eine Idee ging, die Berit nicht erfassen konnte. Wenn in Randaberg ein Haus errichtet wurde, dann war es eine Anstrengung des ganzen Dorfes gewesen. Man baute ein Fundament aus unbehauenen Steinen. Das Haus selbst wurde von ineinandergesteckten und -verschränkten Balken gestützt. Die Seitenwände, der Dachstuhl und die ganze tragende Konstruktion – in all dem lebte ein lebendiger Geist. So lebendig, dass er sogar zu seinen Bewohnern sprach. Jeder Wetterumschwung wurde von den Balken angekündigt und knarzend beklagt. Doch dies hier – Berit drehte sich langsam im Kreis – dies hier war ein toter Ort, der von Menschen erbaut wurde, die nicht mit dem Herzen gelebt hatten.

Sie stiegen die Treppen zum Haupthaus hinauf und betraten einen dunklen Vorraum. Godric wies auf eine steinerne Bank.

»Ihr wartet hier.«

Dann verschwand er durch eine Tür, die von zwei Soldaten bewacht wurde. Er grüßte sie mit einer lässigen Geste.

Die beiden Wachen musterten die Frauen, und es fiel Berit nicht schwer, die Gedanken der Männer zu lesen, so schmierig war das Grinsen auf ihren dümmlichen Gesichtern. Eine Spannung lag in der Luft, die Berit nicht kannte. Es war nicht Hass oder unverhohlene Feindseligkeit, wie man sie erwarten würde, wenn Sachsen auf Wikinger trafen. Nein, hier ging es um etwas anderes. Das spürte Berit, als die beiden Männer tuschelnd ihre Köpfe zusammensteckten und leise lachten.

Die Tür ging auf, und Godric erschien. »Ihr könnt jetzt rein.«

Die Gewölbedecke der Thronhalle stützte sich auf steinerne Säulen, deren Kapitelle und Bögen sich in der Dunkelheit verloren. Der Boden war ausgelegt mit Marmor. Jeder Schritt, jedes Geräusch, das sie machten, wurde von den Wänden zurückgeworfen. Ein rundlicher Zwerg versuchte, sich möglichst gebieterisch auf den Thron zu setzen. Er trug eine Krone auf der halben Glatze, und seinen Körper umhüllte ein schwerer Mantel.

Das also war König Osbert von Northumbrien. Ein kleiner Mann mit ängstlichem Blick und wurstgleichen Fingern, die in steter Bewegung waren. Er versank geradezu in der prunkvollen Robe, als könnte er sie und das Amt, das sie repräsentierte, nicht ausfüllen.

Und diesen Mann wollten sie um Asyl bitten? Berit wurde schlecht bei dem Gedanken.

»Ich grüße Euch, Osbert«, sagte Maja und nickte dem König zu.

Osbert machte eine wegwerfende Handbewegung. »Godric hat mir gesagt, dass eine Schiffsladung voll Wikingerfrauen um Asyl bittet.«

»Ja. So ist es.« Wenn Maja in ihrem Stolz gekränkt war, dann ließ sie es sich nicht anmerken.

»Was habt ihr uns dafür zu bieten?«, sagte Osbert.

»Soviel ich weiß, ist Asyl kein Geschäft auf Gegenseitigkeit«, sagte Maja. »Aber in der Tat, wir kommen nicht mit leeren Händen.«

»Nein«, sagte Osbert gequält. »Da wäre auch noch ein Dutzend hungriger Bälger.«

»Diesen Sommer wird eine Wikingerflotte das nördliche Meer überqueren. Eine kleinere Vorhut vielleicht schon früher. Und diesmal werden die Dänen kommen, um zu bleiben ...«

»Jajaja, das weiß ich schon alles«, schnitt ihr Osbert das Wort ab. »Und?«

»Ich habe den Zustand Eurer Flotte gesehen«, fuhr Maja unbeeindruckt fort. »Beklagenswert wäre noch geschmeichelt.«

»Ich hatte auch nicht vor, den Wikingern auf hoher See zu begegnen«, sagte Osbert.

Jetzt platzte Berit der Kragen. »Das wäre aber vielleicht

besser. Denn wenn sie erst mal einen Fuß an Land gesetzt haben, werdet Ihr es sehr schwer haben, sie wieder zurück ins Meer zu treiben.«

Osbert schnaubte ärgerlich. »Ist das deine Dienstmagd?«, fragte er Maja.

»Ich bin Berit Ingridsdóttir, Schildmaid und Tochter von Thorulf, Jarl von Randaberg.«

Plötzlich löste sich ein junger Mann aus dem Schatten, in den der hintere Teil der Halle getaucht war. Er mochte nicht viel älter als zwanzig Jahre sein, doch wirkte er viel erwachsener. In der Hand hielt er Berits Schwert.

»Dein Vater ist tot, nicht wahr?«, fragte er.

Berit nickte.

Der junge Mann trat in den Lichtstrahl, der durch eines der wenigen intakten Fenster fiel. »Mein Name ist Alfred von Wessex.«

Berit wurde schwindelig. Die Welt schien zu kippen. Etwas geschah. Etwas, das sie kannte! Sie hielt sich an Maja fest, die sie erschrocken stützte.

»Es ist alles gut«, flüsterte Berit und zwang sich zu einem Lächeln. Der Schwindel verflog, so schnell er gekommen war.

»Wirklich?«, fragte Maja misstrauisch.

»Wirklich«, antwortete Berit. Sie sah jetzt von Osbert zu Alfred und wieder zurück. Fast augenblicklich hatten sich hier im Raum die Machtverhältnisse verschoben. Osbert sah mehr denn je wie ein Mann aus, der die Rolle des Königs nur schlecht spielte. Es war Alfred, der hier das Sagen hatte. Das erkannte Berit sofort. Die Sprache, die Haltung, der

Blick – entweder war ihm die Befähigung zur Führung in die Wiege gelegt worden. Oder er hatte sie sich auf dem Schlachtfeld erworben. Was aber in Anbetracht der jungen Jahre eher unwahrscheinlich war.

»Wie groß wird die Wikingerflotte sein, die wir im Sommer zu erwarten haben?«, fragte Alfred.

»Zweihundert Schiffe. Vielleicht mehr«, sagte Berit.

»Erzählt mir, was geschehen ist«, sagte Alfred. Seine Stimme war freundlich und wohlklingend.

Berit fiel auf, dass er *Traumsplitter* wie eine große Kostbarkeit in Händen hielt.

Also berichtete sie von Urhos Verrat, dem Mord an König Harald und dem Untergang von Randaberg.

»Wann war das?«, fragte Alfred.

Berit dachte nach. Sie musste die Zeit auf der Insel in die Rechnung mit einbeziehen. »Vor neun Tagen.«

Alfred lächelte und gab ihr das Schwert zurück. »Das gehört dir.«

»Wer seid Ihr?«, fragte Berit verwirrt.

»Er ist der Bruder des Königs von Wessex«, sagte Osbert, als müsste er sich dafür entschuldigen.

»Ach!«, machte Maja überrascht.

»Ihr seid mit dem Begriff des Asyls vertraut«, sagte Alfred unbeirrt. »Eoferwic ist Bischofssitz. Wulfher wird euch bestimmt die nötige Gastfreundschaft in seinem Kloster erweisen. Für Menschen in Not hält die Kirche immer eine Schlafstatt und eine Schale Haferbrei bereit.«

»Auch für sechsundzwanzig Frauen und vierzehn Kinder?«, fragte Berit.

»Ich denke, der König wird für die notwendigen Kosten aufkommen. Ist es nicht so, Osbert? Immerhin werden die Frauen uns im Kampf gegen die Wikinger unterstützen.«

»Natürlich«, sagte Osbert übellaunig.

Alfred deutete zum Dank eine Verbeugung an. »Ich möchte noch einen weiteren Vorschlag machen.«

Osbert nickte.

»Wenn es Euch nichts ausmacht, werde ich persönlich dafür sorgen, dass die Pflichten der Gastfreundschaft gewissenhaft erfüllt werden.«

»Nur zu«, sagte Osbert seufzend.

»Dann sind wir entlassen?«, fragte Alfred.

»Ja«, sagte Osbert wenig glücklich. »Geht, geht.«

»Mein Bruder Aethelred und ich versuchen schon seit langer Zeit ein Bündnis mit den anderen Königreichen zu schließen«, erzählte Alfred, als sie hinaus ins Tageslicht traten. »Was sich als ziemlich schwierig herausstellt. Aella von Mercia ist eine Schlange, und Osbert ist schwach. Der einzig verlässliche Verbündete, den Wessex zurzeit hat, ist Edmund von Ostanglien.«

»Habt Ihr schon einmal erlebt, wie ein Wikinger kämpft?«, fragte Maja.

»Mehr als einmal. Ihre regelmäßigen Überfälle bluten unser Land aus. Irland ist schon fast vollständig in ihren Herrschaftsbereich geraten. Und ihr Einfluss wird immer größer. Auch das Frankenreich stöhnt unter den immerwährenden Angriffen der Wikinger, genau wie England. Vor einigen Jahren haben die Rus unter Rurik zum ersten Mal ihre Hand nach Byzanz ausgestreckt. Die slawischen Völker haben sich unter der Führung der Wikinger vereint und sind im Osten zu einer mächtigen Armee aufgestiegen. Sie segeln und rudern die Flüsse hinauf, plündern und brandschatzen, wo sie nur können.«

Die Wachen am Tor strafften ihre Haltung, als sie Alfred sahen und ihm Majas Schwert aushändigten.

»Schließlich soll Godric besonders an dieser einen delikaten Stelle körperlich unversehrt bleiben, nicht wahr?«, sagte Alfred und gab Maja die Waffe zurück.

»Danke«, sagte sie.

»Als wir, die Sachsen, vor vierhundert Jahren unter Hrothgar dem Seefahrer Britannien eroberten, erlitten die Kelten dasselbe Schicksal wie wir jetzt«, fuhr Alfred fort. »Auch wir glaubten seinerzeit an dieselben Götter wie die Dänen. Aber die Geschichte wiederholt sich nicht. Nicht heute. Und schon gar nicht in diesem Fall.« Alfred lächelte Berit an. »Es wird Zeit, dass wir uns um die Frauen und Kinder kümmern, nicht wahr?«

Die Abenddämmerung brach bereits herein, als sie endlich den Hafen erreichten. Gudrun empfing sie mit wütenden Worten.

»Was habt ihr so lange auf euch warten lassen?«, rief sie aufgebracht. »Wir haben keinen Proviant mehr, die Kinder haben Hunger. Und die Sachsen sind alles andere als gastfreundlich. Keiner hatte auch nur das kleinste Stück Brot für uns übrig.«

Alfred winkte einige Wachen zu sich und gab ihnen den

Auftrag, in der Abtei so viel Brot, Käse und Dünnbier zu holen, wie sie tragen konnten.

»Und wenn die eine oder andere Speckseite mit dabei wäre, könnte ich darüber hinwegsehen, dass heute die wichtigsten Regeln der Gastfreundschaft verletzt worden sind«, sagte Alfred.

Der Hauptmann schluckte, nickte und wollte gerade loseilen, als ihm noch etwas einfiel. »Und wie sollen wir dafür bezahlen?«

»Gar nicht«, sagte Alfred kühl. »Sagt dem Bischof, dass König Osbert für alle Kosten aufkommt.«

Gudrun baute sich mit verschränkten Armen vor Alfred auf. »Wer bist du?«, fragte sie misstrauisch.

»Das ist Alfred, der Bruder des Königs von Wessex«, sagte Berit.

»Ich denke, Osbert hat einen Mann zu Wulfher geschickt«, sagte Alfred. »Der Bischof wird euch und den Kindern Obdach gewähren, bis wir gemeinsam eine Lösung gefunden haben.«

»Obdach? Wo?«, fragte Gudrun.

»In einem Kloster. Ein Ort des Glaubens, an dem sich Männer freiwillig zusammengefunden haben, um Gott zu dienen«, erklärte Alfred.

»Ich weiß, was ein Kloster ist«, schnaubte Gudrun. »Und man hat mir berichtet, dass es ein ziemlich freudloser Ort ist.«

»Das wird sich ändern, wenn du dort eingezogen bist«, entgegnete Maja. »Ich befürchte, die Mönche werden ganz aus dem Häuschen sein, wenn sie sehen, mit wem sie auf absehbare Zeit zusammenleben werden.«

»Wir wissen uns sehr wohl zu benehmen«, sagte Gudrun.

»Ach, das Benehmen ist kein Problem«, sagte Alfred. »Die Männer haben ein Gelübde abgelegt, den Rest ihrer Tage ein Leben in Enthaltsamkeit zu führen.«

Gudrun stutzte. »Ihr macht euch über mich lustig?«, fragte sie unsicher.

»Nein, das entspricht der Wahrheit«, sagte Alfred. »Nun, dann werden die Mönche euren Aufenthalt als Prüfung betrachten. Und umso inbrünstiger beten.«

Er begutachtete das Schiff, mit dem sie gekommen waren.

»Ich habe noch nie eines der Drachenboote aus der Nähe gesehen. Aber der Ruf, der ihnen vorauseilt, ist durchaus gerechtfertigt.« Er strich fast zärtlich über den Rumpf der *Nordir*. »Wisst ihr, unsere Flotte besteht nur aus vier Schiffen.«

»Ihr macht Witze«, sagte Berit.

»Nein«, sagte Alfred. »Und es ist ein Umstand, der mir große Sorgen bereitet. Die Sachsen sind noch nie ein Volk von Seefahrern gewesen. Ich finde, das sollte man ändern.«

»Gudruns Mann war Schiffbauer in Randaberg. Sie hat sehr eng mit ihm zusammengearbeitet«, sagte Berit. »Und sie kann andere Männer in dieser Kunst unterweisen.«

»Das ist ein guter Vorschlag. Aber Osbert wird nicht auf ihn eingehen«, erwiderte Alfred. »Er hasst euch.«

»Diese Frauen haben alles verloren. Ihre Männer, Haus und Hof«, sagte Berit. »Wenn Ihr sie gut behandelt, habt Ihr getreue Verbündete.«

Alfred dachte nach. »Ich werde sehen, was ich tun kann.« Er nickte, als hätte er mit sich eine Übereinkunft getroffen.

»Aber lasst uns zunächst einen Schritt nach dem anderen machen. Ich werde euch in die Abtei bringen, wo ihr fürs Erste untergebracht seid. Dann sehen wir weiter.«

»Ich habe nicht erwartet, dass man uns mit offenen Armen aufnimmt«, sagte Gudrun tonlos, »aber wenn dies ein Ausdruck christlicher …« Sie stockte und sah hilfesuchend Maja an, die neben ihr stand.

»Nächstenliebe?«, versuchte sie, das richtige Wort zu finden.

»Christlicher Nächstenliebe ist, dann möchte ich nicht wissen, wie die Sachsen ihre Feinde behandeln.«

Der Stall, den ihnen der Bischof zur Verfügung gestellt hatte, war in einem elenden Zustand. Man hatte die Pferde, für die er vorgesehen war, woanders untergebracht, doch ihre Hinterlassenschaft stank zum Himmel. Dicke Schmeißfliegen schwirrten träge durch die Luft. Der Gestank war so widerwärtig, dass selbst Gudrun, die alles andere als empfindlich war, das Gesicht verzog und ausspuckte.

»Was hast du erwartet?«, fragte Maja. »Dass man unsere Ankunft mit einem Gelage feiert? Dass wir in Bettzeug aus blütenweißem Leinen schlafen werden? Wir haben ein Dach über dem Kopf! Das ist mehr, als wir in den letzten drei Tagen hatten.«

Gudrun knurrte verächtlich. »Hey, du Mönch!«

Ein Mann in brauner Kutte blieb stehen und schaute sich um. Als er sicher war, dass man ihn meinte, stellte er sich vor. »Mein Name ist Bruder Leofwine. Was kann ich für euch tun?«

213

»Gut. Also. Bruder Leofwine, wie habt ihr euch das jetzt vorgestellt?«

Leofwine zuckte mit den Schultern. »Ihr werdet den Mist auf eine Schubkarre laden und ihn nach hinten zu dem Haufen fahren, der schon munter vor sich hin dampft.« Er zeigte in eine Ecke. »Dort werdet ihr Schaufeln und Besen finden. Wenn alles sauber gemacht ist, könnt ihr euch oben aus der Scheuer frisches Stroh holen. In der Zwischenzeit werde ich für euch Decken besorgen und in der Küche Bescheid geben, dass wir Gäste haben, die sicherlich der Hunger plagt. Wir teilen gerne das mit euch, was wir haben. Es ist nicht viel, und vielleicht seid ihr anderes gewöhnt, aber ihr werdet euch damit begnügen müssen.«

Gudruns Gesicht lief rot an, und sie wollte etwas erwidern, doch Berit kam ihr zuvor. »Ich möchte mich noch mal in unser aller Namen für die freundliche Aufnahme bedanken.«

Leofwine nickte nur.

»Dennoch habe ich eine weitere Bitte an Euch.«

»Sprecht sie aus.«

»Wie Ihr seht, haben wir viele Kinder bei uns. Manche sind noch so klein, dass sie von der Mutterbrust trinken. Die älteren müssen sich anders behelfen.«

»Ich verstehe. Ihr braucht Milch.«

Berit nickte erleichtert. Sie war froh, dass dieser Leofwine schnell verstand. Ohnehin schien er nicht ganz dem Bild zu entsprechen, dass Halldor stets von den englischen Mönchen vermittelt hatte. Er mochte zwar mit seiner kahl ausrasierten Stelle am Hinterkopf ein wenig seltsam aussehen, doch war er alles andere als schwach, ängstlich oder unbeholfen. Obwohl er klein von Wuchs war, verbarg sich unter der Kutte ein kräftiger Körper, dem harte Arbeit nicht fremd war. Das runde Gesicht war freundlich, rote Adern durchzogen seine Wangen, wie es bei Menschen der Fall war, die viel Zeit an der frischen Luft verbrachten. Seine Hände waren groß und schwielig.

»Ich werde sehen, was ich für euch tun kann. Versprechen kann ich euch aber nichts. Von unseren drei Kühen ist eine leider krank.«

»Ziegenmilch wäre auch in Ordnung.«

»Wie gesagt: Ich werde sehen, was ich für euch tun kann.« Er schenkte Berit ein warmes Lächeln. Gudrun hingegen warf er einen finsteren Blick zu, als er ging.

»Also gut«, sagte die Frau des Schiffbauers. »Lasst uns in die Hände spucken und schauen, wie wir dieses trostlose Loch in ein behagliches Zuhause verwandeln.« Sie reichte Berit eine Schaufel von der Wand und nahm sich die Schubkarre. »Gehen wir mit gutem Beispiel voran.«

Es war eine mühselige Plackerei, die fast den ganzen Nachmittag dauerte. Viele der Frauen waren nicht so empfindlich wie Gudrun und rafften den Mist mit den bloßen Händen zusammen.

Gegen Abend, als eine Glocke läutete, erschien Leofwine. Und mit ihm einige seiner Mitbrüder. Sie trugen einen großen Kessel mit dampfender Suppe. Dazu gab es Brot und Dünnbier.

Die Kinder waren die Ersten, die nach diesem anstrengenden Tag einschliefen. Der Stall war mittlerweile sauber und mit frischem Stroh ausgelegt. Die Mönche hatten stapelweise Decken gebracht, denn die Nächte waren noch immer empfindlich kalt und die Ställe konnten nicht beheizt werden. Eine friedliche Stimmung kehrte ein, als die Sonne unterging. Leises Schnarchen war zu hören, ein Husten, ein Rascheln. Ob es von einem der Kinder kam oder von Mäusen, war egal. Zum ersten Mal weinte sich keine der Frauen in den Schlaf. Sie alle waren einfach zu erschöpft dafür.

Berit hatte zusammen mit Maja ein Lager in der hinteren Ecke des Stalls eingerichtet. Die Decken, die sie ergattert hatten, waren groß genug, dass sie eine von ihnen als gemeinsame Unterlage nutzen konnten, während sie die andere über sich zogen. Berit erinnerte sich an ihre frühesten Kindheitstage, als sie manchmal schon damals neben Maja eingeschlafen war. Ihre Ziehmutter hatte so lange Geschichten erzählt, bis Berit all die Drachen und Riesen und Trolle mit in ihre Träume genommen hatte.

Doch heute brauchte sie keine Märchen, um in den Schlaf zu gleiten. Nach drei Atemzügen begann sie, leise zu schnarchen. So merkte sie nicht, wie Maja ihr eine Strähne aus dem Gesicht strich und einen zarten Kuss auf die Stirn gab.

Der Tag begann früh am nächsten Morgen. Noch bevor die Sonne aufging, wurden sie vom Gesang der Mönche geweckt. Die Vögel zwitscherten bereits, als die ersten Frauen aufstanden, in der Latrine ihre Notdurft verrichteten und sich am Brunnen wuschen. Die Kinder schliefen ausnahmslos weiter. Erst als es langsam hell wurde, regten sich die Kleinsten.

Leofwine brachte zum Frühstück frisch gebackenes Brot, Honig, Käse und Butter. Er wollte gerade mit seinen Mitbrüdern gehen, als Berit ihm entgegentrat.

»Wir möchten uns noch einmal für diese Gastfreundschaft bedanken«, sagte Berit. »Und wir möchten unserer Dankbarkeit dadurch Ausdruck verleihen, dass wir Euch bei Eurem Tagwerk helfen.«

Leofwine hob erfreut die Augenbrauen. »Das ist ein Angebot, das wir gerne annehmen. Ich muss gestehen, dass ich mir deswegen auch schon einige Gedanken gemacht habe.«

Berit hatte diesen Vorschlag mit Maja und den anderen Frauen abgesprochen. Keine von ihnen war zum Müßiggang geboren. Wenn sie tatsächlich den Mönchen bei der Feldarbeit, in der Küche und mit den Tieren helfen konnten, so taten sie es auch, um nicht vor Langeweile zu sterben. Zwar steckte ihnen die lange Überfahrt noch in den Knochen, doch erforderten es die Regeln der Gastfreundschaft, dass man diese nicht über Gebühr strapazierte.

»Dieses Kloster ist auf alten Fundamenten gebaut. Wir sind in der glücklichen Lage, ein Badehaus zu haben. Ich schlage vor, dass ihr euch alle erst einmal gründlich wascht. Es ist alles vorbereitet. Das Wasser ist heiß. Und danach sehen wir weiter.«

»Und die Mönche?«, fragte Berit vorsichtig.

»Meine Mitbrüder werden euch nicht stören«, sagte Leofwine.

»Nun, ich glaube, dass Berit die Frage in einem anderen Sinne gestellt hat«, sagte Maja, die gerade vom Brunnen zurückgekehrt war. Ihr Gesicht leuchtete rot vom kalten Wasser, mit dem sie sich gewaschen hatte.

»Ich weiß sehr wohl, wie die Frage gemeint war«, sagte Leofwine. »Ihr sorgt euch um unsere Enthaltsamkeit.«

»Dann bereitet es Euch keine Umstände?«, fragte Berit.

Leofwine schüttelte den Kopf. »Nein, tut es nicht. Wie gesagt, wenn ihr uns bei der täglichen Arbeit zur Hand geht, bieten wir euch gern Verpflegung und Unterkunft. Unser Stall kann aber nur eine Übergangslösung sein. Das Kloster ist zwar groß, doch sind seine Räumlichkeiten eingeschränkt. Außerdem ist dies eine Gemeinschaft von Männern, die sich ganz dem Dienst an unserem Herrn verschrieben haben. Es liegt also auch in unserem Interesse, dass wir möglichst bald eine Bleibe für euch finden.« Mit diesen Worten verabschiedete er sich.

FINN

Sie hatten niemandem von ihrem heimlichen Ausflug in das verlorene Dorf erzählt. Weder Jehan noch den anderen Mitgliedern des Zirkels. Mit einer Ausnahme.

Es war sinnlos, Kat hinters Licht zu führen.

Die alte Frau konnte in den Gesichtern von Menschen lesen wie andere in einem Buch. Sie erkannte die Lüge, bevor sie ausgesprochen wurde.

»Die meisten Leute stellen sich auch nicht besonders klug an«, kicherte sie. »Selbst bei Kleinigkeiten. Ich frage Jehan, ob er die Kühe gemolken hat, und ich sehe nicht nur an der Farbe seiner Ohren, ob er mir einen Bären aufbinden will. Er reibt sich dann nämlich auch die Nase, weiß der Teufel warum. Vielleicht juckt sie ihn und sagt, pass auf, was du sagst, die alte Frau kennt dich besser als deine Mutter, möge sie in Frieden ruhen.« Kat legte den Kopf schief und lächelte. »Aber ich rede wie immer zu viel. Zeig mir, was du gefunden hast.«

Sie saßen in Finns Kammer, Alrun neben ihm auf der Bettkante, sie hielt seine kalte Hand fest in ihrer. Er holte den Beutel unter der Bettdecke hervor und öffnete ihn.

»Hat Alrun dieses … Ding angefasst?«

Alrun schüttelte energisch den Kopf. »Nein! Ganz ehrlich, es macht mir Angst.«

Kat hob die Augenbrauen. »Und du, Finn?«

»Ja. Ich habe die Kugel in Händen gehalten.«

»Nun lass dir nicht jeden Wurm einzeln aus der Nase ziehen. Und?«

Finn zuckte mit den Schultern. »Es ist nichts geschehen.«

Kat kratzte sich am Kinn, an dem einige Haare sprossen. Hexenhaare nannte man sie, und Finn fragte sich, wie Kat wohl ausgesehen hatte, als sie so alt wie Alrun war. Ihm fehlte jede Vorstellungskraft, sich diese alte Frau als junges Mädchen auszumalen.

Kat zog einen Schemel heran und ließ sich ächzend nieder »Gib mir das Ding mal her.«

Sie schloss die Augen und knetete ihre knorrigen Hände. Dann holte sie die Kugel aus dem Beutel. Die spitzen Finger strichen sanft, fast zärtlich über die glasglatte Oberfläche. Die alte Frau schien zu lauschen. Oder in sich hineinzuschauen, denn die milchigen Augen drehten sich nach oben. Plötzlich hatte etwas ihre Aufmerksamkeit geweckt. Sie setzte sich gerade auf und straffte die Schultern. Ihr Kopf ruckte hin und her, als würde sie Stimmen hören, die aus verschiedenen Richtungen auf sie einwispern.

»Das Auge erkennt dich nicht«, sagte Kat. »Es ist ratlos und möchte wieder zu seinem Herrn zurück.«

»Wer ist denn sein Herr?«, fragte Finn.

Kat schüttelte langsam den Kopf. »Das ist nicht klar. Nein, du bist es nicht. Du bist nur der Dieb.«

»Was?«, entfuhr es Finn.

»Du bist der Dieb und wieder auch nicht. Die Kugel erkennt dich nicht. Sie ist nicht mit dir vertraut. Vorher wird sie sich dir nicht offenbaren.«

»Was heißt das?«

»Zur gegebenen Zeit wirst du es erfahren. Da bin ich mir sicher. Trag sie bei dir, gib sie nicht aus den Händen. Und bring sie ihrem Besitzer.«

»Aber wo finde ich ihn?«

»Nicht in dieser Welt«, sagte Kat bedauernd.

»Also ist der Brunnen eine Art Portal. Ich erinnere mich daran, dass ich die Umrisse einer Tür gesehen habe.«

»Diese Tür wurde verschlossen, Finn.« Kat betonte seinen Namen, als würde er eine unerhörte Geschichte erzählen, wenn man nur sehr aufmerksam hinhörte. »Zumindest auf unserer Seite.«

»Was muss ich tun?«

»Geh an den Ort, den dir die Vision gezeigt hat.«

»Die Vision, die ich hatte, nachdem du mir diesen scheußlichen Sud zu trinken gegeben hast? Den Ort der Schlacht? – Wenn ich ihn finde.«

»Ich denke, der goldene Drache auf dem Banner des Königs wird dir den Weg weisen.« Kat sah Alrun an. »Und du bist immer noch bereit, ihn auf diesem Weg zu begleiten?«

Alrun drückte seine Hand und nickte.

Kat dachte nach. »Du musst wissen: Dies hier ist nicht der einzige Zirkel«, sagte sie schließlich zu Finn. »Es gibt ähnliche Vereinigungen wie unsere. Ihr Zeichen ist der Fünfstern. Manche tragen ihn versteckt, andere müssen ihn offen zeigen. Halte Ausschau nach einem Mann, dem er ins Gesicht gebrannt wurde.« Kat kramte in den Tiefen ihres Kleides und zauberte eine Münze hervor. Sie war alt und schimmerte matt. Finn betrachtete sie eingehend. Auf der einen Seite war eine Zahl aufgeprägt, auf der anderen ein Wappen. Was es darstellte, war nicht zu erkennen. Dazu war die Münze zu abgegriffen.

»Sie ist leicht«, sagte Finn erstaunt und wog sie in der Hand.

»Und spröde. Das Metall lässt sich nicht schmieden. Wenn man es mit einem Hammer bearbeitet, zerspringt es.«

»Von so einem Metall habe ich noch nie gehört«, sagte Finn.

»Es ist sehr selten. Und da man es auch nicht fälschen kann, ist es ein sehr verlässliches Erkennungszeichen. Wenn du diese Münze dem Mann mit dem Mal zeigst, wird er dir auf jede erdenkliche Art helfen.«

»Aber damit weiß ich noch immer nicht, wohin mich meine Reise führt«, sagte Finn.

»Sprich mit Kaufleuten«, sagte Alrun. »Sie kommen in der Welt herum. Am schnellsten finden wir welche auf dem großen Fluss, der drei Tagesmärsche von hier entfernt nach Norden fließt.«

Die alte Frau kicherte. »Es ist gut, wenn ihr beide euch gemeinsam auf den Weg macht. Du würdest dich sonst in dieser Welt nicht zurechtfinden.«

»Und Alruns Eltern?«, fragte er. »Ich kann mir nicht vorstellen, dass sie ihre einzige Tochter einfach gehen lassen.«

»Wenn die Kinder eines Zirkels alt genug sind, begeben sie sich auf Wanderschaft«, sagte Alrun. »Es war schon lange eine ausgemachte Sache, dass ich gehen muss. Nun werden wir uns gemeinsam auf die Reise begeben.«

»Wann brechen wir auf?«, fragte Finn.

»Morgen früh, nach dem Samsara-Ritual. Keine Angst, das wird nicht weh tun. Du musst auch keine Prüfungen bestehen«, sagte Kat, als sie Finns beunruhigten Blick sah. »Es ist ein Abschied. Ein gegenseitiges Loslassen.«

»Die Suche nach einem neuen Zirkel wird wohl irgendwann unsere eigentliche Prüfung sein«, sagte Alrun. »Aber glaubst du, dass Finn kräftig genug ist, Großmutter?«

»Ja«, sagte die alte Frau in beruhigendem Ton. »In ihm steckt mehr Kraft, als wir denken.«

»Na ja, jedenfalls klingt das alles schwierig genug«, sagte Finn. »Aber gut. Dann sollten wir wohl packen.«

»Wir lassen alles zurück«, sagte Alrun. »Unser persönliches Eigentum, unsere Familien. Unsere Freunde. Und nehmen nur die Dinge mit, die uns der Zirkel schenkt.«

Alrun würde alles verlieren. Ganz im Gegensatz zu Finn, der nur gewinnen konnte. In diesem Moment erfüllte ein peinigendes Mitgefühl sein Herz. Dieses Mädchen liebte ihn mit allem, was sie zu geben hatte. Er war für sie die letzte Verbindung zu ihrem alten Leben und Teil einer ungewissen Zukunft. Aber er konnte diese Liebe nicht erwidern. Etwas fehlte, und er wusste nicht was.

Kat stand auf, ihre alten Gelenke knackten vernehmlich. »Ihr solltet jetzt schlafen. Morgen vor Sonnenaufgang werdet ihr geweckt.«

Alrun gab Finn einen Kuss. Dann verließ sie das Zimmer.

»Armes Kind«, sagte Kat, als die Tür geschlossen wurde.

»Wissen die anderen, dass ich nicht Finn bin?«

Kat schüttelte den Kopf. »Jehan hat sogar darauf bestanden, dass du so lange bei uns bleibst, bis deine Erinnerung wiederkehrt.«

»Es tut mir alles so leid«, sagte Finn. »Vielleicht hätte ich da bleiben sollen, wo ich herkam.«

»Ganz gewiss nicht«, sagte Kat. »Glaub mir. Das möchtest du nicht. Ich bin mir nicht ganz sicher, was es ist. Aber etwas geschieht mit dieser Welt. Etwas, das ich nicht erfassen kann. Dinge finden zueinander, die nicht zusammenkommen dürfen. Und es geschieht nicht zum ersten Mal.«

Finn zögerte, räusperte sich und stellte die Frage dann doch. »Kannst du in die Zukunft schauen?«

»Es gibt keine Zukunft.« Kat sagte es, als spräche sie eine schmerzliche Wahrheit aus. »Nicht so, wie du sie dir vorstellst.«

»Das klingt, als erwartest du das Ende der Welt.«

»Schau dich an. Die Toten kommen zurück. Wenn das kein Zeichen ist.« Kat machte eine Geste, als wollte sie Spinnweben verscheuchen. »Schlaf jetzt.«

Finn bekam in dieser Nacht natürlich kein Auge zu. Er lag ausgestreckt auf seinem Bett, die Arme eng an den Körper gelegt, starrte mit weit geöffneten Augen in die Dunkelheit und gab sich dem kreisförmigen Tanz seiner ungeordneten Gedanken hin. Alruns offene Warmherzigkeit war überwältigend, und er fragte sich, wie er diese Zuneigung erwidern konnte, ohne dass sie falsche Schlüsse daraus zog. Vermutlich lag sie zu dieser Stunde auch wach.

Abschied nehmen.

Loslassen.

Ihr würde das bestimmt schwerer fallen als ihm, dessen Leben keine Wurzeln mehr hatte. Finn war fremd in dieser Welt, und ob er jetzt hier in diesem Dorf war oder ganz woanders auf Wanderschaft ging, machte für ihn keinen Unterschied. Er vermutete, dass dieses Ritual nicht nur für die heranwachsenden Kinder vollzogen wurde, sondern auch für deren Eltern, die ihre Söhne und Töchter in die Welt der Erwachsenen entließen. Jehan musste sich von seinem Sohn verabschieden, Alruns Eltern von ihrer Tochter. Für Jehan war es die schwerere Aufgabe. Er hatte schon seine Frau verloren. Jetzt nahmen ihm die Regeln des Zirkels auch noch das einzige Kind.

Im Gebälk raschelte eine Maus. Finn lauschte seinem Atem, seinem Herzschlag und er versuchte, beides in Einklang miteinander zu bringen. Ruhe zu finden. Er kehrte den Blick nach innen und hoffte, wie jede Nacht, dass er Bilder sah, die er als Fragmente seiner verschütteten Erinnerungen deuten konnte. Aber nichts. Die Stimme, die zu ihm sprach, war seine eigene. Die Bilder, die er sah, rührten von Ereignissen her, die sich in dieser Welt zugetragen hatten. Und dennoch war sein Geist keine gänzlich abgewischte Tafel. Finn erkannte einen Baum, wenn er einen sah. Wusste, was eine Eiche, eine Buche, eine Lärche, eine Fichte war. Wusste, wie frisch gebackenes Brot roch, roter Wein, Rosen und Maiglöckchen. Wenn eine Stimme zu ihm sprach, wusste er, ob dieser Mensch wütend, traurig oder glücklich war. Er war also nicht aus dem Nichts heraus in diese Welt geworfen worden. Und das war beruhigend. Nur eine Sache bereitete ihm Unbehagen.

Sein eigenes Gefühl sagte ihm, dass er älter war als dieser Körper, in den seine Seele gefahren war. Und zwar sehr viel älter. Die Geschmeidigkeit der jungen Glieder erfüllte ihn mit genauso viel Erstaunen wie die spannungsgeladene Lebendigkeit seiner kraftvollen Muskeln. Das, was ihn ans Bett fesselte, war keine körperliche Erschöpfung, sondern eine geistige Mattigkeit. Als hätte er in zu kurzer Zeit zu viele Dinge erlebt – ohne dass er sich an sie erinnern könnte. Die Schmerzen in seiner rechten Schulter waren nicht mehr da. Jede Einschränkung seiner Beweglichkeit war fort. Und noch etwas stellte er mit zunehmender Verwunderung fest: Er hatte ständig Hunger. Wenn es nach ihm ginge, konnte er den ganzen Tag essen. In seinem jungen Körper brannte ein Feuer, wie Finn es lange, sehr lange nicht verspürt hatte.

Plötzlich ruckte er hoch. Auf dem kleinen Tisch neben seinem Bett stand eine Kerze, deren Docht knisternd brannte. Ein schwerer Geruch hing in der Luft.

Sandelholz

Weihrauch

Mohn

Die Erinnerung an jene Namen löste nicht mehr dieses Herzrasen bei ihm aus wie die anderen Erinnerungsfetzen, die unkontrolliert in ihm hochgestiegen waren. Im Gegenteil, er fühlte sich leicht. Nicht müde, aber sehr gelassen.

Deswegen ängstigte ihn auch nicht die Gestalt, die neben seinem Bett stand. Sie war eingehüllt in ein schwarzes bodenlanges Gewand, und die weiße Maske, die sie trug, mochte einen Raben darstellen, Finn war sich nicht sicher. Auch nicht, wer sich hinter ihr verbarg. Kat war kleiner und gebeugter. Es konnte also Jehan sein. Oder ein anderes Mitglied des Zirkels.

Lange starrten sie einander an. Die Zeit umfloss sie wie schwerer Sirup. Sein Atem ging ruhig, das Herz schlug langsam, aber gleichmäßig und sehr lebendig.

Irgendwann erklang irgendwo dumpf eine Glocke. Finn glaubte erst, der tiefe Ton hallte nur in seinem Kopf wider. Doch nach dem dreizehnten Mal drehte sich die Gestalt um und ging hinaus. Finn stand auf und folgte ihr durch den Sirup hinaus ins Freie.

Die anderen Mitglieder des Zirkels hatten sich in einem Kreis versammelt. Auch sie trugen langen Gewänder und hölzerne Masken, die unterschiedliche Tiere darstellten. Da waren ein Schwein und ein Stier. Ein Löwe stand neben einem Lamm. Finn glaubte auch ein Wiesel oder einen Fuchs zu erkennen, war sich aber nicht sicher. Manche Masken ließen sich nur schwer einem Tier zuordnen. Sie wirkten unfertig und schienen aus einem Material zu sein, das geschmolzen und dann willkürlich erstarrt war. Oder nicht? Sie schienen sich zu verändern und zu fließen. Je nachdem, von welcher Seite der lodernde Lichtschein der vielzähligen Fackeln auf sie fiel.

Alrun wurde von der anderen Seite in den Kreis geführt. Sie schien in eine Trance gefallen zu sein, denn sie hatte die Augen halb geschlossen und wankte leicht, als sie in der Mitte neben Finn zum Stehen kam.

Dann wurde sie ausgezogen. Der weiße Rabe trat von hinten an sie heran und strich ihr über das lange Haar. Ein Gesang hob an, tief und kehlig und irgendwie falsch.

Nicht, weil die Töne nicht richtig getroffen wurden. Nein, es schien, als würde der Zirkel rückwärts singen. Leise anschwellend, und der Gesang gipfelte in einem lauten, abrupt endenden Ton.

Der Rabe hielt jetzt ein Messer in der Hand. In die Klinge waren verwirrende Muster geätzt worden, so dass sie einer silbernen Schlange ähnelte. Es gab eine kurze ruckartige Bewegung, dann fiel Alruns langgeflochtener Zopf zu Boden. Sie reagierte überhaupt nicht. Auch nicht, als man sie neu einkleidete. Man half ihr in eine rote Hose, die im Bund verschnürt wurde, zog ihr ein grünes Hemd über den Kopf und ließ sie in ein Paar weiche Stiefel steigen.

Dann trat der Rabe an Finn heran und verfuhr mit ihm auf dieselbe Art und Weise. Die langen Locken fielen zu Boden. Finn stieg in eine Hose, die ebenso rot wie Alruns war. Und auch das Hemd unterschied sich weder im Schnitt noch in der Farbe von ihrer Kleidung. Sie waren sich nun so ähnlich, dass sie auch als Geschwisterpaar hätten durchgehen konnten.

Der Gesang wurde lauter, doch der Text blieb unverständlich. Dann gab ihnen der Rabe aus einer Schale zu trinken. Finn erkannte das Gebräu am Geschmack. Und er wollte es nicht noch einmal trinken. Die letzte Erfahrung war ziemlich beunruhigend gewesen. Er wendete den Kopf ab, um der Schale auszuweichen und presste die Lippen aufeinander. Aber irgendwie hatte er den Durchsetzungswillen des Zirkels unterschätzt. Man packte seine Arme und drehte sie auf den Rücken. Ein Tritt in die Kniekehlen ließ ihn zu Boden sacken. Dann wurde sein Kopf nach hinten gedrückt.

Das Zeug war widerlich. Er versuchte, es auszuspucken, doch der Rabe presste Finns Kiefer aufeinander und drückte seine Hand auf den Mund.

Dann gib Finn nach und würgte den Sud hinunter.

Beide erwachten auf einer Lichtung mitten im Wald. Im Osten hatte der Himmel ein zartes Rosa angenommen, und die Vögel begannen gerade zu zwitschern. Es lag mehr als nur ein Hauch von Frühling in der Luft.

Finn drehte sich stöhnend auf die Seite. Seine Zunge lag in seinem Mund wie ein toter Igel, und der Magen gurgelte missbehaglich. Mit einem Stöhnen richtete er sich auf. Um seinen Hals hing an einer Kette diese seltsam leichte Münze. Er betrachtete sie kurz und steckte sie dann unter sein Hemd. Neben ihm lag ein lederner, mit vielen Taschen versehener Rucksack, an dem eine Wasserflasche baumelte. Er trank zwei, drei tiefe Schlucke und ließ sich dann wieder ins Gras sinken. Finn streckte seine Hand aus und berührte Alrun, die mit einem leisen Stöhnen erst die Schultern bewegte und sich dann zu Finn umdrehte.

»Mein Kopf fühlt sich an wie zwei Mahlsteine, die sich ineinander verhakt haben«, flüsterte sie rau.

»Ja«, sagte Finn, der mit dem Bild tatsächlich etwas anfangen konnte. »Wo sind wir hier?«

»Direkt an der alten Römerstraße, dort hinter den Pappeln. Bis zum nächsten Dorf ist es ein Tagesmarsch.«

»Haspoire liegt wo?«, fragte Finn.

Alrun schaute sich um und deutete nach Westen. »Da hinten.«

Finn sah an sich herab. »Warum tragen wir dieselbe Kleidung?«

»Es ist die Tracht der Heiler«, sagte Alrun.

»Sind wir das jetzt? Heiler?«, fragte Finn.

»Ich zumindest bin es. Und du wärst es auch, wenn du dich an deine Ausbildung erinnern könntest. Ich verstehe nicht, warum man dich das Ritual hat machen lassen.« Alrun strich sich durchs Haar und merkte, dass sie den Zopf nicht mehr trug. Sie öffnete ihren Rucksack und überprüfte kurz seinen Inhalt. Dann trank auch sie einen Schluck Wasser.

Finn hatte Alrun noch nie so ernst erlebt. Sie war verschlossen, fast übellaunig. Und er musste zugeben, dass ihm das gefiel. Die gute Laune, die sie sonst immer zur Schau gestellt hatte, war ihm auf Dauer unheimlich gewesen. Wenn er ehrlich war, fand er sie manchmal sogar anstrengend. Jetzt sah er eine andere Seite von ihr, und die fand er interessant.

»Heiler werden immer gebraucht. Und im Gegensatz zu Tagelöhnern werden sie auch stets gut bezahlt.«

»Aber was hat es mit den Haaren auf sich?«, fragte Finn.

»Dass man sie abgeschnitten hat? Es ist ein Symbol der Neugeburt.« Sie stand ächzend auf. »Und mit kurzen Haaren erkennt man uns nicht als Hexen. Zumindest nicht auf den ersten Blick. Nur Hexen, die keinem Zirkel angehören, und Neugeweihte haben kurze Haare.«

Sie ging durch das hohe Gras zu den Pappeln, die im sanften Wind des Morgens leise rauschten. Finn nahm seinen Rucksack und stolperte hinter ihr her.

»Was ist eigentlich in unseren Taschen?«, fragte er.

»Die wichtigsten Kräuter. Alkohol. Verbandszeug. Nadel und Faden. Und ein Mörser, der schwer wie ein Stein ist.«

»Moment«, unterbrach Finn sie. »Nadel und Faden? Um unsere Kleidung zu reparieren?«

»Auch. Aber in erster Linie, um Wunden zu verschließen.«

»Du willst sagen, du nähst einen Schnitt in der Haut einfach zusammen, als sei er ein Stück Stoff?«

»Ja«, antwortete Alrun. »Was bei einer Jacke funktioniert, hilft auch bei einem Menschen.«

»Aha«, machte Finn erstaunt.

Alrun hob die Mundwinkel. Es war noch ein wenig schief, aber es war das erste Lächeln des Tages. Sie ergriff seine Hand. »Ich werde dir alles beibringen. Schau einfach zu, wie ich es mache.«

»Hoffentlich lerne ich schnell genug«, sagte Finn.

»Daran habe ich keinen Zweifel. Du bist klug. Manchmal habe ich das Gefühl, dass in dir eine alte Seele steckt.«

Finn hob überrascht die Augenbrauen.

»Na, das sagt man doch so«, erklärte Alrun. »Wenn man sich so besonders erwachsen und weise benimmt wie du, hat man eine alte Seele.«

»Ich mag zwar alles Mögliche sein, aber weise bin ich ganz bestimmt nicht.«

»Ah doch«, wiegelte Alrun ab. »Seit deinem Sturz in den Schacht hast du dich verändert.«

»Ich habe mich nicht verändert«, sagte Finn. »Ich habe mein Gedächtnis verloren.«

»Vielleicht«, murmelte Alrun, aber sie klang skeptisch.

»Was hast du gesehen, nachdem du den Sud getrunken hast?«, fragte Finn.

Alrun blieb stehen und sah Finn direkt in die Augen. »Du meinst, welche Vision ich hatte?«

»Ja«, sagte Finn.

»Ich hatte keine«, sagte Alrun und ging weiter.

»Was?«, rief Finn und eilte hinter ihr her.

»Ich hatte keine«, wiederholte Alrun.

»Das glaube ich dir nicht.«

Alrun zuckte mit den Schultern, gab aber sonst keine Antwort mehr.

Sie wanderten stumm bis zum Mittag, dann legten sie die erste Rast an einer Kurierstation ein, die sich bei einer Weg-kreuzung unter der weit ausladenden Krone einer uralten Eiche duckte. Der Zirkel hatte ihnen einige Kupfermünzen mitgegeben, und die hätten auch ausgereicht, um eine erste Mahlzeit zu bezahlen. Doch es kam anders.

Der Wirt der gutbesuchten Gaststube war ein korpulen-ter Mann von vielleicht fünfzig Jahren. Unter seinem engen Hemd wölbte sich ein harter Bauch. Sein Gesicht war rot, und die Augen standen hervor, als würde ein ungesunder Druck sie aus ihren Höhlen pressen.

»Was kann ich euch bringen?«, fragte er.

»Zwei Dünnbier. Was habt Ihr heute für Speisen im An-gebot?«, fragte Alrun.

»Zweierlei Eintopf, Erbsen und Bohnen. Dazu frisches Brot.«

Alrun sah Finn an, und er nickte.

Der Wirt räusperte sich unbehaglich und setzte sich dann zu ihnen an den Tisch. Durch ihre Tracht waren beide als Heiler zu erkennen. »Ich habe ein Problem, und das schon seit längerer Zeit. Wenn ihr mir helfen könnt, gehen die Mahlzeiten auf mich.«

»Kommt drauf an, worunter Ihr leidet«, sagte Alrun unbeeindruckt.

Finn war überrascht. Sie mochte sich ihm gegenüber wie ein verliebtes Mädchen verhalten, unsicher und vielleicht ein wenig schüchtern. Doch wenn es ums Geschäft ging, zeigte sie auf einmal ein Selbstbewusstsein, das Finn beeindruckte.

Der Wirt legte seine Hand auf die Magengrube und verzog das Gesicht, als er rülpsen musste. »Ich stoße in der letzten Zeit oft so sauer auf, dass ich nachts nicht schlafen kann. Etwas füllt meinen Magen und kann nicht entweichen. Habt ihr eine Ahnung, was es sein könnte?«

»Ihr trinkt zu viel und esst das Falsche«, sagte Alrun. »Ihr wisst das wahrscheinlich, könnt aber trotzdem nicht davon lassen. Der Wein ist zu gut, und die Honigschnecken machen so glücklich.«

Der Wirt zuckte mit den Schultern, als wollte er sagen: Wenn ihr es wisst, muss ich mich nicht erklären.

Alrun öffnete ihre Tasche und holte eine kleine gläserne Flasche hervor, die mit einem weißen Pulver gefüllt war.

»Habt Ihr frisches Brunnenwasser?«

»Ja«, sagte der Wirt.

»Bringt mir bitte einen Becher.«

Mittlerweile waren die Gespräche in der Stube verstummt, sehr zum Missfallen des Wirts, dem das ganze Aufhebens peinlich war. Er stand auf und holte das Wasser.

Die Gäste hatten sich neugierig erhoben und versammelten sich um den Tisch – die Augen wie die Münder weit geöffnet. Hier in der Gegend war offensichtlich nicht viel los. Jede Abwechslung schien daher willkommen zu sein.

»Hier.« Der Wirt stellte den Becher ab und setzte sich wieder. Seinen Gästen warf er einen wütenden Blick zu.

Aber niemand sagte etwas. Dazu war das, was gerade geschah, einfach viel zu spannend.

Alrun nahm einen kleinen Dosierlöffel und gab etwas von dem weißen Pulver ins Wasser, das daraufhin zischend aufschäumte.

Ein »Oh« und ein »Ah« waren zu hören. Aber niemand wich zurück.

Alrun rührte den Becher um und klopfte den Löffel ab.

»Trinkt.«

Der Wirt zögerte.

»Hast wohl Angst, dass du von einer kleinen Hexe vergiftet werden könntest?«, feixte ein zahnloser Bauer, der in der letzten Reihe alle anderen schlaksig überragte.

Plötzlich war es so still, dass man eine Nadel hätte fallen hören können.

»Halt die Klappe«, sagte der Wirt. »Oder mir könnten all die offenen Rechnungen einfallen, die du noch bei mir hast.«

Der Mann hob entschuldigend die Hände und verstummte.

»Du willst mich doch nicht vergiften, oder?«, fragte er Alrun.

»Vor all den Leuten?«, fragte sie belustigt. »Wenn ich das wollte, würde ich es anders machen. Außerdem habt Ihr mir keinen Grund geliefert. Was sich ändern kann, wenn Ihr Euch nicht an Euren Teil der Abmachung haltet.«

Dröhnendes Gelächter erfüllte die Gaststube, und der Wirt stürzte den Becher in einem Zug hinunter.

»Die Wirkung müsste sofort eintreten«, sagte Alrun.

Der Wirt hob die Augenbrauen, richtete sich auf und tastete seinen Bauch ab. »In der Tat«, sagte er freudig erstaunt. Er rülpste noch einmal laut, als würde er Druck ablassen, und strahlte dann über das ganze Gesicht.

Alrun füllte etwas von dem Salz in eine kleine Papiertüte. »Gebt einfach eine Messerspitze in einen Becher Wasser, falls die Beschwerden wieder auftreten. Aber übertreibt es nicht. Nehmt Ihr zu viel, wird es Euch schlechter gehen als vorher.« Sie schob ihm die Medizin über den Tisch zu. »Wenn Ihr auf Dauer beschwerdefrei leben wollt, müsst Ihr darauf achten, was Ihr esst: kein Fleisch, schon gar kein fettes Fleisch. Und dazu zählen auch Wurst und Schinken. Viel Gemüse. Besonders Möhren. Wenn Ihr die roh verzehrt, haben sie eine ähnliche Wirkung wie dieses Pulver. Und ganz wichtig: keinen Wein mehr, kein Bier.« Alrun beugte sich ein wenig vor, als wollte sie mit ihm im Vertrauen sprechen. »Ich muss mir nicht Eure Beine anschauen, um zu wissen, dass Ihr den Brand habt. Das Blut drückt, und eigentlich bräuchtet Ihr einen Aderlass, auch wenn er nur kurz hilft. Wie gesagt, achtet auf Euer Essen. Sonst werdet

Ihr noch in diesem Jahr an einem Schlagfluss sterben. Das ist ein Rat, für den Ihr nichts bezahlen müsst.«

Der Wirt nickte. »Ihr seid meine Gäste.« Er machte eine Geste, die Finn mit einschloss. »Ihr beide. Und wenn ihr eure Dienste heute noch anderen angedeihen lassen wollt, könnt ihr hier auf meine Kosten übernachten.«

Alrun schaute Finn an, und er nickte wieder. Es war eine gute Idee. So konnten sie für die weitere Reise ein wenig Geld verdienen.

Der Wirt hielt sich an seinen Teil der Abmachung und brachte den beiden zwei sehr großzügige Portionen.

»Was hast du ihm eigentlich gegeben?«, fragte Finn mit vollem Mund.

Alrun trank einen Schluck Bier. »Wir nennen es Niter. Es gleicht die Säure im Magen aus. Schmeckt scheußlich, wirkt aber sofort.«

»Meine erste Lektion heute«, sagte Finn.

»Deine erste Lektion«, sagte Alrun. »Aber es werden noch weitere folgen.« Sie deutete auf die Schlange, die sich bereits gebildet hatte und bis auf die Straße reichte.

»Du willst sie alle behandeln?«, fragte Finn.

»Natürlich. Ich schicke niemanden weg.«

»Auch wenn darunter Menschen sind, die dich verbrennen würden, wenn sie wüssten, wer du bist?«

»Schau, die meisten Menschen haben sich nicht ausgesucht, dumm zu sein. Sie wurden so erzogen. Wie die Eltern, so dass Kind. Aber es sind trotzdem Menschen. Nur weil sie jemanden wegen seiner Herkunft hassen, muss ich das nicht auch tun.«

»Jetzt bist du diejenige, die altersweise klingt«, sagte Finn und lächelte.

Doch Alrun erwiderte dieses Lächeln nicht. »Man hat keine Wahl, wenn man so aufwächst wie wir. Entweder lässt man sich vergiften. Oder man spielt dieses Spiel aus Angst und Hass nicht mehr mit.«

»Du glaubst, dass Dummheit heilbar ist?«

Alrun verzog das Gesicht, als wäre es vollkommen abwegig, diese Frage überhaupt zu stellen. »Natürlich nicht. Das wird sie nie sein. Aber wir haben uns irgendwann dazu entschlossen, ihr nicht mehr den Raum zu geben, den sie unentwegt einfordert.«

»Du hast dich verändert«, sagte Finn.

Alrun rang mit sich. Dann lehnte sie sich zurück, verschränkte die Arme vor ihrer Brust und sah Finn direkt in die Augen. »Kat hat mir alles erzählt.«

»Was alles?«

»Na, alles! Dass du nicht Finn bist. Dass du nie zu unserem Zirkel gehört hast. Warum hast du es mir nicht gesagt?«

»Ich fand es nicht angemessen«, antwortete Finn.

»Aha. Also hast du dich entschieden, mich leiden zu lassen, anstatt mir Gewissheit zu verschaffen. Hast du eine Ahnung, wie sehr ich mich schäme? Ich habe mich komplett zum Narren gemacht.«

»Das tut mir leid«, sagte Finn.

»Mehr hast du nicht zu sagen?«

»Nein«, sagte Finn bedauernd.

»Du glaubst gar nicht, wie gerne ich dir jetzt eine Ohrfeige verpassen würde«, sagte Alrun mit Tränen in den Augen.

Finn schwieg. Er wusste, jedes Wort wäre falsch.

»Wie soll ich dich eigentlich nennen?«, fragte Alrun.

Er zuckte mit den Schultern. »Finn? Der Name ist für mich so gut wie jeder andere, und ich ...«

Weiter kam er nicht, denn Alrun war jetzt aufgesprungen. Ihr Schemel kippte nach hinten um. »Für mich ist er nicht so gut wie jeder andere! Nicht bei dir!«

Finn machte den Mund erst auf und dann wieder zu und dann wieder auf. Alle starrten sie jetzt an. Auch Alrun merkte das. Sie stellte den Schemel wieder hin und setzte sich.

»Kat hat mir gesagt, ich soll auf dich aufpassen«, zischte sie. »Wenn sie mir nicht diesen Auftrag gegeben hätte, würden wir nicht hier sitzen, das kannst du mir glauben.«

Wütend aß sie ihren Erbseneintopf.

»Es tut mir leid«, wiederholte Finn.

Alrun ließ das Besteck auf die Tischplatte fallen. »Und wenn ich diesen Satz noch einmal von dir höre, werde ich dir dein Herz mit diesem Löffel aus der Brust schneiden. Hast du mich verstanden?«

Finn nickte.

»Weißt du, was das Schlimmste ist? Dass ich immer noch hoffe, dass dort ...«, sie klopfte mit ihrem Finger auf Finns Brust, »dass dort doch noch etwas von dem Finn lebt, den ich kannte. Und solange ich diese Hoffnung habe, kann ich nicht anders, als dich lieben.«

Finn öffnete den Mund und wollte tatsächlich jene verhängnisvollen vier Worte sagen, doch Alrun hob rechtzeitig mahnend den Finger.

»Versprich mir eine Sache: Wenn ich schon mein Schicksal an das deine knüpfe, kann ich dann von dir Ehrlichkeit verlangen?«

»Ja, das kannst du«, sagte Finn.

»Versprochen?«

»Bei meiner Seele.«

Alrun holte tief Luft, hielt sie an und atmete langsam aus. Schließlich nickte sie, als sei das Thema damit für sie erledigt. Zumindest, bis Finn keinen weiteren Fehler machte.

HAKIM

Hakim liebte die See nicht. Das hatte er schon festgestellt, als sie den Hafen von Tyros verlassen hatten. Schon da war er zu der Überzeugung gekommen, dass das Wasser nicht sein Element war. Ganz und gar nicht.

Die Wüste konnte ihn nicht schrecken, sie war ihm eine Herzensheimat, in der die Stille und die Einsamkeit zwei gute Freunde waren, die ihn stets willkommen hießen, wenn er sie aufsuchte, um seinen unsteten Geist zu beruhigen. Hakim liebte es, für sich zu sein, festen Boden unter den Füßen zu spüren und den endlos blauen Himmel über sich haben. Dann fühlte er sich der Welt auf eine Weise verbunden, die ihn immer mit Freude und Frieden erfüllte.

Doch das Nordermeer, das sie jetzt schon seit einigen Tagen befuhren, war ein trostloser Ort, tückisch und unberechenbar. Je weiter sie nach Norden segelten, desto mehr wurde die Welt in eine bleierne Trübsal getaucht, freudlos und feindlich. Nichts war hier von Bestand. Von einer Stunde zur anderen konnte das Wetter umschlagen und die See in einen brodelnden Hexenkessel verwandeln. Oder in ein graues, windstilles Nichts, ein Zwischenreich – nicht von dieser Welt.

Er stand am Bug des betagten Handelsschiffes, zog den schweren Mantel enger zusammen, um den schneidenden Wind abzuwehren, und schloss die Augen.

»Man erzählt sich, dass es hoch oben im Norden ein Land gibt, in dem im Winter die Sonne nicht mehr aufgeht«, sagte eine raue, hohe Stimme neben Hakim. »Eine Insel, auf der die Berge Feuer spucken und so die lange Nacht mit ihrem roten Schein erhellen. Man sagt, sie sei der Zugang zur Unterwelt.«

Hakim sagte nichts, sondern hielt sein Gesicht weiter in den eisigen Wind. Er war so müde, dass er sich kaum auf den Beinen halten konnte. Seine Stimmung war gereizt. Er wollte sich nicht mit dem Mann unterhalten, dessen Wesen in jeder Hinsicht unangenehm war.

»Aber man muss es auch einmal von dieser Seite betrachten«, fuhr Kapitän Demetrios Nikolaidis unbeirrt fort, als würde er Hakims Ablehnung gar nicht bemerken. »Dafür sind die Sommer ohne Nacht! Und die Quellen sind heiß. Niemand muss im Winter frieren.«

»Sagt man sich«, erwiderte Hakim unbeteiligt.

»Sagt man sich«, gab Demetrios zu. »Ich selbst bin so weit noch nicht gesegelt. Und ich habe auch nicht die Absicht, diese Berichte auf ihren Wahrheitsgehalt hin zu überprüfen. Ich bin Kaufmann. Kein Abenteurer.«

Demetrios war ein kleingewachsener Mann, verwittert wie Treibholz. An seiner linken Hand fehlten ihm drei Finger, die er mal bei einer Auseinandersetzung mit arabischen Piraten und mal im Kampf gegen ein Seeungeheuer verloren haben wollte. Der Mann erzählte viel, aber es war nicht immer klar, welche Berichte der Wahrheit entsprachen und welche ein Ergebnis seiner blühenden Phantasie waren.

Demetrios war ein Kaufmann, und wenn man dem Ruf

Glauben schenken durfte, der ihm vorauseilte, sogar ein ziemlich gerissener. Stimmte auch nur die Hälfte der Geschichten, die Hakim zu Ohren gekommen waren, verwunderte es, dass dem vierschrötigen Gnomen als Tribut für seine krummen Geschäfte nur drei Finger fehlten. Dort, wo Hakim herkam, verlor man für Diebstahl und Betrug die ganze Hand. Oder vielleicht sogar den Kopf, je nachdem, wer der Betrogene war.

Aber Demetrios war mit Sicherheit auch ein Abenteurer. Die Route nach Nordosten jenseits der Säulen des Herkules versprach zwar manche Reichtümer, sie war aber auch lebensgefährlich. Nur wenige kehrten wohlbehalten von so einer Reise zurück. Und die, die es taten, berichteten von Barbaren, die grausame Götter anbeteten und den Blutrausch liebten.

»Was ist mit Euch, junger Herr?«, fragte Demetrios. »Wir sind nun schon so lange unterwegs, und dennoch habt Ihr mir noch immer nicht verraten, warum Ihr Euch den Strapazen dieser Reise aussetzt. Nicht, dass ich mich zu beklagen hätte«, beeilte sich Demetrios zu sagen und hob abwehrend seine verstümmelte Hand. »Aber schaut Euch an! Ihr seid jung, Ihr seid reich, Ihr könntet jedes Mädchen von Rashtraputra bis Vestland haben! Ihr habt ein angenehmes Leben hinter Euch gelassen und teilt stattdessen eine harte Schlafstatt mit Männern, die wie Schafe stinken. Und Ihr bezahlt mich auch noch fürstlich dafür, dass ich Euch Eurem sicheren Tod zuführe!«

Hakim hielt die Augen noch immer geschlossen. »Ihr habt mir diese Frage schon so oft gestellt, Demetrios. Neugier und Unhöflichkeit sind dort, wo ich herkomme, zwei Worte für ein und dieselbe Schwäche des Charakters.«

Demetrios verzog das zerfurchte Gesicht, als wäre er tödlich beleidigt worden. Doch seine Stimme zeigte eine Spur zu viel Entrüstung. »Ihr wisst, dass ich ein Ehrenmann bin ...«

»Sicherlich«, antwortete Hakim ungerührt.

»O ja, das bin ich! Oder hätte ich, ein erfahrener Seefahrer aus Byzanz, sonst einen jungen Burschen an Bord gelassen, der sich dem Bernsteinhandel widmen möchte? Wenn es jemals eine offensichtliche Lüge gegeben hat, dann diese.« Demetrios reckte trotzig und herausfordernd sein unrasiertes Kinn vor.

Jetzt erst drehte Hakim sich zu dem kleingewachsenen Mann um, blickte ihm in die Augen und machte eine Geste, als habe er nichts mehr zu sagen. Dann ließ er den Kapitän einfach stehen, ging vorbei an den Männern, die sich wie Sklaven in die Riemen legten und dennoch freie Menschen waren. Hakim berührte im Vorübergehen einen von ihnen, der Demetrios finster musterte, mit der Hand an der Schulter und schüttelte kaum merklich den Kopf. Der Mann runzelte die Stirn und ruderte weiter, während Hakim den Mantel noch enger um sich schlang und sich zum Heck des Schiffes begab, wo er sich an die Bordwand lehnte und für einen Moment die Augen schloss. Die Reise war anstrengend gewesen. Seine Kräfte waren aufgezehrt. Er hatte Heimweh. Er vermisste seine Familie. Den blauen Himmel. Die Sonne. Die Wärme.

Hakim rutschte langsam die Wand hinab und legte seine

Hand auf zwei Ledertaschen, die in geteerte Segeltücher eingewickelt waren. Eine hatte rechteckige Maße, war eine Handbreit hoch und zwei Handbreit lang, stramm verschnürt und mehrfach versiegelt.

Die Besatzung, die Demetrios angeheuert hatte, bestand aus erfahrenen Seeleuten. Unerschütterliche Männer, die keine Angst kannten und den Befehlen des Kapitäns blind gehorchten. Das war auch gut so, denn auch wenn die Reise nach außen hin dem Bernsteinhandel diente, so war Hakims Mission eine ganz andere.

Die *Arete* war ein byzantinisches Transportschiff, eine *Navis actuaria*, gut geeignet für die Küstenschifffahrt, aber nur eingeschränkt hochseetüchtig. Demetrios hatte sich trotz der einen oder anderen lästigen Charakterschwäche als fähiger Kommandant erwiesen, der sich auf die Fadenlotung verstand. Er kannte die Küsten Asturiens, Aquitaniens und Neustriens, Frisias und Transalbingias. Er wusste, wann es sinnvoll war, ein Risiko einzugehen, und wann nicht. Demetrios hatte davon berichtet, dass die Küsten des Frankenreichs immer wieder von Wikingern heimgesucht wurden, die mit ihren Drachenbooten weit die Flüsse hinaufsegelten, Sklaven nahmen oder Gold verlangten, damit die Städte an den Ufern von Brandschatzungen verschont blieben.

Hakim schloss erneut die Augen und gab sich dem Auf und Ab der *Arete* hin. Er musste schlafen, wenn auch nur für ein paar wenige Minuten. Er nahm die Tasche auf den Schoß, zog die Beine an und ließ seinen Geist frei.

Und Hakim träumte.

Er war wieder in den engen Gassen seiner Heimatstadt

Damaskus, die er als Kind durchstreift hatte, und folgte den Gerüchen des Basars: Zimt und Koriander und Nelken. Er träumte von seiner Familie. Von Aischa und Ridwan, seinem herrischen Vater und der stummen Mutter, die ihn nicht verabschiedet hatte, weil sie den Verlust nicht ertragen konnte. Von Sanaa und Iram. Von der Wüste und von Schabbar.

»Herr ...«

Jemand berührte Hakim an der Schulter.

»Herr, wacht auf«, flüsterte eine Stimme.

Hakim schreckte hoch und riss die Augen auf. Das Schaukeln des Schiffes hatte aufgehört. Dichter Nebel umhüllte die *Arete*. Der Mann, der sich zu ihm hinabbeugte, war in dem dichten Dunst kaum zu erkennen. Es war Asim, einer der Seeleute, die Hakim auf seiner gefährlichen Reise begleiteten.

Hakim setzte sich mit einem Ruck auf. »Was ist geschehen? Wo sind wir?«

»Ich kann es nicht sagen, Herr.«

»Was soll das heißen? Wo ist Demetrios? Wo ist der Kapitän?«

»Fort«, kam die knappe Antwort.

Hakim stand auf. »Wir sind auf hoher See! Demetrios kann das Schiff nicht verlassen haben.«

»Aber dennoch ist es so«, sagte Asim. »Der Kapitän ist spurlos verschwunden.«

»Wann habt ihr es bemerkt?«, fragte Hakim.

»Vor wenigen Augenblicken«, sagte Asim. Seine Stimme klang angespannt.

»Das Segel ist eingeholt?«

»Ja, Herr. Aber es herrscht ohnehin Flaute.«

»Die Ruder?«

»Sind eingezogen, der Treibanker ausgeworfen.«

»Wie weit ist es bis zum Land?«

Asim zuckte mit den Schultern. »Ich kann es nicht sagen, Herr.«

»Wir müssen eine Fadenlotung vornehmen. Ich möchte bei diesem Wetter nicht auf Grund laufen.«

»Der Treibanker ...«, wandte Asim ein.

»Der Treibanker würde uns nur helfen, wenn wir Fahrt hätten«, schnitt Hakim ihm das Wort ab.

»Fayiz?«, rief Asim über die Schulter.

»Ja?«, kam es aus dem Nebel zurück.

»Stell dich an den Bug und lote den Grund aus!«

»Ja!«, kam es zurück.

»Alle anderen«, rief Asim. »Bleibt auf euren Plätzen!«

»Demetrios ... Kann es sein, dass der alte Narr betrunken war und über Bord gegangen ist?«, fragte Hakim.

Asim zuckte mit den Schultern. »Ich weiß nicht, ob er irgendwo noch einen geheimen Arrakvorrat hatte. Vielleicht ist es so. Vielleicht war er betrunken. Aber wir hätten sein Aufschlagen im Wasser hören müssen.«

Hakim stand auf. Alles war still. Kein Lufthauch regte sich. Das Meer musste spiegelglatt sein, denn es schlugen keine Wellen gegen den hölzernen Rumpf. »Fayiz!«

»Ja, Herr!«, kam es vom Bug des Schiffes.

»Wie tief ist das Wasser?

Ein Klatschen war zu hören. »Zehn Fuß, Herr.«

Hakim wandte sich an Asim. Er sprach leise, aber eindringlich zu ihm. »Ich möchte, dass du die Waffen an unsere Männer verteilst. Kurze Schwerter.«

»Neun Fuß«, rief Fayiz.

»Los, beeil dich«, zischte Hakim.

Asim murmelte, dass er verstanden hatte, und eilte davon. Seine Schritte waren auf den Planken des Schiffes zu hören. Er selbst war schon bald vom Nebel verschluckt.

»Zehn Fuß«, kam es vom Bug.

Hakim hatte das Gefühl, als wäre er die leicht erlegbare Beute eines lauernden Raubtieres, das sich Zeit ließ und den besten Moment abwartete, bevor es heimtückisch und mit tödlicher Präzision zuschlug.

»Acht Fuß.«

»Asim?«

Der Nebel schien immer dichter zu werden.

»Asim, wo bist du?«

Hakim drehte sich einmal um sich selbst, doch außer dem undurchdringlichen Grau konnte er nichts erkennen. Er trat einen Schritt vor, stolperte aber über eine Taurolle und schlug der Länge nach hin. Ein dunkler Schatten huschte über ihn hinweg.

»Fünf Fuß.«

Hakim versuchte, so schnell wie möglich wieder auf die Beine zu kommen. Er war sich jetzt sicher, dass es zumindest einen Eindringling an Bord gab.

»Zu den Waffen!«, rief er.

Niemand antwortete.

Etwas Schwarzes löste sich aus dem Nebel und stürzte

sich lautlos auf ihn. Hakim wirbelte herum. Ein scharfer Schnitt verletzte ihn am Arm, und er spürte, wie warmes Blut an ihm herablief.

»Zwei Fuß.«

Fayiz' Stimme bebte vor Angst, war der Panik nahe, aber der Mann hielt die Stellung und erfüllte seine Aufgabe.

Der Tod war an Bord gekommen, dessen war sich Hakim jetzt sicher.

»Fayiz, bring dich in Sicherheit!«

Doch Fayiz antwortete nicht. Er war verstummt, wie all die anderen auch. Hakim nahm den seltsam metallischen Geruch wahr, den frisch vergossenes Blut verströmte.

Der Schatten war wieder bei ihm. Er hatte eine beeindruckende Gestalt, ein Wikinger, der Hakim um eine Haupteslänge überragte. In der Hand trug er einen Dolch, von dem dunkle Tropfen auf das Deck fielen. Der Körper schien im Nebel zu dampfen. Das Gesicht, das permanent Fratzen schnitt, als würde die Seele einen aussichtslosen Kampf gegen einen Dämon führen, hatte keine Augen. Stattdessen leuchteten in den Höhlen zwei weiße Kugeln.

Die grimassierende Gestalt streckte zögernd die Hand nach Hakim aus, als wäre sie verwirrt. Als wäre da etwas, das sie nicht erwartet hatte. Sobald die blutigen Finger Hakims Gesicht berührten, zuckte die Gestalt zurück. Dann roch sie an dem Jungen wie ein Wolf, der nicht wusste, ob seine Beute genießbar war.

Hakim wich zurück, Schritt für Schritt. Er wusste jetzt, dass er der einzige Überlebende der *Arete* war.

Plötzlich gab es, begleitet vom Knirschen zersplitternden Holzes, einen gewaltigen Schlag, durch den sich die *Arete* zur Seite neigte. Hakim verlor das Gleichgewicht. Er rutschte zur Backbordreling, wobei die Taschen in seinen Schoß fielen.

Der Schatten war verschwunden. Ein Schiff hatte die *Arete* gerammt, und eine Enterbrücke wurde ausgefahren.

Hakim erkannte im Dunst die Gestalt eines einbeinigen, hochgewachsenen Mannes. Die Haare waren schlohweiß, und im Gegensatz zu dem anderen Wikinger waren seine Augen so rot, als wären etliche Adern geplatzt.

Hakim konnte im sich lichtenden Dunst die Ruderbänke sehen. Sie waren leer. Etwas hatte die Männer geholt, verschlungen, ihre Existenz ausgelöscht.

Der Mann grinste und entblößte dabei einige sehr große Zähne. »Wer bist du?«, fragte er.

Hakim stieß einen Schrei der Verblüffung aus. Es war nicht die Frage, die Hakim das Mark in den Knochen gefrieren ließ. Es war die Sprache, in der sie gestellt worden war.

Dieser Mann, dieser Wikinger, sprach Arabisch.

FINN

Sie untersuchten die Bauern bis tief in den Abend hinein. Es hatte sich schnell herumgesprochen, dass fähige Heiler in der Gegend waren, die für einen vernünftigen Preis alle erdenklichen Krankheiten behandelten. Gegen Milzsucht gab es Johanniskraut, bei Problemen mit dem Wasserlassen verabreichte Alrun getrocknete Bärentraube. Und litt jemand an Reizhusten, gab es einen Tee aus Königskerzenblüten. Nur bei Erkrankungen wie der Schüttellähmung oder der Fallsucht wusste auch Alrun kein Mittel. Besonders vorsichtig war sie bei Krankheiten, die ansteckend waren. Bei Wasserfieber und Schwindsucht ließen sich nur die Symptome behandeln. Nicht aber die Ursachen, die zu dieser Erkrankung führten. Das war zwar tragisch, aber Alrun nahm die Leiden der Menschen ernst und erklärte vorher genau, wo ihre Grenzen als Heilerin lagen. Außerdem stellte sie den Männern und Frauen frei, was ihnen ihre Behandlung wert war. Und so hatte sich in kürzester Zeit Misstrauen in Respekt verwandelt. Als sie am anderen Morgen aufbrachen, hatte der Wirt für sie beide einen Proviantbeutel zurechtgelegt, der sie die nächsten zwei Tage nicht Hunger leiden lassen würde.

Sie wanderten weiter nach Norden, übernachteten dabei in Scheunen gastfreundlicher Bauern, um deren kranke Kühe sie sich dann auch gleich kümmerten. Finn lernte in dieser Zeit so viel, dass er in manchen Nächten nicht einschlafen konnte, weil die Eindrücke und Erfahrungen zu überwältigend waren.

Nach fünf Tagen erreichten sie den großen Fluss, der von den Einheimischen Ry genannt wurde und der sie nach Norden bringen sollte. Sie hatten eine Zeichnung des Wappens angefertigt: der goldene Drache auf rotem Grund. Die Kaufleute, die auf dem Fluss Handel trieben, hatten dieses Wappen jedoch noch nie gesehen und schüttelten den Kopf.

Alrun hielt in den Dörfern Ausschau nach dem Fünfstern, nach Männern und Frauen mit langen, zu einem Zopf geflochtenen Haaren. Vergeblich. Wenn es hier in der Gegend einen Zirkel gab, dann existierte er im Verborgenen irgendwo in den Wäldern.

Schließlich erreichten sie nach einigen Tagen Bingium, einen großen Handelsposten am Fuße eines gewaltigen Taleinschnitts, durch den der Ry in dunklen Biegungen weiter nach Norden strömte. Dieser Taleinschnitt war wie das Tor in ein unbekanntes Reich, denn die Gipfel der Berge, die sich links und rechts des Ufers in den trüben Himmel erhoben, verschwanden in dichtem Nebel.

Bingium lag im Mündungsbereich eines anderen Flusses, der Nava. Hier tauschten Händler ihre Ladungen. Holz und Felle gegen Wein. Und Waffen.

Den ganzen Tag waren die beiden ihrer Heilertätigkeit nachgegangen. Finn war mit den meisten Behandlungen mittlerweile so vertraut, dass er sie auch ohne Alrun vollziehen konnte, die in der Zwischenzeit ihre Vorräte an Kräutern, Salzen und Mineralien auffüllen wollte. Es waren mit

Ausnahme zweier Zähne, die gezogen werden mussten, die üblichen kleinen Wehwehchen.

Am späten Nachmittag hatte Finn die Tasche gepackt und war hinunter zum Hafen gegangen, um etwas zu essen und den neuesten Nachrichten der Händler zu lauschen. Er mochte die Atmosphäre, die Vielfalt unterschiedlicher Sprachen und Dialekte, den Geruch der Garküchen und den derben Gesang, der aus den Schänken und Tavernen auf die Straße drang. Er und Alrun hatten in den letzten Tagen so viel verdient, dass er nicht jedes Kupferstück umdrehen musste. So hatte er sich ein vorzügliches Huhn in Zimtsauce auf die Hand gegönnt und spielte nun mit dem Gedanken, sich selbst zu einem Mandelauflauf mit Äpfeln einzuladen, als ihn plötzlich ein Mann anrempelte und ohne ein Wort der Entschuldigung weiterrannte. Er war großgewachsen, trug einen absurd schmalen Schnurrbart, hatte langes dunkles Haar und mit Kajal umrandete, stechende Augen. Doch das war nicht das Ungewöhnlichste an ihm. Auf seiner rechten Wange prangte ein fünfzackiger Stern.

Finn fiel der Rest des Huhns aus der Hand, als er dem Mann fassungslos hinterherstarrte.

Und dann sah Finn, wie drei andere Kerle hinter ihm her waren, die Hände am Schwertgriff. Sie rannten nicht, sondern bewegten sich ruhig wie Jäger, die wussten, dass sie ihre Beute in die Ecke getrieben hatten.

Finn schaute sich um, aber die Leute gingen unbeeindruckt ihren Geschäften nach. Niemand schritt ein oder stellte sich den Männern in den Weg. Keiner machte Anstalten, dem Vorgang irgendeine Bedeutung beizumessen.

Jetzt verstand Finn, warum sie hier in Bingium bisher noch keinen Zirkel entdeckt hatten. Ihre Angehörigen wurden verfolgt, im wahrsten Sinne des Wortes. Und angesichts der Entschiedenheit der Kerle, mit der sie zum Schwert gegriffen hatten, schienen sie hier mit ihnen gerne mal kurzen Prozess zu machen.

Dies war der Mann mit dem Mal, von dem Kat gesprochen hatte. Er musste es einfach sein. Etwas regte sich in Finn. Etwas, das ihn unruhig werden ließ.

Und so folgte er ihnen.

Einige dunkle Gassen weiter hatte er sie eingeholt.

Der Mann mit dem Mal lag am Boden und blutete aus einer tiefen Wunde am Bauch. Der Blick, der in seinen Augen lag, war so bitter, finster und hasserfüllt, dass sogar seine Peiniger zögerten, dem Leben dieses Mannes hier und jetzt ein Ende zu bereiten.

Plötzlich drehte sich einer der Angreifer um und stieß seine Kumpane an, er hatte Finn bemerkt.

»Kleiner, du solltest am besten von hier verschwinden.« Über dem rechten Auge trug er eine Klappe, unter der sich eine Narbe von der Stirn zur Wange zog. »Manche Dinge willst du nicht sehen. Schon gar nicht in deinem Alter.«

»Mein Alter täuscht.« Finn wunderte sich, wie ruhig er diese Worte aussprach.

»Ganz schön abgebrüht. Aber wie du meinst.«

Die drei wollten ihre blutige Tat vollenden, so viel war sicher. Finn trat vor und legte seine Hand auf den Schwertarm des Mannes mit der Augenklappe.

»Tut das nicht.«

Der Einäugige hatte wohl gedacht, in Finn so etwas wie einen Verbündeten zu haben, der gerne einmal sehen wollte, wie ein Hexer vom Leben in den Tod befördert wurde. Als er seinen Irrtum bemerkte, änderte sich sein Ton.

»Zieh Leine, Hexerfreund. Sonst hast du es auch bald hinter dir.«

Finn schüttelte verneinend den Kopf. Dann wand er dem Klappauge mit einer einzigen Bewegung das Schwert aus der Hand. Die Knochen des Gelenks knackten, und der Mann sank mit einem Schrei auf die Knie.

Finn wog das Schwert in seiner Hand und wirbelte herum, als die beiden Kumpane auf ihn losstürzten.

Sie waren nicht gut in dem, was sie taten. Jede Bewegung war so berechenbar, dass Finn ihnen ohne Mühe ausweichen konnte. Sie waren langsam. Kräftig, aber schwerfällig. Dem Zweiten konnte er das Schwert aus der Hand schlagen und mit dem Fuß dem verletzten Hexer zuschieben, der es ergriff, um sich an der Waffe wie an einer Krücke aufzurichten. Die linke Hand presste er auf die Wunde an seiner Seite, knapp unterhalb des Rippenbogens. Dann rannte er los.

Dieser verdammte Feigling ließ Finn einfach im Stich! Doch er kam nicht weit. Nach zehn Schritten taumelte er, fiel in einen Stapel Fässer und blieb liegen.

Finn entwaffnete den dritten Mann.

Jetzt begriff das Trio, dass ihr mörderisches Unternehmen gescheitert war und lief davon.

»Was war denn das?« Alrun stand am Eingang der Gasse,

den Mund weit geöffnet. Überall an ihr baumelten Besorgungen, die sie in den letzten Stunden eingekauft hatte.

Finn keuchte und zuckte mit den Schultern. Er hatte keine Ahnung.

Alrun ließ die Taschen fallen und eilte zu dem Mann, der sich mehr tot als lebendig in einem Haufen Abfall wälzte. Sie stieß einen Schrei aus und sah Finn erschrocken an.

»Er ist einer von uns.«

»Deswegen wollten sie ihn umbringen«, sagte Finn.

Alrun öffnete die Lederjacke des Mannes und untersuchte die Wunde, aus der noch immer Blut sickerte. »Wir müssen ihn ins Helle tragen. Hier werde ich ihn nicht behandeln können.«

»Lass die Finger von mir«, zischte der Mann.

»Ich will Euch helfen!«, sagte Alrun mit zitternder Stimme. »Wir sind wie Ihr.«

»Ich habe schon andere Dinge überlebt.«

»Was mich wundert«, sagte Alrun. »Ihr gehört keinem Zirkel an.«

»Verschwinde und geh mir nicht auf die Nerven. Kauf dir auf dem Markt eine Zuckerstange.«

»Ich bin kein Kind mehr«, sagte Alrun empört.

»Doch. Du schon.« Er zeigte auf Finn. »Nur er nicht.«

Finn ging vor dem Mann in die Hocke und musterte ihn. Er roch nach Alkohol, und die Haut war fahl und welk.

»Wenn ich kein Kind bin, was bin ich dann?«

Der Mann spuckte aus. »Du bist der Wiedergänger, der mir angekündigt wurde.« Er zeigte auf die Münze, die aus Finns Hemd gerutscht war.

Alrun schaute den Mann überrascht an. »Hat Kat mit Euch gesprochen?«

»Wer zum Teufel ist Kat?« Der Mann machte ein Gesicht, als müsste er sich gleich übergeben.

»Wie heißt Ihr?«, fragte Finn.

»Orm Shatt«, brummte der Mann.

»Gut! Das ist Alrun. Und ich bin Finn.« Finn erwartete keine Dankbarkeit, aber Orms Unfreundlichkeit bereitete ihm schlechte Laune. Fast wäre er der Bitte nachgekommen und hätte sich einen anderen Hexer gesucht. Aber etwas in ihm sagte, dass dieser unausstehliche Kerl der richtige Mann war. Wenn Finn auch noch nicht genau wusste, wofür.

»Wir brauchen Licht, wenn ich seine Wunde versorgen soll«, sagte Alrun.

»Können wir ihn transportieren?«, fragte Finn.

»Nicht weit. Am besten tragen wir ihn hier in eine Schenke.«

»Das wäre eine ziemlich schlechte Idee«, sagte Orm. »Ich habe überall Hausverbot. Sozusagen. Aber mein Boot liegt unten im Hafen.«

»Dann müssen wir es so machen«, sagte Alrun. »Nimm du seinen linken Arm, ich nehme den rechten.«

Orm, der die ganze Zeit von einem zum anderen geschaut hatte und sichtlich irritiert war, dass man ihn nicht in die Unterhaltung mit einbezog, wurde jetzt hochgehoben und von beiden geschultert.

Orm war leicht. Wenn er mehr als hundertzwanzig Pfund wog, war das geschmeichelt. Finn hatte keine Lust, den drei Hexenjägern erneut über den Weg zu laufen. Also schlugen sie einen Bogen zum Hafen, der am östlichen Ende der Stadt lag. Und dort war auch das kleine Flachbodenschiff vertäut, das Orm gehörte.

Sie hievten ihn über die niedrige Reling, und Finn entzündete eine Lampe, die am Mast hing.

»Ihr steuert das Schiff allein?«, fragte Alrun, die das Hemd aufschnitt, um die Wunde auswaschen zu können.

»Mir ist meine Mannschaft abhandengekommen«, brummte Orm.

»Habt Ihr sie nicht bezahlt?«, fragte Alrun.

»Hey«, entfuhr es Orm. »Ich habe meine Männer immer gerecht behandelt! Das möchte ich doch mal feststellen, ja?«

»Und wo sind sie dann?«, fragte Finn.

»Du hast sie in die Flucht geschlagen.«

»Das verstehe ich nicht. Wenn Ihr sie gerecht entlohnt habt, wieso wollten sie Euch dann ans Leder? Offensichtlich wussten sie ja schon länger, dass Ihr ein Hexer seid.« Er zeigte auf das Brandmal in Orms Gesicht. »Das kann also nicht der Grund sein.«

»Sie waren scharf auf die Ware und wollten sie selbst verkaufen.«

»Und was verkauft Ihr?«, fragte Alrun.

»Waffen«, sagte Orm.

Finn betrachtete das Schwert, das er einem der Männer abgenommen hatte. »Klingen wie diese?«

Orm nickte. »Ich habe gute Kontakte zu einer Schmiede, nicht weit von hier. Ulfberht.«

Alrun hielt inne. »Von denen habe ich gehört. Sie sollen die besten Schwerter im ganzen Reich herstellen.«

»O ja«, sagte Orm. »Und sie dürfen auch nur hier im Reich verkauft werden. Nun, da komme ich dann ins Spiel.«

»Ihr schmuggelt sie.«

»Sagen wir, ich habe einen großen Kundenstamm«, gab Orm zu. »Vor allem die Wikinger bezahlen Höchstpreise. Einmal im Monat fahre ich den Ry hinauf, lade das Schiff voll, und dann geht es wieder zurück. Im Moment ist die Nachfrage sehr groß.«

»Und dann lasst Ihr das Boot unbewacht?«

»Die Schwerter sind natürlich nicht an Bord«, antwortete Orm. »Ich habe sie an Land versteckt.«

»Deswegen waren die Kerle hinter Euch her«, sagte Alrun.

»Genau deswegen. Sie wollten die Schwerter selbst in Dorestad verkaufen.« Er richtete sich auf, und Alrun ließ seufzend die Arme sinken, weil sie gerade Nadel und Faden ansetzen wollte. »Wo wir gerade davon sprechen: Ich würde mich gerne auf den Weg machen. Also, ihr wisst schon. Ablegen. Meine Geschäftspartner werden sich bestimmt noch in dieser Nacht mein Boot holen wollen.«

»Und wohin soll die Reise gehen?«, fragte Alrun.

»Auf die andere Flussseite«, sagte Orm und legte sich wieder zurück an die Reling. Er zuckte noch nicht mal mit der Wimper, während Alrun die Wunde zunähte. »Da habe ich auch die Waffen versteckt.« Er betrachtete ihre Arbeit und nickte anerkennend. »Nicht schlecht.« Orm runzelte die Stirn, als hätte er vergessen, was er zuvor gesagt hatte. »Ach ja. Die Ruder. Sie liegen vorne an der Seite.«

»Wir sollen rudern? Sind wir jetzt die neue Mannschaft?«, fragte Alrun.

Orm zeigte an sich hinab. »Also, ich werde kaum in der Lage sein, auch nur das Segel zu setzen. Und da ich sozusagen an deinen Begleiter gebunden bin, müsst ihr euch was einfallen lassen. Also, was ist?«

»Das habt Ihr Euch ja gut ausgedacht«, sagte Alrun und packte ihre Tasche wieder zusammen.

»Und wenn du noch einmal Ihr und Euch sagst, spring ich über Bord«, rief Orm. »Dann könnt ihr beide euch einen neuen herumstreunenden Hund suchen.«

Finn stieß das Boot ab, das sofort von der Strömung ergriffen wurde und hängte die Ruder in die Dollen ein.

»Wo müssen wir hin?«

»Unterhalb des Zulaufs der Nava ist ein Querriff. Das müssen wir überwinden. Eigentlich sollte das kein Problem sein. Der Mond scheint. Wir sind nicht beladen, und unser Prahm hat einen minimalen Tiefgang. Hinter der nächsten Biegung, auf der anderen Flussseite, legen wir an. Ihr nehmt die Riemen, ich steuere mit dem Ruder.« Er wedelte mit den Händen, als würde er ein paar Hühner vor sich her scheuchen. »Los, los! Wir dürfen nicht zu weit in die Mitte treiben.«

Finn und Alrun ruderten mit aller Kraft. Wenn Orms Korrekturen mit dem Ruder nicht ausreichten, gab er Anweisungen, wer sich mehr und wer sich weniger ins Zeug legen sollte. Das Rauschen einer Stromschnelle kam immer näher.

»Sie nennen es das *Loch*«, rief Orm gegen den Lärm an. »Bingium ist deswegen so reich, weil hier alle Waren umgeladen werden müssen. Die meisten Boote haben im Gegensatz zu meiner *Luriel* einen zu großen Tiefgang.«

»*Luriel*?«, fragte Finn zwischen zwei Ruderzügen. »Woher kommt der Name?«

Orm hob die Augenbrauen. »Du weißt nicht, wer Luriel ist?«

»Sollte ich das?«

Orm schnaubte und schüttelte den Kopf. »Sie ist eine Frau, die für manche Menschen Fluch und Segen zugleich ist. Du wirst ihr begegnen, keine Angst.«

Kurz nachdem sie den Taldurchbruch passiert hatten, steuerte Orm eine kleine Bucht am östlichen Ufer an.

»Vertäut das Boot vorne an dem Baum«, sagte er.

Finn sprang an Land und vertäute ein Seil am Stamm eines toten Baumes. »Und jetzt?«, fragte er, als er sich die Hände an seiner Hose abwischte.

»Hilf mir auf«, bat Orm Alrun.

»Die Wunde wird wieder aufgehen«, warnte sie. »Bleib lieber sitzen.«

»Mädchen, du bist ein wenig anstrengend. Hat man dir das schon mal gesagt?« Orm stützte sich keuchend auf die Reling, als ein scharfer Schmerz durch seine Seite fuhr. Langsam atmete er aus. »Finn?«

»Ja?«

»Siehst du die beiden Eschen da drüben?«

Finn drehte sich um und suchte mit den Augen den Ufersaum ab. »Ja.«

»Dahinter wirst du eine kleine Erhöhung finden.«

»Wie klein?«

»Sehr klein«, sagte Orm. »Als hätte man dort einen Hund begraben.«

Finn stolperte über die kopfgroßen Steine und hielt sich an den beiden Bäumen fest. Tatsächlich war da ein Felshügel, der aussah, als hätte man ihn künstlich aufgeschichtet. Er trug die Steine ab und legte ein in Pechtuch gewickeltes Bündel frei.

»Ich habe es gefunden«, rief er.

»Geh deinem Freund helfen«, wies Orm Alrun an. »Er wird die Schwerter nicht alleine tragen können.«

Alrun rührte sich nicht.

»Na, dann nicht«, sagte Orm und schleppte sich auf seinen Platz am Heck, wo er sich einen Apfel nahm und hineinbiss.

»Das ist schwer!«, rief Finn. »Alleine werde ich das nicht tragen können.«

Orm und Alrun schauten sich noch immer an. Es war wie ein Duell, bei dem derjenige verlor, der als Erstes blinzelte.

»Orm?«, rief Finn.

Der Mann gab keine Antwort. Stattdessen warf er das Kerngehäuse über Bord und nahm sich einen neuen Apfel.

»Orm!«, rief Finn ungeduldig.

Alrun gab einen missmutigen Laut von sich und stand auf. »Ich komme.«

»Mir ist es vollkommen egal, ob du Junge oder Mädchen, ein Troll oder eine Elfe bist« sagte Orm kühl. »Aber solange ihr auf meinem Boot seid«, er pochte dabei mit dem Finger auf das Holz der Reling, »bin ich derjenige, der sagt, wie hier die Dinge zu laufen haben. Ist das klar?«

Wut brodelte in ihr hoch, aber Alrun versagte sich jede Antwort. Dabei hätte sie Orm zu gerne entgegengeschleudert, was sie von ihm hielt. Nämlich, dass er ein eingebildeter, aufgeblasener Wicht war, der die Leute herumkommandierte. Dass seine ehemaligen Geschäftspartner – Himmel, allein dieses Wort! – ihm die Gurgel hatten durchschneiden wollen, war nun wirklich kein Wunder.

Aber sie sagte nichts, sondern beherrschte sich. Und das machte sie noch wütender. Aufgebracht kletterte sie die Uferböschung hoch, rutschte dabei zweimal ab und schnitt sich an einem scharfen Stein die Hose auf. »Verdammt!«, fluchte sie.

»Was war los?«, fragte Finn überrascht.

»Ich werde diesen Kerl nicht lange ertragen können«, sagte sie ungehalten. »*Das* war los.«

»Wir brauchen ihn«, sagte Finn.

»Ich weiß«, zischte Alrun zwischen ihren Zähnen hervor. »Aber ganz im Ernst, wenn ich Kat nicht das Versprechen gegeben hätte, dich zu begleiten und bei dir zu bliebe, würdest du diese Reise ab hier alleine fortsetzen.«

»Du würdest mich an diesem trostlosen Ort zurücklassen?«, fragte er mit gespielter Fassungslosigkeit.

»Nein, natürlich nicht«, brummte sie. »Aber ich hoffe, du verstehst, was ich meine.«

»Ich kann verstehen, dass ich ein Fremder für dich bin.«

»Ja. Nein!«, sagte Alrun verzweifelt. »Ich weiß doch selbst nicht, was oder wer du bist. Finn bist du jedenfalls nicht. Du siehst zwar aus wie er, und du hast dieselbe Stimme. Doch die Worte, die du sagst, sind nicht seine. Du bist mir … warst mir fremd. Ich habe dich kennengelernt in den letzten Tagen, und ich fühle mich wohl an deiner Seite. Auch wenn es seltsam ist, immer wieder Worte eines anderen aus deinem Mund zu hören.«

»Aber?«

»Aber du liebst mich nicht«, sagte sie, als würde sie sich langsam mit der Wahrheit abfinden.

»Nein, das tue ich nicht«, gab Finn bedauernd zu.

»Das ist auch vollkommen in Ordnung«, beeilte sich Alrun zu sagen. »Wirklich. Ich frage mich nur, was von mir bleibt, wenn du … wenn Finn nicht mehr da ist. Ich fühle mich allein! Besonders in Gegenwart dieses Kackstiefels!«

Finn stand auf. Und nahm Alrun in den Arm. Zum ersten Mal, seit er sie kannte. Im ersten Moment versteifte sie sich, doch dann gab sie den Widerstand auf und hielt sich an ihm fest.

»Hey, ihr zwei Täubchen!«, rief Orm. »Mir wird kalt.«

Alrun grollte auf und löste sich von Finn.

»Komm, wir tragen die Schwerter zum Boot und fahren weiter«, sagte Finn.

Die Waffen waren schwer. Sehr schwer. Und obwohl sie gut verpackt waren, ließen sie sich nur mit Mühe transportieren, denn die dünnen Seile schnitten in die Finger ein.

»Verdammt, lasst das Bündel nicht auf dem Boden schleifen!«, rief Orm. »Das Wachstuch darf nicht beschädigt werden.«

Finn drückte knackend den Rücken durch und schüttelte die Hände aus.

»Auf drei«, sagte er, und gemeinsam wuchteten sie die Schwerter an Bord.

»Dieser Prahm hat in der Mitte einen doppelten Boden. Darunter befindet sich ein kleiner Stauraum.«

»Passend für deine wertvolle Fracht«, sagte Finn.

»Genau. Außerdem bringt die Ladung da den Schwerpunkt nicht durcheinander.« Er nahm wieder seinen Platz am Ruder ein. »Löst das Tau und stoßt das Boot ab. Es geht weiter.«

Das Tal des Ry hatte sich tief in ein dunkles Schiefergebirge gegraben. Jeder Ruderschlag wurde von schroffen Felswänden zurückgeworfen, die das Ende der Welt zu markieren schienen. Die *Luriel* war das einzige Schiff, das auf diesem Teil des Flusses unterwegs war. Finn und Alrun mussten den Kurs so gut wie gar nicht korrigieren. Es reichte aus, sich auf dieser Fahrt, die ins Herz der Finsternis zu führen schien, der Strömung zu überlassen. Die Sonne schob sich erst am späten Vormittag über die Bergkante und ging früh wieder unter. Im Dunst des trüben Tages war sie nur für eine kurze Zeit als helle Scheibe an einem grauen Himmel zu erahnen. Sie aßen an Bord und legten nirgendwo an, denn das Ufer war an keiner Stelle flach genug, um nicht mehr steuern zu müssen, so dass sie hätten rasten können. An manchen Biegungen duckten sich auf beiden Seiten des Rys Ruinen aufgegebener Befestigungen in die Nischen des dunklen Gesteins. Gegen Abend, die Sonne war schon lange hinter dem westlichen Kamm untergegangen, tauchte hinter einer der vielen Biegungen der schroffe Fels eines kegelförmigen Berges auf. Der Flusslauf verengte sich, und die Strömung nahm zu.

»Das ist der Grüngrund«, sagte Orm und deutete auf eine Sandbank. »Etliche Schiffe sind hier schon gekentert. Dreht euch um und benutzt die Riemen als Stecken.«

Orm richtete sich auf, schaute konzentriert auf die Wirbel der Strömung und gab Anweisungen. Ein falsches Manöver, eine einzige Fehleinschätzung und auch sie würden hier mit Mann und Maus untergehen. Er biss die Zähne zusammen. Der Wundschmerz musste unerträglich sein. Dennoch ließ er sich davon nicht beeindrucken. Erst als sie die Untiefen hinter sich gelassen hatten, sackte Orm erschöpft zur Seite.

»Dort hinten am Ufer legen wir an«, keuchte er und betrachtete die blutige Hand, die er auf die Wunde gepresst hatte.

»Die Naht ist aufgeplatzt«, sagte Alrun.

»Am Bug ist ein Verschlag. Dort findet ihr Decken für die Nacht.«

»Erst versorge ich die Blutung«, sagte Alrun.

»Hör auf mich zu bemuttern!«, fauchte er sie an.

»Sie bemuttert dich nicht, Orm Shatt«, sagte Finn. »Obwohl du dich wie ein schlecht erzogenes Kind aufführst! Sie sorgt dafür, dass du nicht stirbst.«

Orm zuckte mit den Schultern, als wäre es ihm egal. »Keine Angst, Unkraut vergeht nicht.«

»Du wirst tun, was Alrun sagt«, fuhr Finn fort. »Und du wirst ihr mit dem nötigen Respekt begegnen.« Er holte die

Münze hervor. »Ich muss dich nicht daran erinnern, dass du verpflichtet bist, uns zu helfen.«

»Dir«, sagte Orm. »Aber nicht ihr.«

»Warum, verdammt nochmal?«, fuhr Alrun ihn an. »Was habe ich dir getan, dass du mich so behandelst?«

»Ich will mit eurem Volk nichts zu tun haben.« Orm zeigte auf Finn. »Er ist wie ich. Nur dass ihm das Brandmal erspart geblieben ist.«

»Was soll das heißen, er ist wie du?«, fragte Alrun.

»Ich sagte doch, er ist ein Wiedergänger. Ich kenne den Geruch, der an ihm haftet.«

»Weil du ihn auch verströmst«, sagte Finn. »Ist es nicht so?«

»Bei Orm ist es ein wenig anders«, sagte auf einmal eine Stimme neben Finn.

Er wirbelte herum und sah in das Gesicht einer Frau, groß und strahlend. Das Haar schimmerte grünlich. Der Saum ihres Kleides war so nass, dass er tropfte.

Luriel musterte Finn belustigt. »Du hast einen guten Körper gefunden. Ein wenig jung. Indes wirst du in ein paar Jahren ein stattlicher Mann sein. Also kein Grund zur Sorge.« Sie lachte, als wäre das ein hervorragender Witz, eine Art ausgleichende Gerechtigkeit. So als neigte das Schicksal auch manchmal zu Humor.

»Du bist eine Nixe«, entfuhr es Alrun.

Luriel grinste das Mädchen spöttisch an.

Finn verstand gar nichts mehr. »Eine Nixe?«

»Natürlich. Das erklärt alles«, sagte Alrun, als hätte sie endlich die Bedeutung eines Bildes erkannt, weil der letzte

Pinselstrich hinzugefügt worden war. »Nixen sind Torwächter. Sie bewachen den Übergang vom Totenreich ins Reich der Lebenden.«

»Ich bin in einem Schacht gefunden worden«, wandte Finn ein. »In einer alten Mine.«

»Aber du hast im Wasser gelegen, nicht wahr?«, sagte Alrun.

»Es war nicht fließend, doch wir konnten nicht wählerisch sein. Es musste schnell gehen«, sagte Luriel. »Außerdem stimmt es nicht ganz, wir sind keine Torwächter im eigentlichen Sinne. Die Übergänge sind in der Regel versiegelt. Wir achten nur darauf, dass es so bleibt.«

»Manchmal öffnen sie sich einen Spalt«, sagte Alrun. »Nicht wahr?«

»In der letzten Zeit sogar häufiger.« Luriel streckte die nackten Füße aus und wackelte mit den Zehen, als wären sie eingeschlafen. »Es ist wie bei einem Damm, der zu brechen droht, weil jemand ein Loch hineingebohrt hat. Hast du eigentlich die Kugel noch?«

Finn strich über seine lederne Tasche, die er stets am Gürtel trug.

»Darf ich sie mal sehen?«, fragte Luriel.

Finn zögerte.

»Ich werde sie dir schon nicht wegnehmen«, sagte die Nixe und hielt ihre Hand auf.

Finn legte die Kugel hinein.

Luriel betrachtete sie eingehend. Was immer sie erwartet hatte, es trat nicht ein. Zufrieden gab sie ihm die Sphäre zurück.

»Was geschieht hier?«, fragte Alrun, und die Hilflosigkeit war ihrer Stimme anzuhören.

»Das Ende der Welt bricht an«, sagte Orm.

»Ist das wahr?«, fragte Finn.

»Wenn deine Mission scheitert? Ja.« Luriel beugte sich vor und hob Orms Hemd. Sie machte ein Gesicht wie eine Mutter, deren Kind wieder einmal mit zerrissener Hose vom Spielen heimgekehrt war. Dann rieb sie die Hände aneinander und legte sie auf Orms Seite, der daraufhin vor Schmerzen knurrte.

»Stell dich nicht so an«, sagte sie und gab ihm einen Kuss.

Die beiden benahmen sich wie ein altes Ehepaar, das sich schon seit Ewigkeiten kannte, so ungleich es auch sein mochte. Sie, die überirdisch Schöne. Und er, der sich selbst als streunenden Hund bezeichnete – eine Beschreibung, die in der Tat ziemlich gut zu ihm passte.

Orm schaute an sich hinab. Die Wunde war verheilt. Bis auf einen Rest von verkrustetem Blut wies nichts mehr darauf hin, dass ein Messer ihn beinahe aufgeschlitzt hatte.

»Du weißt mehr, als du mir sagen willst«, sagte Finn.

»Aus gutem Grund«, gab Luriel zurück. »Es gibt bestimmt ein paar Dinge, an die du dich erinnerst, nicht wahr?«

Finn dachte nach. »Ja. Es sind keine Bilder. Eher Worte. Begriffe.«

»Welche?«

»*Anastasis*«, sagte Finn, und wieder glühte der Schmerz heiß auf. Nicht so heftig wie beim ersten Mal, aber immer noch spürbar.

»Siehst du, was geschieht?«, sagte Luriel. »Jede Erinnerung bedeutet Schmerz für dich. Ich könnte dir deine ganze Geschichte erzählen. Dann wüsstest du, wer du bist und was mit dir geschehen ist. Aber dann würdest du sterben. Und das muss verhindert werden.«

»Dann erzähl sie mir«, sagte Alrun. »Ich kann dieses Geheimnis bewahren, und wir wüssten, was zu tun ist.«

»Du denkst nicht nach«, sagte Orm.

»O doch«, brauste Alrun auf. »Und wahrscheinlich stört dich das. Du bist es nicht gewohnt, dass Frauen selbständig handeln.«

Orm lachte, erwiderte aber nichts darauf.

»Ich kann Finns Geschichte deswegen nicht erzählen, weil sie dir zu viel Macht geben würde«, sagte die Nixe. »Über ihn. Und über die Dinge, die zu geschehen haben. Nein, er muss selbst den Zugang zu seinen Erinnerungen finden.«

»Es gibt keine Zukunft«, murmelte Finn.

»Richtig«, sagte Luriel. »Hast du in der letzten Zeit Träume gehabt?«

»Visionen.«

»Oder Visionen«, sagte Luriel. »Hast du?«

»Ja. Von einer Schlacht in einem fremden Land. Ich habe an ihr teilgenommen. Mit zwei Gefährten, die mir wichtig sind.«

»Das ist gut«, sagte Luriel. »Das ist sehr gut. Und weißt du, wo dieses ferne Land ist?«

Finn schüttelte den Kopf. »Obwohl, es gab da ein Banner.«

»Wie sah es aus?«

»Ein goldener Drache auf rotem Grund«, sagte er und holte die Zeichnung hervor. »Hier.«

Orm breitete die Zeichnung aus und strich sie glatt. »Das ist kein Drache. Das ist ein *Wyvern*. Es ist das Zeichen des Königs von Wessex in Storbritannien.«

»Ach, das weißt du?«, fragte Luriel Orm und legte ihre Beine in seinen Schoß. Orm begann, ihre Fußsohlen zu massieren.

»Ich hab doch erzählt, dass ich im Waffengeschäft tätig bin«, sagte er. »Meine Hauptkunden sind Wikinger. Immer wieder fahren sie über das Nordermeer, um die angelsächsischen Königreiche zu überfallen. Und im Moment scheinen sie einen sehr großen Feldzug zu planen. Ich kann gar nicht so viele Schwerter auftreiben, wie ich verkaufen könnte. In Dorestad übergebe ich dann die Ware an einen Mittelsmann. Und bekomme dafür zwölf Pfund Silber.«

»Wie viel?«, entfuhr es Alrun.

»Zwölf Pfund Silber. Oder umgerechnet zwölf Pferde. Die sind nur ein wenig schwerer zu transportieren.«

»Was hast du mit all den Reichtümern vor?«, fragte Luriel und wackelte mit den Füßen, die Orm einen kurzen Moment vernachlässigt hatte.

»Ich denke, ich setze mich zur Ruhe«, sagte er.

Sie sah ihn an, als hätte er einen schlechten Witz gemacht. »Das ist nicht dein Ernst!«

»Doch! Schau mich an! Ich lass mich von drei Kerlen ins Bockshorn jagen, die sich noch nicht einmal alleine die Hose hochziehen können. Meine besten Jahre sind vorbei.«

Luriel gab ihm einen Luftkuss, während er begann, ihre Zehen durchzukneten. »Das sind sie noch lange nicht.«

»Jaja«, sagte er nur. »Sagt die Frau, die für immer zwanzig bleiben wird.«

»Wenn du alt und zitterig bist, hole ich dich zu mir«, sagte sie und lächelte.

»Also muss ich nach Storbritannien«, sagte Finn, um das Gespräch wieder auf den Punkt zu bringen.

»Und Orm wird dich dorthin begleiten«, fügte Luriel hinzu. »Nicht wahr, mein Lieber?« Sie nahm die Füße von seinem Schoß, stand auf und nahm sein Gesicht in beide Hände, um ihm einen echten Kuss zu geben.

»Wann sehen wir uns wieder?«, fragte er.

»Wann immer du willst. Ruf mich in deinen Träumen, und ich werde bei dir sein.« Sie drehte sich zu Finn um. »Lass den Dingen ihren Lauf. Was geschehen mag, geschieht. Geh einen Schritt nach dem anderen. Dann werden sich die Dinge fügen. Du wirst wissen, wo du mich findest, wenn du mich brauchst.«

Luriel stellte sich auf die Reling, bereit zum Sprung. »Und, Alrun?«

»Ja?«

»Du wirst deine Liebe finden. Sie wird dir an Orten und in Momenten begegnen, wo du sie am wenigsten erwartest. Aber sie ist da. Liebe dich selbst, dann wird sie zu dir kommen.«

Dann sprang sie und versank in den dunklen Fluten des Flusses.

Orm warf Alrun und Finn die Decken zu. »Wir sollten jetzt schlafen. Morgen setzen wir unsere Reise fort.«

Vier Tage und drei Nächte waren sie auf dem Ry unterwegs. Das dunkle Flusstal war der schwierigste Abschnitt. Immer wieder mussten sie Querriffen ausweichen, die aber längst nicht so gefährlich waren, wie das *Loch* bei Bingium. Am Morgen des zweiten Tages traten die Berge zurück, und aus dem Fluss wurde ein Strom. Er durchschnitt ein weites flaches Land, an dessen Ufern eine Vielzahl von Dörfern und Städten lag. Ab und zu ruderten Zollschiffe längsseits. Kleine lederne Beutel mit Münzen wechselten dann den Besitzer, und der Prahm wurde nicht durchsucht.

Orm forderte sein Glück nicht heraus und legte in keinem der vielen Häfen an. Stattdessen steuerte er nach Sonnenuntergang die Alt-Arme des Flusses an und versteckte das Boot hinter den überhängenden Ästen großer Weiden oder im Strauchwerk üppig wachsender Büsche.

Orm redete nicht viel. Wenn er Kommandos gab, dann nur mit knappen Worten. Anfangs hatte Finn das Schweigen als einen kreativen Ausdruck von Orms Unhöflichkeit betrachtet, doch er merkte schnell, dass er sich täuschte.

Orm hatte sich dem Rhythmus des Flusses überantwortet. Er schaukelte am Ruder sitzend im Wellengang mit und sang leise Lieder in einer Sprache, die weder Finn noch Alrun verstanden. Also passten sich die beiden ebenfalls diesem Rhythmus an und erfuhren dabei eine Ruhe, die tatsächlich keiner Worte bedurfte.

Am Morgen des vierten Tages weitete sich der Fluss und verteilte sich auf mehrere Arme. Orm nahm den südlichsten Lauf, und gegen Nachmittag tauchten die ersten Häuser einer langgezogenen Siedlung auf.

»Willkommen in Dorestad, dem wichtigsten Handelsplatz Fryslans«, sagte Orm. Er schloss die Augen und reckte das Gesicht in den Wind. »Riecht ihr die See?«

»Ich habe das Meer noch nie gesehen, geschweige denn gerochen«, sagte Alrun. »Aber wenn ich ehrlich bin, liegt hier ein Hauch von totem Fisch in der Luft.«

»Mädchen, du hast keine Ahnung«, sagte Orm. »Seht ihr das Bootshaus da drüben? Dort legen wir an.«

Finn wusste nicht, ob Dorestad im Vergleich zu anderen Städten groß war. Es war jedenfalls, dem Erscheinungsbild ihrer Bewohner nach zu urteilen, ein reicher Handelsposten. Die Frauen mit ihren kunstvoll geflochten Frisuren trugen bunte Kleider und wollene Umhänge, die durch goldene Fibel zusammengehalten wurden. Die Aufmachung der Männer war schlichter, dafür trugen sie mehr Schmuck. Mancher Arm war bis zu den Ellbogen mit Silberreifen behangen. Die Häuser waren gepflegt, die Straßen sauber, auch wenn die Zahl der Schänken genauso hoch wie die der Einwohner zu sein schien. Im Hafen hatten Dutzende Boote angelegt. Kleine wie Orms Prahm, aber auch große, mit einer Vielzahl von Ruderschäften versehene Langschiffe.

»Wikinger«, sagte Orm, als sie an den schlanken Booten vorbeiruderten. »Wenn sie dem Bug keinen Drachenkopf aufgepflanzt haben, treiben sie Handel.« Er grinste Alrun an. »Nicht dass sie dann weniger gefährlich sind.«

Orm stand auf und pfiff auf den Fingern. Ein Mann mit dem Bauchumfang eines Bierfasses, der auf einem Steg stand, drehte sich um und hob die Hand zum Gruß. Dann verschwand er. Kurz darauf öffneten sich die Tore des Bootshauses, und Orm manövrierte die *Luriel* hinein.

»Orm, mein Freund!«, rief der Mann. Er hatte blondes, sich lichtendes Haar, rotgeäderte Wangen und einen dichten Schnauzbart. Er fing das Seil auf, das Finn ihm zuwarf und täute das Boot fest. »Wie war die Fahrt?«

»Ereignislos«, sagte Orm und ließ sich auf den Steg ziehen. Er umarmte seinen Freund, was ein wenig seltsam aussah, denn der Bauch des Mannes war wirklich riesig, und Orm eine eher schmächtige Vogelscheuche.

»Aha«, sagte der Mann. »Und wie bist du zu deiner Reisebegleitung gekommen?«

»Wie Odin zu seiner Augenklappe«, sagte Orm. »Hjalmar – Finn und Alrun.«

Hjalmar lachte und zog die beiden ebenfalls zu sich hoch. »Willkommen in Dorestad. Seid ihr jetzt Orms neue Geschäftspartner?«, fragte er belustigt.

»Wie man es nimmt. Orm steht in unseren Diensten«, antwortete Finn.

Hjalmar hob die Augenbrauen und sah Orm überrascht an.

»Frag nicht«, brummte dieser.

»Ist das so eine alte Hexengeschichte?«, fragte Hjalmar dennoch. »Ich weiß schon, warum ich mit diesem Volk keine Geschäfte mache. Die nehmen Abmachungen viel zu ernst und kommen einem dann mit irgendwelchen Plagen, wenn man nachverhandeln möchte.«

»Es ist so eine alte Hexengeschichte«, sagte Alrun.

»Oh«, machte Hjalmar nur, als verstünde er.

»Ja, oh«, sagte Orm müde. »Lasst uns die Schwerter ausladen. Und dann was essen. Ich habe Hunger.«

Sie brachten die Waffen zu einem Schuppen, wo Hjalmar seine ganze Konterbande vor dem Zugriff der kaiserlichen Soldaten versteckte. Unter den Dielen war alles voll mit Bündeln, Fässern und Kisten. Wenn einmal die Welt von den Wikingern überrannt würde, dann hätte dieser wohlbeleibte Waffenhändler aus Dorestad einen ziemlich großen Anteil daran.

Als sie das Wohnhaus betraten, deckte Hjalmar den Tisch und schenkte vier Krüge Met ein.

»Auf unsere Geschäfte«, sagte Hjalmar.

Sie stießen an.

»Darf ich eine Frage stellen?« Alrun hob eine Augenbraue.

»Nein«, sagte Orm.

»Nur zu«, antwortete Hjalmar leutselig.

»Diese Schwerter, die Orm den ganzen Weg hierhergebracht hat und die jeder haben möchte«, sagte Alrun.

»Ulfberht«, sagte Hjalmar.

»Ja. Diese Ulfberht-Schwerter. Wie kommt es, dass Orm so viele davon besorgen kann?«

»Willst du es erzählen, oder soll ich?«, fragte Hjalmar.

»Mach du!« Orm brach ein Stück Brot ab, das er sich zusammen mit einem Brocken Käse in den Mund schob.

»Ulfberht ist eine Schmiede, die ein gutes Dutzend Männer beschäftigt. Keiner weiß, wo sie sich befindet. Niemand tritt in direkten Kontakt zu ihnen.«

»Außer Orm«, sagte Finn.

»Außer Orm«, sagte Hjalmar. »Denn ohne ihn gäbe es diese Schwerter nicht.«

»Ach!«, machte Alrun überrascht.

»Ulfberht hatte keine Ahnung davon, wie man Eisen in Stahl verwandelt«, sagte Orm. »Also habe ich es ihm gezeigt.«

»Erzähl es ihnen«, lachte Hjalmar. »Es ist eine großartige Geschichte! Glaubt mir!«

»Ich habe Ulfberht gesagt, er solle sein bestes Schwert nehmen und es in feine Eisenspäne zerfeilen. Das dauerte drei Tage. In dieser Zeit sollte er seine Gänse hungern lassen. Die Späne wurden dann unters Futter gemischt. Die Gänse fraßen es und kackten die Späne wieder aus. Der Gänsekot wurde eingeschmolzen, und schon hatte er das erste jener Schwerter hergestellt, für die er heute so berühmt ist.«

»Gänsekacke! Die Viecher fressen Eisen, und heraus kommt bester Stahl. Man soll es kaum glauben!«, johlte Hjalmar.

»Man nennt es Nitrathärtung«, sagte Orm leise. »Ist kein Hexenwerk.« Dann machte er eine wegwerfende Handbewegung, als wäre die ganze Geschichte nicht weiter wichtig. Er leerte seinen Krug und hielt ihn Hjalmar entgegen, damit dieser ihn wieder auffüllte.

»Seitdem bekommt Orm einen Sonderpreis und darf seine Ware als Einziger persönlich in der Schmiede abholen.«

»Aber das muss doch ziemlich lange dauern mit den Gänsen«, sagte Finn.

»Ich habe geholfen, das Verfahren ein wenig zu verkürzen«, sagte Orm und stellte seinen Humpen ab. »Hjalmar, ich würde meinen Anteil gerne bei dir lassen.«

»Das kannst du gerne tun. Aber ich werde dir keinen Zins geben können.«

»Ich bin schon froh, wenn du ihn nicht versäufst und mit Huren durchbringst.«

Hjalmar sah seinen Freund empört an.

»Schon gut, ich habe nur einen Witz gemacht.«

»Keinen Waffenhandel mehr?«, fragte Hjalmar.

»Nicht in der nächsten Zeit«, sagte Orm. »Wir müssen nach Wessex.«

»Jetzt? Zu diesem Zeitpunkt?«, fragte Hjalmar.

Orm sah Finn fragend an. »Ich denke schon, oder?«

»Ja«, sagte er.

»Du weißt schon, auf welches Abenteuer du dich da einlässt, Junge? Storbritannien wird gerade von einer Invasionsflotte angegriffen.«

»Ich habe keine andere Wahl«, sagte Finn.

»Er hat keine andere Wahl«, sagte Orm, als wäre das ein neues, aber sehr wichtiges Naturgesetz.

Hjalmar strich sich über seinen mächtigen Schnurrbart. »Und du willst mit?«

Orm lächelte säuerlich. »Was glaubst du?«

»Ich glaube, du willst lieber deinen Anteil versaufen und mit Huren durchbringen.« Hjalmar trommelte mit den Fingern auf den Tisch. Dann fasste er einen Entschluss. »Gib mir einen Tag Zeit. Ich werde euch eine Überfahrt besorgen.«

»Erzähl mir deine Geschichte«, sagte Finn, als er mit Orm alleine im Boothaus war, um den Prahm aufzuräumen und die Taue alle wieder zu verstauen. Alrun hatte sich hingelegt und war sofort eingeschlafen.

»Da gibt es keine Geschichte zu erzählen«, sagte Orm uninteressiert.

»Luriel hat dich gerettet. Genau wie mich. Nur dass ich mich nicht mehr daran erinnern kann, wer ich war, bevor ich in diesen Körper gefahren bin.«

Orm wickelte weiter die Taue auf. »Dann bist du der Glücklichere von uns beiden.«

Finn setzte sich auf den Steg und ließ die Beine baumeln. Kleine Wellen schlugen gegen den Rumpf des Bootes.

»Du gehörst nicht hierher«, sagte Finn.

»Können wir das Thema wechseln?«

»Ich komme aus dieser Welt«, fuhr Finn unbeirrt fort. »Ich bin hier geboren. Dessen bin ich mir sicher. Auch wenn das nicht mein Körper ist und ich mich nicht daran erinnern kann, wer ich bin. Aber du, du bist ein Fremder.«

»Lass es gut sein, ja?«, sagte Orm.

»Du sprichst eine andere Sprache, drückst dich anders aus. Kleidest dich anders. Frisierst dich anders. Du kennst Dinge, von denen sonst niemand etwas weiß. Und das macht dich einsam.«

Jetzt drehte Orm sich endlich um. »Junge, du hast keine Ahnung«, sagte er bitter.

»Vielleicht ja doch«, sagte Finn.

»Nein, du hast recht, ich bin nicht von dieser Welt. Wollen wir es dabei belassen?«

»Entschuldige, wenn ich das jetzt frage, aber ich muss es wissen: Ist es dein Körper, in dem du steckst?«

»Wie meinst du das?«

»Bist du in ihm geboren?«

»Nein, bin ich nicht«, sagte Orm.

»Luriel hat dir den Körper gegeben? So wie sie mir meinen gegeben hat?«

»Die Geschichte ist ein wenig anders«, sagte Orm. »Und ich bin mir nicht sicher, ob ich bei all dem nicht doch meine Seele verloren habe.«

Er liebte sie. Dieser streunende, widerborstige Hund liebte diese Frau mehr als alles andere in der Welt. Und er litt, weil er ahnte, dass sie mit ihm spielte.

»Was ist mit dir?«, fragte Orm.

»Was soll mit mir sein?«, entgegnete Finn.

»Fühlst du dich wohl in deiner Haut?«

Finn wusste erst nicht, was Orm meinte. Dann wurde ihm klar, dass die Frage wörtlich zu verstehen war.

»Ja. Ich habe keine Erinnerung an meinen alten Körper, aber dieser hier fühlt sich – warum auch immer – wie eine Befreiung für mich an.«

»Dann erfreue dich an dieser Befreiung, solange du es kannst«, sagte Orm und widmete sich wieder seinem Boot. Das Gespräch war beendet, zumindest für ihn.

Finn war ohnehin überrascht, dass der Mann so mitteilsam gewesen war. Er stand auf. Ein wenig Schlaf, so fand er, würde auch ihm guttun.

Hjalmar hatte Wort gehalten und für den Abend ein Treffen mit einem Mann verabredet, der bereit war, die drei für ein mehr als fürstliches Entgelt nach Storbritannien zu bringen.

»Ihr müsst das mal so sehen«, sagte Goda Gudfridson, als er sich über einen Braten hermachte, zu dem Orm ihn ziemlich widerwillig eingeladen hatte. »Das Nordermeer ist kein sicherer Ort im Moment.«

»Na, das war es ja noch nie«, sagte Orm, der selber nichts aß. »Wie viele gute Männer sind ertrunken, weil ihre Boote im Sturm gekentert sind.«

»Weil ihre Schiffe nicht hochseetüchtig waren«, sagte der Mann, der am ganzen Körper tätowiert war. Selbst sein Gesicht schien eine sagenhafte Geschichte erzählen zu wollen, von Drachen und Wölfen, Nachtmahren und Dämmerelben.

Finn fragte sich, ob Goda jemals einer Nixe wie Luriel begegnet war. Und ob er dann noch immer wie eine fleischgewordene Saga durch die Welt laufen würde. Orm schien sich das auch zu fragen, denn es war ihm anzusehen, dass er den Mann, der eher klein von Wuchs und linkisch in seinen Bewegungen war, von ganzem Herzen verachtete.

»Nein, es geht um etwas anderes«, sagte Goda. Er schob seinen leeren Teller von sich fort und rülpste laut. »Schiffe verschwinden auf hoher See. Wikingerschiffe mit erfahrenen Besatzungen. Man erzählt sich, dass sie aufgebracht werden.«

»Von wem?«

»Urho Nidhogg.«

Hjalmar verzog das Gesicht. »Dieser *Arsling*. Diese Schande der dänischen Mark.«

»Wer ist Urho?«, fragte Finn.

»Ein Verräter. Er hat ein *Thing* dazu genutzt, König Harald und alle anwesenden Jarle zu ermorden«, sagte Goda. »Es muss ein Blutbad gewesen sein.« Er beugte sich jetzt vor und schaute kurz über seine Schulter, als wollte er sichergehen, dass keine fremden Ohren zuhörten. »Man erzählt sich, dass etwas Ungeheures in Randaberg vorgegangen ist. Etwas Dunkles.«

»Ich finde, dieser Verrat war dunkel genug«, sagte Orm unbeeindruckt.

»Mir sind ähnliche Geschichten zu Ohren gekommen«, meinte Hjalmar in verschwörerischem Ton. »Urho soll besessen sein.«

»Nicht nur Urho«, flüsterte Goda. »Viele seiner Männer auch.«

Finn verschluckte sich an seinem Dünnbier und hustete. »Was?«, krächzte er mit weit aufgerissenen Augen.

»Wer erzählt sich das?«, fragte Orm, der dem Wahrheitsgehalt von Godas Geschichte nicht zu trauen schien. Und trotzdem konnte er seine plötzliche Anspannung nicht verbergen.

»Die Männer, die nichts mit diesem Verrat zu tun haben wollten und geflohen sind. Es waren nicht viele, denen es gelungen ist. Alle anderen mussten den *Blutaar* erleiden.«

Etwas tief in Finn schrie auf. Eine Erinnerung, so furchtbar, dass sein Herz raste und der Kopf zu zerspringen drohte.

Alrun ergriff unter dem Tisch seine Hand und drückte sie.

»Ihr wisst, was Berserker sind?«, fuhr Goda fort. »Seid ihr schon mal einem begegnet?«

»Einem Bärenhemd?«, sagte Orm. »Ja. Sie fressen Bilsenkraut, bevor sie sich in die Schlacht stürzen. Manche kommen von dieser Reise nicht wieder zurück und werden wahnsinnig.«

»Urhos Gefolgsleute wurden alle zu Berserkern.«

»Dann sind wir verloren«, sagte Hjalmar. »Gegen einen Berserker kann niemand bestehen. Sie übertreffen die Kraft eines Mannes um mehr als das Zehnfache und kennen keinen Schmerz.«

»Goda, mein Lieber, du schweifst ab«, sagte Orm. »Wie sieht sie aus, diese Besessenheit?«

»Als würden sich zwei Seelen um die Vorherrschaft eines Körpers streiten«, sagt Goda. »Die Männer führen Selbstgespräche. Manche verletzen sich, schlagen schreiend ihren Kopf an die Wand. Oder bringen sich um.«

Genau das, was mit den Männern und Frauen geschehen ist, die vor mir so töricht gewesen sind, Haspoire aufzusuchen, dachte Finn. Und Alrun schien denselben Schluss aus Godas Bericht zu ziehen.

»Wann brechen wir auf?«, fragte Orm.

Goda zuckte mit den Schultern. »Jetzt steht der Wind günstig.«

»Dann sollte die Überfahrt nach Storbritannien kein Problem sein«, sagte Orm. »Die dänische Mark ist weit weg von Fryslan. Sieh es doch einfach mal so: Wenn uns dieser Urho unterwegs begegnen sollte, hast du eine weitere wunderbare Geschichte, die du dir stechen lassen kannst. Am besten auf deinen Arsch, da ist bestimmt noch Platz.«

Hjalmars Gesicht versteinerte, während sich das von Goda rot färbte und seine Tätowierungen zu verlaufen schienen.

»Unter anderen Umständen würde ich dir jetzt die Kehle durchschneiden und die Zunge durch den Hals ziehen.« Goda griff an seinen Gürtel und warf einen Beutel mit Silber vor Hjalmar auf den Tisch. »Wenn du mir noch einmal so ein Geschäft vorschlägst, kündige ich dir meine Freundschaft.«

Er stand auf, leerte den letzten Rest aus seinem Humpen und ging, ohne ein weiteres Wort zu verlieren.

»Kannst du mir sagen, was in dich gefahren ist?«, brauste Hjalmar auf. »Du kannst froh sein, dass Goda bereit war, dich mitzunehmen.«

»Ja, ich weiß, was für einen Ruf ich habe«, brummte Orm und verzog das Gesicht, als hätte er Zahnschmerzen. »Aber der Kerl verursachte mir Blähungen.« Er neigte sich zur Seite und ließ einen fahren. »Hörst du?«

Alrun sprang auf und nahm den Geldbeutel. Dann packte sie Orms Hand und zog zwei Silberreife von seinem Gelenk.

»Hey!«, rief er. »Du läufst jetzt nicht hinter dem Kerl her und entschuldigst dich für mich!«

Ohne auf seine Worte einzugehen, stürmte sie aus der Schänke.

»Ich verstehe dich nicht, Orm«, sagte Hjalmar kopfschüttelnd. »Ich bin der einzige Freund, den du in dieser Stadt hast. Vermutlich sogar der einzige in deinem armseligen Leben. Und was tust du? Du ziehst mir die Hose runter und lässt mich nackt dastehen.«

»Ich hab dir nicht die Hose runtergezogen«, murmelte Orm.

»Halt den Mund! Wenn es dir egal ist, welchen Ruf du hast, geschenkt! Aber das hier war der letzte Gefallen, den ich dir erwiesen habe. Du und ich, wir sind durch.« Jetzt stand auch Hjalmar auf und ging.

Orm starrte trübselig in seinen Met. Finn rutschte ums Eck, damit er dem Mann ins Gesicht schauen konnte.

»Ich entbinde dich von deiner Pflicht, mir zu helfen. Du bist frei und kannst tun und lassen, was du willst. Du bist mir nichts schuldig.«

Dann legte er einige Münzen auf den Tisch, um das Essen zu bezahlen und ging ebenfalls.

Es war eine Entscheidung, die Finn schweren Herzens getroffen hatte. Ein nicht geringer Anteil von ihm – der, der so geschrien hatte, als Goda von Urhos Besessenheit erzählte – hatte sehr viel Zuneigung für diesen Mann, der mit aller Macht sein Leben selbst zerstören zu wollen schien. Wo immer Orm herkam, er war entwurzelt und an einem Ort gestrandet, der für ihn die Hölle sein musste. Und auch die Liebe zu Luriel, die ihn scheinbar erfüllte, war nicht wahrhaftig, nicht echt. Sie war vielmehr angetrieben von der unausgesprochenen Hoffnung heimzukehren. Wo immer diese Heimat auch war.

Luriel aber spielte nur mit ihm, das spürte Finn. Denn Orm konnte für sie nicht mehr sein als eine willkommene Abwechslung in ihrem Reich allmächtiger Magie.

Goda hatte sich indes schon beruhigt, denn er steckte den Beutel mit dem Silber wieder ein, ohne natürlich die Armreifen auszuschlagen, die ihm Alrun als Friedensangebot gegeben hatte.

»Wir brechen morgen früh auf, wenn es hell wird«, sagte er. »Seid pünktlich, ich werde nicht auf euch warten.«

Er gab Hjalmar die Hand und nickte Finn zu. Alrun ignorierte er.

»Orm ist ein widerlicher Kerl«, sagte sie, als sie dem tätowierten Mann hinterherschaute. »Aber in einem Punkt hat er recht. Goda ist ein Windbeutel und Aufschneider. Ich hoffe, wir begehen keinen Fehler.«

Orm ließ sich den Rest des Tages nicht blicken. Auch in der Nacht blieb sein Bett in Hjalmars Haus unangetastet. Finn sah, dass im Bootshaus Licht brannte, und er vermutete, dass Orm an Bord des Prahms schlief. Wahrscheinlich würde er, wenn Finn und Alrun aufgebrochen waren, seine Sachen packen, sich auszahlen lassen und dann irgendwohin verschwinden. Finn konnte nur darauf vertrauen, dass Luriel es ernst gemeint hatte, als sie sagte, sie würde ihn zu sich holen. Irgendwie hatte Finn die finstere Ahnung, dass dies anders gemeint gewesen war, als Orm es sich wünschte.

Hjalmar hatte am anderen Morgen alles für die Überfahrt vorbereitet. Er brachte Finn und Alrun hinunter zum Hafen, während Dorestad noch schlief. Selbst die Hühner, die sonst auf der Straße herumliefen und nach Essensresten pickten, saßen reglos mit geschlossenen Augen auf den Zäunen.

Goda war der Eigner einer Knorr, einem Lastschiff, das

nicht nur die ufernahen Gewässer befuhr, sondern auch hochseetüchtig war.

»Sein Schiff ist verlässlich, genau wie seine Besatzung«, hatte Hjalmar erzählt. »Er hat schon etliche Fahrten nach Storbritannien unternommen und bisher noch keinen Mann verloren.«

»Dann hoffen wir, dass es so bleibt«, sagte Finn.

Hjalmar legte dem Jungen beruhigend seine Hand auf die Schulter. »Keine Angst. Ich weiß, er ist ein Aufschneider und tut so, als wäre er mit wer weiß wie vielen Wassern gewaschen. Aber er betreibt sein Geschäft schon sehr lange, und ich habe noch keine Klagen gehört.«

»Ich glaube, Finn macht sich keine Sorgen, was Godas Leumund betrifft.« Sie zeigte hinaus aufs Meer. »Was ist das?«

Hjalmar stutzte. »Das ist eine Nebelbank. Ziemlich ungewöhnlich für diese Jahreszeit.«

Godas Knorr lag komplett aufgetakelt am Ende des Stegs, zu dem sie jetzt hinabkletterten. Goda hatte den Wetterumschwung ebenfalls bemerkt und runzelte die Stirn, als er Hjalmar sah.

»Das sieht nicht gut aus«, sagte er und kratzte sich gedankenverloren den Hintern.

»Der Nebel bewegt sich auf Dorestad zu?«, fragte Finn.

»Ja. Und zwar erstaunlich schnell.« Goda runzelte die Stirn.

»Besonders, da der Wind ablandig ist«, sagte Finn.

»Was?« Goda drehte sich um. Jetzt sah auch er, wie sich die Fahnen im Wind bewegten. Und zwar in die entgegengesetzte Richtung. »Das ist unmöglich!«

Finns Nackenhaare stellten sich auf. Etwas geschah, das nicht geschehen durfte. Etwas, das ihn an seine Vision erinnerte. Er öffnete seinen Beutel und holte die Kugel heraus.

»Was ist das?«, fragte Alrun atemlos, als sie sah, dass die Sphäre zum Leben erwacht war. Sie leuchtete, als wären in ihrem Inneren hundert Glühwürmchen gefangen, die ein pulsierendes Licht aussandten.

Finn schrie auf und kniff die Augen zusammen. Alles in ihm verkrampfte sich. Sein Kopf schien zerspringen zu wollen.

»Junge, ist alles in Ordnung?«, fragte Hjalmar, der es nun auch mit der Angst zu tun bekam.

Finn sank auf die Knie, hielt aber die Kugel noch immer fest umklammert. Der Schmerz brachte ihn fast um.

Alrun reagierte schnell. Sie öffnete ihre Tasche und holte eine kleine Flasche mit einer milchigen Substanz heraus. Finn presste im Krampf die Kiefer aufeinander und hatte Schaum vor dem Mund.

»Hjalmar, Ihr müsst mir helfen!«

»Was soll ich tun?«

»Ihr müsst versuchen, Finns Mund zu öffnen. Sonst kann ich ihm den Mohnsaft nicht verabreichen!«

Hjalmar wedelte hilflos mit den Händen in der Luft. »Und wie soll ich das tun?«

Plötzlich bäumte sich Finns Körper auf, die Augen verdrehten sich nach oben, so dass nur noch das Weiße zu sehen war, und er schnappte nach Luft. Alrun zog den Korken von der Flasche und flößte ihm die Hälfte der Flüssigkeit ein. Dann presste sie seine Kiefer aufeinander und verschloss seinen Mund. Endlich schluckte er.

»Ach du Scheiße«, flüsterte Goda.

Alrun und Hjalmar blickten auf und dann sahen sie, was den kleingewachsenen Mann so in Angst und Schrecken versetzte. Der Nebel hatte den Steg erreicht und hüllte sie jetzt ein. Er war so dicht, dass sie bestenfalls wenige Fuß weit schauen konnten. Die Feuchtigkeit, die sich auf ihre Gesichter legte, war auf eine klebrige Art ölig.

Finn beruhigte sich. Seine Atemzüge wurden langsamer, und er öffnete die Augen.

»Wir müssen von hier verschwinden«, flüsterte er mit brüchiger Stimme. »Sofort.«

Der Bug eines Schiffes schob sich durch den Dunst und stieß gegen den Steg. Goda taumelte zurück, wobei er über Hjalmar stolperte und ihn mit zu Boden riss. Finn zwang sich auf die Beine.

»Lauf«, keuchte er.

Alrun ließ sich das kein zweites Mal sagen. Sie packte die leuchtende Kugel in den Beutel und stolperte hinter Finn her. Sie hörten noch, wie Hjalmar und Goda schrien, nur um kurz darauf abrupt zu verstummen.

Mittlerweile war Dorestad vollkommen im Nebel versunken. Sie hasteten durch die Gassen, bis Finn Alrun festhielt und keuchend stehen blieb.

»Ich habe die Orientierung verloren«, sagte er.

»Was hast du gesehen?«, fragte Alrun.

»Etwas Schlimmeres als den Tod«, sagte Finn. »Gib mir die Kugel.«

Alrun reichte ihm den Beutel.

»Ich habe jetzt verstanden, was das ist. Kat hatte recht, als sie sagte, die Kugel sei ein Auge.« Er hielt die Sphäre in die Höhe. »Der helle rote Punkt in der Mitte, das sind wir.«

»Und die kleineren Punkte, die näher kommen?«

»Sind Schatten. Ich habe keinen anderen Namen dafür.« Der Schmerz in seinem Kopf war ein dumpfes Pulsieren im Rhythmus seines schlagenden Herzens. Finn beugte sich nach vorne und übergab sich. Er wehrte Alruns Hand ab, die ihn wieder aufrichten wollte.

»Alles gut«, flüsterte er und spuckte den Rest seines Frühstücks aus. Er zwang sich, die Kugel genauer zu betrachten. Ihm war jetzt so übel, dass er Schwierigkeiten hatte, den Blick scharf zu stellen. Bilder stürmten auf ihn ein, vergangener Schmerz machte sich in ihm breit.

Finn gab ihr die Kugel. »Geh zu Hjalmars Bootshaus und versuch, Orm zu finden. Ich bete darum, dass er noch da ist. Er ist der Einzige, der dir helfen kann.«

»Und du?«, fragte Alrun. Voller Panik umklammerte sie den Beutel.

»Ich muss mich einem Mann stellen, von dem ich hoffte, ihm nie wieder zu begegnen. Hoffentlich ist es noch nicht zu spät.«

Bevor Alrun etwas sagen konnte, umarmte er sie. »Lauf jetzt, wenn dir deine Seele kostbar ist. Und beschütze die Kugel mit deinem Leben!«

Dann rannte Finn los, zurück zum Hafen.

Mittlerweile war Dorestad komplett von den Schatten

eingenommen. Wie Finn befürchtet hatte, war das Schicksal der Bewohner in dem Moment besiegelt, als der Nebel die Stadt einhüllte. Goda und Hjalmar waren die ersten Opfer gewesen. Niemand hatte eine Chance. Aus seinem Versteck heraus sah Finn, wie die Schatten sie zusammentrieben und wie Tiere in einen Pferch sperrten. Nur dass auf sie nicht der Tod wartete, sondern ein viel schlimmeres Schicksal.

Ihn würden sie nicht angreifen. Weil sie ihn als einen der ihren betrachteten. Und diesen Vorteil wollte er ausspielen.

Finn unternahm nun keinerlei Anstrengungen mehr, Deckung zu suchen oder sich gar zu verbergen. Die Schatten sahen ihn und ließen ihn in Ruhe. Einige wenige waren unsicher und schnupperten an ihm. Aber sie nahmen nichts Ungewöhnliches wahr und ließen von ihm ab, um weiter die Menschen zusammenzutreiben.

Das Schiff, das im Hafen von Dorestad vor Anker gegangen war, war ein Langschiff, von dem eigentlich nichts Unheimliches ausging. Das Segel war gerefft und alle Ruder eingezogen.

Am Heck stand ein Mann, dessen Haar so weiß wie Schnee war. Er hatte nur ein Bein, aber das schien ihn nicht weiter zu stören. Vielmehr war er gutgelaunt und strahlte, als er Finn sah.

»Du bist nicht wiederzuerkennen«, sagte er.

»Dasselbe gilt für dich, Abdul«, sagte Finn.

Der Mann lachte. »Unsereiner kann nicht wählerisch sein. Schau deinen eigenen Körper an.« Er machte eine einladende Geste. »Komm an Bord.«

Finn kletterte über die Reling. Erst jetzt sah er, dass ein

ausgemergelter Junge gefesselt auf einer der Ruderbänke saß. Er war ein Sarazene von vielleicht sechzehn Jahren.

Abdul hielt triumphierend ein Buch in die Höhe. Sein Einband war eine hässlich verzerrte Fratze, die nach Blut zu lechzen schien.

»Das *Kitab* ist zu seinem Herrn zurückgekehrt. Und mein eigen Fleisch und Blut hat es für mich geöffnet. Das war das Problem mit diesem Körper. Sein Blut wäre nicht der Schlüssel gewesen. Das *Kitab* ist da sehr wählerisch.«

Finn sah zu dem gefesselten Jungen hinüber. Sein Herz setzte etliche Schläge lang aus, und das Blut sackte in seinen Magen.

»Kein Grund, sich so zu erschrecken«, sagte Abdul lachend. »Alles geht seinen Gang. Auch du wirst nichts daran ändern können. Komm, trink mit mir.«

Er schenkte zwei Becher mit Wein voll und reichte einen davon Finn.

»Wie war es für dich, nach all der langen Zeit wieder essen und trinken zu können?«, fragte er und nahm einen tiefen Schluck.

»Es ist gut, wieder lebendig zu sein«, sagte Finn.

Eine leichte Dünung war aufgekommen, und der Rumpf des Schiffes knarzte am Steg.

»O ja«, antwortete Abdul und schaute Finn spöttisch an. »Und dann auch noch in einem so jungen Körper. Wer hat dich zurückgeholt?«

Finn antwortete nicht.

Abdul machte eine wegwerfende Handbewegung. »Ist ja auch egal. Nur, beim nächsten Mal solltest du darauf achten, dass du im Prozess der *Anastasis* wieder einen Körper als Frau bekommst, meine liebe Wina.«

»Wina ist tot«, sagte Finn.

»Nein«, sagte Abdul. »Der Junge, dem dein Körper gehörte, ist tot. Wäre seine Seele noch immer in diesem Körper gefangen, hättest du längst erfahren, was echter Wahnsinn bedeutet.«

»Wina ist tot«, wiederholte Finn. »Sie ist im Abgrund gestorben.«

»Wie immer du meinst«, sagte Abdul. Er leerte seinen Becher und füllte ihn erneut. »Du hast deinen Wein noch nicht angerührt. Schmeckt er nicht?«

»Du willst es erneut versuchen?«

»Was genau?«, fragte Abdul in gespielter Unschuld.

»Es wird dir nicht gelingen.«

»Ich habe den Schlüssel. Und du das Auge. Erstaunlich, wie sich die Dinge fügen, nicht wahr? Fehlt nur noch das Licht.«

»Ich habe das Auge nicht«, sagte Finn.

»Es hat mich hierhergeführt«, sagte Abdul. »Du weißt doch, wie es funktioniert.« Er brauste auf. »Also erzähl mir keine Märchen!« Sein Becher zerschellte am Mast.

»Irgendwann wird dich deine Wut teuer zu stehen kommen«, sagte Finn. »Wer hat dich zurück in diese Welt gebracht? Wem bist du noch einen Gefallen schuldig?«

Abdul hatte sich wieder gefasst und entblößte grinsend seine wirklich enormen Zähne. Dann packte er Finn am Hals und hob ihn in die Höhe.

»Möchtest du wissen, was passiert, wenn du in diesem

wunderbaren jungen Körper stirbst?«, fragte Abdul. »Wo ist
das Auge? Mach es uns doch nicht so schwer. Ich spüre, dass
es hier in der Nähe ist.«

Plötzlich riss Abdul erstaunt die Augen auf und schaute
an sich hinab. Die Spitze eines Ulfberht-Schwertes ragte aus
seiner Brust.

»Du hast keine Ahnung, wie nah es ist«, zischte Orm in
sein Ohr.

Er zog das Schwert wieder heraus, und Abdul ließ Finn
fallen. Seine roten Augen flackerten, als Urho, der nicht
Urho war, zu Boden sank, während Finn sich an den Hals
griff und hustete.

»Wir sollten verschwinden«, sagte Orm, der bis auf die
Knochen nass war. Er schlotterte am ganzen Leib.

»Das *Kitab*«, keuchte Finn. »Wir müssen es mitnehmen.«

Orm hob es hoch und verzog das Gesicht, als er den Einband betrachtete. »Bist du sicher?«

»O ja!«, sagte Finn, wankte zu dem Jungen und löste dessen Fesseln.

»Wie heißt du?«, fragte er.

»Hakim.«

»Gut, Hakim. Kannst du laufen?«

Der Sarazene nickte, während er sich die tauben Hände
massierte.

»Ein kleines Boot liegt längsseits«, sagte Orm. »Ihr geht
vor.«

Finn kletterte zuerst über die Reling und half dann Hakim, der plötzlich innehielt, als er sah, dass Orm das Buch
in Händen hielt.

»Wieso kann er es anfassen?«

»Was?«, fragte Finn, als wäre dies die letzte Frage, die einem in diesem Moment einfallen konnte.

»Kein Mensch kann das *Kitab* anfassen, ohne dass er schweren Schaden an Leib und Seele nimmt.«

»Lass uns das später klären«, sagte Finn. »Wir müssen uns beeilen. Orm!«

»Ich komme ja schon.«

Orm wollte ebenfalls gerade über die Reling klettern, als sich eine Gestalt hinter ihm aufrichtete. Bevor Orm reagieren konnte, packte Abdul das Schwert und stieß zu.

»Pass auf!«, rief Hakim.

Nur im letzten Moment konnte Orm herumwirbeln und das *Kitab* zwischen sich und die Klinge bringen.

Hakim schrie auf und umklammerte seine Brust. Aber auch Abdul stieß einen Laut aus, als hätte er sich selbst das Schwert in den Leib gerammt. Keuchend riss er dem verblüfften Orm das *Kitab* aus der Hand und stieß ihn wütend über die Reling.

Mit einem überraschten Aufschrei landete Orm im Wasser. Hastig zog er sich zu Finn und Hakim ins Boot. »Wir sollten dringend von hier verschwinden.«

»Das Buch!«, schrie Hakim. »Wir dürfen es nicht zurücklassen.«

»Scheiß auf das Buch!«, schrie Orm. »Ich hab gesehen, was in der Stadt geschieht. Was diese Wikinger, die keine Wikinger sind, mit den Menschen machen, ist nicht schön!«

Hakim wollte über Bord springen, aber Orm hielt ihn fest.

»Hast du vollkommen den Verstand verloren?« herrschte er ihn an.

»Wir brauchen dieses Buch, sonst wird Abdul die Pforten zur Unterwelt mit seiner Hilfe weit aufstoßen und sich der verlorenen Seelen bemächtigen!«

»Und wem ist damit geholfen, wenn er dich wieder in die Finger kriegt? Wir müssen fliehen! Manchmal muss man sich erst zurückziehen, bevor man angreifen kann.«

»Aber Abdul wird uns einholen«, sagte Finn. »Sein Drachenschiff ist schneller als diese Nussschale.«

»Nein, wird er nicht!«, entgegnete Orm. »Ich habe unter der Wasserlinie eine Planke an seinem Schiff gelöst.«

Finn sah ihn verblüfft an.

»Was denn? Glaubst du etwa, ich führe solch eine Aktion durch und sichere mich nicht ab?« Orm beugte sich über Bord, hielt sich ein Nasenloch zu und schnäuzte sich. »Euer Freund wird sehr schnell merken, dass er nasse Füße bekommt. Und jetzt sammeln wir deine Freundin ein. Ich will hier weg.«

Alrun wartete in Hjalmars Waffenversteck auf sie. Orm raffte alles an Silber zusammen, was er auf die Schnelle in einen Sack stopfen konnte, und schnappte drei Schwerter.

»Ist alles in Ordnung mit dir?«, fragte Finn, als er Alruns bleiches Gesicht sah.

Sie nickte wenig überzeugend.

Dann ruderten sie los. Abdul folgte ihnen nicht. Sein Boot krängte langsam zur Seite und ging unter.

So gesehen hatte Orm recht gehabt. Trotzdem war es um die Stimmung nicht zum Besten bestellt. Schweigend ließen sie sich von der Strömung zur Mündung des Flusses tragen. Alrun war in einer fürchterlichen Verfassung, sie zitterte, als würde sie Todesängste ausstehen. Aber noch immer verlor sie kein Wort. Der Nebel lichtete sich, als Hakim plötzlich aufsprang.

»Vorsicht!«, rief Orm. »Sonst bringst du uns noch zum Kentern!«

»Was ist das da vorne?«

Orm reckte seinen Hals. »Das? Das sieht aus wie ein Wrack. Hier gibt es viele Sandbänke. Wer sich hier nicht auskennt, läuft schnell auf Grund.«

»Wir müssen dorthin«, sagte Hakim. »Ich glaube, das ist die *Arete*. Das Schiff, mit dem ich hierhergekommen bin.«

»Aha«, machte Orm. »Und was glaubst du da zu finden?«

»Es gibt eine Kopie des *Kitab*«, sagte Hakim aufgeregt. »Und wenn wir Glück haben, ist sie noch immer in ihrem Verschlag.«

»Eine Kopie? Bringt uns das was?«, fragte Orm.

»Das wird sich herausstellen«, sagte Hakim ernst.

Orm seufzte und drückte gegen das Ruder. »Dann legt euch mal in die Riemen.«

Es war Ebbe, und so konnten sie die Sandbank trockenen Fußes betreten. Die *Arete* lag auf der Seite. Der Mast war gebrochen, und das zerrissene Segel flatterte müde im Wind.

Hakim kletterte stolpernd über die verwickelte Takelage, bis er den Bug erreicht hatte.

Orm hatte missmutig die Arme vor der Brust verschränkt und schaute immer wieder nervös über seine Schulter. »Wenn uns hier jemand von unseren neuen Freunden ent-

deckt, werden wir Britannien ganz bestimmt nicht erreichen. Außerdem zieht ein Sturm auf.«

Alrun drehte sich um. Am westlichen Horizont türmten
sich graue Wolken hinauf in den Himmel.

»Hier!«, schrie Hakim triumphierend. »Hier ist es!«

»Gut«, sagte Orm. »Dann lasst uns aufbrechen. Ich fühle
mich hier ziemlich unwohl.«

Sie schoben das Boot zurück ins Wasser und setzten endlich das Segel.

»Verrätst du mir jetzt, wer du bist?« Alrun sah Finn an, als
wäre sie auf alles gefasst. Und das war gut so.

Die Wolkenfront kam näher. Blitze zuckten auf, und
Donner rollte über die See.

»Ich weiß nicht, ob dir meine Geschichte gefallen wird«,
begann Finn vorsichtig. Denn etwas sagte ihm, dass ihnen
nicht viel Zeit blieb.

 BERIT

Das wechselseitige Misstrauen zwischen den Sachsen und den Wikingerflüchtlingen verwandelte sich in den folgenden Tagen in Neugier. Obwohl der Bischof Angst hatte, dass durch die Anwesenheit der Frauen Sitte und Moral in Mitleidenschaft gezogen wurden, durften sich alle frei auf dem Gelände des Klosters bewegen.

Und so begannen die Frauen mit ihrer Arbeit.

Als Erstes kümmerten sie sich um den Kräutergarten, der in einem erbärmlichen Zustand war. Und obwohl das Kloster sich selbst versorgte, war das Vieh krank und vernachlässigt. Der Abt mochte sich zwar um die Schäfchen seiner Gemeinde kümmern, aber von Kühen und Ziegen hatten die Kuttenträger alle keine große Ahnung.

Innerhalb eines Monats hatte sich das Leben im Kloster grundlegend verändert. So sehr, dass auch Bischof Wulfher sehr wohlwollend über die Frauen sprach, die mit den Mönchen nun unter einem Dach wohnten. Besonders die Kinder hatten viel zu dieser Veränderung beigetragen. Schon nach kurzer Zeit hatten sie ihre Scheu abgelegt, spielten und tollten herum. Die Mönche lachten, und Berit bemerkte, dass viele von ihnen zum ersten Mal das Gefühl hatten, im Leben zu stehen.

Im Hafen von Eoferwic wurde eine kleine Werft errichtet. Das Drachenboot König Haralds, mit dem die Frauen über das Nordermeer gesegelt waren, hatte man ans Ufer gezogen, damit Zimmerleute seine Bauweise studieren konnten. Sie waren erstaunt, wie geschickt die Dänen das Holz verarbeitet hatten. Gudrun zeigte ihnen, wie sie die richtigen Bäume fanden. Das Alter und der Wuchs waren entscheidend.

Das Werkzeug, mit dem die Planken zurechtgesägt werden sollten, musste erst noch hergestellt werden. Handwerker kamen in Lohn und Brot. Die Schmieden der Stadt arbeiteten Tag und Nacht, der helle Klang von Hammer auf Amboss wurde zum Pulsschlag Eoferwics.

Berit wusste nicht, woher der plötzliche Reichtum kam, mit dem der Bau der Schiffe bezahlt wurde. Wenn das Geld aus Osberts Schatulle stammte, dann nicht freiwillig. Es waren die königlichen Brüder aus Wessex, die sich auf den Kampf vorbereiteten, der ihnen bevorstand. Nicht er. Die Stadt, so schien es, erwachte aus einem bleiernen Schlaf.

Bischof Wulfher sah mittlerweile keinerlei Grund mehr, seine Entscheidung zu bereuen, die dänischen Frauen bei sich aufzunehmen. Das Vieh war gesund. Die Felder wurden gut bewirtschaftet. Die Frauen hatten den Garten neu angelegt und dabei um einige Heilpflanzen ergänzt, die sie aus ihrer Heimat kannten. Die Mönche behandelten sie jetzt mit Respekt, und bis jetzt war es noch zu keinerlei Zwischenfällen gekommen. Sitte, Moral und Anstand blieben gewahrt.

Wenigstens nach außen hin.

Berit war nicht entgangen, dass zwischen dem einen oder anderen Mönch und einigen Däninnen begehrliche Blicke ausgetauscht wurden. Berit selbst war noch nicht im heiratsfähigen Alter. Doch verstand sie nicht, wieso es Männer und Frauen gab, die alleine lebten. Der Bischof hätte wahrscheinlich die Hände über dem Kopf zusammengeschlagen, wenn er gewusst hätte, wie locker die Sitten bei den Wikingern waren.

Die dänischen Frauen waren ihren Männern so gut wie gleichgestellt. Es gab nicht diese Leibeigenschaft, wie Berit sie bei den Sachsen beobachtete, wo die Frauen den Männern ohne Widerspruch zu gehorchen hatten. Berit wusste zum Beispiel, dass Gudrun in der Zeit, als sie mit Einar zusammen war, auch den einen oder anderen Mann, der ihr gefiel, zu sich in die Kammer geholt hatte. Und niemand hatte etwas daran gefunden. Auch Maja und Halldor hatten sich geliebt, dennoch hatten sie sich nicht als wechselseitiges Eigentum betrachtet.

Die Abtei nahm den kompletten westlichen Teil der alten römischen Befestigung ein, auf der sie erbaut war. Um einen viereckigen Hof, der von einem Kreuzgang umsäumt war, gruppierten sich die Kirche, die Schlafräume, der Speisesaal und die Küche, an die sich der Abteigarten und die Stallungen anschlossen. Man hatte geschickt die massive Stadtmauer in den Bau der Abtei mit einbezogen. Und mit ihr den südwestlichen Turm. Berit hatte zuerst vermutet, dass er noch immer zu den Verteidigungsanlagen der Stadt gehörte, was ein Irrtum war. Der Turm gehörte zur Abtei.

»Seit dem Überfall auf Lindisfarne wissen die Dänen, wie reich die Kirche ist«, sagte Leofwine. »Wir haben das Glück, dass Teile der römischen Befestigung noch immer unbeschädigt sind. Unsere wichtigsten Schätze sind im Turm eingeschlossen.«

»Gold, Silber, Edelsteine«, sagte Berit.

»Auch«, sagte Leofwine ein wenig geheimnisvoll. »Ich denke, du wirst es selbst sehen.«

Berit hatte dem Mönch bei der Ausgabe des Abendessens geholfen. Jetzt trugen sie den leeren Kessel quer über den Hof, um ihn in der Küche zu spülen. Sie hoben ihn in einen steinernen Trog und gossen heißes Wasser hinein.

»Was ist eigentlich Eure Aufgabe in der Abtei?«, fragte Berit. »Seid Ihr der Koch?«

Leofwine lachte. »Nein, das bin ich nicht. Ich bin der Bibliothekar.«

»Und was macht ein Bibliothekar?« Berit hatte Schwierigkeiten, dieses Wort richtig auszusprechen.

»Ich kümmere mich um den Bestand der Bücher«, sagte er.

»Von Büchern habe ich schon einmal gehört«, sagte Berit.

»Du kannst nicht lesen?«

Sie schüttelte den Kopf.

»Und dann natürlich auch nicht schreiben.«

»Nein«, sagte Berit.

»Würdest du beides gerne lernen?«

»Sind es sinnvolle Fertigkeiten?«, erwiderte sie die Frage.

»Die wichtigsten von allen.« Leofwine wischte sich die Hände an seiner Kutte ab. »Komm. Und vergiss dein Schwert nicht!«

»Mein Schwert?«, fragte Berit. »Was soll ich damit?«

»Frag nicht so viel!« Leofwine lächelte. »Komm einfach.«

Das Skriptorium befand sich neben dem Turm und war so weit weg vom Geschehen des klösterlichen Lebens, dass man hier noch nicht einmal die spielenden Kinder hören konnte. Vier Mönche saßen an vier Pulten, schabten Pergament, zeichneten Buchstaben nach oder malten bunte Figuren auf die Seiten. Als Berit zusammen mit Leofwine den Raum betrat, blickten sie erschrocken auf, zumal das Mädchen ihr Schwert angelegt hatte.

Hinter den Mönchen befand sich eine Wand voller Regale. Und diese Regale waren gefüllt mit Büchern und Pergamentrollen.

»Dies hier sind Folianten und Codices, die wieder an andere Klöster zurückgeschickt werden müssen, wenn wir sie kopiert haben.«

Er legte eine Hand auf die Schulter eines älteren Mannes. »Das ist Bruder Egbert. Er sorgt dafür, dass alle gründlich arbeiten und mit genügend Arbeitsmaterial versorgt sind. Egbert rührt die Farben und die Tinte an. So müssen sich die anderen Mönche nur auf das Kopieren konzentrieren. Ihre Arbeit ist sehr verantwortungsvoll, denn wenn man sich verschreibt, so muss dieser Fehler mit einem Bimsstein weggekratzt werden. Geschieht das zu oft, kann man das kostbare Pergament nur noch wegwerfen.«

Leofwine holte einen Schlüssel unter der Kutte hervor und entriegelte eine schwere Eichentür. Dann nahm er eine Lampe. Die Mitbrüder, allen voran Bruder Egbert, schauten ihn entsetzt an, sagten aber kein Wort.

»Sie haben ein Schweigegelübde abgelegt«, sagte Leofwine, als er die Tür hinter ihnen verschloss. »Sonst hätten sie vermutlich alle laut aufgeschrien. Du bist die erste Frau, die unsere Bibliothek betritt.«

Erst jetzt bemerkte Berit, dass sie sich im Inneren des sechseckigen Turmes befanden. Leofwine stellte die Lampe auf einen Tisch in der Mitte.

»Bist du beeindruckt?«

Berit drehte sich einmal im Kreis und legte den Kopf in den Nacken. Sie war umgeben von Hunderten, nein bestimmt Tausenden von Büchern. Eine Leiter führte hinauf zu einer umlaufenden Galerie, auf der es kleine Pulte gab, an denen man im Stehen lesen konnte. Durch ein gutes Dutzend Schießscharten fiel trübes Tageslicht. Nicht genug zum Lesen. Dazu mussten Lampen entzündet werden, die neben den Pulten an Haken hingen. Aber es reichte aus, um sich zu orientieren.

Ja, sie war beeindruckt. Aber sie wusste nicht genau, warum.

»Dies hier ist mehr oder weniger das gesamte Wissen der Menschheit«, sagte Leofwine. »Vor Jahrhunderten, als die Römer die Insel beherrschten, war unsere Sammlung viel umfangreicher. Wulfher ist ein guter Abt. Doch er lässt nur Bücher kopieren, deren Inhalt mit den Lehren der Kirche vereinbar ist. Es gibt aber zum Beispiel auch einige Ideen alter griechischer Denker. Ihre Erkenntnisse über das Wesen der Menschen beziehen einen Standpunkt, der außerhalb dessen steht, was die Kirche erlaubt.« Seine Stimme wurde nun zu einem Flüstern, obwohl kein anderer Mönch in der Nähe war. »Ich bin im Besitz einiger solcher Abhandlungen, die den Geist weit öffnen. Und ihm Nahrung geben.

Sokrates, Aristoteles, Plato. Es müssen unglaubliche Männer gewesen sein. Thales, ein Philosoph aus Milet, hat Bücher über die Mathematik geschrieben, die für uns alle hilfreich sein könnten, doch es sind heidnische Schriften. Deshalb werden sie von der Kirche nicht beachtet. Manchmal glaube ich, dass es Zeit für eine Wiedergeburt wäre. Eine Wiedergeburt der Kunst und der Wissenschaften.«

Leofwine öffnete einen Schrank. »Du hast nach unseren Schätzen gefragt. Hier sind sie.«

Er holte ein kleines Buch hervor. »Das persönliche Johannesevangelium des heiligen Cuthbert. Es ist klein, so dass man es in eine Tasche stecken und mit auf Reisen nehmen kann.«

Das nächste Buch war größer, aber ebenfalls in Leder eingeschlagen. »*De natura de Sancti Grail* von Gwydion Desert. Die Handschrift des letzten Fischerkönigs. Eine überaus tragische Geschichte. Sie erzählt von Gwydions Leben, nachdem der Kelch des letzten Abendmahls verlorengegangen ist und er Britannien mit den letzten Rittern der Tafelrunde verlassen musste.«

Leofwine strich mit einer liebevollen Geste über das Leder und stellte das Buch wieder zurück.

»Aber das hier …«, sagte er und legte eine Buchrolle ehrfurchtsvoll auf den Tisch, »… das hier ist die wichtigste Schrift, die im Besitz unserer Abtei ist. Wir wissen nicht, wer sie verfasst hat. Sie muss römischen Ursprungs sein und beschreibt das Leben und die Sagen der Kelten.«

Leofwine sah Berit mit einem strahlenden Gesicht an.

»Diese Rolle ist voller wunderbarer Geschichten. Ich

habe mein ganzes Leben damit verbracht, sie zu lesen und zu deuten. So wie mein Vorgänger und dessen Vorgänger, bis hin zu den Gründern dieser Abtei. Es ist sozusagen die Geschichte unseres Volkes. Die Äbte, die von unserem Orden meist aus anderen Gegenden und Ländern hierher befohlen wurden, standen diesem – wie sie es sagten – Aberglauben recht ablehnend gegenüber. Auch Abt Wulfher unterscheidet sich da wenig von seinen Vorgängern.«

Leofwine dachte kurz nach, als müsste er die Worte, die er jetzt sagen wollte, erst noch in die richtige Reihenfolge bringen.

»Vor fünfzig Jahren kamen drei Fremde nach Eoferwic. Es war das seltsamste Trio, das man sich vorstellen konnte. Der Mann war ein Sarazene aus Damaskus. Sein Name war Abdul al-Hazred, und er war in Begleitung zweier Frauen. Das allein war für den damaligen Abt ungewöhnlich genug.«

»Kennt man die Namen der Frauen?«

Leofwine nickte. »Die eine war Wina de Haspoire. Sie stammte aus einer gräflichen Familie im Burgund. Und die andere hieß Yngvild Fridasdóttir.«

Berit erbleichte. »Das ist der Name meiner Großmutter!«

»Ich vermute, dass sie das ist«, sagte Leofwine. »Die drei waren auf der Suche nach einer römischen Handschrift, *De Celtae.*«

»Die Buchrolle, die jetzt vor uns liegt.« Berit spürte, wie sich ihre Nackenhaare aufstellten.

»Genau«, sagte Leofwine. »Es ist vermutlich das einzige existierende Exemplar. Sie hatten den wichtigsten

Bibliotheken der Welt einen Besuch abgestattet. Viele gibt es nicht mehr. Und die, die noch existieren, sind weit verstreut. Abdul und die zwei Frauen hatten die halbe Welt bereist, hatten allen Gefahren getrotzt, nur um dem Wahrheitsgehalt einer Legende auf den Grund zu gehen.«

Leofwine bedeutete Berit, sich zu setzen und schwieg einen langen Moment.

»Jede Kultur glaubt an die Existenz einer Welt der Toten«, sagte er schließlich, als er seinerseits hinter dem Tisch Platz genommen hatte.

»Bei uns sind es *Valhall* und *Hel*«, sagte Berit.

»Die Griechen hatten das *Elysion* und den *Hades*, wir haben Himmel und Hölle.« Leofwine sah Berit mit funkelnden Augen an. »Die Kelten jedoch hatten die Anderswelt, in der Leben und Tod keine Rolle spielt. Bevölkert wird dieser Ort von Kobolden und Trollen, Geistern und Dämonen, Nixen und Feen. Sie alle vermeiden es, mit den Menschen in Berührung zu kommen. Sie betrachten uns als unrein, primitiv oder schlicht langweilig. Manche besuchen trotzdem unser Reich, manchmal verirrt sich ein Mensch in ihres. So geht das seit Jahrtausenden, und so könnte es auch ewig weitergehen …«

»Wenn vor fünfzig Jahren nicht der Mann und diese zwei Frauen nach Eoferwic gekommen wären.«

»Richtig«, sagte Leofwine ernst. »Wenn man stirbt, kehrt die Seele heim. Wie gesagt: Himmel, *Valhall, Elysion*. Du verstehst, was ich meine?«

»Ja, ich denke schon«, sagte Berit.

»Nun ist es aber so, dass sich manche Seele auf diesem

Heimweg verirrt. Vom rechten Weg abweicht und so in ein dunkles Zwischenreich gelangt. Den Abgrund. *Abyssos.* Heimstatt von Kreaturen, die so fremd sind, dass sie jeden Geist in den Wahnsinn stürzen, der ihrer angesichtig wird. Es ist ein finsterer Ort, im wahrsten Sinne des Wortes, denn es herrscht dort absolute Dunkelheit. Mit einer Ausnahme! Auf der Spitze eines riesigen Berges, der die Mitte dieses Reiches markiert, leuchtet in einem Schrein ein helles Licht der Hoffnung. Man sagt, es sei das Tor zum verheißenen Land Gilead. Denn wer diesen Schrein lebendigen Leibes betritt, dem wird ein Wunsch erfüllt.«

»Egal welcher?«, fragte Berit ungläubig.

»Egal welcher«, antwortete Leofwine.

»Selbst wenn ich auf die Idee käme, mir das Ende der Welt herbeizuwünschen?«

»Ja«, sagte Leofwine und lächelte grimmig. »Selbst das.«

»Woher wisst Ihr das alles?«, fragte Berit.

»Dem Sarazenen und deiner Großmutter ist es gelungen, jenen Ort der Finsternis zu finden und ihn wieder zu verlassen.«

»Was geschah mit der anderen Frau? Wina?«

»Über ihr Schicksal ist nichts bekannt.«

Leofwine zog Berits Schwert aus der Scheide. »Deine Großmutter kam übrigens nicht mit leeren Händen zurück. Sie brachte diesen Kristallsplitter mit.«

»Diese drei haben das Zwischenreich gefunden, aber es ist ihnen nicht gelungen, den Schrein zu betreten?«, fragte Berit.

»Nein. Ich glaube, die ganze Welt hätte es gemerkt«, sagte

Leofwine und fuhr fort, als er Berits fragenden Blick sah. »Wer all die Mühen auf sich nimmt, den Schrein als lebendiger Mensch zu betreten, wird diesen einen Wunsch nicht vergeuden. Seine Erfüllung hätte die Grundfesten unserer Welt erschüttert.«

Berit konnte darauf nichts antworten. Irgendwie schien ihr die Phantasie für alle Möglichkeiten zu fehlen.

»Was würdest du dir wünschen?«, fragte Leofwine.

»Dass mein Vater noch lebt.«

»Wieso nicht deine Mutter?«, fragte der Mönch.

»Ja, stimmt. Ich denke, ich würde sie in diesen Wunsch mit einschließen.«

»Deine Großmutter nicht?«

»Doch! Sie natürlich auch!«

»Aha«, machte Leofwine nur. »Und was ist mit deinen Freunden, die in Randaberg ums Leben gekommen sind?«

Berit schwirrte der Kopf.

»Wie wäre es, wenn du dir wünschst, dass es gar nicht erst zu diesem Überfall gekommen wäre? Dass Urho nicht geboren wurde? Abdul al-Hazred nie existierte? Wo fängst du an? Wo hörst du auf? Wie gesagt: Jeder Wunsch wird dir erfüllt, aber du wüsstest nicht, was er für Konsequenzen hätte.«

Berit rieb sich die Schläfen. Mit einem Mal hatte sie heftige Kopfschmerzen.

»Wir schweben alle in einer großen Gefahr«, sagte Leofwine eindringlich. »Hier geht es nicht um Leben und Tod. Hier geht es um die Existenz allen Seins!«

»Also muss dieses Buch des Sarazenen vernichtet werden,

damit niemand mit seiner Hilfe in die Zwischenwelt gelangen kann«, sagte Berit.

»*Das Buch des Wisperns* ist nur der Schlüssel«, sagte Leofwine. »Das Licht des Balder, dein Schwert, das du *Traumsplitter* nennst, erhellt die ewige Dunkelheit des Abgrunds. Und das Auge des Steropes weist seinem Besitzer den Weg.«

Er legte die Hand auf die Buchrolle.

»Eigentlich müsste auch diese alte Schrift vernichtet werden. Wenn du wissen willst, wo all die Tore sind, die *Das Buch des Wisperns* öffnen kann, musst du dies hier lesen.«

»Wurde eine Abschrift verfasst?«, fragte Berit.

»Abdul hat eine Kopie erstellt. Ihm ging es nur um die Tore«, sagte Leofwine und presste die Lippen aufeinander. »Der damalige Bibliothekar glaubte nicht an all diese Geschichten, deswegen hat er ihn gewähren lassen.« Es war offensichtlich, dass Leofwine den Fehler seines Vorgängers sehr bedauerte.

»Gibt es ein Tor in Eoferwic?«

Leofwine schüttelte den Kopf. »In der Nähe Lundenburghs muss es eines geben. Aber Alfred hat es bisher nicht gefunden.«

»Alfred? Der Bruder des Königs von Wessex?«, fragte Berit überrascht.

»Er ist ein sehr belesener Mann. Alfred hat Wessex vor einem Jahr verlassen, weil er auf einer Mission ist. Er möchte England einen und er weiß, dass das nur gelingt, wenn er eine gemeinsame Geschichte erzählen kann. Deswegen hat er Monate mit mir in der Bibliothek verbracht. Dabei sind wir auf diese Geschichte gestoßen. Er ahnte sofort, welche Gefahr uns droht, ohne dass ich ihn davon überzeugen musste. Seitdem warten wir auf ein Zeichen.« Leofwine deutete auf das Schwert. »Eines ist mit dir zu uns gekommen. Das, was in Randaberg geschehen ist, hat mit deiner Großmutter und der gefährlichen Reise zu tun, die sie vor fünfzig Jahren unternommen hat. Urho ist hinter dem Schwert her. Daran besteht, meiner Meinung nach, kein Zweifel.«

»*Traumsplitter* ist legendär«, sagte Berit. »Es ist härter und schärfer als jede andere Klinge, die von Menschen geschmiedet wurde. Keine Rüstung kann ihr widerstehen. Vielleicht will er es nur aus diesem Grund haben.«

Leofwine machte ein abwägendes Gesicht. »Vielleicht, ja. Aber ein sehr unangenehmes Bauchgefühl sagt mir, dass es nur die halbe Wahrheit wäre. Wie auch immer: Wir werden einen Überfall nicht verhindern können. Also werden wir uns vorbereiten müssen. Und dich in der Zwischenzeit so gut wie möglich beschützen.«

»Was heißt das?«, fragte Berit misstrauisch.

»Ich werde Alfred bitten, dir eine Leibwache zur Seite zu stellen.«

Berit schüttelte energisch den Kopf. »Ich brauche keinen Aufpasser! Außerdem habe ich Maja. Urho soll ruhig kommen und sich das Schwert holen. Ich werde es ihm geben. Aber anders, als er es sich wünscht.«

»Ich zweifle nicht an deinem Mut«, versuchte Leofwine, sie zu besänftigen. »Trotzdem werde ich Alfred empfehlen, dass er Godric von Thresk an deine Seite stellt.«

»Ich bin eine Schildmaid!«, empörte sich Berit. »Ich kann mich selbst verteidigen!«

»Es steht zu viel auf dem Spiel«, beharrte Leofwine. »Du hast die Wahl: Entweder wirst du Godrics Beistand annehmen ...«

»Oder?«, schnappte Berit zurück.

Leofwine stöhnte auf. »Berit, wir möchten keinerlei Zwang anwenden! Bitte!«

Wenn Berit ehrlich war, hatte Leofwine natürlich recht. Nach allem, was er berichtet hatte, stand zu viel auf dem Spiel. Nicht nur Berits eigenes Leben, sondern auch das ihrer Freunde und derjenigen, die sie, Maja und all die Frauen und Kinder in Eoferwic aufgenommen hatten.

»Also gut«, sagte sie. »Aber unter einer Bedingung! Ich lasse mich nicht an die Leine legen.«

»Wem sollte das denn auch gelingen?«, fragte Leofwine. »Dennoch werdet ihr euch auf eine Reise begeben müssen.«

»Was?« entfuhr es Berit. »Das ist widersinnig! Ich sollte hier in Eoferwic bleiben. Wer hat das entschieden?«

»Alfred«, sagte Leofwine und er wirkte auf einmal sehr müde.

»Aber ... Warum?«

»Er hat es mir nicht sagen wollen. Ich habe auf ihn eingeredet. Lange. Eindringlich. Vergebens.« Der Bibliothekar seufzte. »Alfred von Wessex ist ein sehr vielschichtiger junger Mann. Klug über alle Maßen, aber zuweilen begeht er die Sünde des Stolzes. Er hat sein Ansinnen nicht als Bitte formuliert, sondern als Befehl.«

Sie hatten von Alfred den Auftrag erhalten, den Leuchtturm von Dubris in Kent zu inspizieren, weit im Südosten der Insel. In Berits Augen ein komplett unsinniges Unterfangen. Immerhin drohte die eigentliche Gefahr von Osten her. Randaberg lag auf derselben Höhe wie Schottland. England von der Südseite her anzugreifen, würde den Weg einer dänischen Invasionsflotte mehr als verdoppeln.

Sie hatten die Kapuzen ihrer Umhänge tief ins Gesicht gezogen. Seit drei Tagen hatte es ohne Unterlass geregnet, und sie waren bis auf die Knochen durchnässt.

»Ihr habt eine schöne Insel, Godric«, sagte Maja. »Grün und fruchtbar und reich. Alles sehr beneidenswert. Aber das Wetter, das könnt ihr geschenkt haben.«

Godric verzog das Gesicht zu einem schiefen Lächeln. »Ihr hättet zu Hause bleiben können, dann wäre euch der Regen erspart geblieben. Und uns die Plünderungen.«

Maja warf ihm einen finsteren Blick zu. Zu oft hatten sie diese wenig zweckvolle Unterhaltung geführt. Godric konnte sich noch immer nicht mit dem Gedanken anfreunden, gemeinsame Sache mit dem ehemaligen Feind zu machen. Auch wenn es darum ging, eine Invasion Britanniens abzuwehren.

Alle waren nervös, weil sie nicht wussten, wann, wo und in welcher Zahl der Feind anlanden würde. Aber jeder neue Tag war ein Tag, der zu ihren Gunsten anbrach. Alfred hatte den Bau von Wachtürmen entlang der Ostküste befohlen, über den Kopf von Osbert hinweg. Näherte sich der Feind über das Nordermeer, so sollten Leuchtfeuer entzündet werden und eine Signalkette in Gang setzen, die innerhalb weniger Stunden alle wichtigen Städte Englands in Alarmzustand versetzte.

»Es sieht allerdings nicht so aus, als ob die Frühjahrsstürme in der nächsten Zeit nachlassen«, sagte Godric, dem der Regen ins Gesicht peitschte. »Und solange wir so ein Wetter haben, sind wir sicher.«

Er stieg von seinem Pferd und band es an einen Baum, der windschief neben dem fünfgeschossigen Turm wuchs. Wild wuchernde Büsche kündeten davon, dass sich seit einigen Jahren niemand mehr um diese Verteidigungsanlage gekümmert hatte.

Die Tür hing schief in den Angeln, aber sie ließ sich mit ein wenig Kraftaufwand öffnen. Godric streifte die Kapuze ab und schaute nach oben. Die Eichendielen des nächsten Stockwerks waren noch vorhanden und in einem erstaunlich guten Zustand. Er pulte mit den Fingern im Mörtel, der die Steine zusammenhielt.

»Da drinnen ist es trocken und sicher«, sagte er, als er den Turm verließ und die Pferde von ihren Packtaschen befreite.

Berit schlug ihr Lager ebenfalls im alten Turm auf und entrollte ihre Decke. Sie wollte nur noch etwas essen und dann hoffentlich bis zum nächsten Morgen schlafen. Doch dann fiel ihr Blick auf die Treppe, und plötzlich war ihre Neugierde geweckt.

»Was tust du da?«, fragte Godric, als er sah, wie Berit in den nächsten Stock hinaufkletterte.

»Wonach sieht es denn aus?«, fragte sie, den Blick weiter nach oben gerichtet.

»Nach keiner guten Idee«, sagte er.

»Godric hat recht«, stand ihm Maja bei, die ihren Umhang zum Trocknen ausbreitete. »Das Holz kann morsch sein. Bleib lieber hier.«

Jetzt drehte sich Berit mit ungläubigem Blick zu den beiden um. Maja und Godric standen nebeneinander, als wären sie ein Elternpaar, das sich um seine einzige Tochter Sorgen machte, weil sie das erste Mal ohne Aufsicht ins Unbekannte aufbrach.

Und die beiden waren klug genug, den Blick richtig zu deuten. Sie räusperten sich, kümmerten sich wieder um ihre eigenen Belange, und Berit stieg weiter hinauf.

Durch die kleinen Fenster, deren Simse voller Möwendreck waren, wehte ein kalter Wind. Majas Sorge war unbegründet. Der Turm mochte zwar mehr als fünfhundert Jahre alt sein, die Eichenholzdielen hingegen mussten in den letzten Jahren erneuert worden sein, denn sie waren trittfest und nur unter den wetterseitigen Fenstern leicht verrottet.

Berit fragte sich, warum diese Anlage aufgegeben worden war. Alfred hatte ihnen vor der Abreise Dubris auf einer Karte gezeigt, und ihr war sofort klar gewesen, dass eine Festung an diesem Punkt der Insel eine Bastion war, die erst einmal erobert werden wollte.

Maja und Godric. Das Bild der beiden, wie sie unten standen und Berit ermahnten, vorsichtig zu sein, ging ihr nicht aus dem Kopf. Die beiden passten zusammen, irgendwie. Godric war kein Aufschneider wie die meisten anderen Sachsen, die jeder Frau erklären mussten, was sie zu tun und zu lassen hatte. Er war ruhig und besonnen, fast ein wenig nachdenklich. Jedes seiner Worte schien immer gut überlegt. Berit konnte sich vorstellen, dass Maja genau das gut an ihm gefiel. Sie brauchte jemanden, der sie und ihre sehr abwechslungsreiche Gefühlswelt gut aushalten konnte und auch einmal eine handfeste Beleidigung nicht persönlich nahm. Maja war eine Schildmaid, das durfte man nicht vergessen. Sie ließ sich von niemandem etwas sagen. Und Godric war jemand, der nicht den Ehrgeiz hatte, irgendjemanden zu erziehen. Deswegen war Berit so verwirrt gewesen, als er besorgt gefragt hatte, was sie vorhätte. War diese Frage wirklich an sie gerichtet? Oder sollte sie Maja zeigen, dass er ein Mann war, der verantwortungsvoll handeln konnte und somit vertrauenswürdig war? Wie auch immer, Berit fand, dass die beiden das unter sich ausmachen sollten.

Als sie die Spitze des Turms erreichte, musste sie sich an der Brüstung festhalten, so scharf wehte der Wind. Er verfing sich in der Kapuze ihres Umhangs, bauschte sie auf und riss sie ihr vom Kopf. Es hatte aufgehört zu regnen. Die Luft war klar, und Berit bot sich nun eine erstaunliche Fernsicht die Küstenlinie nach Osten und nach Westen hinab.

Sie wollte sich gerade zum Gehen abwenden, es war nun doch empfindlich kalt hier oben, als ihr Blick an etwas hängen blieb. Zuerst dachte sie, es wäre nur angeschwemmtes Treibholz, dann aber erkannte sie, dass am Strand bei den Klippen östlich vom Turm ein Boot auf Grund gelaufen war. Und neben diesem Boot lagen drei leblose Körper, die sich träge in der Dünung bewegten.

»Maja?«, schrie Berit. »Godric!« Sie war so aufgeregt, dass sich ihre Stimme überschlug. So schnell sie konnte eilte sie die Treppen hinab.

Godric hatte ein Feuer entzündet, an dem er und Maja sich jetzt die Hände wärmten.

»Was ist los?«, fragte er und stand auf.

»Unten am Strand!«, keuchte Berit. »Schiffbrüchige. Ich weiß nicht, ob sie tot sind.«

»Dann sollten wir nachsehen«, sagte Godric.

»Ich bleibe hier. Jemand muss sich um das Feuer kümmern«, meinte Maja und legte ihr Schwert quer über den Schoß.

Berit und Godric nahmen alle drei Pferde und ritten einen gewundenen Pfad zum Strand hinunter.

Berit sprang als Erste aus dem Sattel und packte den Körper eines Jungen bei den Schultern, um ihn aus dem Wasser zu ziehen. Sobald sie ihn weit genug auf den Sand gehievt hatte, legte sie zwei Finger in seine Halsbeuge und fühlte den Puls.

»Der hier lebt«, rief sie Godric zu.

»Die anderen beiden auch«, sagte er. »Es ist ein Wunder!«

Als sie versuchte, den Jungen aufzurichten, riss dieser die Augen auf und trat Berit die Beine weg, so dass sie mit einem Aufschrei der Verblüffung in den nassen Sand fiel. Sofort war der Junge auf den Beinen, suchte nach seinem Schwert, das er aber nicht fand und drehte sich mehrmals im Kreis.

»Wo ist das Mädchen?«, schrie er.

»Von welchem Mädchen sprichst du?« Berit stand auf, knickte aber schmerzhaft ein, als sie die Beine belastete.

»Alrun! Wo ist sie?«

»Hier ist kein Mädchen«, sagte Berit. »Wie heißt du?«

»Was?«, fragte er, als hätte Berit den Verstand verloren, ihn ausgerechnet jetzt nach seinem Namen zu fragen.

»Finn. Mein Name ist Finn.«

Er tastete sich ab und schien erleichtert zu sein, dass sein Beutel noch immer an seinem Gürtel befestigt war. Dann watete er ins Wasser.

»Alrun!«, schrie er verzweifelt.

»Hier ist kein Mädchen«, wiederholte Berit.

Finn wischte sich verzweifelt das nasse Haar aus der Stirn und starrte dann Berit mit verunsichertem Befremden an. Eine Ahnung des Erkennens zeichnete sich auf seinem Gesicht ab, die aber sofort wieder verschwand.

»Hat Hakim das Buch noch?«, fragte er.

»Von welchem Buch redest du?«

»Hier ist eine Tasche«, rief Godric und hielt sie in die Höhe.

Finn riss sie ihm aus der Hand. Dann lief er wieder ins Meer, bis er knietief im Wasser stand.

»Alrun!«

»Das Mädchen ist tot«, sagte Berit mehr zu sich selbst, aber laut genug, dass Finn sie hören konnte. Es war eine Erkenntnis, die sich falsch anfühlte.

Finn wirbelte herum, verpasste ihr wütend eine heftige Ohrfeige und hob dann drohend den Zeigefinger. »Sag das nie wieder. Hörst du? Nie wieder!«

Godric richtete sich langsam auf und griff nach seinem Schwert, aber Berit schüttelte leicht den Kopf.

Finn stolperte auf Hakim zu und packte ihn am Kragen. »Wach auf, Hakim! Wir müssen noch mal raus!«

Doch Hakims Augen blieben geschlossen.

»Jetzt beruhige dich erst mal«, sagte Godric. »Setz dich zu uns ins Trockene, dann kannst du uns erzählen, was geschehen ist. In der Zwischenzeit kümmern wir uns um deine Freunde.«

»Ich werde mich nicht beruhigen!«, zischte Finn den Sachsen an.

Godric hob beschwichtigend die Hände. »Alles gut, mein Junge. Wir machen alles so, wie du es willst!«

Er gab Godric einen wütenden Stoß, so dass dieser zwei Schritte zurücktaumelte. »Und ich bin nicht dein Junge, du *Arsling*!«

Dann sank Finn auf die Knie und heulte auf wie ein tödlich verwundetes Tier.

Sie brachten die drei hinauf zum Turm und wickelten sie in Decken, die wegen des Regens nicht wirklich trocken waren, aber zusammen mit dem Feuer dafür sorgten, dass sie nicht an Unterkühlung starben.

Finn starrte dumpf brütend ins Feuer und sagte kein Wort. Der Atem der beiden anderen ging ruhig und gleichmäßig, als würden sie einfach tief erschöpft schlafen.

Niemand stellte Fragen. Auch Maja nicht, obwohl sie am ungeduldigsten war. Sie hatte Finn etwas Met gegeben, den er zunächst abgelehnt hatte, dann aber doch trank, nachdem Berit ihn auf dem Feuer erhitzt hatte.

»Wir kommen aus Dorestad«, sagte Finn schließlich mit brüchiger Stimme und trank einen Schluck. »Vor einem Tag wurde der Handelsposten überfallen. Uns ist im letzten Augenblick die Flucht geglückt.«

»Wikinger?«, fragte Godric, der plötzlich hellwach war.

Finn blickte auf und sah ihn schmerzerfüllt an. »Das waren sie vielleicht einmal. In einem vorangegangenen Leben. Jetzt sind es Schatten.«

»War ihr Anführer ein Mann namens Urho?«, fragte Berit mit hämmerndem Herzen.

»Schlohweißes Haar, nur ein Bein, Zähne wie ein Pferd«, sagte Maja.

»Ihr kennt ihn?«, fragte Finn.

»Er hat alles getötet und vernichtet, was uns jemals etwas bedeutet hat«, sagte Berit. »Aber da war er nicht mehr Urho.«

Finn musterte das Mädchen, als würde er auf einmal in allem ein Muster erkennen. »Wer bist du?«

»Berit Ingridsdóttir. Tochter von Thorulf Olavsson.«

»Yngvild Fridasdóttir war deine Großmutter!«

Berit nickte.

»Oh mein Gott«, wisperte Finn. »Ich kannte sie sehr gut ...«

»Das ist unmöglich«, sagte Maja.

»Bist du im Besitz eines Kristalls, der die Form einer langgezogenen Schwertklinge hat?«

»*Traumsplitter*.«

»So hat Yngvild die Waffe genannt. Eigentlich war alles ein bitterer Witz gewesen, als sie das Schwert anfertigte. Es gibt kein Feuer dort, wo sie es herhat. *Traumsplitter* wurde allein durch die Macht ihrer Lebenskraft zusammengehalten, die sie damals noch hatte. Yngvild hat dafür einen hohen Preis bezahlt.«

»Die drei Relikte«, sagte Berit.

»Sie sind zusammengekommen«, sagte Finn und sah zu Hakim hinüber, der noch immer bewusstlos war.

»Dein Name ist nicht Finn«, sagte Berit. »Du bist Wina de Haspoire. Du warst eine der drei, die den Schrein der Wünsche gesucht haben. Die, die zurückgeblieben ist.«

Finn senkte den Blick. »Was für ein größenwahnsinniges Unterfangen es war. Wenn ich gewusst hätte, wie viel Leid wir verursachen, wäre ich diesen Weg nicht zu Ende gegangen. Und hätte Hakims Großvater daran gehindert, dieses verfluchte Buch zu schreiben. Niemand hätte sterben müssen. Und Hakim wäre der Fluch erspart geblieben. Doch wir haben es getan, und nun ist Abduls Seele in diesen mörderischen Wikinger gefahren.«

»Was ist sein Plan?«, fragte Maja.

»Liegt es nicht auf der Hand?«, fragte Finn. »Er möchte die drei Relikte in seinen Besitz bringen, sie vereinen und dann das Werk vollenden, an dem wir vor fünfzig Jahren gescheitert sind. Abdul al-Hazred will diesen einen Wunsch äußern und erfüllt sehen.«

»Aber was wünscht er sich denn?«, fragte Maja verzweifelt. »Was ist es wert, in diesem Maße Schaden an der Seele zu nehmen?«

Finn zuckte mit den Schultern. »Macht? Allumfassende absolute Macht. Stell dir einen Mann vor, der sich an seiner eigenen Größe berauscht. Der ein Betrüger ist und jeden täuscht. Der kein Schuldbewusstsein kennt. Ihm ist es egal, welche Konsequenzen sein Handeln hat. Ich habe mich damals von ihm täuschen lassen, als er sagte, er wolle mit diesem einen Wunsch die Welt retten.« Er fasste sich an die Stirn. »Es hat mir geschmeichelt. Ich wollte Teil dieser Unternehmung sein, Lieder sollten über mich gesungen werden. Die Eitelkeit hat mich blind gemacht.«

»Und Alrun?«, fragte Berit vorsichtig.

»Sie ist die Unschuldigste von allen. Sie liebte Finn und hoffte, ihn in mir wiederzufinden. Ich hätte ihr diese Hoffnung nehmen müssen, dann würde sie jetzt noch leben. Doch als meine Seele in seinen Körper fuhr, war er schon tot. Er ist gestorben, als er in einen Brunnen stürzte. Es war die Liebe, die sie getötet hat. Nicht der Sturm, in den wir geraten sind.«

Berit sah hinüber zu Hakim, der sich jetzt unruhig hin und her warf. Berit legte ihre Hand auf seine Stirn.

»Hat er Fieber?«, fragte Maja.

Berit verzog das Gesicht, als wäre sie nicht sicher. »Er ist jedenfalls erschöpft. Genau wie er.« Sie deutete auf Orm. »Wir sollten sie schlafen lassen.«

»Ich übernehme die erste Wache«, sagte Godric. »Maja die zweite, du die dritte. Morgen sehen wir weiter.«

Berit wickelte sich in ihre Decke und sah zu Finn, der noch immer beim Feuer saß und in die Flammen starrte. Was für ein Schicksal. Gefangen im falschen Körper. Beladen mit der Schuld am Tod unzähliger Menschen, die Abduls Hybris das Leben gekostet hatte. Und mit einer Mission, die eigentlich zum Scheitern verurteilt war.

Dennoch fühlte sich alles richtig an. Dass sie hier in diesem Turm waren und alle zusammengefunden hatten. Ein Schicksal erfüllte sich. Nein, kein Schicksal. Eine Bestimmung. Alles war gut, in diesem Moment und für immer.

Berit wurde von Maja natürlich nicht geweckt. Maja teilte sich mit Godric die dritte Schicht und ließ das Mädchen schlafen.

Berit reckte sich und blinzelte in das fahle Licht eines trüben Morgens, zuckte dann aber zusammen, als sie stattdessen in das Gesicht eines verlebten Mannes schaute, der sie neugierig musterte.

»Sie ist wach«, sagte Orm und richtete sich auf.

Berit rieb sich den Schlaf aus den Augen. Es roch unverschämt gut nach frisch gebratenem Fleisch. Ein ziemlich großes Kaninchen schmorte an einem Stecken über dem Lagerfeuer. Orm schnitt ein Stück vom Schenkel ab und brachte es ihr.

»Wie lange habe ich geschlafen?«, fragte Berit.

»Sehr lange«, sagte Maja.

»Warum habt ihr mich nicht geweckt?«

»Weil du den Schlaf gebraucht hast, wie wir alle«, sagte Godric mit vollem Mund.

»Der Hase ist übrigens von mir«, sagte Orm. »Für den Fall, dass du dich bedanken möchtest.«

»Das ist ein Kaninchen«, sagte Maja, als hätte Orm keinerlei Urteilsvermögen.

»Ein Hase«, sagte Orm und hielt das abgezogene Fell in die Höhe. »Schau dir die Ohren an.«

Ein Gefühl der Wärme stieg in Berit auf, als wäre sie im Schoß ihrer wahrhaftigen Familie erwacht. Von Menschen umgeben, die sie schon seit Ewigkeiten kannte, so vertraut schienen sie ihr. Und sie wusste, dass alle anderen etwas Ähnliches spürten, vielleicht aber nicht die Worte dafür fanden. Finn saß neben Hakim und redete mit ihm. Hakim nickte immer wieder, hustete ab und zu, lächelte sogar – und merkte dann auf einmal, dass er von Berit beobachtet wurde.

Ihre Blicke trafen sich, und es war, als ob sich zwei verlorene Seelen wiederfanden. Es war kein Blitz, kein Schlag. Eher wie das Einrenken eines Gelenks, ein kurzer süßer Schmerz, mehr nicht. Berit wusste auf einmal, dass sie und Hakim sich seit Ewigkeiten kannten, kennen mussten. Daran gab es keinen Zweifel.

Finn fiel auf, dass der Sarazene ihm nicht mehr zuhörte und folgte seinem Blick. Er lächelte, als er Berits Fassungslosigkeit bemerkte.

Finn rutschte ein wenig zur Seite und winkte Berit heran.

Sie erhob sich und durchquerte den Raum. Maja und Godric standen sehr vertraut mit Orm zusammen, redeten und lachten, während der streunende Hund mit großen Gesten gutgelaunt weitschweifige Geschichten erzählte.

Berit setzte sich zwischen Finn und Hakim.

»Wir haben ... zusammengefunden«, sagte sie. »Spürt ihr das?«

»Ja, irgendetwas geschieht hier gerade«, sagte Hakim. »Etwas, das so kommen musste, damit alles seinen guten Weg gehen kann.«

»Es tut mir leid wegen Alrun«, sagte Berit zu Finn und ergriff seine Hand. »Ich verstehe deinen Verlust. Es ist, als hätte ich eine Freundin verloren, die ich eigentlich gut kennen müsste.«

Finn zwang sich zu einem missglückten Lächeln.

»Wir sollten aufbrechen und keine Zeit verlieren«, sagte Hakim, der seinen Blick nicht von Berit abwenden konnte. »Abdul wird kommen. Es ist nur eine Frage der Zeit, wann er das Meer überquert. Im Moment stellt er seine Armee auf. Jetzt, da er im Besitz des Buches ist, hat er die Macht dazu.«

»Hatte er sie vorher nicht?«, fragte Berit.

»Nur eingeschränkt«, sagte Finn. »Ihm stand einzig der Übergang zur Verfügung, den er selbst genutzt hat. Jetzt kann er die Pforten weit öffnen. Und glaubt mir, er wird es tun.«

»Alfred von Wessex ist sich der Gefahr bewusst«, sagte Berit. »Schon seit Jahren bereitet er sich auf diesen Tag vor.«

»Hoffentlich erfolgreich?«, fragte Finn.

»Das wird sich herausstellen, wenn es so weit ist«, sagte Berit. »Jedenfalls sollten wir aufbrechen.«

»Ich werde hierbleiben«, sagte Godric.

Alle drehten sich erstaunt zu ihm um.

»Alfred hat mir vor unserer Abreise den Auftrag dazu gegeben«, sagte er. »Wenn dieser Abdul den Kanal überquert, wird er an dieser Stelle anlanden, um die Themse hinauf nach Lundenburgh zu rudern.«

»Dann bleibe ich bei dir«, sagte Maja. »Orm?«

Orm schaute von Maja zu Godric und wieder zurück. Dann winkte er ab. »Nein. Ich gehe mit nach Norden. Da werde ich mehr gebraucht als hier.«

»Wir haben nicht genug Pferde«, gab Berit zu bedenken.

»Aber wir haben genug Silber«, sagte Orm. »Wir werden in Dubris welche kaufen.«

»Du gibst dein teuer erschmuggeltes Geld für andere aus?«, fragte Finn lächelnd. »Ich dachte, du wolltest dich damit zur Ruhe setzen.«

»Ich glaube, wenn ich es nicht tue, gibt es wohl keinen Lebensabend mehr, den ich genießen könnte.« Er stand auf. »Lasst uns aufbrechen.«

 ALLE

Die Halle, in der Berit zum ersten Mal dem König von Northumbrien gegenübergestanden hatte, war nun voll mit Herrschern, Heerführern und Gefolgsleuten. Sie alle saßen an einem Tisch, Alfred zur Rechten Osberts. Oder Osbert zur Linken Alfreds.

»Die Flotte, die von Dorestad aus lossegelt, wird groß sein«, erklärte Finn. »Sehr groß. Und sie werden gen Lundenburgh fahren. Nicht Eoferwic!«

Die Männer des Rates begannen, wild durcheinanderzureden. »Was für einen Sinn sollte das haben?«, fragte König Edmund von Ostanglien. »Lundenburgh ist seit Generationen eine verlassene Stadt. Außer zugewucherten Ruinen gibt es dort nichts.«

»Ich schlage vor, dass Ihr das mit Urho, Abdul oder wie immer Ihr ihn nennen wollt, bei einem Glas Met ausdiskutiert«, sagte Orm. »Vielleicht lässt er sich ja von Euch überzeugen und dreht ab. Wenn sich das Wetter bessert, wird eine Armee gegen uns in den Krieg ziehen, wie Ihr sie noch nie gesehen habt.«

Osbert sank auf seinem Stuhl immer mehr zusammen.

»Ihr habt natürlich keine Möglichkeit, die Flotte auf See zu bekämpfen«, fuhr Orm fort. »Eure paar Nussschalen gegen wendige Drachenboote, besetzt mit kampferprobten, besessenen Wikingern …« Orm lächelte grimmig.

Die Phantasie aller reichte aus, um sich vorzustellen, was er sagen wollte.

»Und die Krieger Eures Bruders?«, fragte Edmund.

»Sie sind unterwegs«, sagte Alfred. Er war noch immer so ruhig, als ginge es hier um den Besuch eines alten Freundes, und nicht um eine mörderische Invasion aus der Unterwelt. »Wenn es uns gelingt, diesen Abdul lange genug aufzuhalten, ist vielleicht nicht alles verloren. Und dennoch müssen wir uns für den Fall wappnen, dass uns das nicht gelingt.«

Edmund machte ein ratloses, fast resigniertes Gesicht.

»Habe ich die Erlaubnis zu sprechen?«, fragte Hakim mit fester Stimme.

Ein ungefälliges Murmeln hob an, das Alfred mit einer Handbewegung unterbrach.

»Natürlich hast du sie. Ich glaube, in dieser Runde ist jede Idee willkommen.«

»Abdul wird am verwundbarsten sein, kurz bevor er an Land geht. Seine Schiffe geben dann hervorragende Ziele ab.«

Osbert schnaubte. »Womit willst du sie denn beschießen? Mit Pfeil und Bogen?«

»Wir können sie aber auch mit *Yanhuan* zerstören. Die Alsyin, ein Volk weit im Osten, haben ein Pulver erfunden, das eine große Sprengkraft hat. Es besteht aus Schwefel, Holzkohle und Salpeter.«

»Salpeter?«, wiederholte Orm.

»Ja. Warum fragst du?«

»Weil wir davon dann größere Mengen benötigen. Die Schmiede wird es ebenfalls brauchen.«

Griswold, der auch an der Ratsversammlung teilnahm, beugte sich nach vorne, um sich Orm genauer anzuschauen. »Was sollte ich mit Salpeter wollen?«, fragte er.

Orm zwinkerte ihm zu. »Schwerter schmieden, die ihresgleichen suchen.«

»Wir werden genügend davon auf unserem Weg nach Lundenburgh finden. Ohnehin müssen wir unterwegs unsere Vorräte aufstocken«, sagte Alfred.

»Ihr wollt sie den Bauern abpressen?«, fragte Osbert.

»Ihr werdet sie dafür bezahlen«, sagte Alfred. »Wir sind auf die Unterstützung der Bauern angewiesen.«

»Was glaubt Ihr, wer ich bin!« donnerte Osbert. »Ein Esel, der Gold und Silber scheißt?«

»Nein, aber ein Herrscher, der nur auf diesem Thron sitzt, weil mein Bruder es erlaubt! Meint Ihr, wir wissen nicht, dass Ihr heimlich Tribut an die Wikinger zahlt, damit Northumbrien von Überfällen verschont bleibt?«

Osbert schnappte nach Luft.

»Ganz ehrlich? Mir ist es egal, mit wem Ihr paktiert«, fuhr Alfred fort. »Doch der Feind, der nun vor unseren Toren steht, ist ein ganz anderer, weil er nichts Menschliches hat. Er mag wie ein Wikinger aussehen und mit Drachenbooten über den Kanal kommen. Aber er ist eine Ausgeburt der Dunkelheit. Der Hölle. Wenn wir jetzt, an dieser Stelle, nicht zu einer Einigkeit finden, die uns stark macht, sind wir dem Untergang geweiht. Dann werden wir nicht nur unsere Leben, sondern auch unsere Seelen verlieren. Ich reiße mich nicht darum, diese Allianz anzuführen. Mir wird angst und bange, wenn ich an die Verantwortung denke, die ich übernehme. Deswegen frage ich Euch: Wollt Ihr Euch an die Spitze unseres Heeres stellen? Ihr würdet mir eine große Last von den Schultern nehmen.«

Osbert schaute in die Runde und stotterte eine unverständliche Antwort. Schließlich schüttelte er den Kopf.

Alfred stand auf.

»Gut, dann haben wir einen Plan. Bei Morgengrauen brechen wir auf.«

»Und Eoferwic?«, fragte Osbert empört. »Wollt Ihr die Stadt aufgeben?«

»Nein«, sagte Alfred. »Ihr werdet sie verteidigen, falls es dazu kommen sollte. Und halten!«

»Mit welchen Männern?«, jammerte der König Northumbriens.

»Seit offen und ehrlich zu den Bewohnern der Stadt. Bewaffnet sie. Sagt Ihnen, worum es geht. Betrachtet die Männer und Frauen nicht als Eure Untertanen, sondern als Eure Verbündete. Dann werden sie kämpfen, um ihre Heimat und ihre Seelen zu verteidigen.«

»Erzählt mir, wie Ihr Eure Schwerter schmiedet«, sagte Orm.

Er und Finn hatten Griswold in seiner Schmiede aufgesucht, einem niedrigen, etwas windschiefen Schuppen bei den Stallungen.

Griswold war ein Mann wie ein Berg. Seine von feinen Narbenpunkten übersäten Arme waren dick wie die Oberschenkel eines erwachsenen Mannes. Die Brust hatte den Umfang eines großen Fasses. Einzig die Beine waren seltsam dünn und formten unter der Lederschürze ein O. Wenn Griswold sich fortbewegte, kam es einem hinkenden Watscheln gleich.

»Ihr könnt mir dabei zuschauen.«

Er ging zur Esse und holte aus der Glut ein rot leuchtendes Werkstück.

»Es besteht aus zwei Lagen Eisen. Ich habe diese beiden Lagen bereits mehrfach ineinander gedreht und gefaltet. Tritt beiseite, Junge.«

Griswold trug das Werkstück zu einem Amboss und bearbeitete es mit einigen gezielten, kräftigen Schlägen. Kühlte es zu sehr aus, steckte er es zurück in die Glut, die aufloderte, wenn sein Gehilfe den Blasebalg betätigte. Die Arbeit ging schnell voran. Die Form des Messers war schon jetzt zu erkennen. Er tauchte den Rohling in ein Ölbad, um es abzukühlen.

»Jetzt kommt die wichtigste Arbeit. Ich werde die Klinge schleifen.«

Griswold hatte mehrere Steine aus Glimmerschiefer, die er über die Klinge führte. Erst bearbeitete er sie grob, dann immer feiner. Zum Schluss polierte er die Klinge mit einem Tuch, so dass ein Wellenmuster zum Vorschein kam. Finn staunte, und auch Hakim musste lächeln.

»Sie ist wurmbunt«, sagte Orm.

Griswold hielt mit der Arbeit inne und schaute ihn erstaunt an. »Woher kennst du diesen Begriff?«

»Ich weiß, wie in Ulfberht geschmiedet wird.«

Griswold legte das Poliertuch beiseite. »Wer bist du? Woher kennst du den Namen Ulfberht?«

Orm zuckte mit den Schultern. »Ich bin der Mann, der ihm geholfen hat, die Rezeptur für den richtigen Stahl zu finden.«

»Und die Schmiedetechnik, die Ulfberht angewandt hat, wurde in meiner Heimatstadt erfunden«, sagte Hakim. »Es ist eine ...«

»Damaszenerklinge«, vollendete Griswold den Satz. »Du kommst aus Damaskus?«

Hakim nickte.

»Ich weiß, wie du das Eisen so härten kannst, dass es mindestens die Eigenschaften eines Ulfberht-Schwertes bekommt«, sagte Orm. Er gab Finn ein Zeichen, der daraufhin seine Arzneitasche öffnete und einen Beutel, gefüllt mit einem weißen Pulver, herausholte.

»Das ist Bengal-Salpeter«, sagte Orm. »Misch es unter das geschmolzene Eisen. Wahrscheinlich wirst du ein wenig herumprobieren müssen, um die richtige Temperatur zu finden. Aber ich glaube, das hast du schnell heraus.«

»Bengal-Salpeter?«, fragte Griswold skeptisch und untersuchte das Pulver. »Noch nie davon gehört. Und das soll mein Eisen härten?«

»O ja«, sagte Orm. »Du könntest auch Eisenspäne an Gänse verfüttern und deren Kacke verwenden. Aber ich denke, das würde zu lange dauern.«

Er winkte Orms Gehilfen heran, einen sommersprossigen Burschen mit hellem Blick.

»Du siehst mir so aus, als hättest du Verstand.«

Der Junge sah Griswold an, als wäre Orm ein wenig wirr im Kopf.

»Wilhard ist ein guter Bursche«, sagte Griswold, der nichts auf seinen Gehilfen kommen lassen wollte.

»Wunderbar. Dann werde ich ihm jetzt zeigen, wie ihr auch ohne Gänse an genügend Salpeter kommt. Dazu brauchen wir eine Schaufel, eine Schubkarre und einen Stall.«

»Wer zum Teufel ist das?«, fragte Griswold, als er Orm und Wilhard hinterherschaute, wie sie vollbepackt zu den Klosterställen gingen.

»Orm?«, fragte Finn. »Keine Ahnung. Ich weiß nur, dass er nicht von hier ist.«

Griswold mochte zwar misstrauisch sein, aber als er die neue Rezeptur zur Stahlgewinnung ausprobierte, war jeder Argwohn verschwunden. Das Schwert, das er herstellte, war so gut, dass er mit Alfreds Erlaubnis alle vorhandenen Waffen einschmolz und neu schmiedete. Das Feuer in der Esse loderte Tag und Nacht, aber irgendwann war das Werk vollbracht und Griswold konnte den Amboss abbauen.

Alfreds Armee war bereit.

Zwei Tage und zwei Nächte marschierten die Truppen unter der Führung von Alfred nach Süden. Wilhard war von Orm zum Salpetersieder ausgebildet worden, der zusammen mit einem Dutzend weiterer Männer die Höfe aufsuchte, die auf dem Weg nach Süden lagen, um im wahrsten Sinne des Wortes in den Ställen den Boden auszukratzen.

Lundenburgh lag an einer Biegung der Themse, nicht weit von der Mündung entfernt. Vor den Toren der Ruine wollte sich Alfred mit den westsächsischen Truppen seines

Bruders König Aethelred vereinigen. Wenn sie denn rechtzeitig eintrafen.

Sie schlugen das Lager östlich des Dorfes Lundenwic und westlich der römischen Ruinen auf, die sie erst mal erkunden wollten, um herauszufinden, wie gut sich die untergegangene Stadt verteidigen ließ. Oder ob man besser einen vorgeschobenen Posten errichtete.

Finn und Berit halfen beim Versorgen der Pferde, während Hakim mit der Herstellung dessen begann, was Orm in seiner unnachahmlichen Art Donnerkraut nannte. Es herrschte jene berüchtigte angespannte Ruhe vor dem Sturm. Nach dem langen Gewaltmarsch war es wichtig, die Männer bei Laune zu halten. Der Proviant wurde ausgegeben, *Ale* ausgeschenkt. Kein Sachse zog mit leerem Bauch in die Schlacht.

Es war ein wild durcheinandergewürfelter Haufen, aus dem Alfreds Armee bestand. Nur die wenigsten konnten sich Kettenhemd, Schwert oder Helm leisten. Lederharnische waren bezahlbarer, boten aber auch den geringeren Schutz. Die Streitaxt war die Waffe, die am häufigsten zu sehen war.

Die bevorstehende Schlacht hatte alle Preise in Lundenwic in die Höhe getrieben. Alfred hatte zwar darauf geachtet, seinen Reichtum zu verbergen, doch hatte es sich schnell herumgesprochen, dass er alles kaufte, was ihm auch nur im Entferntesten nützlich sein konnte. Die Bewohner Lundenwics freuten sich über das leicht verdiente Geld und schienen für die Gefahren, die sie erwarteten, blind zu sein.

Um das Donnerkraut herzustellen, beauftragte Hakim

einige Männer, so viele leere Fässer wie möglich zusammenzutragen. Hakim wusste, dass ihnen die Zeit davonlief, doch trotzdem arbeitete er sorgfältig am richtigen Mischungsverhältnis, das dem Pulver jene zerstörerische Kraft verlieh, die ihm von Ridwan zugeschrieben worden war.

»Kommt Hakim gut voran?«, fragte Alfred, als er Finn eine dampfende Schüssel mit Kohleintopf reichte.

»Er ist zuversichtlich, dass er bald zu einem brauchbaren Ergebnis kommt«, sagte Finn.

»Berit und Orm helfen ihm?«

Finn lachte. »Ja. Aber ich bin ihm wohl ein wenig zu anstrengend. Verständlich. Ich bin ein ungeduldiger Mensch, nichts geht mir schnell genug. Mir ist es am liebsten, wenn alles sofort fertig ist.«

Alfred nickte. »Das kann ich verstehen. Mir geht es ähnlich.« Er sah Finn an. »Wer war Wina de Haspoire?«

Finn holte tief Luft und blinzelte in die aufgehende Sonne.

»Du musst mir nicht darauf antworten«, sagte Alfred. »Aber ich würde gerne den Menschen verstehen, der in diesem Körper steckt.«

»Ich glaube, Ihr hättet mich in meinem alten Leben nicht gemocht. Ich war auf der Suche nach einer Wahrheit, die sehr vielen Menschen Leid und Tod gebracht hat. Aber wie wir gerade lernen: Niemand stirbt in dieser Welt so richtig. Irgendwie kommen alle auf die eine oder andere Weise wieder.« Finn lächelte traurig und stellte die Schüssel weg. »Ich habe eigentlich keinen Hunger.«

»Uns steht eine schwere Schlacht bevor«, sagte Alfred. »Und ich habe Angst. Große sogar. Wenn es Abdul gelingt, Lundenburgh zu erobern und sich an den Ufern der Themse festzusetzen, werden wir nicht nur diese Schlacht verlieren. Dann wird ein Zeitalter heranbrechen, in dem die Hoffnung etwas ist, das leise und ungehört in der Dunkelheit stirbt. Trotz König Edmunds Beistand sind wir Abdul in jeder Hinsicht unterlegen. Unsere Hoffnungen ruhen auf Hakim und seinem Sprengpulver. Wie nannte Orm es?«

»Donnerkraut«, sagte Finn.

»Donnerkraut, ja?« Alfred lachte.

»Hakim wird Erfolg haben, dessen bin ich mir sicher«, sagte Finn.

»Wie sieht's aus?«, fragte Alfred. »Ich bin ein wenig abenteuerlustig und würde dir gerne die alte Römerstadt zeigen. Oder fürchtest du dich vor Geistern?«

Finn lachte laut auf und schüttelte belustigt den Kopf.

»Gut.« Alfred gab einem jungen Burschen ein Zeichen, der daraufhin zwei Pferde sattelte. »Dann lass uns aufbrechen.«

Die Mauern, die Lundenburgh – das einstige römische Londinium – umgaben, waren teilweise eingestürzt und mit Buschwerk überwuchert. Finn und Alfred ritten an einem Friedhof vorbei durch das Westtor in eine Siedlung, die innerhalb der letzten Jahrhunderte von der Natur zurückerobert worden war.

Das Netz der rechtwinklig angeordneten Straßen war jedoch noch gut zu erkennen, genauso wie die Fundamente der eingestürzten Häuser. Londinium musste einst eine prachtvolle große Stadt gewesen sein.

»Das Römische Reich wurde von den Stämmen östlich des Rheins so sehr bedroht, dass der Kaiser seine Truppen aus Britannien abzog. Und zwar vollständig. Bis heute genießen diese Besatzer keinen guten Ruf, obwohl sie viel dafür getan haben, die Insel zu erschließen.« Bedauern lag in Alfreds Stimme.

»Es war ein Fehler«, sagte Finn.

»Ja«, antwortete Alfred mit einer Festigkeit, die keinerlei Zweifel an seiner Bewunderung für die alten Herrscher aufkommen lassen wollte. »Die Römer waren uns in jeder Hinsicht überlegen. Ich versuche immer noch zu verstehen, wie es ihnen über die Jahrhunderte gelang, solch ein riesiges Reich zu regieren, während wir noch nicht einmal vier kleine Königreiche vereinigen können. Und das, obwohl unser gemeinsamer Feind geradezu übermächtig ist.«

Alfred wies auf ein kreisrundes Gebäude, dem die obersten Stockwerke fehlten.

»Das Amphitheater. Hier traf man sich und vergnügte sich bei Gladiatorenkämpfen und Schauspielen. Weiter rechts siehst du die Überreste eines Badehauses. Wenn wir diese Straße hier weiter geradeaus reiten, erreichen wir das Forum, wo sich die Menschen versammelten, wenn wichtige Entscheidungen bekannt gegeben wurden. Ansonsten hielt man dort den Markt ab.«

Finn gab keine Antwort, sondern wollte Alfred erzählen lassen.

»Ich besuche diese Ruinen, so oft ich die Gelegenheit dazu habe«, fuhr dieser fort. »Im Gegensatz zu meinem Bruder sind sie für mich sehr beeindruckend. Er hingegen sieht in ihnen nur eine Ansammlung alter Steine. Ich frage mich, was aus unserer Welt geworden wäre, wenn das Römische Reich nicht unter dem Ansturm der Barbaren zusammengebrochen wäre. Städte wie diese gibt es viele in Britannien. Selbst Eoferwic war einst eine römische Siedlung.«

»Ja, ich habe die Überreste gesehen.«

»Wir haben viel verloren in den letzten Jahrhunderten. Wir sind wieder in den Zustand der Unwissenheit zurückgefallen. Deswegen schätze ich Leofwines Arbeit so sehr. In seiner Bibliothek schlägt das Herz einer vergangenen Zeit, die nur darauf wartet, wiedergeboren zu werden. Nur wenige sind des Lesens und Schreibens kundig. Ich bin der festen Überzeugung, dass dies Künste sind, die jeder beherrschen muss.«

»Damit man in der Bibel lesen kann?«

»Nein. Damit die Gefolgsleute des Königs seine Befehle lesen können.«

Dumpfes Donnergrollen war auf einmal zu hören. Der Himmel zog sich zu.

»Was für ein Zeichen«, sagte Alfred. »Die Wikinger würden jetzt sagen, dass Thor ihnen zürnt.«

»Oder ihnen Beistand leistet«, ergänzte Finn.

»Aber wem erzähle ich das alles? Du warst schon einmal hier, nicht wahr?«, fragte Alfred. »Damals, als Wina.«

Finn zögerte und nickte schließlich. »Wir haben die Ruinen damals genau untersucht, um eines der Tore zu finden, die in der Buchrolle erwähnt werden.«

»*De Celtae.*«

»Ja. Aber wir haben den Übergang nicht gefunden«, sagte

Finn. »Abdul war wie besessen. Er war der festen Überzeugung, dass wir nicht gründlich genug durchs Unterholz gekrochen sind. Er kam nicht auf die Idee, dass das Tor mit Absicht vor den Menschen verborgen wird.«

»Verborgen? Von wem?«

»Feenvolk. *Banshees. Korrigane*. Die Herrscher der Anderswelt.«

»Dem *Orbis alius*.«

»Ihr versteht, was ich meine.«

»Leofwine hat mich in derlei Dinge eingeweiht«, sagte Alfred.

»Ein guter Mann. Er hat ein unglaubliches Wissen von verborgenen Dingen. Und dieses Wissen werden wir noch brauchen.«

Die ersten schweren Tropfen fielen. Alfred deutete auf ein großes Gebäude am Ufer der Themse, dessen Dach zwar schon längst eingestürzt war, das ansonsten aber weitestgehend intakt schien.

»Das ist das *Praetorium*, der Sitz des Legionskommandanten. Lass uns dort warten, bis sich das Unwetter verzogen hat.«

Sie banden die Pferde an und nahmen die Satteltaschen ab. Ehrfurchtsvoll traten sie durch einen dunklen Eingang. Finn brauchte einen Moment, bis sich seine Augen an das Dämmerlicht gewöhnt hatten.

Ihre Schritte hallten vom Mauerwerk wider. Alfred entzündete eine Lampe, die er bei einem seiner vorangegangenen Besuche dagelassen hatte und hielt sie in die Höhe. Das Licht reichte kaum aus, die riesige säulenbewehrte Halle zu erleuchten. Die Wände waren mit Malereien verziert, deren Farben noch immer strahlten. Trockenes Laub lag auf dem Mosaikboden und raschelte bei jedem hallenden Schritt, den sie machten.

Alfred führte Finn zu einem Fenster, wo ein Tisch und mehrere Stühle standen. Ein Feldbett lehnte an der Wand. Sie setzten sich, und Alfred teilte seinen Proviant mit Finn. Trockenfleisch, Käse und einige Äpfel des letzten Herbstes. Sie waren zwar schrumpelig, aber sie schmeckten hervorragend.

»Was werdet Ihr tun, wenn Ihr König seid?«

Eigentlich war es ein ungehöriger Gedanke, der Finn durch den Kopf geschossen war, aber er hatte ihn zu seiner eigenen Überraschung laut ausgesprochen.

»Noch ist mein Bruder auf dem Thron, und ihm bin ich treu ergeben.«

»Ist ihm die Krone eine Last?« Finn zog die Beine an. Das Regenwasser lief in die Halle und er musste darauf achten, keine nassen Füße zu bekommen.

»Keine so große wie für Osbert.« Mit seinem Messer schnitt er einen Streifen Dörrfleisch ab, den er Finn reichte.

»Ich möchte nicht über Osbert urteilen«, sagte Finn. »Dazu kenne ich ihn nicht gut genug.«

»Er ist durch einen Mord auf den Thron gekommen. Man erzählt sich, dass er seine ganze Familie im Schlaf hat töten lassen. Geschwister. Neffen und Nichten. Jeden, der ihm den Thron streitig machen konnte.«

»Dafür scheint er aber wenig Freude an der selbstgewählten Aufgabe zu haben«, sagte Finn.

Alfred lachte schallend. »Das ist wunderbar formuliert. Jedenfalls hat er Angst, dass ihn irgendwann ein ähnliches Ende ereilen könnte. Ich kann verstehen, dass er den Wikingern gegenüber Tribut leistet. Seither wird Northumbrien nicht mehr überfallen.«

Finn wollte etwas sagen, als Alfred plötzlich seinen Finger auf die Lippen legte und auf den Beutel an Finns Gürtel zeigte. Finn holte die Kugel heraus. Sie leuchtete, als wären in ihr Glühwürmchen gefangen. Da waren drei Punkte, die auf einen vierten, helleren Punkt in der Mitte der Kugel zutrieben.

Draußen begannen die Pferde unruhig mit den Hufen zu scharren. Alfred löschte das Licht und griff langsam nach seinem Schwert. Finn steckte die Kugel hastig wieder weg. Vorsichtig traten die beiden durch das helle Viereck des Tores hinaus.

Der Regen fiel wie ein dichter Vorhang und hüllte alles in ein undurchdringliches Grau. Jegliche Farbe war mit einem Mal aus der Welt gezwungen. Die Dämmerung war viel zu früh hereingebrochen.

Langsam und mit gezücktem Schwert drehte sich Alfred einmal im Kreis. Finns Kleidung war mittlerweile komplett durchnässt, sein Zittern wurde stärker. Und es rührte nicht von der Kälte her, die ihn durchdrang. Eine unbeschreibliche Furcht umklammerte sein Herz und schnitt ihm die Luft zum Atmen ab.

Dann sah er sie. Es waren Wikinger, ohne Zweifel. Die Rüstungen, die Waffen, die Tätowierungen, alles an ihnen war dänisch. Und sie wären auch als normale Menschen durchgegangen, wären ihre Augen nicht wie weiße Marmorkugeln in tiefen Höhlen versunken. Blind schienen sie dennoch nicht zu sein.

Alfred schob Finn an die Wand und stellte sich schützend vor ihn.

Die Schatten umringten sie mit seltsam eckigen, ruckhaften Bewegungen, aber sie griffen nicht an.

Wie in Dorestad.

Der Donner rollte immer lauter über die Ruinen hinweg. Dann schlug mit einem lauten Knall der Blitz in eine alte Eiche ein. Finn erschrak so sehr, dass er einen Schrei ausstieß, den er selbst aber nicht hörte. Ein dumpfes Pfeifen erfüllte seinen Kopf. Der halbierte Baum stand in Flammen, ein dicker Ast brach langsam ab. Alfred schrie etwas, doch Finn war so gut wie taub.

Die Schatten waren verschwunden.

»Wir müssen augenblicklich zurückkehren«, rief Alfred und steckte sein Schwert zurück in die Scheide. »Schnell, wir dürfen keine Zeit verlieren. Die anderen müssen wissen, dass der Feind bereits da ist.«

Finn warf einen letzten Blick in den Beutel, auf die Kugel, die jetzt wieder dunkel und leblos war. Dann raffte er die Sachen zusammen und bestieg hastig sein Pferd.

»Ich habe gute zwei Dutzend Fässer mit dem Sprengpulver befüllt«, sagte Hakim, als er das Zelt betrat, in dem die Anführer der britischen Allianz sich versammelt hatten. Hakim wischte sich erschöpft den Schweiß von der Stirn. »Aber ich bin mir nicht sicher, ob sie auch alle zünden werden.«

»Weil du nicht weißt, ob du die richtige Mischung gefunden hast?«, fragte Orm.

»Weil es regnet. Ich befürchte, das Pulver wird nass, obwohl wir die Fässer von innen mit Pech bestrichen haben.«

»Und das *Yuanan* oder wie du es nennst?«

Hakim schüttelte den Kopf. Sein rechtes Augenlid zuckte die ganze Zeit.

Gott, wie lange hat er nicht geschlafen, fragte sich Finn. Zwei Tage? Drei Tage? Hakim war am Ende seiner Kräfte. Wie sie alle. Nicht unbedingt die besten Voraussetzungen, um in eine Schlacht gegen einen Feind zu ziehen, der anders kämpfen würde als jeder andere menschliche Gegner. Und nun machte ihnen auch noch das Wetter einen Strich durch die Rechnung.

»Was soll jetzt geschehen?«, fragte Hakim.

»Das kann ich erst sagen, wenn Godric zu uns stößt«, sagte Alfred. »Solange wir nicht wissen, von welcher Seite die Dänen angreifen, werden wir warten müssen.«

Alfred führte einen Kelch mit Wein zum Mund, hielt inne und stellte ihn wieder ab. »Ich hasse es zu warten! Ich hasse es, in der Position des Verteidigers und nicht in der des Angreifers zu sein.«

»Ich glaube nicht, dass Osberts Bruder ein großer Gewinn für uns wäre«, sagte Edmund. »Aella ist heimtückisch, eine falsche Schlange.«

»Aber er ist nicht schwach!« Alfred war nun vollkommen außer sich. »Lieber eine Schlange mit giftigen Zähnen in den eigenen Reihen, als jemand, der sich in die Hose scheißt, wenn der Feind an seine Tür klopft.«

»Ihr habt gut reden«, sagte Edmund. »Wie viele Überfälle der Dänen hat Wessex in den letzten Jahren erleben müssen? Zwei? Drei? In Northumbrien, Mercia und Ostanglien gibt es keine Stadt, die nicht mindestens einmal niedergebrannt worden ist.«

»Warum kämpfe ich wohl all die Jahre für ein Vereinigtes Königreich?«, rief Alfred.

»Ein Vereinigtes Königreich unter Eurer Herrschaft«, Edmund lachte humorlos. »Entschuldigt. Aber in diesem Punkt kann ich Osbert vollkommen verstehen. Ich werde Euch genauso wenig dienen. Niemals.«

»Wenn wir diesen Disput jetzt führen, haben wir bereits verloren«, meldete sich Finn zu Wort. »Ihr versucht gerade, eine zukünftige Schlacht zu schlagen, die nicht nur vollkommen sinnlos ist, sondern auch nicht den Feind besiegt, der heute vor unseren Toren steht. Wenn wir diesem Feind unterliegen, wird es kein Mercia, kein Ostanglien, kein Britannien mehr geben. Dann sind wir alle verloren.«

Plötzlich hörten sie vor dem Zelt laute Stimmen. Godric und Maja waren angekommen. Und mit ihnen weitere schlechte Nachrichten.

»Sie sind da. Sie sammeln sich auf einer Insel in der Mündung der Themse«, sagte er atemlos. »Langschiffe, Drachenboote und fünf oder sechs Knorre.«

»Knorre? Sie bringen ihre Pferde mit«, stellte Alfred fest. »Wie viele Männer hast du ausmachen können?«

»Mindestens zweitausend.«

»Wir brauchen das echte *Kitab al-Azif*«, sagte Hakim.

»Deine Kopie wird uns nicht helfen?«, fragte Berit.

»Nein«, sagte Hakim. »Wir werden nur mit dem Original selbst die Tore öffnen und verschließen können. Die Kopie hat nicht die Macht dazu. Es enthüllt uns nur das Wissen über die Unterwelt. So lange Urho das *Kitab* hat, können wir seine Armeen nicht besiegen.«

Und du, Hakim, wirst an deinem siebzehnten Geburtstag sterben, dachte Berit, und sie spürte, wie es ihr bei dem Gedanken eng ums Herz wurde.

»Wir müssen Lundenburgh auf jeden Fall halten. Wenn es Abdul gelingt, diese Stadt zu erobern, hat er einen Brückenkopf. Und wir sind so gut wie verloren.«

In diesem Moment brach das Inferno los. Mit mehreren, dicht aufeinanderfolgenden Detonationen stieg ein riesiger Feuerball in die Höhe. Die Druckwelle wehte ihnen als heißer Sturm ins Gesicht. Die Pferde bäumten sich auf und drohten durchzugehen. Berit wurde von einem Huf getroffen und fiel zu Boden.

Finn starrte mit weit aufgerissenen Augen in den Himmel, wo sich der Feuerball langsam auflöste. Jemand hatte die Pulverfässer in die Luft gejagt. »Alles ist verloren«, wisperte er.

Hakim half Berit auf die Beine. Sie wischte sich das Blut aus den Augen, das ihr aus einer Platzwunde die Stirn hinablief.

»Wir müssen uns in Lundenburgh verbarrikadieren«, rief Alfred.

Hakim konnte sich nicht rühren. Auch er starrte immer noch dem Feuerball nach, der sich in den Himmel erhob, wo er schließlich erlosch.

»Sammelt euch!«, rief Alfred. Er gab einem Krieger ein Zeichen, der daraufhin in ein Horn blies. Als ob der Feuerschein, der die Nacht erhellt hatte, nicht schon jetzt ein Zeichen der heraufziehenden Niederlage war.

»In Lundenburgh steht im Nordwesten die alte Festung der Römer«, sagte Alfred. »Dort werden wir die Stellung halten, bis die Männer meines Bruders eintreffen.«

 BERIT

In der Nacht war Lundenburgh fürwahr ein unheimlicher Ort. Von allen Häusern standen nur noch die Außenmauern, durch deren dunkle Fensteröffnungen Bäume ihre dürren Äste streckten. Im flackernden Schein der Fackeln tanzten ihre Schatten, schienen lebendig zu werden und nach ihnen zu greifen.

Die quadratisch angelegte römische Befestigung, der sie sich im Schein der Fackeln jetzt näherten und die der in Eoferwic so ähnlich sah, war beschädigt, aber nicht zerstört. Die Wehrtürme standen noch. An der Südseite gab es eine Bresche in der mit Buschwerk bewachsenen Mauer, die man besonders sichern musste. Wie es um die drei anderen Seiten bestellt war, würde sich erweisen, wenn sie ihr Lager aufgeschlagen hatten.

Finn hielt Ausschau nach Berit und Hakim. Er sah sie nicht weit hinter sich. Berit war in einem erbärmlichen Zustand. Ihr Gesicht war grau, und das Blut auf ihrer Stirn zu einer dicken Kruste geronnen. Hakim stützte sie, obwohl er selber am Ende seiner Kräfte war.

Sofort wurden die Männer eingeteilt, um das Lager zu errichten und Wache zu beziehen. Wie sich herausstellte, war die Lücke in der Südseite das einzige Loch in der Mauer. Teilweise ließen sich sogar die alten Wehrgänge besetzen.

Ein besonderes Problem stellte das Tor dar, das sich nicht

mehr verriegeln ließ. Man begann, so schnell wie möglich die Bäume im nächsten Umkreis zu fällen, damit die Bogenschützen freie Schussbahn hatten. Auch ging es darum, dem Feind jede Deckung zu nehmen. Das geschlagene Holz wurde am Tor zu einer Barrikade aufgeschichtet. Niemand kam herein, aber auch ein Ausfall war nicht mehr möglich. Wenn sie sterben sollten, dann hier.

Die Kenntnisse, die Alfred von dieser Stadt hatte, waren erstaunlich. Die Lage der Straßen und der einzelnen Tore waren ihm so geläufig, dass er eine Karte anfertigen konnte, auf der er jene Ruinen markierte, die sich für einen Hinterhalt eigneten. Die Festung konnte einer Belagerung lange standhalten, denn es gab einen Brunnen, auf dessen Grund noch immer frisches Wasser plätscherte. Verdursten würden sie also nicht.

Das Warten zermürbte. Eigentlich hätte Abdul nach allen Regeln der Kriegskunst in dem Moment angreifen müssen, als das Donnerkraut explodiert war. Doch er hatte es nicht getan. Warum? Was führte er im Schilde?

Die Stunde der Entscheidung rückte immer näher. Finn ließ sich etwas Dörrfleisch geben, nicht weil er Hunger hatte, sondern weil er sich irgendwie beschäftigen musste. Also kaute er auf dem zähen Stück Fleisch herum.

Hakim war der Erste, der es bemerkte.

»Sie sind da«, sagte er und zeigte auf den Nebel, der in die Festung drang.

»Bittet den Herrn um Beistand«, sagte Alfred. Er klang beinahe erleichtert, denn das Warten hatte nun endlich ein Ende gefunden.

Die Männer um Berit herum standen auf, umklammerten ihre Schwertgriffe, ihre Äxte, ihre Schilde, spuckten auf den Boden oder wisperten stumme Worte. Sie hatten ihre Helme aufgezogen und waren bereit zu sterben. Denn dass sie sterben würden, schien an diesem Tag sicher zu sein.

Alfred hatte sein Kettenhemd angelegt und trug nun einen Helm, dessen langgezogener Nasenschutz ihm ein höchst bedrohliches Aussehen verlieh. Das Schwert steckte noch in der Scheide, aber die Hand ruhte schon auf dem Knauf.

»Wir werden sie nicht hören«, sagte Hakim. »Und sie werden sich Mann für Mann einzeln holen.«

»Einen Schildwall!«, befahl Maja. »Gebt das Zeichen zum Sammeln!«

Alfred nickte Godric zu, der daraufhin in ein Rufhorn blies. Der Ton war lang, klagend und durchdringend.

Berit zog *Traumsplitter* aus seiner Scheide. Die Waffe lag erstaunlich leicht in ihrer Hand und glühte, als würde in dem Kristall ein Feuer lodern.

Alfreds Männer hatten die unteren Spitzen der sächsischen Langschilde in den Boden gerammt, eine weitere Reihe von Rundschilden sicherte die Köpfe. Hinter den Schwertkämpfern knieten die Lanzenträger, die mit ihren Speeren auf die Beine der Angreifer zielten. Die Aufgabe der anderen Krieger war es, von hinten gegenzuhalten, ja sogar Druck aufzubauen, damit die erste Reihe nicht nachgab.

Maja hatte lange mit den Sachsen den Kampf im Schildwall geübt. Und Berit sah, dass die Männer die Anweisungen der Schildmaid beherzigten. Sie standen eng beieinander, so dass sich keine Lücke bot. Alfred reihte sich mit Godric in den Wall ein. Ihre Blicke waren entschlossen, und der Herrscher aus Wessex grinste kampflustig, als er sein Schwert fest umklammerte.

Hakim hatte sich bei Berit eingehakt und wirkte so, als wäre Alfreds aufreizende Gelassenheit nun auf ihn übergegangen.

»Ich verstehe dich nicht!«, schnaubte Berit. »Ich mache mir vor Angst fast in die Hose und du siehst aus, als würde deine Verwandtschaft zu Besuch kommen.«

»Ich werde heute nicht sterben«, sagte Hakim.

Berit sah den Sarazenen an, als litte er an einem akuten Anfall von Selbstüberschätzung.

»Der Tod ist mir nicht für diesen Tag vorherbestimmt«, erklärte Hakim.

»Dein Fluch?«

»Mein Fluch.«

Berit zog die Nase kraus. »Hat dich schon mal jemand um ihn beneidet? Wenn nicht, muss ich gestehen, dass ich es gerade tue.«

»Und ich muss gestehen, dass mich dein Humor gerade ein wenig verwirrt«, sagte Hakim.

»Das ist die Anspannung«, gab Berit zu. »Denn im Gegensatz zu dir kann ich heute sterben.«

»Nicht, wenn du an meiner Seite bleibst«, sagte Hakim, den Blick starr nach vorne gerichtet.

»He! Ich bin die Schildmaid! Nicht du! Wenn also jemand so etwas sagen darf, dann ich.«

Hakim schaute noch immer nach vorne, aber jetzt musste er lächeln.

»Wo ist eigentlich Finn?«, fragte Berit, die immer wieder über ihre Schulter geblickt hatte, ihn aber in dem Gewimmel nirgendwo entdecken konnte.

Sie spürte einen Ellbogen in ihrer Seite und sah Majas mahnenden Blick. Berit machte eine entschuldigende Geste. Von jetzt an würde sie still sein.

Und dann waren die Schatten da, als wären sie aus dem Nichts erschienen. Sie griffen nicht an, sondern standen mit weißen Augen zuckend und zitternd vor den Verteidigern, bestenfalls eine Armeslänge von den Lanzen des Schildwalls entfernt.

Berit stieß einen Schrei aus.

»Halldor!«, entfuhr es Maja.

Berit hätte ihren Ziehvater beinahe nicht erkannt. Die linke Gesichtshälfte war wie die linke Hand rot vernarbt, die Kleidung versengt. Thorulfs Gefolgsmann musste eigentlich tot sein! Aber wenn er nicht mehr lebte, wie konnte er dann als besessener Schatten vor ihnen stehen? Hatte er das Feuer womöglich doch überlebt? Und führte er jetzt in seinem Inneren einen Kampf mit einer fremden Seele?

Berit erkannte noch andere Männer aus Randaberg, die in der ersten Reihe der tiefgestaffelten Angreifer standen. Da war Einar, der Schiffbauer. Snorri Arnthorrson. Und Knut von Hedeby!

»Haltet die Schilde oben!«, donnerte Alfred und stieß Maja an. »Ihr werdet vielleicht Menschen erkennen, die euch nahestehen. Die ihr sogar liebt. Und sie sind nicht tot, nein. Aber sie wollen uns töten. Deswegen dürfen wir nicht zögern. Dürfen wir keine Gnade zeigen. Haltet die Reihen fest geschlossen!«

Als hätte der Feind nur auf diese Worte gewartet, stürmte er nun auf den Schildwall ein, und das Inferno brach los.

FINN

Es dauerte einige Zeit, bis Finn den Brunnen fand. Alfred hatte ihm den Weg dorthin beschrieben, und doch hatte Finn Mühe, hinter all dem dichten Buschwerk in der Nähe der alten Stallungen die Umfriedung des Schachtes auszumachen. Sie war von Efeu völlig zugewachsen, aber sie versorgte die ehemalige römische Festung noch immer mit Wasser.

Finn hatte zunächst Angst gehabt, ob er den Brunnen rechtzeitig finden würde. Die Schatten waren nah. Sehr nah. Sie würden ihm nichts tun, denn sie konnten ihn nicht sehen, nicht wittern. Ganz im Gegensatz zu Abdul, der alles in seiner Macht Stehende unternehmen würde, die beiden anderen Relikte in seinen Besitz zu bringen. Die Kugel zeigte ihm jede Bewegung der dunklen Armee. Und in diesem Moment schienen sie den Schildwall anzugreifen.

Die Zeit lief Finn davon.

Er befestigte ein langes Seil am Stamm einer Esche, kletterte über den Brunnenrand und ließ sich in das unbekannte Dunkel hinab. Sein Herz hämmerte aufgeregt in seiner Brust. Was, wenn sein Plan nicht aufging? Alfred hatte Finns Idee unterstützt, hatte gesagt, ein Mann weniger im Schildwall würde keinen Unterschied machen. Ein starker Verbündeter aber schon.

Nur das Licht der Kugel erleuchtete den Grund des

Schachtes, in dem das eiskalte Wasser hüfthoch stand. Finn tastete schlotternd das Mauerwerk ab. Wie in Haspoire fand er auch hier den Umriss einer Tür, der wie eingekratzt wirkte. Er streckte die Hand aus, um die Linien mit dem Finger nachzuzeichnen, zögerte jedoch. Etwas in ihm sagte, dass es keine gute Idee war. Was immer sich auf der anderen Seite befand, Finn wollte keinen Kontakt damit aufnehmen, so mittelbar dieser Kontakt auch sein mochte.

»Luriel?«, flüsterte Finn. Die Nixe hatte gesagt, er solle sie rufen, wenn er ihrer Hilfe bedurfte. Aber es kam keine Antwort.

»Luriel!« Seine Stimme wurde lauter.

Nichts.

»Du hast gesagt, dass ich wissen würde, wo ich dich finde, wenn ich deine Hilfe brauche. Abduls Schatten greifen an, und wir werden verlieren, wenn du uns deine Hilfe verweigerst. Also, hier bin ich!«

Es kam keine Antwort. Nur der weit entfernte Schlachtenlärm drang zu ihm auf den Grund des Brunnens vor. Finn wollte gerade einen unflätigen Fluch von sich geben, als das Wasser gurgelnd aufbrodelte und er den Boden unter den Füßen verlor. Etwas zog ihn nach unten, als hätte er Blei an den Füßen.

Der Grund des Schachtes war weg. Finn strampelte mit den Beinen, doch er konnte die Oberfläche nicht mehr erreichen. Seine Lunge drohte zu bersten. Todesangst erfüllte ihn. Er würde ertrinken, das war sicher.

Schließlich ließ er los, atmete aus – und wieder ein. Wasser füllte seine Lunge, und er musste würgen.

Aber er ertrank nicht! So atmete er weiter – Wasser statt Luft. Finns Herzschlag beruhigte sich, und er ließ sich auf den Grund sinken.

»Wir haben dich erwartet«, sagte eine Stimme hinter ihm. Finn drehte sich um. »Luriel«, sagte er.

»Nein, nicht Luriel. Aber eine ihrer Schwestern. Erinnerst du dich, wer du bist?«, fragte die Nixe, die im Wasser schwebte. Ihr langes Haar bewegte sich wie Tang in einer sanften Strömung.

»Ja, ich erinnere mich. Obwohl ich immer noch nicht weiß, was hinter der Tür mit mir … mit uns geschehen ist.«

»Das wird kommen«, sagte Luriels Schwester. »Wenn du in den Abgrund schaust, wird er mit dir sprechen. Aber noch ist es nicht so weit. Noch seid ihr nicht bereit, euch auf diese Reise zu begeben.«

»Wir verlieren den Kampf«, sagte Finn verzweifelt. »Die Macht der Schatten ist zu groß, und wir haben ihr nichts entgegenzusetzen.«

»Ich weiß.« Die Nixe schwebte auf Finn zu. »Wir haben dich vermisst. Und dennoch wäre uns wohler, wenn wir uns nicht mehr begegneten.«

»Was meinst du damit?«, fragte Finn verzweifelt. »Wer ist wir? Und warum sollten wir uns nicht mehr begegnen?«

»Weil wir alle erst dann frei sein werden.« Die Nixe nahm Finns Gesicht in ihre Hände und gab ihm einen Kuss, der ihn wieder zurück in seine Welt brachte.

Jetzt spürte er voller Angst das Wasser in seinen Lungen, fühlte den Grund unter seinen Füßen. Die Nixe war fort.

Mit letzter Kraft durchbrach er die Wasseroberfläche, wo er hustend und keuchend nach Luft schnappte.

Mit einem Mal hatte er das Gefühl, nein, die Gewissheit, diesen Moment schon einmal erlebt zu haben. Die Kugel leuchtete jetzt, als wären Myriaden von Glühwürmchen in ihr gefangen, und er sah im bewegten Wasser sein verzerrtes Spiegelbild.

Die Vision, die er gehabt hatte, nachdem er Kats Sud getrunken hatte!

Er musste hier raus. Oben tobte die Schlacht. Finn packte mit seinen steifen Fingern das Seil, kletterte hinauf und zog sich erschöpft über den Rand. Seine Lunge schmerzte, als er einen letzten Rest Wasser herauswürgte.

Er lief los, so müde seine Beine auch waren, so ausgelaugt er sich auch fühlte. Dornen zerkratzten seine Hände und das Gesicht, weil er immer wieder über tote Äste stolperte. Als er endlich das Schlachtfeld sah, sank er auf die Knie. Er wusste nun, dass die Begegnung mit der Nixe kein Traum gewesen war. Denn es geschah etwas, das seinen Atem stocken ließ.

»Haltet die Reihen geschlossen!«, brüllte Alfred. »Schließt die Lücken im Schildwall!«

»Wartet!«, schrie Maja.

Der Feind stand immer noch wie eine dunkle Wand vor ihnen, gezügelt, aber unruhig und mit gebleckten Zähnen. Aber war es auch der Feind? Hakim entdeckte in der Menge den Kapitän und die Rudermannschaft der *Arete*, ihre Gesichter groteske Fratzen. Sie selbst führten den Kampf gegen einen Feind, der ihre Körper in Geiselhaft genommen hatte. Verzweiflung und Wahnsinn zeichneten sich im Wechselspiel auf ihren Gesichtern ab. Die Weigerung zum Kampf einerseits und die Bereitschaft zu wilder Raserei andererseits.

»Halldor! Kannst du mich hören?«, schrie Maja.

Der Mann mit den Brandwunden drehte sich zu ihr um und knurrte. Seine Zähne schlugen so fest aufeinander, dass Maja das Klacken hörte.

»Gib mir ein Zeichen, wenn du noch da bist!«, rief sie. »Schlag mit deinem Schwert zweimal gegen den Schild!«

Halldor gab einen gurgelnden Laut von sich. Dann hob er unter unmenschlichen Anstrengungen seinen Arm und berührte mit der Klinge die eiserne Einfassung.

Einmal.

Zweimal.

»Alfred!«, schrie Maja und drehte sich zu ihm um. »Sie leben! Sie sind alle noch da! Wir dürfen sie nicht töten.«

»Ich habe es gesehen«, rief er. »Aber wir werden uns verteidigen müssen, wenn sie angreifen!«.

»Zieht die Lanzen zurück!«, rief Maja.

»Auf gar keinen Fall«, rief Alfred.

Berit machte einen Schritt zurück, damit der Hintermann auf Abstand ging. Der ließ sich das nicht gefallen und schob Berit wieder nach vorne. Ein Gerangel entstand. Der Schildwall brach zusammen.

»Du sollst die Reihen geschlossen halten, verdammt noch mal!«, schrie Alfred.

Der Lanzenträger schob jetzt noch stärker von hinten,

Berit wäre beinahe ausgerutscht. Sie wollte schon mit dem Ellbogen auskeilen, als der erste Schwerthieb eine Kerbe in ihren Schild schlug und die Schulter schmerzen ließ.

Ein zweites Schwert stieß durch die frei gewordene Lücke und zielte auf ihr Gesicht, wurde aber im letzten Moment von Hakim pariert.

»Danke!«, rief sie.

»Herrgott noch mal, achte auf das, was vor dir geschieht!«, herrschte Orm sie an. Er stand neben Maja und war sichtlich nervös. Auch wenn er vielleicht wusste, wie man ein Schwert bis zur Perfektion schmiedete, gekämpft hatte er wohl noch nie mit einem. Sonst hätte er es nicht so ungeschickt in seiner Hand gehalten.

Achte auf das, was vor dir geschieht. Als wenn sie das nicht wüsste! Aber Orm hatte recht. Sie hatte sich ablenken lassen. Von Halldor, von Maja, von Alfred. Und von dem *Arsling* hinter ihr, der noch immer drängelte und schubste, damit er mit der Lanze ungehindert zustechen konnte.

Wer immer in Halldor gefahren sein mochte, er war stark. Und er nutzte die Kraft, die in diesem Körper steckte, perfekt aus. Die Schatten wussten um ihren Vorteil. Oder zumindest Abdul wusste es, deswegen hatte er auch die Männer aus Randaberg in die erste Reihe gestellt. Und die Rechnung ging auf. Zumindest, was Berit und Maja anging. Ihre Unsicherheit steckte die Sachsen an. Glücklicherweise waren Gudrun und die anderen Frauen in Eoferwic geblieben, sonst wäre die Front beim Anblick der totgeglaubten Männer schon längst zusammengebrochen.

Aber das tat sie auch so, es war nur eine Frage der Zeit.

Die ersten Sachsen waren schon verletzt zu Boden gegangen, und Alfred konnte die Schatten nur mit Mühe daran hindern, eine Bresche zu schlagen. Maja und Halldor führten gegen ihren Willen einen verzweifelten Kampf auf Leben und Tod. Majas Schild wurde in Stücke geschlagen, Splitter flogen ihr um die Ohren. Halldors Gesicht spiegelte Entsetzen und Verzweiflung, als er zu einem heftigen Schlag ausholte – dem sich Berit im letzten Moment in den Weg stellte. Aber auch ihr Schild zersprang mit einem lauten Krachen.

Halldor setzte zum letzten, tödlichen Schlag an. Tränen schimmerten in seinen Augen, und er stieß einen angstvollen Schrei aus – als sein Körper plötzlich nach hinten ruckte. Eine schemenhafte Gestalt blieb stehen, als hätte sie die Verbindung zu Halldors Körper verloren. Einen kurzen Moment verharrte dieser Geist in der Luft, dann wurde er wie Asche von einem Wind verweht, den kein lebender Mensch spüren konnte.

Es geschah dasselbe mit Einar. Mit Snorri. Und schließlich mit allen Angreifern. Die dunklen Seelen fuhren aus den Körpern und sammelten sich wie ein kreisender Schwarm über dem Schildwall, wobei sie bizarre, scheinbar lebendige Muster formten. Berit glaubte sogar, Gesichter zu erkennen, wütende Fratzen, die sich immer schneller drehten, bis der Wirbel schreiend davonflog und hinter den Bäumen verschwand.

Das schrille Heulen ging Finn durch Mark und Bein, als die um sich selbst wirbelnde Wolke über ihn hinwegbrauste und vom Brunnenschacht regelrecht aufgesogen wurde. Die Stille, die daraufhin eintrat, war ohrenbetäubend.

Und damit war die Schlacht, bevor sie richtig angefangen hatte, zu Ende.

Finn stand auf und rannte so schnell wie möglich zu Berit, Hakim und den anderen, die noch immer im Schildwall standen, als würden sie dem, was gerade geschehen war, nicht trauen.

Die Angreifer waren zu Boden gegangen. Manche waren ohnmächtig, andere hingegen bei Bewusstsein, doch hatten sie vollkommen die Orientierung verloren. Sie taumelten wie blind durch die Gegend, panisches Unverständnis spiegelte sich auf ihren Gesichtern, als sie sich aneinander festhielten und langsam erkannten, was mit ihnen geschehen war.

Halldor hatte als einer der Ersten den Schrecken abgeschüttelt und fiel seiner Frau stumm in die Arme. Sie klammerten sich aneinander, als wäre alles nur ein schlimmer Traum gewesen, aus dem sie endlich, endlich erwacht waren.

Orm brach in erleichterten Jubel aus. Er klang auf eine so kindliche Art befreit, dass einige der Sachsen lachen mussten. Aber dann stimmten alle ein lautes Freudengeheul an und reckten die Fäuste in die Höhe. Allen voran Alfred, der nach Finn suchte und ihn schließlich am Waldrand entdeckte. Sie hatten gewonnen. Obwohl er keine Ahnung hatte, wie und warum. Er kämpfte sich durch die Schar der feiernden Krieger, die ihm triumphierend und anerkennend auf die Schulter klopften.

»Du hattest Erfolg«, sagte er zu Finn, als er neben ihm stand und auf das Schlachtfeld schaute, das nur das Blut einiger Verletzter, aber keine Toten gesehen hatte.

»Ich habe gar nichts getan«, sagte Finn. »Diesen Sieg haben wir nicht uns zuzuschreiben.«

»Das macht ihn aber nicht weniger süß«, sagte Alfred.

»Ihr solltet nach Urho suchen lassen«, sagte Finn. »Aber wahrscheinlich werdet Ihr ihn nicht finden.«

Alfreds Lächeln erstarb. »Was willst du damit sagen?«

»Das hier war nicht die Entscheidungsschlacht«, sagte Finn. »Es war eine Probe. Abdul wollte herausfinden, ob wir allein kämpfen oder ob wir mächtige Verbündete haben. Hätte er die Schatten tatsächlich in der ersten Reihe angeführt, wäre er jetzt mit ihnen in die Unterwelt gefahren.«

»Und wo ist er jetzt?«

»Keine Ahnung. Immer noch in Dorestad?«

»Oder auf dem Weg nach Eoferwic.«

Finn machte ein Gesicht, als lauschte er in sich hinein. Schließlich schüttelte er den Kopf. »Nein. Ist er nicht.«

»Woher willst du das wissen?«, fragte Alfred.

»Man hat es mir gesagt«, sagte Finn und lächelte. »Kommt. Lasst uns zu den anderen gehen. Auch wenn wir noch weit davon entfernt sind, den Feind zu besiegen, haben wir einen Grund zur Freude. Totgeglaubte Menschen wurden befreit und haben wieder ins Leben gefunden.«

Zum ersten Mal seit Jahrhunderten erscholl in den dunklen Ruinen von Lundenburgh der Gesang glücklicher Menschen. Alfred hatte einen großen Teil der Vorräte freigegeben, die für eine längere Zeit der Belagerung gedacht gewesen waren. Dazu gehörten Dutzende Fässer Met und Bier. Außerdem hatte er Krieger zur Jagd ausgesandt, so dass es am Abend nicht an frischem Fleisch mangelte. Die Stimmung war nicht ausgelassen, aber sie war erleichtert. Obwohl den Männern, die besessen gewesen waren, die Angst noch immer in den Knochen steckte.

»Es war, als müsste ich mir mit einer wahnsinnigen Seele meinen Körper teilen«, erzählte Halldor, der mit beiden Händen fest ein Trinkhorn umklammerte. »Ich hatte keine Macht mehr über mich. Manchmal sah ich, was dieses Wesen im Namen meines Körpers tat. Und ich konnte es nicht davon abhalten. Es konnte mich nicht töten, also versuchte es, mich an einen Ort zu verbannen, der tief in mir war und aus dem ich alleine keinen Ausweg mehr gefunden hätte.«

»Das ist der Abgrund, den wir selbst in uns tragen«, sagte Orm.

Halldor nickte. »Du verstehst, was ich meine?«

»Du hast keine Ahnung«, sagte Orm und leerte seinen Becher in einem Zug, nur um ihn dann noch einmal bis zum Rand zu füllen.

»Kannst du dich noch daran erinnern, wie diese Seele in deinen Körper gefahren ist?«, fragte Hakim.

»Auch das weiß ich nicht mehr«, sagte Halldor. »Es war, als spräche plötzlich eine fremde Stimme in meinem Kopf. Die ich nicht ausschalten konnte. Vor der ich nicht davonlaufen konnte.« Er sah Berit an. »Deinem Vater blieb dieses Schicksal erspart. Wenn sein Tod etwas Tröstliches hat, dann dies.«

Berit schwieg. Ob Halldors Blick in den Abgrund den Schmerz ihres Verlustes jemals mindern würde, bezweifelte sie sehr.

»Die Toten sind jedenfalls nicht tot«, fuhr Halldor fort. »Sie kommen wieder, wenn wir die Pforten zur Unterwelt nicht endgültig verschließen können. Und ich verspreche euch: Ich werde nicht aufgeben, bis wir gesiegt haben. Eher gebe ich mein Leben hin.«

Maja reichte ihm die Hand. »Doch genau dieses Leben werden wir heute erst einmal feiern.«

Halldor verstand erst nicht, was seine Frau meinte, grinste dann aber über das ganze Gesicht. »Ja, das sollten wir tun.« Er leerte sein Horn und stand auf.

»Dies hier ist schon einmal geschehen«, sagte Hakim, während sie den beiden hinterherschauten. »Mehr als nur einmal.«

»Was meinst du damit?«, fragte Finn.

»Das Gefühl der Vertrautheit zwischen uns.« Hakim sah von einem zum anderen. »Diese Ahnung, die wir im Turm von Dubris hatten, wird immer mehr zur Gewissheit. Wir kennen uns. Wir haben gemeinsame Erinnerungen.«

»Die aber unscharf sind, weil sie sich überlagern«, sagte Finn.

»Weil sie Abweichungen aufweisen«, sagte Berit.

»Alrun hätte nicht sterben dürfen. Ihr Tod fühlt sich nicht

richtig an«, sagte Finn. »Als ich mit euren Großeltern in der Unterwelt war …« Er stockte, als könnte er den Gedanken nicht in Worte kleiden.

» … habt ihr eine Kette von Ereignissen in Gang gesetzt, die das Gefüge der Welt zerreißt«, sagte Berit.

Orm schüttelte den Kopf. Erst langsam, dann sehr nachdrücklich. »Nein. Nicht nur dieser Welt. Hier wird noch ein ganz anderes Spiel gespielt«, flüsterte er. »Und es hat gerade erst begonnen.«

Band 2 der Gilead-Saga

erscheint im Frühjahr 2022

LESEPROBE

 WELAND

»Weland!«, keifte die schrille Stimme. »Weland, verdammt noch mal, beweg deinen nichtsnutzigen kleinen Hintern sofort in die Küche! Du bist mit deiner Arbeit längst noch nicht fertig!«

Klobige Pantinen klapperten an dem Jungen vorbei, als er noch tiefer unter die Treppe kroch, die hinauf zum großen Versammlungssaal führte.

»Weland!«

Edburgas Stimme überschlug sich jetzt, und der Junge musste sich die Hand vor den Mund halten, um nicht laut loszuprusten. Weland hatte keine Angst vor ihr, ganz im Gegensatz zu dem anderen Gesinde, das sich von Edburgas Lebenswut beeindrucken ließ und den ganzen Tag die ihm aufgetragenen Arbeiten stumm und mit gesenktem Kopf verrichtete. Weland stellte sich vor, dass diese Frau, die mit ihrem kurzen Hals, dem roten, aufgepumpten Kopf und den hervorquellenden Fischaugen nicht unbedingt das Ideal höfischer Anmut vermittelte, in ihrer Aufgebrachtheit irgendwann einmal einen Schlagfluss erleiden würde. Eigentlich hätte er ein anderes Gefühl für sie hegen müssen. Ein liebevolleres, zugewandtes, denn sie war seine Amme und Ziehmutter gewesen. Die Vorstellung, dass sie ihn an ihrem Busen genährt hatte, war ihm jedoch so ungeheuerlich, dass er das Bild ganz schnell verdrängte, sobald es in seinem Kopf eine dunkle Gestalt annahm. Edburga war ebenso wenig seine leibliche Mutter, wie auch Lord Hrothgar der Rote, der am Ende einer ganzen Abstammungslinie von Hrothgars stand, nicht sein Vater war.

Der allererste Hrothgar, den man nur den Seefahrer nannte, war ein legendärer Sachsenfürst, der vor fünfhundert Jahren eine keltische Übermacht hier bei Cadburgh so vernichtend geschlagen hatte, dass die britischen Inseln als Ganzes wie ein reifer Apfel in den Schoß der Eroberer fielen.

Doch wie es meist so ist: Steht man erst einmal auf dem Gipfel, kann es eigentlich nur noch bergab gehen. Hrothgars Nachfahren hatten wenig Talent bewiesen, das Eroberte zu bewahren. Sie heirateten in die falschen Familien ein, legten sich mit den falschen Fürsten an und pressten die Bauern so gnadenlos aus, bis diese manchmal vor Hunger die Felder nicht mehr bestellen konnten.

Die Pantinen klapperten wieder an Weland vorbei, diesmal zurück in die Küche. »Wenn einer von euch den Jungen sieht, schickt ihn zu mir!«, rief sie wütend.

Eigentlich hätte Weland nach seiner täglichen Arbeit in den Gängen unterhalb der Burg die Abfälle hinaustragen und an die Schweine verfüttern sollen. Für heute jedoch, so fand er, hatte er genug geschuftet und sich wie niederes Gesindel behandeln lassen. Am Abend würde er noch einmal in das Labyrinth hinabsteigen. Diesmal jedoch ohne Sholto, der stets auf ihn aufpasste.

Cadburgh war einstmals eine prächtige Festung gewesen. Die riesige Burgruine hatte drei Türme, die – ungewöhnlich genug – nebeneinander standen und nicht die Ecken der Befestigungsanlagen markierten. Der linke, nach Osten ausgerichtete Turm, hatte eine schlanke Form und sein Grundriss war kreisrund. Das spitze Dach war schon vor langer Zeit eingestürzt und nicht mehr repariert worden.

Der wuchtige Westturm hatte einen quadratischen Grundriss. Eine Außentreppe führte ringsherum in den dritten Stock, der den zinnenbewehrten Abschluss bildete.

Der beeindruckendste Bau war der mittlere Turm, der *Palas* der Burg. Ein breiter Aufgang führte vom ehemaligen Burghof in das erste Stockwerk und mündete dort in eine Art terrassenartigen Balkon, der sich früher über die gesamte Breite des Gebäudes gezogen haben mochte. Die Spitze des Turms war eine Art Kuppel gewesen, die aber nicht mehr existierte.

Diese Burg, die bestimmt mehr als fünfhundert Jahre alt sein musste, war ein Ort voller Geheimnisse, für die sich Hrothgar außerordentlich zu interessieren schien. Man erzählte sich, dass unter dem Berg, auf dem die Festung stand, ein sagenumwobener Schatz verborgen war. Einige sprachen von Silber, andere von Gold. Wieder andere flüsterten von einem magischen Gegenstand, der die Macht über Leben und Tod hatte.

In der Mitte des Hofes standen die überwucherten Reste eines noch älteren Gebäudes. Das Mauerwerk – Hrothgar hatte es an manchen Stellen vom Efeu und vertrocknetem Buschwerk freilegen lassen – war von einem strahlenden Weiß und reichte tief, sehr tief ins Erdreich. Niemand konnte sagen, wer es errichtet hatte, wie es unzerstört ausgesehen haben mochte und welchem Zweck es einst gedient hatte. Hrothgar war schrecklich wütend gewesen, als sich herausstellte, dass ihm die technischen Mittel fehlten, tiefer vorzudringen.

Wer immer die Cadburgh in längst vergessenen Zeiten errichtet hatte, dem war es auch wichtig gewesen, diese Vielzahl von Gängen durch den Hügel zu treiben, die im Falle einer Belagerung für den Nachschub oder die Flucht benutzt werden konnten.

Also hatte sich der Herr von Cadburgh daran gemacht, das zum großen Teil eingestürzte Gewirr von Gängen und Durchlässen unter der Burg freizulegen. Nun, um ehrlich zu sein, hatte er sich nicht selbst in die Unterwelt hinabbegeben, sondern Weland damit beauftragt. Warum er den Jungen dazu auserwählt hatte, sich mit bloßen Händen wie ein Maulwurf durch den Dreck zu graben, erschloss sich bis heute niemandem. Die Vorgehensweise war nicht sonderlich effektiv. Ein Kind? Allein? Ohne Schaufel? Ohne Hacke? Nicht, dass es dort unten genug Platz gegeben hätte, um eine Picke zu schwingen. Aber genauso gut hätte man versuchen können, das Meer mit einem Löffel leer zu schöpfen. Hrothgar scherte das nicht. Er bezähmte die Ungeduld, die ihm schon in die Wiege gelegt worden sein musste, mit einer erstaunlichen Langmut.

Weland selbst hatte noch nie Fragen dieser Art gestellt. Die Tage seines Lebens waren erfüllt von einer bleiernen Zufriedenheit. Er vermutete, dass diese Lethargie etwas mit jenem bittersüßen Trank zu tun haben musste, den ihm Edburga jeden Morgen und jeden Abend zubereitete und den Weland unter den wachsamen Blicken dieser Kröte trinken musste. Der Geschmack mochte zwar widerlich sein, die Wirkung hingegen war so beruhigend, so wärmend, dass er sich jeden Morgen und jeden Abend auf den Trunk freute, der ihn den Hunger vergessen und das freudlose Dasein mit einer herzlichen Gleichgültigkeit erdulden ließ.

Weland war schon immer Hrothgars Gefangener gewesen. Er konnte sich an kein anderes Leben erinnern. Unter keinen Umständen durfte er die Burg verlassen. Die Gründe dafür konnte ihm niemand nennen. Sie interessierten Weland auch nicht, solange er morgens und abends seinen Dulldilltrank bekam, der manchmal, wenn Edburga bei einigermaßen guter Laune war, mit Honig versetzt war. Außerdem kannte Weland nichts anderes, also konnte der Junge die Welt jenseits der Mauern nicht vermissen. Er hatte noch nicht einmal das Interesse verspürt, auf die Zinnen zu klettern und den Blick über jene Welt schweifen zu lassen, die ihm Hrothgar verwehrte.

Das hatte sich erst geändert, als Weland vor einer Woche an der Ruhr erkrankt war und nichts mehr bei sich behalten konnte. Auch nicht Edburgas süßen, seligmachenden Saft. Elis, der Pferdebursche, hatte sich als einziger um ihn gekümmert, und es war lange nicht sicher gewesen, dass Weland diese ansteckende Krankheit überleben würde.

Fieber, Schüttelfrost und Krämpfe hatten ihn schließlich so geschwächt, dass er in eine Ohnmacht gefallen war, die ihn von dunklen albtraumhaften Geisterwesen träumen ließ, die sich der Körper lebendiger Menschen bemächtigten und die Welt in einen Krieg stürzten, der das Ende aller Zeiten heraufbeschwörte.

Nach drei Tagen war Weland wieder zu sich gekommen. Die Gier nach Edburgas Saft hatte er da endgültig herausgekotzt und herausgeschissen. Er war zwar noch immer zu schwach, um auf eigenen Beinen zu stehen. Aber er fühlte sich so wach und so lebendig wie noch nie in seinem Leben zuvor.

Da hatte er den Entschluss gefasst, von Cadburgh zu fliehen.

Weland wusste jedoch, dass er den Schein wahren musste und sein Verhalten nicht ändern durfte, wollte er kein Misstrauen erwecken. Schwierig war es nur, den Dilldullsaft nicht weiter zu sich zu nehmen, ohne dass Edburga es merkte. Solange er nicht aufstehen konnte, brachte sie ihm den Becher morgens und abends in den Stall, bis ihr das zu lästig wurde und sie Elis damit beauftragte – der jedoch ahnte, dass dieser Trunk keine Medizin war. Er kippte ihn einfach weg und ersetzte ihn durch Kamillentee.

So hatte Welands neues Leben begonnen.

Edburga schurigelte jetzt Cedric, einen alten Mann, der in der Schlacht von Ethandun sein Augenlicht verloren hatte und nun von der Gnade wohlmeinender Menschen abhängig war – von denen es auf Cadburgh nicht viele gab.

Solange die Köchin damit beschäftigt war, Cedric von der Nutzlosigkeit seiner Existenz zu überzeugen, konnte Weland sein Versteck unter der Treppe verlassen und unbemerkt hinauf in die große Halle huschen, die um diese Zeit leer stand. Er schaute sich hastig um, und als er sicher war, dass ihn keiner beobachtete, drückte er einen Quader aus der Rückseite des Kamins. Die Öffnung, die sich jetzt bot, war gerade groß genug, dass sich nur ein Kind von Welands schmalem Wuchs ohne Schwierigkeiten hindurchquetschen konnte.

Das Netzwerk der Gänge, das den Hügel unter der gesamten Anlage durchzog, folgte keinem nachvollziehbaren Muster und musste über die Jahrhunderte immer wieder verändert oder ergänzt worden sein. Manche Abschnitte waren fest ummauert, andere waren hingegen grob vorangetriebene Stollen. Und alle waren eigestürzt. Weland hatte versucht, bei seinen Abstiegen im Geiste eine Karte zu erstellen, das Unterfangen aber aufgegeben und stattdessen alle Zugänge, Kreuzungen und Weggabelungen im Schein einer Öllampe immer dann mit Zeichen markiert, wenn Sholto abgelenkt war.

Es hatte sich herausgestellt, dass die früheren Besitzer der Burg alle Ausgänge verschüttet oder zugemauert hatten. Niemand kam mehr herein. Aber auch keiner mehr heraus. Und noch etwas war irritierend. Der Bereich, der sich unterhalb der zugewachsenen Ruine befand, ließ sich nur mit schwerem Werkzeug freilegen. Sholto hatte es mit einer Eisenstange versucht, die er auch als Hebel einsetzen konnte. Aber es war vergeblich. Also musste Weland drumherum graben, in der Hoffnung dass sich doch ein Durchlass fand. Eigentlich gab es nur noch einen Bereich, den er nicht freigelegt hatte, und seine Hoffnungen, einen Weg in die Welt jenseits der Burgmauern zu finden, waren eher gering.

Plötzlich schwebte etwas vor ihm. Ein grün leuchtender, auf und ab tanzender Punkt. Erst glaubte Weland, ein Glühwürmchen hätte sich hierher verirrt, doch dazu war der Punkt zu groß. Die Flügel glichen eher denen einer Libelle. Der Körper war schlank, aber nicht so langgezogen wie bei einem Schleifer. Als das Licht sicher war, dass es die Aufmerksamkeit des Jungen hatte, flog es davon, um an der nächsten Biegung auf ihn zu warten.

Weland kroch auf allen Vieren weiter. Als er nur noch eine Armeslänge von ihm entfernt war, schwebte das Licht weiter, wartete an der nächsten Biegung erneut, um dann in einem noch schmaleren Durchlass zu verschwinden. Weland schob die Öllampe vor sich her, bis einige Steine den Weg versperrten. Der Lichtpunkt flog durch einen kleinen Spalt, dann war er fort.

Weland spürte einen leichten Luftzug. Aufgeregt räumte er die schweren Steine aus dem Weg.

Dann sah er Tageslicht, das durch dichtes Laub grün schimmerte. Sein Herz schlug schneller. Endlich, nach all der Zeit, hatte er einen Ausgang gefunden. Die Öllampe blieb auf dem kleinen Vorsprung. Weland blies sie nicht aus, da er keine Möglichkeit hatte, sie wieder anzuzünden. Er kroch durch die Öffnung, die sich hinter einem dichtgewachsenen Holunderbusch befand, der am Ufer eines plätschernden Bachlaufs inmitten eines kleinen felsigen Tals blühte.

Weland klopfte sich trockenes Laub von der Hose und schaute sich um. Er holte tief Luft, schloss die Augen und lachte laut auf.

Sein ganzes Leben hatte er auf Cadburgh verbracht, war

ein Gefangener dieses Mannes gewesen, den er Vater hatte nennen müssen und der ihn wie den niedrigsten aller Leibeigenen behandelt hatte. Weland hatte sich manches Mal als Strafe von Abfällen ernähren müssen, und es war ihm egal gewesen. Doch jetzt konnte er dieses Leben, das keines war, hinter sich lassen. Der Drang, einfach loszugehen und zu schauen, was jenseits des Waldes hinter dem Horizont lag, war geradezu unwiderstehlich.

Doch Weland wusste, dass er sich nicht unvorbereitet auf den Weg machen konnte. Er brauchte Proviant, eine Trinkflasche. Gutes Schuhwerk. Und eine Waffe! Weland konnte mit einem Kurzschwert umgehen, zumindest glaubte er das. Die Probe aufs Exempel hatte er noch nicht machen müssen. Er musste umkehren, die Sonne war bereits hinter den Bäumen verschwunden, die Dämmerung brach herein. Und dennoch konnte er sich nicht dazu entschließen, in den schmalen Durchlass zurückzukriechen. Das Gefühl der Freiheit war so überwältigend wie die Gewissheit, dass sein Leben jetzt erst richtig beginnen würde.

Weland drehte sich erschrocken um, als er etwas rascheln hörte und er plötzlich befürchtete, von Sholto entdeckt worden zu sein. Wenn man ihn hier draußen erwischte, würde man ihm mehr als nur die Hölle heiß machen. Dann wäre es nämlich nur eine Frage der Zeit, bis man auch seinen Fluchtweg entdeckte.

Aber da war niemand.

Wieder ein Rascheln. Lauter diesmal, fast drängend. Ein wütendes Krächzen. Weland bog einen Zweig des Holunderbusches beiseite und entspannte sich.

»Was ist denn mit dir passiert?«, fragte er, als er den Raben sah, der wild mit den Flügeln um sich schlug, jedoch nicht davonflog. Der schwarze Vogel funkelte ihn mit seinen dunklen Perlaugen an und krächzte noch lauter.

»Lass mich mal sehen.« Weland streckte die Hand aus, doch der Rabe hackte mit seinem Schnabel nach den Fingern des Jungen.

»Wenn ich dir helfen soll, musst du aufhören, mich als deinen Feind zu betrachten.« Weland lutschte das Blut von seinem zerkratzten Handrücken. »Wollen wir es noch einmal versuchen?«

Wieder streckte er die Hand aus, und wieder hackte der Vogel nach den Fingern, doch diesmal ließ sich Weland nicht davon beeindrucken. Vorsichtig strich er über das glänzende Gefieder. Und mit einem Mal hielt der Vogel still, flatterte noch ein wenig, legte dann aber die Flügel an.

Weland schnalzte missbilligend mit der Zunge, als er sah, dass ein Fuß in einem unnatürlichen Winkel abstand.

»Du hast dir ein Bein gebrochen.«

Ratlos sah er auf den Vogel hinab. Was sollte er jetzt machen? Den Raben einfach liegen lassen? Einen Stein suchen und den Raben mit einem Schlag von seinem Leiden erlösen? Oder aber das Tier in Pflege nehmen und das gebrochene Bein so lange verarzten, bis es geheilt war?

Eigentlich hielt der Vogel ihn nur auf.

Auf der anderen Seite: Weland war so lange ein Gefangener gewesen, da kam es auf die paar Tage auch nicht mehr an. Außerdem wusste er, wie es sich anfühlte, wenn man von Gott und der Welt verlassen war und sich niemand darum scherte, ob man noch lebte oder in einem schmutzigen Loch verreckte.

Weland seufzte und kniete sich nieder.

»Gut. Ich werde mich um dich kümmern«, sagte er. »Aber du musst mir eines versprechen: Hack nicht mehr auf mich ein! Hörst du? Ich weiß, dass du Schmerzen hast, und ich werde vermutlich auch nichts dagegen tun können. Im Gegenteil. Wenn ich dein Bein richte und verbinde, wirst du dir wahrscheinlich wünschen, du hättest das alles nicht überlebt. Also? Kann ich mich auf dich verlassen?«

Der Rabe funkelte Weland an und gab schließlich etwas von sich, das wie ein zustimmendes Knarzen klingen mochte.

»Braves Tier«, flüsterte Weland und schob seine rechte Hand unter den Körper des Raben. Noch nie hatte er einen Raben aus der Nähe gesehen und war deswegen von dessen Größe überrascht. Die Spannweite mochte knappe fünf Fuß betragen, mindestens! Das Gefieder glänzte so nachtschwarz, dass es blau schimmerte. Er wickelte den Vogel vorsichtig in seine Jacke, wobei er darauf achtete, das verletzte Bein nicht zu berühren, und kletterte wieder zurück in die Burg.

Weland lebte natürlich nicht bei Hrothgar im *Palas* der Burg, sondern hatte mit Elis eine Vereinbarung getroffen: Er konnte in einem kleinen Verschlag im hintersten Winkel des Stalls schlafen, wenn er vor und nach seinen Exkursionen unter den Berg ausmistete.

Elis war ein ruhiger hochgeschossener Schlacks, der über die Jahre seinen tierischen Schützlingen immer ähnlicher geworden war. Er redete nicht viel, Menschen waren ihm nicht geheuer. Warum er aber gerade an Weland einen Narren gefressen hatte, erschloss sich dem Jungen nicht so recht. Vielleicht, weil sie auf ihre Art einander respektierten und sich in Ruhe ließen. Beide passten nicht in die harte Welt von Cadburgh, in der das Recht des Stärkeren galt und freundliche Zuwendung eine Schwäche war, die es auszunutzen galt. Am Ende konnte es Weland aber auch egal sein, denn Elis ließ ihn in Ruhe, wenn alle aufgetragenen Arbeiten gründlich und ohne Verzug erledigt wurden. Manchmal teilte er sogar mit Weland sein kärgliches Essen, wenn der Junge wieder einmal nur Karottenkraut und welken Kohl von Edburga bekommen hatte.

Als Elis sah, mit welchem Fund Weland heimgekehrt war, stellte er die Mistgabel in die Ecke und runzelte die Stirn.

»Zeig her.«

Behutsam nahm er den Vogel in beide Hände und betrachtete ihn von allen Seiten.

»Das ist einer der Raben«, stellte Elis fest.

»Einer welcher Raben?«, fragte Weland.

»Die Cadburgh beschützen. Wo hast du ihn gefunden?«

Weland druckste herum, und Elis sah ihn scharf an.

»Draußen vor der Burg. In einem kleinen Wäldchen am Fuß des Festungshügels.«

Elis sah Weland überrascht an und schüttelte ungläubig, ja sogar belustigt den Kopf. Er gab dem Jungen den Vogel zurück.

An einem Nagel hing ein alter Lappen, den Elis immer benutzte, um seine Hände abzuwischen. Er breitete ihn aus, wählte den saubersten Zipfel und riss einen schmalen Streifen ab.

Der Rabe wehrte sich nicht, als Elis den Verband anlegte. Keinen Laut gab er von sich, kein Krächzen war zu hören. Aber dafür sah er Weland mit einem tiefen unergründlichen Blick an, als wollte er sagen: *Dies ist nicht nur meine Prüfung, sondern auch deine.*

Elis holte einen Korb und legte ihn mit Heu aus.

»Hier«, sagte er. »Nimm ihn mit in deine Ecke. Du musst ihn füttern. Dreimal am Tag. Würmer vom Misthaufen. Kleine Mäuse. Käfer. In einer Woche sollte das Bein geheilt sein.«

»Danke«, sagte Weland.

Der Stallbursche brummte etwas Unverständliches, nahm wieder die Mistgabel in die Hand und ließ Weland stehen.

Die drei Rabenmahlzeiten am Tag waren eine echte Herausforderung. Aus der Küche konnte er nichts entwenden. Edburga sorgte dafür, dass die Küchenhilfen gründlich durchsucht wurden. Für die Bestrafung sorgte sie dann selbst, und Weland hatte das Gefühl, dass ihr diese Züchtigungen eine besondere Freude bereiteten, denn sie suchte jeden Tag nach einem Grund, triftig oder nicht, irgendeine geschundene Seele über den Bock legen zu lassen.

Welands Tag, ohnehin schon lang genug, wurde durch die Nahrungssuche für den Raben noch länger. Und diese Suche musste heimlich vonstatten gehen. Käme ihm Edburga oder aber gar sein Vater auf die Spur, wäre es nicht nur um den Vogel geschehen.

Also gab er Obacht, beraubte die Katzen ihrer Mäuse, sammelte Käfer und Asseln, von denen es so viele in Cadburgh gab, dass sie niemand vermisste und stocherte im Misthaufen nach fingerdicken Würmern.

Der Rabe nahm die Zeit der Genesung klaglos hin. Es war ein geduldiges und überaus kluges Tier, das zu wissen schien, wann es besser war, sich unsichtbar zu machen und keinen Laut von sich zu geben.

Es existierte ein morgendlich wiederkehrendes Ritual, vor dem sich alle fürchteten. Man nannte es die *Parade*.

Wenn Lord Hrothgar ausgeschlafen hatte, nahm er ein umfangreiches Frühstück zu sich, das ihm Edburga mit allergrößter Hingabe zubereitete. Jeder wusste, dass die dralle Köchin den überaus hartnäckigen und unverhohlenen Ehrgeiz hatte, sein treusorgendes Weib zu werden. Hrothgar mochte dumm sein, aber so dumm war er nun auch wieder nicht. Er zog die Gesellschaft seiner Gefolgsleute vor, die so herrlich über seine schlechten Witze lachen konnten und die ihn auch sonst in seiner Wichtigkeit bestärkten. Also tafelte er mit ihnen, und das konnte dauern, denn der Herr von Cadburgh war ein Genussmensch, der sich nicht durch irgendwelche Zwänge unter Druck setzen ließ. Erforderten die Umstände ein sofortiges Handeln, schob er meist trotzig die Unterlippe vor, verschränkte die Arme vor der Brust und wurde sowohl im Denken wie auch im Handeln noch langsamer, noch schwerfälliger.

Die *Parade* also.

Hrothgar zog dazu stets einen Bärenpelz an, selbst im Sommer. Immer, wenn die Sonne ihren höchsten Stand erreicht hatte, scharte er seine Gefolgsleute um sich und drehte so etwas wie eine Inspektionsrunde. Alle mussten antreten und sich vor dem Lord und seinem Gefolge verneigen, nichtssagende Mitesser, Maden im Speck einer Herrschaft, die kein Maß und kein Mitgefühl kannte.

Hrothgar der Rote, dem man hinter vorgehaltener Hand auch weniger schmeichelhafte Beinamen gab, stolzierte also wie ein Hahn über den Burghof. Es war eine schreckliche Lächerlichkeit, der er sich preisgab. Schrecklich, weil sie nur des kleinsten, nichtigsten Anlasses bedurfte, um in kaltberechnete Gewalt umzuschlagen. Also nahm jeder brav seine Mütze vom Kopf und verneigte sich so tief, dass die Hemden aus den Hosen rutschten. Frauen beugten mit steifen Beinen das Knie.

Es war ein Anblick, der in Weland bestenfalls Belustigung auslöste. Elis war in dieser Hinsicht weniger entspannt, sein Gesicht blieb ernst und verschlossen. Tatsächlich runzelte er die Stirn, als Hrothgar geradewegs auf den Stall zugockelte und sich mit vorgerecktem Kinn umschaute.

»Wo ist der Junge?«, fragte Hrothgar.

Weland trat hinter Elis hervor. »Ich bin hier, *Vater*.« Das letzte Wort betonte er so sehr, dass Elis ihm einen scharfen Blick zuwarf.

Hrothgar lief rot an, zügelte sich aber noch.

»Mir ist zugetragen worden, dass du die Mauern Cadburghs verlassen hast«, sagte er.

Welands Gesichtszüge entglitten. Verdammt noch mal, wie konnte Hrothgar davon erfahren haben? Er war doch immer vorsichtig gewesen, hatte sich doppelt und dreifach abgesichert und Wert darauf gelegt, immer wieder einen anderen Zugang zu wählen.

»Wie hast du einen Weg hinaus gefunden?«

Weland schwieg. Das hier war jetzt kein Spiel mehr, bei dem es um Pomp und Geltungssucht ging. Hier war jemand, nämlich Weland, im Besitz eines Herrschaftswissens, das ihm, nämlich Hrothgar, vorenthalten wurde.

»Wie hast du einen Weg hinaus gefunden?«, wiederholte Hrothgar die Frage. Diesmal leiser, was sie bedrohlicher machte.

Weland sagte noch immer nichts. Aber er wich auch nicht zurück. Fast schon trotzig drückte er den Rücken durch. Der Lord von Cadburgh verdrehte seufzend die Augen und winkte mit den Fingern den glatzköpfigen Sholto heran, der so groß wie dumm war, aber als Schlachter hervorragend mit dem Beil umgehen konnte. Und das wiederum befähigte ihn, mit grimmiger Begeisterung der Profession des Scharfrichters nachzugehen.

Er war also der Mann fürs Grobe. Das wusste auch Elis, der sich nun, schmächtig wie er war, dem Henker entschlossen in den Weg stellte, dabei aber von ihm mit einer an Herablassung grenzenden Beiläufigkeit zur Seite gestoßen wurde.

Jetzt erst trat Weland einen Schritt zurück, denn Sholto hob eine Hand, um ihn zu packen.

Der Schatten kam von hinten, deswegen sah der Junge ihn nicht. Dafür aber Sholto, der Henker, der Aufpasser, der böse große Bruder, der tagsüber nicht von Welands Seite wich und nun abwehrend die Hände hob. Doch es war zu spät.

Der Rabe grub seine Krallen in das Gesicht des Mannes, der in einer erstaunlich hohen Stimmlage aufschrie. Der Schnabel hackte sehr kräftig auf die Augen ein. Sholto fiel auf die Knie, die Hände vors Gesicht geschlagen und beklagte lauthals kreischend den Verlust seines Augenlichtes.

Dann stürzte sich der Vogel auf Hrothgar.

Die Gilead-Saga
von Peter Schwindt

Das Buch des Wisperns
Band 1

Das Auge der Wahrheit
Band 2

erscheint im Frühjahr 2022

Der Splitter der Hoffnung
Band 3

erscheint im Frühjahr 2023

Nicht verpassen!